U0729927

魅丽文化

遇见你 三生有笑

下

南北逐风 著

百花洲文艺出版社
BAIHUAZHOU LITERATURE AND ART PRESS

图书在版编目（CIP）数据

三生有笑遇见你．下 / 南北逐风著．－－ 南昌：百
花洲文艺出版社，2020.8
ISBN 978-7-5500-3762-5

Ⅰ．①三… Ⅱ．①南… Ⅲ．①长篇小说－中国－当代
Ⅳ．① I247.5

中国版本图书馆 CIP 数据核字（2020）第 120308 号

三生有笑遇见你（下）
SANSHENG YOU XIAO YUJIAN NI（XIA）
南北逐风 著

责任编辑	郝玮刚
特约编辑	李 墨
装帧设计	李 娟
封面绘制	显 灵
出版发行	百花洲文艺出版社
社　　址	南昌市红谷滩新区世贸路 898 号博能中心 A 座 20 楼
邮　　编	330038
经　　销	全国新华书店
印　　刷	湖南天闻新华印务有限公司
开　　本	880mm×1230mm　1/32　印张　10
版　　次	2020 年 9 月第 1 版第 1 次印刷
字　　数	220 千字
书　　号	ISBN 978-7-5500-3762-5
定　　价	36.80 元

赣版权登字　05-2020-84

网址 http：//www.bhzwy.com
图书若有印装错误，影响阅读，可向承印厂联系调换。

目录

C O N T E N T S

CONTENTS

第一章

"欺师灭祖，大逆不道"这八个大字，几乎是一个传统艺人所能犯下的最严重的罪行了。

杨霜林只在他与谢霜辰撕破脸的那天当面骂过谢霜辰"欺师灭祖"，谢霜辰让他哪儿凉快哪儿待着去。这是他们师兄弟私下里的家务事，杨霜林后来虽多有在媒体上指责过谢霜辰，用词也仅仅是"不伦不类"之流，顶多言语非常阴阳怪气，但还保留着一个传统艺术家的气度。

然而这一次，他是真的无法再忍受了。谢霜辰一而再再而三地挑衅他，最后竟然堂而皇之地把一个无名小卒带进了师门，这还有没有祖宗王法了？

他隔天就去了李霜平家里，并把郑霜奇也一并叫了过去。

李霜平也从媒体上得知了此事，文艺界的朋友电话一个接一个地打过来，问他这个大师哥知不知情，李霜平无可奈何。早在摆知（相声正式收徒的一种形式，类似拜师仪式）的前几天他就去过谢霜辰家里，想必那时人家已经计划好了。谢霜辰从头到尾一个字儿都没跟他提及，如今看来，真是令人唏嘘。

"我看老五真是吃了熊心豹子胆了！"纵然公告已经发出来了，杨霜林似乎并没有消气，还是一副怒火中烧的样子。

郑霜奇事不关己高高挂起，坐在旁边，喝茶风凉地说："他不是一直这样儿吗？天大地大，除了师父就属他大。"

"看看自从师父没了之后他干的这点事儿吧！"杨霜林说，"跟一个不知道哪儿冒出来的二把刀合伙跑去大街上说相声，前辈们奋斗了多少年才让我们有了如今的地位？他倒好，一下全还回去了，全然不顾师父的脸面！现在更好，直接把人带进师门，还谎称有口盟！他有什么资格做这些事情？他还把我这个大师哥放在眼里吗？！"

他一句话就把李霜平拉下了水，李霜平有点尴尬，忙说："老二……"

"我说得难道不对吗？"杨霜林质问李霜平。

师父不在人世，若是有人再拜入门下，理所应当是由大徒弟代拉进来。传统师徒关系如同父子关系，长兄如父就是这个道理。

谢霜辰当然不可能叫李霜平来干这事儿，这不是上赶着送"人头"吗？他的自作主张完全是出于多一事不如少一事，虽然他不知道李霜平和杨霜林到底是不是统一战线，但他知道李霜平绝对不可能跟自己统一战线。

这样纯粹的举动到了杨霜林的口中，就变成了"视长兄如无物"，合着谢霜辰对不起死去的人，也对不起活着的人。

"你说得很对。"郑霜奇跷着二郎腿，他身材稍胖，这个姿势显得尤为费劲，但他脸上不见任何吃力的表情，还很轻松地说，"他没把咱们哥儿仨任何一个人放在眼里过，二师哥，这你又不是不知道。"

杨霜林问："老三，你倒是不介意？"

"哎呀，我介意不介意有个什么用？他高看我一眼又不会给我发点钱，我为什么要拿这事儿为难自己呢？"郑霜奇说，"我只能说吧，他这个事儿确实做得不太妥当。可是人家事儿都办完了，咱们跟这儿吵吵闹闹的，也不太好看吧？"

"谁说他事儿办完了就得承认？"杨霜林说，"谁爱承认谁承认，反正我不认！而且这个事情必须制止，必须让老五低头认错！当初那个叫叶菱的在师父家里住的时候咱们都知道吧，根本没有什么口盟，师父压根儿就没有要收他的意思，是老五一直磨磨叽叽的。现在倒好，话都让他说了，打兄弟几个的脸呢？大师哥，老三，咱们也都是有徒弟学生的人，以后出去还做不做人了？是不是要让人家知道，只要跟谢家的小五爷攀上关系，什么狗屎鸡粪子都能拜入师父门下，飞上枝头变凤凰了？"

简直就是一出天大的闹剧。

郑霜奇却是阴阳怪气地笑出了声儿，问杨霜林："二师哥，你打算怎么办？"

"怎么办？"杨霜林露出了厌恶的神态，他咳嗽了两声，像是真的动了怒，坐下喝了一杯水顺气。

李霜平说："老五确实有私心，事情做得也确实不对。"

杨霜林一拍桌子："他这是找死！"谢霜辰在他眼中已经不是一个正常人了，他在心中暗暗发誓，一定要让谢霜辰知道厉害，让大家知道师父的选择是一个多么可笑的错误。

谢霜辰趾高气扬地蔑视他们所有人，他就要让谢霜辰混不下去！

一纸檄文把师兄弟之间的矛盾摆在了台面上，这个惊天大雷一夜之间成了业内人人必谈的八卦。最为上心的还是利益相关者，而这些人着实不在少数。

谢方弼的三位徒弟自然不必多讲，这是关联最深的三个人。其他的还有他们三人的徒弟学生，平白无故多了一个便宜师叔，这算怎么回事？凭什么自己苦苦学艺多年还得慢慢混着，这个不知道哪儿蹦出来的路人就一步登天了？

还有辈分比霜字低的其他业内人士，主要是面子上真的过不去，拉不下这个脸来认下叶菱的身份。同样也有很多看不上叶菱这个野路子，端着几分艺术家的架子，登过大雅之堂，就不再想回去庙会卖艺的生活了。

八卦永远是越传越乱，上了岁数的靠嘴吃饭的老男人们茶余饭后的谈资比妇人还要多，编造出来的故事更是没有任何边际。

坊间传闻，说谢小五爷荤素不忌，跟那个叶姓男子私交过密，正是由此才有小五爷代拉他入门的事情。

有人为此还专门去问过谢霜辰的三位师哥，李霜平闭门谢客，郑霜奇鬼影子都没一个，只有杨霜林默认了下来，表示这是师门不幸。

一下子就更热闹了。

"真是无语。"谢霜辰躺床上刷微博，看着两拨人互相骂大街，淡定地给出了自己的评价。

"你睡觉吗？"叶菱问他。

两个人每天晚上演出回来都是午夜时分，洗个澡躺床上就能立刻睡着。叶菱最近发现小园子的生意变得不错了，他觉得应该跟近日杨霜林的骂战有关。毕竟大家都是八卦生物，就算不知道谢霜辰何许人也的，可能也会想来瞧个新鲜。

所以他倒也没觉得这个事特别令人心烦。

"睡。"谢霜辰从背靠床头改为躺下，"最近我私信爆炸，一批不知道哪里来的小号疯狂骂街，另一批粉丝写小作文安慰我。"

"安慰你什么？"叶菱好奇地问。

谢霜辰说："就是让我坚强，不要被坏人打倒。哦对了，还有让我们之间不要因此产生什么隔阂，他们都是在造谣，我们是清白的。"

"真哏儿。"叶菱笑了笑。

"嗨！"谢霜辰说，"我得好好琢磨琢磨怎么搞这件事儿，二师哥来势汹汹，我就一张嘴，正面对喷不太好。"

叶菱新奇道："哟，改迂回战术了？"

谢霜辰说："不如来个将计就计怎么样？"

叶菱问道："将军何解？"

"军师啊！"谢霜辰佯装抈一下髯口，此处应有念白，不过他酝酿了好半天也没凑出词来，只好放弃，说起了大白话，"总之就是配合他的表演视而不见呗！"

叶菱说："我觉得你得憋个坏，怎么，不告诉我？"

"当然得告诉您呀，等我想好了。"谢霜辰笑道。

"拜师那天说'你'，往后又成'您'了？"叶菱说，"一会儿变一个样儿。"

"那天场合不同，师哥对师弟哪儿有用敬称的？"谢霜辰说，"不过除此之外，我当然要尊重您。"

"你还是先放过我吧。"叶菱往被子里钻了钻，"关灯睡觉！"

次日谢霜辰与叶菱在攒底时演了一出经典的夫妻戏（相声里分包赶角儿的一种表演形式）《汾河湾》，有唱有笑，热热闹闹，观众很喜欢看，特别是坐头几排的粉丝。

返场时谢霜辰讲了一个小段子，等二次返场的时候，谢霜辰觉得没什么可说的了，就跟观众们聊起了天。

"你们想知道什么呀？"他笑着问，"咱们可以聊聊。"

问题从四面八方传来。

"直播还开吗？"

"直播啊？直播问我们大管家去，这事我不管。"

"小五爷最近身体怎么样？"

"挺好的，吃喝都挺好的。"

"小五爷喜欢什么样儿的啊？"

谢霜辰听了这话，指了指叶菱："这不站旁边儿呢！"

"噫——"

"噫什么噫？有什么好噫的？"谢霜辰说，"我就喜欢叶老师这样的捧哏，没错呀！"

叶菱说："那可能我上辈子做了不少坏事儿吧。"

大家哄然大笑，笑声中夹杂着被这样恶意取悦的快乐。

"你们可以不用这么用力的！"有人说，"你俩好好的就行。"

"真不是用力。"谢霜辰冲那个人摆摆手，然后对广大观众粉丝说，"你们是不是开着录像呢？那你们得给我做个证啊，回头往网上发发。"

叶菱问："怎么着你是要认罪服法？"

　　"我是良民。"谢霜辰说，"你们娱乐圈追星讲究个什么偶像人设，然后还要定期营业，可能两人台上各种暧昧，台下就是普通同事，节假日都不会发信息的那种。但是我要严肃认真地跟你们说，我和叶老师之间没有那么多套路，我们俩……"他强调，"是真的。"

　　"哇——"

　　"嘤——"

　　台下很沸腾，谢霜辰这句话就跟让他们踩了电门一样。甚至不用等演出结束的第二天，当时就有人发微博直播了。

　　能来看现场的只有少数人，粉丝大部分还是在网络上，正主都说出这种话来了，粉丝只能在疯狂吃糖的同时又倍感凄凉。

　　娱乐圈俊男美女不好混，怎么说相声的都被压迫成这样了？

　　明明是假的，明明只是搭档，却被残酷的生活硬生生地逼着说"我俩是真的"。

　　简简单单五个字，却是满腔苦难的血与泪啊！

　　两个大好的男儿，不得不被生活压弯了笔直的脊梁！

　　他们虽然是笑着的，可这笑里有多少春秋眼泪！

　　竟然还有不知道哪儿跳出来的"老东西"诋毁他们生活作风有问题？他们明明就是纯洁的友情！

　　我们正主无权无势就活该被这种道貌岸然老艺术家欺负吗？

　　粉丝群体产生了相当热烈的讨论，他们都相信谢霜辰和叶菱根本没有私情，人家只是一起搭档出来混口饭吃，怎么到哪儿都有人要攻击他们？

　　再说了，自古搭档如夫妻，你知道他们有多努力吗？

　　鱼哭了水知道，我们五菱荣光哭了哪个汽油箱知道？

　　粉丝情绪激动，开始纷纷替谢霜辰和叶菱写澄清帖，当中不乏舞文弄墨的大粉丝，撰写二人如何白手起家如何互相扶持走到今时今日的故事，简直就是一出可歌可泣的逐梦相声圈！

　　兄弟情，这是兄弟情啊！

　　还有热心粉丝积极蹲守咏评社其他人的社交媒体观察动态，更有粉丝跑去咏评社的微博微信公众号去私信询问。史湘澄看着后台的信息，一脸无语地问谢霜辰："小五爷，你自己惹的事儿，现在怎么回答？"

　　谢霜辰跷着二郎腿和凤飞霏打游戏，忙里偷闲地说："都问什么了？"

　　"就问你和叶老师的事儿。"史湘澄说，"说他们已经成立了专门的反黑组，要誓死和邪恶势力作斗争。他们能理解你和叶老师的兄弟感情，希望你们能够坚持，不要被打败。平时也要多注意心情放松，让自己过得开心一点，台上不用那么拼命，他们懂的。"

"什么兄弟感情？"谢霜辰头都没抬。

史湘澄翻了个白眼："那我怎么回啊？"

谢霜辰说："你自己看着办吧，除了一个政策不动摇之外，其他随便。"

"……你好好玩游戏吧。"史湘澄叹了口气，风凉地感慨，"真是世态炎凉，到底真相是假还是真相是真呢？吃瓜群众真是操心。"

不过多时，咏评社的微博和公众号都发出了一条新消息。

"别问了，再问拉黑。"

互联网时代的粉丝效应比洪水猛兽还要可怕，不管对于谢霜辰与叶菱二人的关系所持观点是什么，有一个观点是他们达成一致的，就是谢霜辰被网络暴力了。

"我真的是要疯了。"短短几天，在围观了粉丝的战斗力之后，史湘澄忽然很同情杨霜林，在群里默默感慨，"到底谁在暴力谁啊？"

谢霜辰第一个蹦了出来，问道："怎么了怎么了？"

史湘澄把杨霜林微博下面的评论截给谢霜辰："你看，简直就是有计划有规模的网络攻击，不过倒是没骂街。你二师哥还能不能坚持了啊？他下一波通稿是不是在憋大招呢？"

谢霜辰说："我又不是他肚子里的蛔虫我怎么知道？不过他之前经历过一次，这次应该有点心理建设了吧……哎，惨，真惨。"

史湘澄说："还不是你害的！"

"哇……你这个女人！"谢霜辰打了一排感叹号，"我才是那朵无辜的小白莲！"

史湘澄说："你可以闭嘴了。"

谢霜辰本来想跟她再聊几句，没想到凤飞霏忽然跳出来插嘴说："今天晚上演出还有票吗？"

"干吗？"谢霜辰接茬，"给你哥啊？"

"啊！"凤飞霏说，"我哥说来看看我的工作环境。"

谢霜辰说："你哥也是够无聊的。"

凤飞霏说："你这个黑心老板是不是怕了？"

史湘澄说："有一张第一排的备桌，平时不卖票，就是比较靠边，行吗？"

"行。"凤飞霏说,"我哥来了要是点什么吃的,就记在我的账上。"

"哎哟喂,'二小姐'行啊!"谢霜辰揶揄,"大方啊,一个月挣多少钱啊都能给人记账啊?香肠,那一桌给铺满啊!"

凤飞霏疯狂发"抽打"表情包:"你给我闭嘴!"

谢霜辰疯狂发"大笑"表情包。

"你笑什么呢?"叶菱晾完了衣服从阳台进来,初春还有些冷,他赶忙把门关上了,走到谢霜辰身边坐下。

谢霜辰说:"'二小姐'说给他留一张票,他哥要来,是不是来考察工作的啊?万一他觉得我们对'二小姐'不好怎么办?"

"他?不会。"叶菱说,"我觉得不会。"

"晚上就知道了。"谢霜辰说。

叶菱忽然问谢霜辰:"你是不是故意的?"

"什么?"谢霜辰不知道叶菱在说什么,"什么故意的?"

"就是你说咱俩之间的事儿。"叶菱说,"我觉得事情发展的趋势跟我想象的不一样。"

谢霜辰往沙发上一仰,得意扬扬卖关子。叶菱倒是爽快,在谢霜辰脸上果断来了那么一下。

用手糊的。

谢霜辰捂着脸说:"我当然是有意而为之啊,这样不也挺好吗?大家一笑而过当作娱乐,总不能话都让别人说了吧?我觉得这比气急败坏地跟二师哥对喷强点,而且我估计他现在在家里肯定特别纳闷儿,并且对这个世界充满怀疑。"

"也是,时代不一样了。"叶菱说,"你二师哥会觉得所有人的想法跟他一样。可现实并非如此,大家喜闻乐见。你倒是也可以,这么快就洞悉互联网生态了?"

"因为我认真学习了呀!"谢霜辰正视叶菱,"而且我是有些私心的。"

"怎么?"叶菱不太清楚谢霜辰这里面有多少套路。

谢霜辰说:"我想向所有人炫耀您这位好搭档。"

叶菱笑了笑,起身说:"行了,别表忠心了,说正事儿吧。你跟你二师哥的事接下来打算怎么处理?"

谢霜辰思考片刻,说道:"依我对他的了解,他其实是喜欢权力或者是身份的压制。在我小的时候,如果做错了什么事儿不想挨教训,四师哥就会告诉我为什么错了,而二师哥就总会说,他是师哥,得听他的。至于对错……反正总有冠冕堂皇的理由。他对于师弟们的感情很复杂,很纠结,他把自己当作一个家长一样的存在,会对你好,但是不准你反抗。在我们这样传统的家庭中,家长是跟权力画等号的。"

"所以当他发现他没有理所应当地接过师父的衣钵成为一个 leader（领导者）的时候，他就疯了？"叶菱说，"这么大岁数了怎么活得这么不明白。"

"每个人追求不一样。"谢霜辰说，"所以他可能会竭尽全力地在圈内打击我，用话语权去挤压我炮轰我，把之前他私底下做过的事情变本加厉地搬到台面上来。他甚至可能想让我明白，我失去了他的抬举会生活得非常惨淡，他一直以来也都是这么做的。"

"但他……达不到他想要的目的。"叶菱说。

"没错。"谢霜辰说，"我会骂他，但我不会真的跟他硬来，我们的战场不在所谓的曲艺圈内。"

叶菱接道："而是在漫山遍野的人民群众当中。"

谢霜辰说："知我者叶老师啊！"

叶菱说："别臭贫了，你打算怎么收场？"

"这事儿呀，短时间内没个胜负，就让时间去检验吧。"谢霜辰说，"至于我什么时候亲自出来卖惨……再过两天吧，先让二师哥自己多琢磨琢磨。您信不信，我越是不说话，他越是难受？"

"信，当然信。"叶菱像是哄他一样地说。

第二章

咏评社的晚场生意不错，谢霜辰一波操作着实狠狠虐了一波粉。

两个神仙哥哥被一个老男人欺负成这样什么牢骚都没发一句，还是兢兢业业地说相声，这是何等的气度啊！

必须买票支持！

很多来不了现场的粉丝为了表忠心，会在演出开始之前把最后没卖出去的座位买下来贡献票房。即便工作日的晚上，自然上座率只有七八成，在票务信息上看也是满档的。

"我们是不是要发财了？"蔡旬商看了看今天的"售罄"字样，询问谢霜辰。

谢霜辰说："有你在估计发不了财。"

蔡旬商赶紧说："我其实运气没有那么差的，而且运气这种事情也不影响发财呀？"

"你别叫财主了，改叫财迷吧。"谢霜辰说。

蔡旬商无奈："你们怎么净爱给人起外号？"

"因为我乐意。"谢霜辰最后核对了一下今天的节目单，杨启瑞跟陈序不来，来的是兼职的演员。他年前就计划着过了年之后招募演员，但是被灯砸了一下，这事就耽搁了下来。紧接着又是杨霜林出来跳，谢霜辰头一次感受到了分身乏术。

凤飞霏进了后台，后面跟着他哥凤飞鸾，穿着不像初次见面时那么正式，休闲了许多，更显得平易近人。

"哟——"谢霜辰叫了一声，不管熟不熟，先站起来招呼，"来了啊？"

凤飞霏说："倒是哪儿都有你。"

谢霜辰说："去，倒水去。"

凤飞霏说："不去。"

当着人家大哥的面儿，谢霜辰着实不好可劲儿使唤，就笑着问凤飞鸾："吃了吗？"

凤飞鸾笑着回答："吃过了。"

"那行，随便坐吧，后台乱。"谢霜辰拉过一把椅子请凤飞鸾坐下，"一会儿节目开始了你可以上前台去。"

凤飞霏满屋子扫了一眼："叶老师呢？"

"里屋休息呢！"谢霜辰说。

后台本来是一个特别大的开间，后来谢霜辰为了让大家有个专门休息的地方，又隔了一个小房间出来，里面有床，隔音做得很好，累了可以用来睡觉。

听了谢霜辰这句话，凤飞霏"啧"了一声。

谢霜辰弹了一下凤飞霏的脑门，"年轻人，脑子里的废料不要那么多，容易脑梗。"

凤飞霏说："你去死！"

谢霜辰说："尊老爱幼，你先请。"

"哥！"凤飞霏向凤飞鸾告黑状，"就是这个坏人成天欺负我！黑心老板！"

谢霜辰说："合着你真叫你哥来砸场子啊！"

"不是，我就是好奇来看看他。"凤飞鸾说，"说起来，我们哥儿俩也是好久没有见过了，是他突然联系我叫我来参加你们的仪式，我很意外。"

谢霜辰看看凤飞鸾，又看看凤飞霏，说道："之前听他对你的形容，我还以为你不乐意来这种场合。"

"也不是。"凤飞鸾说，"我只是不太喜欢老派的作风而已。"

"噢——"谢霜辰说，"那你应该常来我们这儿坐坐。"

凤飞鸾笑道："不嫌弃我就行。"

谢霜辰看了看时间，对凤飞霏说："得嘞，该开场了，你赶紧上去吧。"

凤飞霏去换了衣服登台，走之前跟凤飞鸾说："我下来之后你再上前台去看。"

"行。"凤飞鸾满口答应，可凤飞霏前脚刚走，他就跟谢霜辰道了别，溜达去了之前预留的位子上看凤飞霏表演。

谢霜辰去叫叶菱起来，叶菱揉了揉眼睛，听外面的声音知道演出已经开始了，问道："怎么不早点叫我？"

"反正我们是最后，时间还早。"谢霜辰说，"凤大少来了。"

叶菱问："哪儿呢？"

"台下看'二小姐'表演呢！"谢霜辰说，"我要是他我得尴尬死。"

叶菱笑道："可惜不是。"

"哎呀，现在真是喜欢什么的都有。"谢霜辰说，"都有给'二小姐'送礼物的了。"

"怎么，羡慕嫉妒？"

"那我也真是闲的。"

这个园子里闲得发慌的不止这么几位角儿。

观众逐渐多起来之后，史湘澄一个人就忙活不过来了，谢霜辰专门聘了几个专职的服务生，史湘澄就腾出时间来满场子晃悠晃悠了。

她通常都会在最后面录像，平台直播倒是关了，现阶段没必要搞那些东西，有这精力不如搞搞粉丝运营。

教学素材是关键。

史湘澄经营一众超话已经很长一段时间了，包括 B 站上很多视频都是从她这儿流出去的。这东西一开始是费点劲，但等粉丝逐渐都摸过来之后就轻松很多了。她只需要传传料，自然有一群人发散出去。

近日来，除了反黑组之外，还有了专门的安利组主页，天天发咏评社的视频段子，当真是拿出了追星的架势。

就差来几个站姐了。

不过人家自己不这么认为，这叫弘扬中国传统文化。杨霜林说他们不伦不类大逆不道，粉丝们为了和"敌对势力"作斗争，各种搞科普论证我们真的很传统，还挖掘出了很多很难找的老片段、老唱段以供参考。

史湘澄那叫一个感慨万千，真是各行各业都能娱乐偶像化。

以前明星偶像才会这样，后来体育明星成了娱乐偶像，电竞选手成了娱乐偶像，甚至纸片人都能变成娱乐偶像……姚笙一个唱京剧的也如同明星一般风靡万千少女。

不过不服不行，归根结底还是时代所造就，大势所趋，谁还能逆流而上不成？

事有两面，偶像同理。有愿意为了追星放弃学习工作乃至正常生活的，也就有为了追星努力学习平时根本不会去看的之乎者也。

对于史湘澄而言，她所面临的问题是"距离产生美"。以前默默玩得还挺开心的，粉丝多了之后天天看那些"彩虹屁"（意思是粉丝们花式吹捧自己的偶像）她都觉得腻歪得慌。吹也得有个基本法吧，怎么能这么闭眼瞎吹呢？

谢霜辰好看归好看，但是是那种认真时英气、玩笑时痞帅的感觉。

叶菱则是腹有诗书气自华的典型。

风华绝代是什么鬼？看多了仿佛不认识这个词。你们吹叶菱的学历还有点道理，吹谢霜辰怎么回事儿？他是个文盲啊！

也不知道是不是凤飞鸾在下面坐着的原因，谢霜辰在返场的时候特意唱了一段评剧。凤飞鸾虽然自己一万年没唱过了，但是欣赏能力在那里，谢霜辰唱得很是到位，不由得心中又对谢霜辰高看了几眼。

虽然凤飞霏嘴上一直吐槽谢霜辰，但是凤飞鸾看得出来，凤飞霏对这里的生活还是很喜欢的。所以他才萌生了亲自来看看的想法，他想知道是什么让一向不喜欢传统行业的凤飞霏能踏实地待这么久。

断然不是凤飞霏嘴上说的被黑心老板扣押这种理由。

散场之后又是大家一起打扫卫生，凤飞鸾也下手帮忙，谢霜辰说："你就在那儿坐着吧，甭费劲了。"

"你们散场之后是各自回家吗？"凤飞鸾问道。

"不然呢？"谢霜辰开玩笑说，"难道去蹦迪？"

"不是，我还不知道飞霏住在哪儿，他也没跟我说，只说住朋友家。"凤飞鸾问。

谢霜辰说："他原来住我家里，后来跑去浪味仙那里住了。"

"浪？"凤飞鸾不太能理解谢霜辰在说什么，脸上带着询问的微笑。

"就是姚笙，那天你见到过的那个。"谢霜辰帮助凤飞鸾回忆了一下。姚笙是个很夺目的人，只要不是失忆，基本见过一次面都不会忘记他。再者姚笙圈里圈外那么有名，凤飞鸾不至于意识不到这个状况吧？

"我不是很关心文艺娱乐方面的事情。"凤飞鸾解释说，"也不是很爱上网。"

谢霜辰说："现充（指在现实世界中生活得很充实的人）。"

凤飞鸾笑道："忙着讨生活而已。"

得嘞，也是个贫穷贵公子。

他们又随意聊了两句，大家收拾妥当，准备各自回家。这时间是没有任何公共交通的，蔡旬商和陆旬瀚就住这附近，溜达回去即可。谢霜辰是经常把史湘澄还有凤飞霏他们送一圈，最后才跟叶菱一起回家的，因为绕路，每次都耽误不少时间。

凤飞霏接了个电话，说："姚老板说过来接我一起走，今儿不用你送了。"

"他今天怎么发善心？"谢霜辰问。

"他说他刚排练回来，正好顺道。"凤飞霏说，"大概是不想让我总是麻烦你跟叶老师吧。"

叶菱问："他什么时候来？"

"怎么啦？叶老师想我了？"说话间，姚笙便风尘仆仆地来了，手里转着他的车钥匙，吊儿郎当的。眼下浮起的淡淡青色却透露了他的疲惫，不似往常那样光鲜亮丽。

"你是不是嗓子唱哑了？"谢霜辰问。

"没有，有点感冒。"姚笙扫了一圈儿，"哟，今儿这么多人啊？你们着急回家吗？要不吃个宵夜去？我这一天还没吃饭呢！"

史湘澄说："我不去了，我回家睡去啊！天天在这里饱受摧残，我感觉我都要枯萎了。"

谢霜辰本来也想回家睡觉，可是他万一说散了，他和叶菱回家，凤飞霏跟姚笙走，似乎就把凤飞鸾一个人丢这儿了。

有点尴尬啊！

"我也有点饿了，上台前光顾着睡觉没吃饭。"叶菱说，"走吧，一块儿吃个饭吧，正好凤大少在。"

"那我想吃……"凤飞霏刚一开口，姚笙就拒绝了他："除了小龙虾，什么都可以。"

　

五个人找个吃宵夜的地方着实犯难。

要说住在北新桥一带吃不上饭那是滑天下之大稽，漫山遍野的饭馆通宵达旦地营业，随便进去一家都能吃个心满意足。可问题在于他们在这里待时间太长了，成天火锅、烤串、小龙虾，神仙也受不了。

姚笙坚决抵制小龙虾，那篑街上一半的饭馆就没戏了。

谢霜辰看了看时间："那要不然吃卤煮去吧，北新桥那家开得晚。"他特意问过凤飞鸾，"大少，下水吃得惯吗？"

凤飞鸾点点头："我都可以。"

"喂，你这个人有毒吧？"凤飞霏指着谢霜辰说，"你让我管你叫叔，怎么我哥在你口中就成了大少？你这怎么算的啊？"

"跟你是辈分，跟你哥是称呼。"谢霜辰说，"我爱怎么算怎么算，你管得着吗？"

姚笙说："走吧，别贫了，也不嫌累得慌。"

他们几个凑一块儿那就基本上没安静时候，都是吃开口饭的，嘴上功夫谁也不输谁，只有叶菱安静地在一旁听着，不接话也不打岔，他们怎么安排他就怎么做。

即便是深夜，店里还有两三桌客人。五个人去了靠里的位置坐下，谢霜辰自然而然地张罗了起来，记好了大家吃什么要什么，就叫着叶菱跟他一块去端了。

"你自己去不就行了，为什么还老使唤叶老师？"凤飞霏又开始挑谢霜辰的刺。

这次反而是叶菱笑着说："我这不就是个伺候角儿的吗？一人一碗，你还多要一菜底儿，他自己搬不了啊！"

这句话让姚笙联想到了这些年给凤飞霏买过的东西，对凤飞鸾说："你弟真的很能吃。"几个字当中的心酸，想必接触过凤飞霏的人都能懂。

"半大小子吃死老子。"凤飞鸾对此并没有什么不好意思，面带微笑地说，"年轻嘛！"

姚笙说："我年轻的时候也没吃这么多过啊，我都怕他积食儿。"

凤飞鸾说："他这不活得好好的吗？"

凤飞霏说："你们能不能不要总议论我了？还有你，姚笙，不要总是跟我哥提有的没的！"

"说了多少次叫长辈要用'您'。"姚笙说。

"我们高贵冷艳的老保定人才不像你们北京人一样成天'您''您'的，听着跟骂人一样。"凤飞霏故意说。

"别胡说。"凤飞鸾弹了一下凤飞霏的脑门，"人家说你就好好听着，哪儿这么多废话？没大没小。"

说话间谢霜辰和叶菱端着满满当当的几个碗过来，还一人发了一瓶北冰洋。姚笙最近不喝带气儿的饮料，丢给了凤飞霏。

"你嗓子行不行啊？"谢霜辰问姚笙，"要不然我看卤煮也别吃了，吃根黄瓜爽爽口得了。"

姚笙说："我饿死在大街上你看行不行？"

谢霜辰顺势说："我看还真行。"

"你可别逗着姚老板说话了。"叶菱无奈地拦下了谢霜辰，"赶紧先吃口东西吧，姚老板你再忙也得吃饭啊……"

大忙人姚笙的手机又响了。

凤飞霏一听见姚笙手机响都神经紧张，光是他听见的，十有八九都没好事儿。他虽然在吃饭，可还是不由自主地竖起耳朵来听旁边姚笙的动静。

姚笙面无表情地举着手机，似乎对方一直在说话，他一句话也没说，就"嗯"

了两声，异常严肃。紧接着，他稍微闭上了眼睛，深吸了一口气，又重重地呼出，仿佛在压抑自己的情绪，开口说："你不用跟我道歉了，没必要。很多话今天白天我说得非常明白，犯了错就得认，我不喜欢纠缠不清的人。而且对我来说，品行比能力更重要。我现在在吃饭，不要打扰我了，好吗？"

对方又说了点什么，姚笙翻了个白眼，他似乎已经在暴走的边缘了，谢霜辰和凤飞霏看着他，生怕他下一秒就砸手机掀桌子。

只见姚笙的手用力地握了握，失去了听电话的耐心，挂断之后手猛地一举！

"欸你……"谢霜辰脱口而出。

姚笙愣住，最终还是没有砸下去，把手机往桌上一摔，一脸冰霜，明显是被气得不轻。

"哟，怎么了？什么人给我们角儿气成了这样？"谢霜辰关心地问，"又是工作上的事儿？"

"不然呢？"姚笙一开口，声音冷漠，比刚才更哑了一点，就跟带着冰碴儿一样，"之前是舞台协调出问题，一摊子事解决清楚之后，现在又是音乐出问题。要不是我现在没闲心跟他们纠缠，否则我早拿着违约合同告得他们倾家荡产了！"

"音乐？"谢霜辰问，"你……不是京剧吗？带个文武场面不得了？又哪儿来的音乐啊？"

叶菱说："你别插嘴，让姚老板说。"

姚笙叹了口气，说道："我这个戏是穿插进行的，一古一今。古的部分就是京剧演绎的盛唐气象，今的部分是现代人与《长恨歌》的故事。音乐的部分是用在这块儿的，都是国内知名的音乐制作人，几场搭的也都是重量级的演唱嘉宾。结果今儿就给我捅娄子，中间一场的作曲跟人得意扬扬地说他给我的曲子是几年之前没卖出去的，又随便混了几首别的给了我。"

凤飞霏不解地问："他又没偷没抢，能用不就行了？"

"我的钱是大风刮来的啊？别人都那么尽心尽力地为了一台完美的演出而努力，凭什么这种人可以混下去？再说了，他自己说随便混了几首别的在里面，我知道他抄没抄别人的啊？"姚笙说，"我最讨厌这种糊弄事的人，赶紧给我滚蛋。最傻的是，完事还不依不饶，就这眼力见儿还混呢啊？赶紧死去吧。"

谢霜辰说："你别是今天骂街把嗓子骂哑了吧？"

"我这是上火！"姚笙提了一个八度，"一整段的音乐全撤了，我这还要找人给填补上，你说这事儿烦不烦？"

谢霜辰小声说："那你自己乐意也没辙啊！"

姚笙懒得理他。这事儿说到底是他自己对于"完美"两个字已经到了变态的地步,如果人家背后的闲话没有被他听到,他也察觉不出来这里有什么问题。他只是知道了,产生了厌恶的想法,就让人家卷包袱滚蛋,跟谁说理呢?

"你是不是最近绷得太紧了?"叶菱关心地问,"什么时候正式演出?"

姚笙说:"五一。"

"现在3月底快4月了,满打满算一个月。"叶菱算了算日子,又问,"座儿怎么样?"

"卖完了,早卖完了。"姚笙的口气并没有任何炫耀,他甚至对这样一个票务售罄的状态表现得很无可奈何,"要是一张票没卖出去,没一个观众来,我犯得着这样吗?"

正是因为大家捧场,所以姚笙才倍感压力。要知道他可不是卖一个剧场一两千张票,而是卖了一个体育馆的票,近万名观众,标准的演唱会制式。最可怕的是这些观众的成分非常复杂,有来听戏的,有来听歌的,有纯粹来凑热闹看新鲜的,也有职业追星的。

把所有的口味调和在一起,把各怀目的的观众融合在一起,才是最难的地方。

也难怪姚笙会这么神经紧张。

"哎!"谢霜辰忽然一拍大腿,"凤大少不是搞音乐的吗?你问他不就行了?"

凤飞鸾反应了一下,连忙摆手说:"我只是玩玩乐队,很业余的那种,不专业。"

"嗨呀,那你也比我们懂吧?"谢霜辰说,"这张桌儿上可能也就你能给他聊聊这个事儿了,跟我们都聊不到一块儿去。"

"先吃饭吧,吃完饭再聊,再饿两顿我该胃穿孔了。"姚笙不想在结束了狗一样的工作之后还聊这个,他已经够心烦的了,能够强忍住没有大爆炸已经是相当给这桌人面子了。

"哥,要不我今儿晚上跟你走吧。"凤飞霏对凤飞鸾说。

"为什么?"凤飞鸾说,"我那儿没你的地儿。"

凤飞霏说:"我可以跟你挤一张床。"

"那行吧。"凤飞鸾说,"你只要不闹脾气就行。"

"你为什么不回家住?"姚笙不知道凤飞霏为什么突然要跟他哥走。凤飞霏在他这里生活了很久,他理所应当地认为凤飞霏回的那个"家"就是自己家,反而觉得凤飞霏跟他真正的家人回去是件特别意外的事儿。

"因为我觉得你今天晚上肯定得再发一次疯。"凤飞霹说，"我还想好好睡觉呢！"

姚笙说："我发什么疯？我晚上睡觉都关机好不好？"

"不不不。"凤飞霹说，"我才十八岁，我还需要健康成长。"

"你别扯淡了。"姚笙说，"你去年就十八岁，今年还十八？"

谢霜辰说："这个我得出来说句公道话啊，我们这种老艺术家都是永葆青春的。"

"你闭嘴！"姚笙骂谢霜辰，转头又跟凤飞霹掰扯晚上住哪儿的事儿。最后姚笙一拍板儿："得了，要不然二位少爷都上我们家住去，我家里地儿大，你们哥儿俩能叙旧，我正好还能跟大少聊聊音乐和戏曲方面的事情。"

他自觉提出了一个非常完美的方案，可这个方案在身外人谢霜辰看来简直就是逻辑爆炸。

"不是，你犯得着非得让人都跟你家住去？"谢霜辰吐槽，"怎么着啊，合着你们晚上是不是还得玩一玩丢枕头游戏,然后半夜小姐妹手拉手上厕所啊？早上是不是还得起来互相对镜贴花黄啊？'浪味仙'你最近是不是压力真的太大了？这都叫什么事儿啊？"

姚笙愣了一下，没有骂谢霜辰，而是沮丧地用双手捂住了脸，顿时陷入疲惫不堪的状态，说道："我不知道。"他这么做确实很没道理，并且很失态。

凤飞鸾拍了拍凤飞霹的肩膀，温和地说："你既然在姚老板家里住得好好的，就不要闹脾气跑出来。人家对你好的时候你怎么不记得，专挑人家不好的时候呢？"

"还是大少敞亮。"谢霜辰称赞一番，然后暗搓搓打小报告，"'二小姐'就是嫌弃我们家然后跑去浪味仙家里住的。"

"'二小姐'？"凤飞鸾问。

"哎呀你们别说了！"几个人的话对于凤飞霹小朋友而言简直就是家长互相揭短儿一般令人羞耻心爆棚，"烦不烦啊！"

谢霜辰风凉地继续说："就是他一直让我们叫他'二爷'，说在家里行二，然后大家就叫他'二小姐'了啊！"

凤飞鸾笑笑，仿佛对于凤飞霹的此种行为完全不意外，甚至略带歉意地说："飞霹在家里一直都是娇生惯养的，确实有点，嗯……脾气，你们尽管说他就是了。"

"你怎么胳膊肘往外拐啊？"凤飞霹对凤飞鸾也非常不满，"还不是都赖你，要是你没有离家出走，我犯得着在外面过寄人篱下的生活吗？凭什么你一走了之，家里一摊麻烦事儿都让我顶着啊？你不想学戏，我也不想！就因为你比我早出生好几年，就有权利撂挑子吗？你想追梦，我还想追梦呢！"

凤飞鸾问："那你的梦想是什么？"

凤飞霏答不上来，转而说道："我就是想要自由！"

"飞……"凤飞鸾露出了无奈的表情，话却说不下去。

　　凤飞霏一句"我不想学，我想自由"，几乎戳中了在场除叶菱之外几个人的心，几个年纪大的都是过来人，可是他们也没什么能够跟凤飞霏讲的道理。

　　十八九岁的少年正是爱做梦的年纪，他们想成为拯救世界的超级英雄，没人想穿着戏装去唱压根没人听的戏文。

　　想与不想，他们甚至自己都无法决定。

　　那四位都是出身世家的孩子，唯有叶菱半路出家，他或多或少知道这种心情，可是他没有完完全全经历过那种成长，所以也就没有什么体会和共鸣。因为在叶菱看来，他自己就是很想说相声，这是一道必答题，而不是选择题。

　　他没有做过选择，目标很坚定，从来没有一刻犹豫过，也没有萌生过"不想说了"这样的想法。哪怕这个世界都跟他作对，他也不会退却。

　　叶菱就是这样一个人，在几个人之中是最不爱说话的那个，但他的沉默不代表随波逐流。眼前的路非常清晰，他知道自己想要什么，一条大路无所畏惧地大笑着蹚过去就好，管什么得失与风浪呢？

　　"你怎么能这么跟你哥说话？"姚笙今天本身就压着火气，凤飞霏一闹，他就有点兜不住了，教育凤飞霏说，"你哥会跑你不会跑？我看你这不在外面跑得挺欢的吗？现在又埋怨你哥让你扛担子，问题是你真的扛了吗？出来混各凭本事，你挑什么别人的错儿？你要自由，那你说说自由是什么？这个事我说过好多遍了，别没大没小撑脸玩，学戏怎么了？爱学不学！我看就你那两下子学也学不出个玩意来，趁早滚蛋！"

　　他一堆话机关枪一样地"突突"起来，凤飞霏不知道回哪句，凤飞鸾没发表意见，反倒是谢霜辰要疯了。

今天的卤煮是不是有毒？怎么一个个的都吃成了这样儿？

气氛一下就冷了下来，只有切大肠的伙计还在淡定切大肠。深夜食堂待久了，什么妖魔鬼怪没见过？只是吵吵几句，已经非常小场面了。

"我有点头晕。"谢霜辰对叶菱说，"叶老师您吃完了吗？完事了回家吧？"

"嗯。"叶菱立刻领会了谢霜辰的意思，把最后一口北冰洋嗑干净了，"时间不早了，姚老板你明儿是不是还得继续工作？吃完了早点回家休息吧。"

凤飞霏低头把另外一个菜底儿"呼噜呼噜"两口扒拉完了，然后一脸"我不开心但是我不说所以你们最好能看出来并且主动和我说话"的表情坐在那儿。

但是并没有人理他。

凤飞鸾叹气。

"得，回家。"姚笙站了起来，指了指凤家两兄弟，"你们今儿都得跟我回家，我这个人说一不二没什么好商量的余地。真论少爷脾气，我想在座的各位都嫩点儿。"说罢，他拿着自己的车钥匙直接走人了。

谢霜辰扶额，跟凤飞鸾说："大少啊，真是不好意思。'浪味仙'可能最近真的快疯了，这会儿说胡话，您别太介意啊！他平时真的不这样……您多担待担待吧。哎甭说了，我自己都编不下去了，他就是在无理取闹，前言不搭后语的，干吗非得让您也上他们家住去啊？这都哪儿跟哪儿啊？"

"没事儿我不介意。"凤飞鸾波澜不惊，"也是飞霏先出言不逊的，飞霏麻烦姚老板这么久，我也理应有所表示。姚老板邀请我们一起去他家住，也是一番好意，没什么见怪不见怪的。"

"嗨。"谢霜辰说，"您就当他给你们哥儿俩提供了一个总统套房相聚吧，他家地儿大，把门一关谁也不碍着谁。"

凤飞鸾笑道："那也不错。"他拍了拍凤飞霏叫他站起来跟上，四个人一起走出去，姚笙把车开到了门口，摇下车窗等着他们。

谢霜辰看着这辆骚包的红色法拉利，问道："你这塞得下三个人吗？"

姚笙指了指后面："把凤飞霏切碎了打包扔后面。"

谢霜辰笑着敲了敲车顶："多大仇？别吓唬小孩儿了，半夜再跟你哭，你受得了？"

叶菱站在后面，身旁是凤飞鸾，他对凤飞鸾说："我们没人懂戏，谢霜辰是他师弟，虽然学戏懂戏，但是两个人现在从事不同的行业，见面聊天的时间越来越少。我猜以姚老板的性格，也不会跟家里人讲自己遇到的困难。他就是个风风火火的脾气，但人是很好的，你是懂戏曲的，也懂音乐，又这么年轻，可以跟他聊聊，也许会有不一样的想法呢？"

凤飞鸾不拒绝也不答应，含笑说道："这就得看姚老板的意思了。"

不说怎么把人塞进去的，反正姚笙是带着哥儿俩成功回家了。

一进家姚笙就开始忙前忙后，先是给凤飞鸾腾屋子出来，然后又给凤飞鸾找没拆封的睡衣，他俩身高体型差不多，凤飞鸾穿姚笙的衣服比凤飞霏合适得不是一点半点。

"姚老板，你真不用这么麻烦。"凤飞鸾说，"我跟飞霏睡一块儿就行了。"

"不用，我家地儿大。"姚笙说，"空着也是空着，何必挤着睡？"

凤飞鸾不拒人好意，就由着姚笙忙活了。

凤飞霏回来之后一句话没说，洗了澡就爬上床睡觉了，宛若一个内心受到极大创伤的小动物。趁着姚笙收拾的工夫，凤飞鸾去房里看了看凤飞霏，他就像小时候一样悄悄推开一个门缝，面对黑漆漆的卧室，小声问道："飞霏，睡觉了吗？"

"睡着了。"凤飞霏闭着眼回答。

"噢，那你好好睡吧。"凤飞鸾不戳破这样幼稚的谎言，"醒了叫哥，晚安。"

他轻轻把门关上，门锁的声音落下，旁边就传来了砸东西的声音。

手机终结者姚笙把新换的手机又砸了，他真的应该回家之后就关机，要不然就不会接到令人爆炸的工作电话。他从手机残骸中把电话卡找出来，出来去换新手机，看见站在外面的凤飞鸾。

凤飞鸾没有表现任何好奇或者不解的神情，他很轻松地站在那里，好像什么都知道一样，还对姚笙笑了笑。

"抽烟吗？"姚笙忽然问。

"不抽。"凤飞鸾说。

"那正好，我们家也没有。"姚笙自己都觉得自己有点前言不搭后语，"那喝两杯吗？"

"可以。"凤飞鸾点点头，"只不过我不喝洋酒。"

"我这儿没洋酒。"姚笙不忙着换卡了，而是去自己的酒柜前，"都是白的，来点度数低的吧？"他拽出来一瓶牛栏山，"三十八度的，随便儿喝喝。"

他见凤飞鸾没动，以为凤飞鸾嫌弃这酒太便宜，连忙说道："这个酒真的挺好喝的，咱北京本地的，我平时就喜欢喝这个。要不……要不我开瓶茅台？你等着啊……"

"不用了。"凤飞鸾着实让姚笙给逗笑了，"这个就挺好，我不懂酒，给我喝再好的也是牛嚼牡丹。"

"瞧你这话说的。"姚笙从柜子里又拿了两个小酒杯，柜门一关，去了落地窗前的吧台。

外面就是茫茫夜色，万家灯火已经熄灭，只有天上一轮明月皎洁无瑕。

"天气真好。"凤飞鸾说，"月亮又大又圆，很美。"

姚笙看了一眼："北京春天风大，雾霾少，换了冬天就不成了。"

凤飞鸾问："这会儿好看就行了，你为什么要想它不好看的时候呢？"

"我……"姚笙不知道怎么接，他确实没心情赏月，只想找个人喝两杯然后滚去睡觉。

天一亮还得睁开眼睛面对各种糟心的问题，他只想今朝有酒今朝醉，逃避现实。

"喝闷酒不好。"凤飞鸾说，"达不到喝酒解千愁的意义，对身体也不好。问题不能解决，还平白无故多添几分愁苦，得不偿失。既然想喝，无论如何也得叫自己痛快起来才值得。"

道理是这个道理，可姚笙很难说释怀就释怀。猛灌了两三杯之后，姚笙才问凤飞鸾："你在北京多久了？"

凤飞鸾说："要是算上上学的话，满打满算小十年了吧。"

"啊？"姚笙又问，"那你今年多大？"

凤飞鸾说："二十七。"

"那你跟叶老师差不多，比我大两岁。"姚笙又给自己灌了一杯，吸了吸鼻子，"你觉得在北京生活难吗？玩音乐……现在似乎并不是一个很好的出路。"

凤飞鸾说："当时我离开家的时候只有一个想法，只要让我不接触戏曲做什么都行。"

"现在呢？"姚笙问。

"现在？"凤飞鸾想了想，"现在没有当初那么叛逆了，只是我实在不是学戏的料，就算刻苦努力也未必会有什么成就，相较之下飞霏更有天赋。我不如就选择去做我喜欢的事情，而且越是到后来，越能感觉到艺术上的事情很多都是共通的，小时候学的那些曲调也好、乐器也好，很多元素都可以拿来再用。我想，我可以厌倦一个传统的家庭，但是没必要对一个传统的艺术形式心怀怨恨，毕竟它本身又没做错什么……只是这些道理那时我还不懂。"

"对，没错，我能体会你的心情。"姚笙闷头想了想，忽然说，"你跟我来。"

"你……"

凤飞鸾的问题还没来得及问出口，就被姚笙拉到了他的书房里。

书房很大，一面墙是书柜，另一面墙上挂着胡琴等戏曲中常用的乐器。剩下一面墙有窗户，不大，另外一面墙什么都没有，颜色刷得很深。

姚笙把幕布放下来，投影仪打开，连好自己的电脑，说道："这是我们一些阶段性的彩排 demo（样片），是在排练室里的。"

凤飞鸾认真地看着画面内容，姚笙还是一身便装，只穿着外面的水袖，然而一颦一笑尤见风姿。

彩排的内容不连贯，一段一段的，但是凤飞鸾已经大概知道了这出《长恨歌》的基本剧情和风格调性。这种表演他从来没有见过，仅仅是如此粗糙的排练都已经给他带来了十分新奇的体验，那么如果加上舞美、灯光、音乐……

那会是怎样的精彩绝伦呢？

"大致就是这样。"姚笙把进度往回拉了拉，"砍掉的音乐在一小时这里，是一段比较重要的衔接，对应着'缓歌慢舞凝丝竹，尽日君王看不足。渔阳鼙鼓动地来，惊破霓裳羽衣曲'这两句。其实原本的曲调我觉得稍微有点温和，体现不出剧情急转直下的那种跌宕起伏。"

"嗯，有一些。"凤飞鸾点头说，"乐器的搭配太温暾了，用拨弦类的乐器会比较好。"

"吉他？"姚笙问。

"琵琶会更好。"凤飞鸾说，"其实包括前面现代部分的音乐编曲，我个人觉得没必要完全抛弃传统乐器，加入一点点古调音色，整个乐章的衔接会更自然。那些配色的乐器不用很明显，只需要有一点点声音，甚至不需要一耳就听到，但感觉就会不同。"

一言惊醒梦中人，姚笙拍了一下手，去墙上取他挂着的胡琴，坐下来就要拉琴。凤飞鸾按住了他的手，笑着说："太晚了，这个声音很大，会惊动周围的人。"

"没关系，我的书房做了专门的隔音。"姚笙起来去把窗户的隔板拉上，房间立刻就进入了密闭状态，"放心，蹦迪都听不见。"

凤飞鸾问："你会拉琴？"

"会，文武场都学过一些。"姚笙把视频的进度又往回拉了拉，放了一遍，"这块儿我一直觉得不是很顺，我拉一下，你听听。"他拉了一小段，凤飞鸾听后给出了自己直观的想法，姚笙顿觉恍然大悟，似乎之前那些让他觉得纠结不明的地方一下子清晰了起来。

凤飞鸾虽然是学习评剧出身，但是对于几大曲种都有涉猎，基础功底非常深厚。即便是跟姚笙聊京剧也丝毫不露怯，甚至有很多自己独特的看法。姚笙与凤飞鸾越聊越投机，颇有一种相见恨晚的感觉。

"你为什么不继续唱呢？"姚笙遗憾地说。

"我说过了，我唱戏的资质不高。"凤飞鸾笑道，"只是学过的理论知识比较多，能够和人聊上几句，装装样子罢了。"

"那你就来玩乐队，玩摇滚？"姚笙打趣说道，"你的性格一点也不像是玩摇滚的。"

凤飞鸾说："玩摇滚还需要有什么性格吗？音乐是自由的东西，没有什么标签可以定义它。有人觉得很张扬、很暴躁、很叛逆是摇滚，但是你听听 The Beatles（甲壳虫乐队，英国摇滚乐队）的音乐，他们穿着西装像个绅士，他们不摇滚吗？摇滚乐是一种自我的态度，你是什么就是什么，而不要给自己贴上一个标签。你觉得自己很酷就可以了，而不是'我玩叛逆暴躁的摇滚所以我很酷'，这是不一样的。"

"你确实跟大众意义上的乐手不太一样。你很有礼貌，也很有文化修养，待人也很和善。我想，没人会不喜欢你。"姚笙说，"也许你不适合唱戏，但是适合做创作。你的很多想法都很好，最关键的是，你可以把很多原本风马牛不相及的东西融合在一起。"

凤飞鸾说："我不如你，至少那些天马行空的想象我是没有的。而且就音乐方面来说，我只能说一说自己的看法，我不是什么专业的音乐制作人，所以我说的东西，你最好还是问过你那边专业老师们的意见再去做比较好。"

"不，你说的这些我希望原封不动地实施下来。"姚笙说，"戏曲对于音乐制作人而言只是一种元素，他们是不会讲究我们所说的板和眼……也不能这么说，就是大家讲究的方式不同，你能懂我的意思吗？"

"懂。"凤飞鸾从墙上又取下了一把琵琶，说道，"刚刚我说的'惊破霓裳羽衣曲'，可以由吉他转到琵琶上，像这样。"他的手指在弦上拨弄，快时嘈嘈如急雨，慢时切切如私语，他的手常年弹琴，指腹上是厚厚的琴茧，挑拨琴弦时完全没有任何的障碍。短短一段，听得姚笙惊心动魄，连连拍掌。

"就是这个感觉！"姚笙很兴奋，他在屋子里转悠了好几圈，然后飞奔出去拿酒，给自己和凤飞鸾满上，硬要和他再喝一杯，"山重水复疑无路，柳暗花明又一村。今日听君一席话，胜……"他顿了顿，瞎编了句词儿，"胜过闲杂人等瞎说一万句，受教受教，来，干杯！"

凤飞鸾接过杯子和姚笙碰了一下，却说："举手之劳而已，不用说得这么隆重。"

"但是这对我帮助真的很大。"姚笙说，"你最近有什么别的事情要做吗？要不要上我那边去看看？如果你愿意的话，我可以邀请你做演出的音乐监制吗？"

"我？"凤飞鸾有点惊讶，"这个工作太专业了，我怕我不能胜任。我是个无名无姓的人，你忽然把我弄过去难以服众，这样不好。"

"过分谦虚就是骄傲，我说你行，你就行。"姚笙说，"其他的事情你不用管，我这个人向来独裁，别的人，服就留下，不服就滚蛋。"

"这……"

见凤飞鸾有些犹豫，姚笙诚恳地说："主要是去找一个既懂戏曲又懂音乐的人真的很难，这个人还能跟我聊得来简直难如登天。你不需要动手去写什么乐谱，我可以找到大把的人给你代笔，我需要你的想法。我能听出来，你有想要表达的东西。"他用手指点了点自己的太阳穴，"我所做的一切都是为了表达，因为我不服。我常常想，我如果踏踏实实地唱戏到底能不能走到今天这一步。我觉得不能，单纯唱戏谁听呢？我去拍电影拍广告，给别人的作品助演，做各种跨界活动……做了这么多，我只是想让更多的人知道我这么号人，从而让他们知道我是个唱戏的。你看，谢霜辰他二师哥说他不伦不类，我又何尝没有遭受过老先生们老票友们的议论呢？但事实证明我是成功的，我一场演出能卖出去上万张票，外面黄牛可以漫天叫价，我要奉献给我的观众最精彩的表演，我让更多的人知道，京剧真的很美，也很好听。她应该随着时间展现不同的姿态，张开双臂去拥抱一切，而不是被放在冰冷的艺术馆里供后人瞻仰。"

姚笙越说越激动，酒精带来的作用已经渐渐地浮现在了他的脸上。他没有醉，只是眼角脸颊有些泛红，像是涂了一层淡淡的胭脂，艳丽至极，却无丝毫媚气，大方夺目。此情此景再配上姚笙慷慨激昂的发言，听得凤飞鸾心中百感交集。

"飞鸾。"姚笙站直身体，认真严肃地对凤飞鸾说，"你愿不愿意跟我一起干件大事儿？"

凤飞鸾思考片刻，点头说："你如此热诚邀请，我要还是回绝实在是不识抬举。既然你不嫌弃，那我就恭敬不如从命。"

姚笙笑了，与凤飞鸾连喝三杯。

第四章

　　一瓶酒见底，夜已过半，二人却不知疲倦，家伙事儿全拿了出来，边聊边弹，凤飞鸾低头在纸上记录，然后再拉琴，姚笙聊到兴奋之处还会唱上几句，他有点感冒，嗓子的状态不是很好，但别有一番风情。

　　他们两个把酒言欢琴瑟和鸣，一直到天蒙蒙亮时才有了困意，谁也不愿意多挪动半步，就和衣在书房的小榻上睡着了。

　　于是姚笙一觉就睡过了头，耽误了第二天的工作。

　　他的手机砸了没有换新的，没人找得到他，急得他经纪人李欣然一路飙车跑到他们家来拍门。

　　凤飞霏被叫了起来，一脸不耐烦地去开门，见是姚笙的经纪人姐姐，虽然起床气还没下去，但他也不敢造次。

　　"姚老板呢？"李欣然一边儿问一边儿往里走。

　　"不知道啊！"凤飞霏说，"我没见着他啊，他没去工作吗？"

　　李欣然摇头："打电话都打不通，哪儿都找不到，所以我先上家来看看，他昨儿晚上回家了吧？"

　　"回了。"凤飞霏说，"但是我不知道他早上有没有走。"

　　"那就……"李欣然推开了书房的门，里面黑漆漆的，她下意识地开灯。房间被照亮的瞬间，就见小榻上两个人睡得昏天黑地，房间里还弥漫着一股酒精的味道。

　　李欣然和凤飞霏愣在了原地。

　　"哎哟喂我的角儿啊！"李欣然大叫着就跑了过去把姚笙给晃醒。这一嗓子动静着实不小，凤飞鸾都给吓醒了。

"唔……干吗啊……"姚笙被李欣然拽了起来,眼都没睁开,声音沙哑地说,"今天不是周末么……"

"周什么末啊!今天可是你自己定的排练时间。"李欣然说,"赶紧醒醒吧!一屋子人等着呢!你嗓子怎么了?都哑了!"

姚笙睁开眼,发愣一样地看了一会儿李欣然,似乎在辨认她的脸,意识渐渐回笼。

姚笙"噌"地一下站了起来,咳嗽了两声,费劲地说,"我睡过了!你等着啊,我刷牙洗脸马上就走!"他刚走出去几步,立刻折返回来去拽凤飞鸾,"飞鸾,你跟我一块儿走。"

凤飞鸾脑子也糨糊着呢,都不带思考的,任由姚笙拽着。

两人倒是麻利,洗漱一番下来也没用多少时间,李欣然看看他们俩这惨样儿,给他们拿上了衣服,说:"走吧,我开车。"

然后三人就离开了,只留凤飞霏一个人愣在原地恍恍惚惚。

刚刚……都发生了什么?

凤飞霏一直到晚上去小园子演出时,都没想明白他哥怎么就跟姚笙鬼混到了一起。凤飞霏觉得有点恶寒,上台说快板书都有一句没给贴上。

"你这是严重的舞台事故啊!"凤飞霏下台,杨启瑞与陈序上台,谢霜辰坐在后台"调戏"凤飞霏,"想什么呢?以前没见你这样过啊……哎哟喂,春暖花开,你是不是思春儿了?"

"你能不能闭嘴?"凤飞霏一脸不开心。

"你别闹他了。"叶菱戳了一下谢霜辰的额头,坐下来问凤飞霏,"昨儿姚老板晚上没闹事儿吧?"

"没有。"凤飞霏对谢霜辰态度不好,但是对叶菱就有所收敛,非常恭敬。他说话有点吞吞吐吐、犹犹豫豫,一副后面还有后续的样子,叶菱便追问:"你是不是有话想说?"

凤飞霏纠结地问:"姚笙他……他没有什么特殊的喜好吧?"

谢霜辰想了想,说:"喜欢把戏服摆一屋子算吗?"

凤飞霏立刻联想到了姚笙那个堪比蓝胡子的小黑屋,打了个激灵,摇头说:"不算。"

"那没有了。"谢霜辰说,"依据我对他的观察,除了趣味有些"低级恶劣"之外,没什么特殊喜好啊!"

叶菱听出来凤飞霏绝对不是想问这个事儿:"你不如有话直说。"

"我今儿早上看他跟我大哥睡一块儿了。"凤飞霏说，"本来我也没觉得有什么……"

谢霜辰和叶菱互相看了看对方，谢霜辰"扑哧"笑了出来，说道："你呀，想什么呢？可能两人就是聊天聊困了躺一块儿睡觉而已，你这小脑袋瓜里怎么全是废料啊？连你亲哥都不放过，也是绝了。"

凤飞霏脸一下就红了，气急败坏地想跟谢霜辰打架。

"好了，你别老逗他了。"叶菱说，"这么大点孩子正是青春期的时候，你干吗非得'勾搭'他？带坏了算谁的？"他又对凤飞霏说，"他逗你玩的，你别当真。对不清楚的事情有好奇联想是自然而然的事情，如果你想知道就去自己问。不论你是猜对了还是猜错了也都不碍事，成年人之间的交往只要是自愿平等的，就没有什么可遭受非议的，明白吗？"

凤飞霏嘟囔说："叶老师，叫你这么一说，我更觉得奇怪了。"

"你看吧。"谢霜辰向叶菱摊手，"你们文化人讲道理，他这个小文盲压根听不懂。"

叶菱说："从明天开始都给我看书学习！"他往旁边儿一扫，伸着耳朵听八卦的蔡旬商和陆旬瀚立刻装作没事儿人一样，仿佛什么都没听见，无事发生。

史湘澄匆忙跑到后台，不小心撞了一下椅子"哎哟"了一声，差点栽倒。

谢霜辰问："干吗呢？"

"前台有闹事儿的。"史湘澄说。

"啊？"大家都有点惊讶。

谢霜辰站起来说："开张这么久第一次听见有闹事儿的，我们这是……红了吗？"

"你说什么？"这么严肃的事儿都能叫谢霜辰给歪到姥姥家去，史湘澄顿时很想翻白眼。

"你先说说。"叶菱说，"闹什么了？"

史湘澄说："就是二位老哥在上面说呢，下面老有人刨活，这倒不算什么，二位老哥化解得也挺巧妙。但是中后段，就有男的在后面喊'说得什么玩意儿'。"

叶菱问："是什么样儿的人？"

"生面孔。"史湘澄说，"看上去不是很好惹。"她稍微凑近了一点，压低声音说，"我要不要在他们的茶水里加点料？"

"你太绝了吧姐姐？"谢霜辰说，"咱这又不是黑店。"

"去，你上前台看着去，离他们远点。"叶菱对史湘澄说，"我们在后台听听。"

"好。"史湘澄倒是生猛，不怕闹事儿的，跟他们后台的人嘱咐了一声就走了。

谢霜辰靠在上场门那块，稍微挑开了一点门帘看了看，果然中间有一桌四五个男人，流氓一样指指点点。

"怎么回事？"叶菱问。

"不知道，先看看再说。"谢霜辰回答。

后面的演员陆续上台下台，等到谢霜辰叶菱上台之前，两人算是摸清楚了规律。只要是咏评社自己的演员，那几个人就挑三拣四骂骂咧咧，如果是外聘的演员，他们倒是不怎么说话。

明白是冲着咏评社来砸场子的！

"来者不善。"谢霜辰说。

叶菱点点头："而且是有备而来。"

陆旬瀚担忧得要死，说道："那怎么办啊？不会打起来吧？万一打架如何是好？可千万别闹大了啊……"

"老瀚你闭嘴吧！"谢霜辰说，"就算打架你肯定也是万无一失的那个。"

蔡旬商说："我怎么感觉好像突然被鄙视了？"

杨启瑞说："他们对于这些传统活非常熟悉，知道哪块该怎么接最能让演员说不下去，你俩一会儿上去使《打灯谜》可得注意点。"这个活相当传统，里面的灯谜虽然有千变万化的演绎方式，可是每个演员都有自己固定的习惯，只要演过几场，基本上变动不会太大。谜底大家都了然于心，刨活就相当简单了，纯粹看观众素质。

谢霜辰想了想，忽然对叶菱说："叶老师，咱俩换活吧？"

叶菱问："换什么？"

"换你新写的，没人听过。"谢霜辰说。

叶菱说："咱俩也没演过，今天这场合，你觉得合适吗？"

"没什么合适不合适的，反正都是要演的，择日不如撞日。"谢霜辰笑道，"怎么，您不敢吗？"

叶菱也笑道："我有什么不敢的？"

"那就行，走，咱们去会会。"谢霜辰一撩大褂，与叶菱上了台。

二人上台鞠躬，台下的很多观众都是冲着他俩来的，有上来送礼物的，谢霜辰就从后台把人叫出来，接了礼物拿到后台去，台面上始终干干净净。当中那一桌有一个男的拦下了一个要上前面来的小姑娘，递给她一个盒子叫她送来。

那个小姑娘没多想，顺手就拿来了。

这一切都被谢霜辰瞧见了，他脸上没什么表情，那个盒子叫陆旬瀚拿了下去，他敲了敲盒面，陆旬瀚立刻会意，特别小心地拿走了。

"今天来的朋友挺多的。"谢霜辰说，"刚才的节目很好，演的是传统相声《哭论》，那俩演员我也不太认识，因为这都不重要。"

叶菱说："嗯，你也知道都来看你啊？"

"心里想想就行了，您干吗说出来？"谢霜辰说，"弄得人家好像很骄傲一样。"

"我……说出来了吗？"叶菱问。

"没有！"观众们喊。

叶菱耸肩："你看了吧。"

"行行行，我知道您上过学，有文化，就爱挤对我们这种没读过什么书的。"谢霜辰说，"不就是清华吗？您也没考上牛津、剑桥啊！"

"这不是离家远嘛！"叶菱非常淡定地说，"要跟杨青柳开分校我也可以试试。"

谢霜辰说："剑桥大学杨青柳分校艺术人文学院年画专业是吗？"

叶菱还没开口呢，下面就有一个男的喊了一嗓子："说他妈什么玩意儿呢？"

谢霜辰有点吃惊，不是吃惊有人找碴儿，而是吃惊这个碴儿来得也忒早了点。不过他早有准备，仿佛一脸蒙地说："啊？这不说人话呢？没听不懂的吧？"他问问下面观众，"大家都听懂了吧？"

观众也觉得那桌特别烦，齐声说："听懂了！"

谢霜辰笑了笑，然后忽然做恍然大悟状，叉着腰指着下面那一桌说："你们是哪个学校派来的？我跟你们说这儿不是你们学院路，我们清华嫡系只接受北大的来挑衅！"

"别介别介。"叶菱拦谢霜辰，"北大也没这样儿的啊！"

谢霜辰看了看叶菱。

叶菱继续说："北大青鸟也没有这样儿的。"

"那就是北……"谢霜辰还在找词儿。

"北京长途汽车站都没有。"叶菱说。

谢霜辰说："那就北……北京女子学院！有这地儿吧？"

"人家那叫中华女子学院。"叶菱说，"人家那都是女孩儿，不招社会闲杂人等，不安全。"

大家笑了，女孩儿们笑得特别肆意，那桌几个男的有点挂不住，有一个还要张口说话，被另外的人按了按。

话说出去得收回来，谢霜辰抱拳说："不好意思啊我没上过学，对北京这些高校的恩恩怨怨不是很了解。你们看叶老师清华研究生毕业，打小成绩就好，学霸一个。我不行啊，我学渣。"

"俗称流氓。"叶菱插嘴。

女孩儿们特别捧场，对着谢霜辰就喊："臭流氓！"

谢霜辰不恼，贱嗖嗖地说："是啊，这不小时候没本事长大了说相声么，流氓说给流氓听。"

一个姑娘娇蛮尖声问他："说谁流氓呢！"

"姑奶奶，谁流氓说谁，您可不是，您是娇花儿！"谢霜辰笑着回答，他不说是谁，但其他观众都知道他说的是谁。公共场合看演出最怕没素质的，中间那桌那几个男的咧咧半天了，不少观众斜眼看他们，但人家就是没这个自觉，观众们只能抱怨，还能骂街不成？

谢霜辰也不能指名道姓地骂街，只要是花钱买票了，那都是客人。他们这个行当绝对没有挑客人的，总不能这堆客人有钱素质高就让来，那堆客人是流氓、地痞就骂人家赶人家吧。而且对方明显就是冲着他们来的，要是哪里落下了话柄，这就更说不清了。

他们今天准备的节目是叶菱早先写过的一个关于学校和学校、专业和专业之间的故事，比较青春校园，运用的包袱笑料都与现在年轻的学生群体息息相关，能够很快让他们代入自己的现实生活。

这是校园题材的故事，名字就叫《学霸和学渣》，谢霜辰与叶菱分别就是故事里的两个主人公，学渣和学霸是发小，学渣是真自大，学霸是伪谦虚，两个人互相抬举对方导致笑料百出，暴露了两个人其实都不是什么完人，各有各的缺点。

"我上高中的时候是我们那儿一霸……"谢霜辰继续台上的表演。

此时台卜闹事者又喊："就你啊？二椅子兔儿爷的样儿行吗？"

观众们烦得不行，没听过这么骂人的，而且谢霜辰跟"娘"这个字八竿子打不着，已经有人暗暗地在骂脏话了。

叶菱用鼻子用力地闻了闻，谢霜辰问他："您闻什么呢？"

"好像有人放屁。"叶菱说，"要不然就是拉屎，我们这儿可是文明单位，也没见着下头有小孩儿啊！"

"随地大小便跟年龄没关系。"谢霜辰说，"问题是我也没见着有人脱裤子呀！"

叶菱指了指屁股："有的人这个。"他又指了指嘴，"和这个，没什么区别。"

这事儿怪恶心的，但是叶菱一本正经落落大方，听着就有反差的笑料，而且明里暗里损别人，观众就都跟下面笑。

"你放什么屁呢！"那个男的站了起来，指着叶菱骂道，"给我滚下来！"

叶菱看了那个人一眼，理都不理，谢霜辰笑了一下，表情突然变得非常凶恶，指着那个男人用高过一倍的声音喊道："你给我上来！"

观众还起哄："有本事你上去啊！"

那人也是骑虎难下，真上去了指不定怎么着，可是不上去吧，又显得自己特别尿。他正犹豫呢，只听谢霜辰说："我当初就是靠着这一招成了我那边儿一霸。你们知道北京小孩儿打架有什么特点吗？两人互相叫阵，互相跟对方说'你给我等着！你别走，我去叫人'，然后两人就这么散了……这架准打不起来。打架都是有套路的，首先嗓门儿就得比人家高。"

"噢！原来是这样儿啊！"叶菱也立刻跟着谢霜辰回归了剧情，然后往台下扫了一眼，看见那个站着的哥们儿，特别意外地说，"哎哟，您怎么站着听相声啊？这么捧场啊？献花了吗？礼物买了吗？怎么坐那么靠后啊？是真的挤不过小姑娘吗？哎呀怎么这么大个儿连小姑娘都挤不过啊？不会是睾酮在下丘脑囤积过多变雌激素了吧？哟——啧啧啧。"他表现得特别三八，家长里短跟胡同口的大妈一样。

这样的话让谢霜辰说很正常，他本来就没皮没脸。可是叶菱说，简直就是天上下红雨。

熟悉他们的观众都觉得，今天这场是来值了，看来叶菱是真的生气了，好久都没听他这么尖酸刻薄过了。

"是啊是啊！"谢霜辰还附和说，"赶紧坐下吧，要不然你……"他一顿，又突然大喊："你给我上来！"

这一声儿把观众都吓了一跳，那哥们儿更是恼羞成怒，大骂："叫什么叫？就你会叫……"

"骂谁呢？吃饱了撑的吧？这么多观众都是我的衣食父母，愿意听就好好听，不愿意听那我……"谢霜辰黑着一张脸上前一步，大家都以为他要忍不了下来打人了，没想到他却是把话筒杆儿往旁边儿一拽，双手举过头顶，腰一弯，嗲嗲地说，"我也得爱您呀！只能给您比个心了！大爷上来玩嘛！"

大家都愣了。

谢霜辰卖个萌，刚刚紧张的气氛一下子就化解了，大家都觉得他可爱。

"要我说，您这不也买票了吗？捧我生意的都是衣食父母，您刚刚那句……

哎呀，真是不应该，哪儿有自己玩自己的？我都臊得慌。"谢霜辰说，"网络一线牵珍惜这段缘，人生一场戏有缘才相聚，人在江湖飘哪儿能不挨刀。好好坐下听啊，乖啊，不准随地大小便啊，我们这儿有监控，就地拉屎可是要罚款的。"

"有病吧！有完没完？不愿意听我们还听呢！"观众说话声音也大了起来。

"就是，一个大老爷们儿跟这儿找存在感。"

观众可以互相骂街，演员不能骂观众，台下骂了好久，俨然要把那几个人赶出去。谢霜辰听够了，才张口说话，把话题引回节目上。

那几个人吃瘪，一直到演出结束都没有再张过嘴。

谢霜辰觉得今天这一场给观众们造成了很多不好的影响，返场就返了三次，唱歌、唱戏、陪聊天折腾好久才散。

就在此时，那桌站起来一个男人，拿着玻璃杯就往地上一摔！

声音惊动了所有人，静了一秒，立刻就全乱了。

有的观众往外跑，有的观众看热闹，谢霜辰出来，身后跟着后台几个人。

"干吗呢？"谢霜辰问，"我看看谁在太岁头上动土？"

大约是吃了跟谢霜辰斗嘴的亏，几个人不跟他说话，直接砸桌子。

谢霜辰跟史湘澄说了句话，史湘澄就跑后台去了，谢霜辰抄起茶壶就下了场，蔡旬商等人紧随其后。

打架就打架，谁尿谁是孙子！

叶菱拽了谢霜辰一把，说："报警吧！"

"江湖恩怨，警察也解决不了。"谢霜辰是有脾气的，他平时可以不惹事，但是事儿找上头来，他也绝对不带怕的。他的对头一只手都能数过来，这么摆明了来的，还能有谁？

谢霜辰一脸的凶神恶煞，跟人扭打在一起丝毫不落下风。他把叶菱护在身后，但是拉扯之间，对方一拳打到了叶菱身上，谢霜辰急了，抢起凳子来就往那个人身上砸。

木头的靠背椅直接砸散架了。

"别打了……别打了！"凤飞霏大喊，"警察来了！"

现场一片狼藉，凤飞霏身后进来俩年轻的片儿警。这才刚打起来，咏评社的人都在这儿，没人报警，警察能来这么快……

谢霜辰正想着呢，看站在头里那个警察特眼熟。

"我说你们……"民警小张看了看现场，一眼扫到谢霜辰，惊呼，"怎么又是你？"

谢霜辰眼睛转了一下，表情立刻委屈，眼泪唰地就掉下来了，大哭着扑过去：

"警察叔叔，是他们先动手的！他们砸我的店！我可是良民啊！"

跟小张一起进来的民警小李问道："怎么回事？"

"一言难尽……"小张想到了当初谢霜辰也是因为打架进的派出所的事就一阵阵头晕，摆摆手说，"都跟我上所里去！"

"我惨啊！"谢霜辰继续大哭。

对方的人出来说："明明是他们殴打观众，侵犯消费者权益！"

"别吵了！"小张要疯，"走，都走！带上监控，一个都不准跑！"

第五章

半夜鸡叫。

熟悉的环境，熟悉的人，熟悉的泡面味儿。

朴实的北新桥派出所的办公室里，民警小张和小李坐在桌子边儿，面前两拨人，一拨儿穿着大褂，一拨凶神恶煞，怎么看怎么诡异。

小张敲了敲桌子，严肃地说："我们接到群众的举报电话，说北新桥咏评剧场发生打架斗殴事件。说说吧，怎么回事儿？"

"警察叔叔！"小张的话一落下，谢霜辰就跟哭丧一样大叫，"您可得给民男我做主啊！我好端端做我的生意，不知道哪儿来了一群人就拆我的台！我命怎么那么苦啊！"

他哭喊的声儿特别大，小李不知所云，小张一脸无话可说的表情，赶紧示意叶菱说："你让他先别哭，有话好好说，我记得你上次来就挺冷静的，你先劝劝……"小张拖了长音之后含糊地说："劝劝你朋友。"

陆商组、陈杨组、凤飞霏、史湘澄是都跟着去派出所的，打架是打架，他们已经做好了各种罚款拘留的心理准备，但是从来没准备过观看谢霜辰这出戏。

丢人，太丢人了！叶老师您赶紧管管吧！

希望的目光投射到叶菱身上，只见叶菱眼眶泛红，将哭不哭的样子分外楚楚可怜，他吸了吸鼻子，又用袖角擦了擦眼，轻声细语略带哽咽地说："警察同志，我们这小门小户的谁都得罪不起，开门做生意不知道得罪了谁，您二位要是再来晚点，我怕不是就要被他们打……打死了！"

咏评社众人吃惊，怎么连叶老师也入戏了！

哭诉就哭诉，为什么要说天津话！

小张一听见那声"警察同志"脑子里就嗡嗡地响,那个天津话更是魔音穿耳。上回一个哭,这回俩对着哭,年轻的基层公务人员很想死。

好歹小张是见过世面的,小李才是真的一个头两个大,处理家长里短的事儿都没这么闹腾的。

"警官,是他们血口喷人!明明是他们辱骂我们观众!"对面儿带头的大哥跳起来说,"我们哥儿几个今天来听相声找找乐子,他们倒好,在台上对我们言辞羞辱,我们招谁惹谁了?"

小张语重心长地说:"不要叫什么警官,又不是香港电影,要叫'同志'。"话一说完就想起当初在这个办公室里跟谢霜辰、叶菱二人发生的故事,总觉得"同志"这个词怪怪的,赶紧又说:"是'警察同志'。"

被"同志"制裁的阴影一直笼罩在小张的心中。

谢霜辰说:"是他们先动手的!警察叔叔啊!呜呜呜呜……您看我这样的也不像是会打架的啊,上次来我就是受欺负,这次来我还是受欺负,我怎么这么惨啊!"

"别说了!"叶菱抱着谢霜辰默默流泪,犹如被践踏的高岭之花,"可能就是这世道容不下我们吧……"

"你们两个死变态!"被谢霜辰抡起椅子砸的那个人扶着腰咒骂,"谁打死谁啊!警察要是再不来我才是要死了!警察同志,这孙子拿实木的椅子砸我!我身上有伤,我可以验伤!"

"你这是含血喷人!"谢霜辰大叫,"我那里的椅子都是你们砸坏的!你不光侮辱我的工作,你还侮辱我的人格!"

"我怎么侮辱你人格了?"

"你说我们是死变态!"谢霜辰转过头来对着小张说,"警察同志,都什么年代了,还有人拿这事说事,这简直就是对弱势群体和边缘人群最大的侮辱!我们生在红旗下长在春风里,我们为祖国的传统文化传承做过贡献,为改革开放的胜利保驾护航,为精神文明建设添砖加瓦,为北京市东城区 GDP 发展尽过微薄之力……我们不求军功章上有你的一半也有我的一半,只求能活得有个人样儿……然而他们!"谢霜辰一指那群人,哭道,"就是这群人否定了我们劳动成果,从而否定了我们生而为人的价值!"

他一顿长篇大论把小张和小李弄蒙了。

小张心说,你在说什么?

小李心说,张哥我听不懂但是感觉好像很厉害的样子。

"放屁!"对方显然也被谢霜辰绕晕了,打嘴架打不过,干脆说,"肯定有监控！我们看监控，到底是谁抢椅子打人的！"

"看就看！"谢霜辰对史湘澄说，"监控呢，带来了吧？"

史湘澄说："带来了！"她拿着U盘拷在了小张的电脑上，大家开始一起看监控。内容是从今天晚上开场一直到最后打架的，中间谢霜辰那个节目双方互怼只能看见画面，没有声音，最后结束的时候，是挑事儿那拨人先砸的东西。

就在谢霜辰要动手之前，监控戛然而止，黑屏了。

"就这点？"小张狐疑地问。

"嗯，就这么点。"史湘澄说，"后面紧接着您二位就来了。"

"你鬼扯什么！"被打的哥们儿说，"明明后面还有！"

史湘澄说："真的只有这些啊！"她被吼了一下，心中又很急，直接哭了出来，弱弱地说，"我就是一个保洁小妹，我什么都不知道，呜呜呜，干吗骂我呀……真的只有这么多呀！"

"行行行，姑娘你先别哭。"对于在场唯一一位女性，小张还是给予了很大的礼貌和尊重，说话都是和颜悦色的。他拉了一把椅子过来，对史湘澄说，"来，你先坐下。"

其实这事儿是谢霜辰早就安排史湘澄做的，那边儿一砸东西，史湘澄就在后台把监控器给关了。反正没有就是没有，又不是刑事案件，普通的民警是不会打破砂锅问到底的。

至于为什么警察来得这么快，谢霜辰猜测可能是这拨人早就报了警，想要抓个现行。但是千算万算，这群闹事儿的哪儿知道这位出勤的民警小哥是谢霜辰的老熟人呢？

天意，不可违。

现在咏评社已经有仨人在派出所狂哭了，"对方辩友"气急败坏，但都是一群大老爷们儿，总不能学这几个不要脸的玩意儿用眼泪博取同情吧？

让他们也哭？不可能，绝对不可能！

"他们……他们就是故意来找事儿的。"谢霜辰哭起来没完没了，"您看那个录像，开头他还往台上送东西，您说这东西能有个好吗？"

陆旬瀚说："我把东西带来了，我们在后台不敢拆，要不您拆开看看吧。"

小张从监控里看了看，果然有个男人给一女孩儿递了个盒子，看样子是让帮忙送上去。他再看看陆旬瀚手里的盒子，一模一样，没有拆封过的痕迹。

这东西让小张拆，他也不太敢。万一有什么炸弹之类的岂不是全都废了？但是这个事他不能表现在脸上，只能一脸严厉地把盒子给那几个人。

"拆开！"他喝道。

那几个人面面相觑，其中一个勉强接过来盒子，扭扭捏捏地拆开，却没有掀盖儿。

"掀开啊！"小张催促。

"……掀开吧。"带头大哥对小弟说。

小弟特别无奈，只能一把掀开。

里面赫然是一身寿衣。

小张惊叫出了声！

"警察叔叔啊！"谢霜辰反应快，看里面是这晦气东西，更是可着劲儿地哭，"您可得给我们做主啊，他们这是要逼死我们啊！"

"怎么回事？"小张真的是要疯了，为什么大晚上的好端端处理案子，怎么搞得跟鬼片现场一样。

今天晚上还让不让人睡觉了！

小张心中赶紧默背了几遍社会主义核心价值观。

这个事儿他算是看出来了，这群地痞流氓明摆着就是来找碴儿的，现在什么证据都没有，只有身上的伤和手里的那一盒寿衣。

伤也没有证据证明就是咏评社的人动手。

小张干脆不问谢霜辰了，问那边几个没哭的："他们说你们侮辱观众，有这事儿吗？"

"我们哪儿敢侮辱观众啊，观众可是我们的衣食父母。"蔡旬商掏出手机，这会儿已经有人在微博上发他们今天晚上的视频了，他随意挑了几个给小张看，"您看，我们就是跟观众开开玩笑，反倒是他们一直在下面骂我们，说得难听极了，我们都没骂街。"

小张看了看微博里的视频，是谢霜辰他们那段。他心想，这哥们儿还挺逗，强行忍着没笑出来，咳了咳，严肃地问另外一拨儿人："你们还有什么话要说的吗？"

那帮人立刻明白了过来，一句话也不讲。

小张看了看微博转发评论就有好几百，心中有点惊讶。要知道他们这些普通的三次元人类玩玩微博就只是看热闹，微博粉丝数加起来可能一双手数得过来，好几百的转发……这可是新媒体大户啊！

大案！要案！不能随便应付过去！这群挑事儿的人如果不严肃处理，万一被人揭发闹到网上去，他可不想被网络人肉！警民鱼水一家亲啊！

他要维护首都人民警察的荣誉，平安北京，服务人民！

小张和小李商量了半天，闹事儿那拨人先扣了下来，咏评社这边得叫家属来领人。大家大眼瞪小眼，论起家属，恐怕只有杨启瑞和陈序两人能叫了。

问题是这两位老哥是背着家里跑出来说相声的，这么晚还没回去没被当作中年出轨处理已经是万幸了。

还叫人来派出所？过不过了？

大家互相眼神推诿的时候，凤飞霏忽然大哭。

小张疯了，真的疯了，他打算明天就跟领导请病假，现在数数，这屋子里已经哭了第四个了，是个人就得精神崩溃！

"警察叔叔！"凤飞霏哭得特别可怜，他一双猫眼盛满了水，那种少年的委屈尤其令人心疼，"我没有家属，我……"

"好了好了我知道了！你别说了！"小张自己都能脑补出后面的内容来，肯定是没有亲人，没有朋友，一个人无依无靠卖艺维生，就差再来一对苦命的鸳鸯了。

这咏评社都是一群什么人？打着说相声的旗号实际是一个老弱病残收容所？

为什么天底下能有一群这么苦的人凑到一起？

真是闻者伤心见者落泪。

最终在大家一哭二闹三上吊的闹剧之下，小张不得不放了咏评社这群人。再不放，他们非把派出所变成火葬场，哭到天亮谁受得了？

大家从派出所走出来后立刻就不哭了，反倒有点神清气爽，像是打了一场胜仗一样。

"我说，老瀚。"谢霜辰揉了揉眼睛，他刚刚哭得最猛，戏有点过头，出来之后回味一番还觉得不够老辣，"你这次手气可不行了啊，我特意让你接的盒子，没想到开出来一盒寿衣。"

陆旬瀚哭丧："我……我……"

凤飞霏说："可是出来的时候是财主拿的。"

谢霜辰说："破案了！我说怎么开出来个这玩意儿。"

蔡旬商说："关我屁事！"

"还是叶老师最牛，竟然真的能哭出来，简直就是人设崩塌。"史湘澄说，"叶老师这个戏真的是……嗯，叫人意想不到。"

叶菱淡定地说："我这也是一回生二回熟。"

谢霜辰看了看时间，说："别的先不说，杨哥陈哥，你俩赶快回去吧，这都几点了，嫂子们没打电话过来？"

"在派出所谁敢接？"杨启瑞说，"嗨呀不说了，走了走了，回头见面再聊，要不然真的该被离婚了。"他笑了笑，陈序也跟他们挥了挥手，两人顺路一起打车走了。

"中年家庭生活就是这么身不由己啊！"蔡旬商感慨。

"手黑的人就不要感叹人生了。"谢霜辰说，"今儿没事儿了，大家散了散了！香肠，你明天贴休业公告。"

"休几天？"史湘澄问道。

"这个礼拜都不开工了。"谢霜辰说，"然后你叫人来收拾收拾，下礼拜再开。"

史湘澄点头："行。"

"都回了吧。"谢霜辰说。

第六章

谢霜辰和叶菱二人深夜回家，一进门，谢霜辰就去扒拉叶菱的衣服。

"你干吗啊？"叶菱莫名其妙，"疯啦？"

"您叫我看看。"谢霜辰说，"我看见那孙子打着您了。"

"没事儿。"叶菱说，"我自己都没什么感觉。"他磨不过谢霜辰，还是把衣服脱了，坐在床上弓着背。他的后背上青紫了一大块，谢霜辰碰都不敢碰，气道："都这样儿您还说不疼。"

"走路撞墙也能磕成这样。"叶菱说，"多大点事儿。"

谢霜辰说："早知道就应该卸了那孙子的手。"

"哟，本事这么大呢？"叶菱穿好衣服，转过身来，"能耐啊！"

谢霜辰说："为了您，杀人放火都干得出来。"

叶菱说："我不叫你杀人放火，我叫你好好着。下次别动手了，砸点东西就砸点东西，桌椅板凳才几个钱，再给你脑袋开了瓢，你让我怎么办？"

"放心，不叫您唱《小寡妇上坟》。"谢霜辰说，"我心里有谱儿。"

叶菱说："我是说每次发工资的时候得你签字才行，上次就因为你住院拖欠了很久。"

"……"谢霜辰无语。

叶菱只是跟他开个玩笑，见他这反应很可爱，心情轻快了很多，问道："你知道那群人是哪儿来的吗？是你二师哥吗？"

"我一开始觉得是二师哥。"谢霜辰说，"但是开出来那盒寿衣之后，我就知道不是他了。"

"为什么？"叶菱问。

"二师哥这个人虽然比较烦，经常阴阳怪气指桑骂槐，但是他顶多就是使使他认为老辣的手段，比如控制控制舆论，或者动用一些权力来镇压我。"谢霜辰分析，"送寿衣太下作了，归根结底他是个体面人，不会这么做的。"

"那还能有谁？"叶菱思考，"我们没有得罪过其他人。"

谢霜辰戳了一下叶菱的脑门儿："叫声师哥听听。"

叶菱说："你爱说不说。"

"哎哟我的好哥哥，我告诉您还不行吗？"谢霜辰口气轻佻，表情却不似那般轻松，"二师哥自己不会做这样的事情，但是不代表他身边的人不会。您想啊，他是有徒弟有学生的人，还有那么多有的没的，这里面的利益关系很复杂，那些人会放过我们吗？未必。阎王好见小鬼难缠，指不定是他身边儿什么人为了献殷勤做的呢？反正他不会知道中间发生了什么，只会知道我们被人砸了场子。"

"原来如此。"叶菱说，"你们家还真是豪门秘辛（指不为人知的故事）啊！"

"秘辛个啥，就是穷折腾。"谢霜辰起身去隔壁房间溜达了一圈，回来时手上多了一瓶红花油，"来，给您揉揉。"

叶菱乖乖地趴好，谢霜辰的手在他的后背上游走，力道适中，很舒服，叫他紧绷了一宿的神经松懈了很多。

"叶老师，您今儿也吓着我了。"谢霜辰说。

叶菱问："怎么了？"

"我真没想到您能在派出所里跟着我一起闹。"谢霜辰说，"特意外，真的。我觉得您是个有修养的文化人，不屑于像我这样不要脸地跟人撒泼打滚。"

"也没有什么吧。"叶菱轻描淡写地说，"总不能让你在那儿孤军奋战吧？"

"我……"

"难道你觉得我不会为了你改变吗？"叶菱忽然问了一句。

谢霜辰停下了手中的动作，叶菱发觉谢霜辰没动静了，就转过身去看他。

"怎么了？"叶菱曲起腿，碰了碰谢霜辰。

谢霜辰说："没事，就是觉得您特别好，竟然跟我搭伙，想想都觉得不可思议。"

"肉麻。"叶菱笑了笑，摸着谢霜辰的头说，"我只是个普通人，也就你拿我当个宝。"

谢霜辰说："您就是宝。"

"好吧好吧。"

咏评社不开张的日子里，大家都是在网上交流。

每天晚上都有演出的生活其实是很紧绷的，休业这几天权当是放假休息了。谢霜辰草拟了一份招聘的介绍叫史湘澄贴了出去，然而他没离开电脑，对着一个文档似乎在冥思苦想。

"你要写东西？"叶菱问。

谢霜辰点点头："写一份公关稿。"

叶菱说："针对什么事情？发哪儿的？"

"当然是针对这一段时间以来遭遇的网络上的指责和诽谤啊，还有昨天晚上的事儿。"谢霜辰解释说，"之前二师哥闹腾的时候我不是没搭理他打算渗（北京方言，停留、不做的意思）着吗？现在感觉应该出来说两句了。"

"你有大致思路了吗？"

"有。"谢霜辰说，"但是我有点书到用时方恨少的感觉，很多话我能自己口述出来，但是写成书面语就感觉……"他想了想，不知道怎么形容。

"不高级？"叶菱问，"还是不够一针见血？"

谢霜辰说："都有点吧。"

叶菱拍了拍谢霜辰的肩膀："你说你要写的东西，我给你代笔。"

"好啊！"谢霜辰立刻站起来，搬了把椅子坐在旁边，"我觉得中心思想肯定是表达我并没有做出什么欺师灭祖、大逆不道的事来，一切都是某些人别有用心地诬陷。当然了，我并不是要单纯地卖惨，因为单方面卖惨很容易引起路人的不适。又不是死爹死妈的社会新闻，路人未必关心。我觉得还是得扣个帽子……"

"弘扬传统文化呗！"叶菱说，"要和谐共赢，不要总是有个什么人都想跳出来一统天下，归根结底还是在于传统行业的整体发展，是吗？"

"就是这样！"谢霜辰拍手，"文辞表述上，大体风格就是体面卖惨但不娇气，尊重对方但是文明骂街，自己仿佛受尽委屈也要微微一笑绝不抽搐，用欢声笑语掩盖内心的痛苦，还要略带最后一丝丝尊严和底线，唤醒广大人民群众的同情心。"

听了谢霜辰的要求，叶菱笑道："绝了，你这个跟五颜六色的黑有什么区别？"

"我觉得这个风格很适合您啊！"谢霜辰说，"您骂人不比我狠？"

叶菱说："读书人骂人哪能叫骂呢？"

"那叫什么？"谢霜辰问。

"你等着看吧。"叶菱的双手在键盘上开始有力地敲击。

他对着屏幕的表情很冷漠，偶尔微微蹙眉，像是在思考。文档里的光标一直移动，整个过程很流畅，约莫两个多小时之后，他完成了一篇大约四五千字的草稿。

"可以啊叶老师。"谢霜辰惊叹，"您这速度可以去写网文了，这一天得更新多少字？"

"累死我算了。"叶菱说，"就是想明白了要写什么，剩下的就是纯打字了。"

谢霜辰靠近了一点，趴在电脑前："我看看。"

两个人对好稿子之后没有着急发，时间当不当、正不正的，不挑个良辰吉日总觉得亏得慌。于是合计了半天之后，他们决定周五晚上见，因为那天是清明节。

周五一大早，谢霜辰就带着叶菱去扫墓，谢欢不在北京，嘱托谢霜辰代去。若是换作当初师兄弟几人在一起的时候，一定会有人叨叨谢欢，又不是什么集团公司老总，哪儿那么多事儿天南海北地忙？老爷子就这么一个丫头，生前不孝敬，死后都不来上坟。

可是谢霜辰不在乎这些，他觉得这些身后事其实都是虚的，一天上八百回坟也不如生前多打几回电话。这种仪式更多的是活着的人去寄托自己的追思，寻求一些心灵的慰藉罢了。

"师父，您老人家在那边待得怎么样呀？"谢霜辰把花摆放好，蹲在墓碑前就开始侃大山，"虽然我知道您是一位老党员，是一位无产阶级斗士，不相信什么死后的因果轮回。咱爷俩儿当年就爱互相耍贫嘴，现在好了，您没法儿还嘴了，就光听我一个人说吧。我给您来个贯口怎么样？"

他嘴里开始念叨《八扇屏》，随便捡了一段儿就来，声音不大，仿佛在跟人窃窃私语一般，口齿清晰字句流畅。打小就学的东西，一辈子都不会忘，也一辈子不会错。

"……到后来，湖北韩龙进来他妹韩素梅，太祖酒醉桃花宫，带酒斩三弟，醒酒免去苗先生。广义去后，太祖后悔，说出：可惜我那先生，他乃洒金桥旁卖卦之一江湖人也。"谢霜辰一口气说到了底，却没有问出最后那一句提问，而是对着谢方弼的照片说，"师父，人在江湖，是不是真的身不由己啊？"

谢方弼不会回答他。

他只是自言自语地说："您走得倒是挺轻省的，留下一堆烂摊子等着我和叶老师处理呢！哦……对了，跟您汇报个事儿，叶老师现在是您徒弟了。"他扭头把叶菱拉过来，"叫声师父。"

"师父。"叶菱应声，顿了顿，小声问谢霜辰，"用磕头吗？"

　　"不用，打个招呼就行了。"谢霜辰笑了笑，感慨说，"师父啊，我觉得您当初就是喜欢叶老师的，只不过碍于那几个师哥和外界同行的压力没办法收叶老师。没法儿啊，这么一个无名小卒忽然就成了大前辈，换谁谁能乐意？您看我现在就被针对了吧，不是别人，还是我亲二师哥。虽然这事儿我自己做得也不是特别地道，但是要不是他欺负我欺负得那么厉害，我能这样吗？"

　　谢霜辰表面上各打五十大板，实际上过错都往杨霜林身上推："您了解我是个什么样的人，我猜您把衣钵传给我，多少也有点赌博的成分在里面。我觉得您挺朋克的，牛，我争取不让您押错宝。说实话，我不是一个特别争强好胜的人，但是我没办法，师哥们不给我活路，我得吃饭啊！咏评社被我重新开起来了，一开始生意挺惨淡的，外加师哥挤对。要不是叶老师在我身边支持，我真不知道该怎么办了。我跟叶老师不光搭伴儿说相声，还在一起生活，一个房檐儿下住着……"

　　"你怎么什么都说？"叶菱掐了谢霜辰一把，前面听着还挺正常呢，后面就蹦出来一堆废话。

　　真是嘴上没个把门的。

　　"我这是在向师父交代经过，好叫师父放心啊！"谢霜辰有理有据，不顾叶菱阻拦，继续说，"反正差不多就这个意思，我们好好生活，普普通通过日子的那种。现在日子也好过了一点，至少咏评社生意上还行，但是跟我小时候记忆中那个名流会聚的咏评社可比不上。那是一个长远的目标，不说发家致富，至少够吃饭了，您就放心吧。啊！不对……也不能说完全放心，有件事儿得跟您提一下。二师哥可能已经要气疯了，说我欺师灭祖、大逆不道，他说我什么都行，但是他不能说我欺师灭祖，这是天大的罪过。我讨厌我的师哥们，可我不会背叛师门、不会背叛您，这就是我的底线。对于二师哥的行为，我得挑明了跟他好好掰扯掰扯。我想您肯定不想看见兄弟反目的戏码，但是……"谢霜辰垂下了头，不知道怎么说下去了。

　　"但我是一个爱斤斤计较、争强好胜的人。"叶菱忽然说，"我不管什么兄弟反目，有人敢欺负你，我就要欺负回去。反正我是个后来的野路子，什么都不懂，谁爱说闲话就让谁说去。"

　　谢霜辰抬头看叶菱，他还是那副波澜不惊的安静样子，但是眼神中透露的绝非什么温柔善良。

　　叶菱从头到尾都不是什么弱小之辈。

　　谢霜辰笑了笑，仰天长叹道："哎——师父，您看见了吧，您这小徒弟厉害着呢，我都不敢惹。我就跟二师哥反目一下，跟六师弟啊……我俩这辈子肯定兄友弟恭相互扶持，里外里这不就扯平了吗？那咱们说好了呀！"

他比画着手指在墓碑上按了一下："拉钩儿。"

二人又待了一会儿，正要走时见杨霜林等人迎面过来。后面跟的不是李霜平和郑霜奇，是几个稍微年轻点的，是杨霜林的徒弟和学生。

双方这么面对面，关系不尴不尬的，谢霜辰双手抄在袖子里，先开口笑道："哟，二师哥啊，巧啊！最近怎么样？扫个墓都带这么多人来，这排面看来是不错啊！正所谓人逢喜事精神爽，我看您是不是得了什么好事了？让我猜猜啊，这事儿……"

"这么久不见，你小子废话还是这么多。"杨霜林对着谢霜辰不像媒体网络上那么咄咄逼人，仿佛那个打压谢霜辰的人不是他一样，"我能有什么好事儿？你不给我找事儿，对我来说就是最大的好事儿了。"

"哎哟喂，那兄弟我罪过可大了，还得劳烦您给我操心，不过话说回来……"谢霜辰说，"我最近安安生生地做生意，能给您找什么麻烦呢？要我说啊，您岁数也不小了，有什么事儿交给年轻的去做就行了，能少操心就少操心，保养身体比较重要。您看师父就走得匆忙，您要是也腿儿一蹬过去了，那真是一把沙就扬了啊，什么都没了。"

"你说什么屁话！"杨霜林身后的人忍不住出来说话。是个人都能听出来谢霜辰话里的意思，可杨霜林碍于面子没法儿跟谢霜辰面对面这么互喷，他总不能当着这群小孩儿的面失分寸吧？

他只能摆摆手，轻飘飘地说一句"多谢关心"。

"那您去看师父吧，刚刚我可跟老爷子交代了好些事儿，您去对一对，看我有没有半句假话。"谢霜辰笑得特别意味深长，"我跟霜菱师弟一起去看四师哥了，回见哪您！"

他的手臂一勾，叶菱立刻就"贱兮兮"地跟了上去，与杨霜林擦肩而过的时候还特意轻飘飘地说："二师哥，回见。"附赠一个诚意微笑，可一看就是故意的。

谢叶二人扬长而去，给杨霜林气个半死。这两人明摆就是恶心他来的，既在师兄弟名分上恶心他，又要在行事作风上恶心他。

也是绝了。

　　谢霜辰这个话痨又在周霜雨的墓碑前絮絮叨叨了好一会儿，他们大清早来，聊完都快中午了。毕竟过去的一年之中发生了好些事儿，细细数来，不由让人感慨人生无常，风流总被雨打风吹去。有人谢幕，便有人登场。

　　发完牢骚，谢霜辰和叶菱在外面吃了一顿饭就回家了。叶菱又重新看了一遍自己写的东西，默默地等待合适的时间。

　　周五的晚上永远是欢快的，人们结束了一周沉重的工作终于得以拥抱两天属于自己的休息时光，正是心情飞扬的时刻。

　　如此良辰如此夜，不来点八卦下饭吗？

　　谢霜辰早早就做好了晚饭跟叶菱一起吃了，晚上六点，叶菱坐在电脑前，用谢霜辰的微博发布了一篇名为《大梦沉沉终不悟，千呼万唤总徒然——从咏评到无声，也谈谈我和相声的这几年》的长微博。

　　文中简明扼要地表述了一番谢霜辰最近一段时间的经历，解释为什么没有及时出来解释，推卸于身体原因。现在身体康复，才终于有闲暇时间写一写、说一说。

　　这段不假，咏评社的观众是知道谢霜辰许久没有登台演出，再回来时变成了一个秃瓢。

　　紧接着，后面便写到了现在社会上对于他本人的一些流言、非议，文中的表达十分含蓄，用词也非常谨慎考究，态度平和，不卑不亢。既有一个作为年轻后辈对于前辈们的尊重，又有一个处在时代前沿者的思考和斗争。行文言辞风趣幽默，各种引经据典，但一点都不掉书袋，小学文化水平都能看懂这是在干吗。

关于代拉师弟一事当初所谓的"口盟"，其实谁都没有证据证明是有还是没有，不过此文拿出了当初叶菱在谢方弼家中居住时为谢家师徒二人创作的太平歌词手写笔记，其中还有谢方弼的修改批注。

谢方弼与叶菱二人在艺术上的交流实证也侧面证明了谢方弼对于叶菱的青睐。

要不然怎么会叫一个寂寂无闻之辈介入他们师徒二人的节目创作中来呢？

关于欺师灭祖一事，文中将谢方弼留给谢霜辰的遗物也一一列举，重点说明的就是这一块咏评社的木牌。

这个牌子是挂在当初戏园子门口的小门牌，因为一代代传下来具有非常大的意义，所以谢霜辰将其完好保留，现如今用的那块是新做的。文中将咏评社的历史简单叙述一番，更加突出了谢方弼将牌子传给谢霜辰的意图——传承。

而谢霜辰所作所为也确实是遵照谢方弼的遗愿，重新开办咏评社，在继承了旧咏评社的传统剧场相声的模式之外，结合现代特别是互联网浪潮下的审美趣味，不断推陈出新，向更多的年轻人展现传统文化的魅力。

中间还放了几张咏评社的照片，台下确实有很多年轻的面孔。

最精彩的部分还得是结尾，这个结尾的篇幅其实占了整体的二分之一左右，意为上升表达。分析现状，提出对于未来发展的种种畅想，虽然拔高，但是不浮空，看完之后只叫人热血沸腾，恨不得现在就买票冲进园子里好好支持一番传统文化。

"当今之文化传承在于年轻一代，在流行偶像文化熏陶之风下长大的孩子们势必会用极大的热情去追捧喜爱的事物。而这并非新兴产业，早在百年前戏曲的黄金时代里，就有'捧角儿'一说，疯狂者亦可抛家舍业，这是大众娱乐文化需求的体现。内容和形式会随着时代而变化，但是精神内核不会变。一百年前说之乎者也，现在说疯狂打 call，我们不要做一个曲高和寡的艺术家，而是要做一个贴近生活的传承者——而传统曲艺，自古以来就是跟人民群众的生活息息相关的，'传统'不是高贵的矜持，'传统'是在这片热土上生活的人们世世代代所信奉的优秀品格。'传统'不是你活得足够久就可以，'传统'是值得被保留的东西。

"我在街边撂地演出时为了聚集观众曾用《学猫叫》表演过白沙撒字，效果很好。我想，如果当初还用传统写字的方式去演绎，恐怕不会有什么人来看。都这个年代了，谁还不认识字呢？年轻人只会对新鲜的事物感兴趣，写字的见过太多了，但是他们没见过用白沙子画猫头的。他们见到了会用各种工具去查这是什么东西，然后记住了，哦，原来这叫白沙撒字，有一部分人停留至此，引以为日后谈资。还会有一部分人去搜什么叫白沙撒字，它怎么来的，为什么要这么做……这就相当于传统知识在年轻群体中的传播吗？他们喜欢去浪漫的土耳其，一起去东京和巴黎，但是一旦让他们知道那庄公闲游出趟城西也很有趣，他们也愿意骑驴。

"而相声是最为简单易行的方式，因为它是欢笑的艺术，浅层来说，它让人发笑，让人快乐，笑一笑十年少，追求快乐是人的本能。深层次来说，它是幽默的表达，它可以抨击讽刺社会现象，也可以表达人间温情，它有一张庸俗的皮，在泥地里摸爬滚打，充满了烟火气息，不上档次，但并不能掩盖其本质。

"关键在于方式和方法，所有的文化都是向下传承，打快板唱《青春修炼手册》大家喜欢听，那就打快板唱。总有喜欢快板的人和喜欢《青春修炼手册》的人会因此坐到一起，所谓的'哗众取宠'和'追赶热度'，其实就是互联网时代的方式和方法。我自己不能评价这到底是好是坏，一切只能交由现在的观众和未来的时间去评判考验了。

"我永远同我所热爱的观众站在一起，我愿意为了观众们奉献我毕生所学，尽心尽力，做一个不那么'本分'的传承者。"

微博发出去的半个小时内没什么动静，只有谢霜辰的粉丝在那里感动落泪，直到大约七点的时候，姚笙转发了一下。

"深以为然。"姚笙这四个字很轻，但是感情很重。

凤飞鸾看姚笙休息的间隙低头拿着手机沉思，表情凝重，便关心地问："看什么呢这么认真？"

"谢霜辰这个小王八蛋。"姚笙笑道，"他发一个微博出来卖惨，这文字叙述功底水平绝对不是他那个文盲能达到的，肯定是叶老师写的。"

"写什么了？我看看。"凤飞鸾接过了姚笙的手机。

姚笙说："叶老师真是可以，明忍暗娆的这个劲儿真是到位。"

凤飞鸾阅读速度很快，刷刷几下就看完了，说道："是读过书的，逻辑很完整，叙述上轻重缓急丝丝分明，看完之后有种他们真的很想去做点什么的感觉。"

"哎，看到最后我都有点小热血了。"姚笙说，"我得做点什么。"

凤飞鸾问："什么？"

"其实也没什么，我除了有钱，其他的什么也没有。"姚笙笑着回答。

凤飞鸾会心一笑："然而有钱能使鬼推磨。"

其实用不着钱，光是姚笙那么大一个号的转发就足以让更多的人关注这件事。而杨霜林对于谢霜辰的针对也早就是摆在台面上的事实，只不过谢霜辰终于站出来和他对峙了。

转发的舆论其实很好控制，只要第一个人提出鲜明的站队方向，后面的就会一个个跟上。

评论不是这样，评论可以随意说。

于是就出现了评论转发两世界的情况，转发都在支持谢霜辰，评论则是各种骂街讽刺阴阳怪气的都有。

"这群人大晚上的是没有夜生活吗？"谢霜辰用手机看评论，挨个品评，"真是什么妖魔鬼怪都有。"

叶菱在用电脑看，他很冷静，从成百上千的评论中找寻他的目标。

有人说："现在是随便哪里来的野鸡都敢讲道理了吗？"

叶菱用谢霜辰的号回复并转发了出来："感谢您身体力行地表演什么叫自问自答。"

有人说："你是不是觉得真正的艺术家都不上网啊？就你长嘴了？你这是否定了别人的努力！"

叶菱转发："我不否定任何人，我只是想否定您本次的发言逻辑。"

有人说："本质上还不是想炒作吸引低龄粉丝？恶臭！"

叶菱转发："您微博显示只有二十岁，人在二十五岁之前大脑前额叶皮层都在发育，它涉及比较复杂的认知功能，属于高级人类情感。针对您的评论我表示容忍和理解，因为您真的还没有长'脑子'。"

有人说："你是不是真的以为老先生们没有粉丝？真的以为没人会出来撕你？"

叶菱转发："那还真是不知道天高地厚。"

有人说："请问你怎么回应你的作品确实艺术性不高，存在哗众取宠迎合观众低俗口味的嫌疑？"

叶菱转发："＃论提高当代中小学生阅读水平的重要性。＃"

有人说："呵呵，关你屁事，我们喜欢的是传统的相声艺术，你这一棒子打死可真是厉害，你有什么实绩成绩？我从小学习中国古典文化，对现如今所谓的流行文化深恶痛绝，就是你们带坏了现在的孩子，你算个什么东西就出来说三道四？"

叶菱转发："然而'实绩'两个字出卖了你。"

有人说……

叶菱面不改色心不跳地逐一评论转发，舌战八方，一个打一百个还有富余。他很礼貌，不说脏话不骂街，甚至每句话结尾都会带上一个句号。精髓的就是这个句号，凸显得他仿佛是一个没有感情的杀手一样。

简直残酷，简直无情。

谢霜辰都不用插手，就用手机在一边看着，各种拍案叫绝。那条原始微博的转发"噌噌噌"地上涨，很多是因为叶菱的回复一针见血而跑来围观的。评论里各种"哈哈哈"，一开始还正义感爆棚想帮着原博怼杠精，结果发现原博并不需要他们。

在进攻号角响起的时候，别扯人家后腿就行了。

更有谢霜辰的粉丝瑟瑟发抖地表示，希望正主行为不要上升到粉丝，粉丝非常弱小可怜又无助，粉丝什么都不知道！

"叶老师，我觉得您非常有当键盘侠的潜质。"谢霜辰凑过去说，"文化人骂街确实不叫骂街呢！"

叶菱百忙之中抽空问他："那叫什么？"

谢霜辰说："叫'讲理'。"

叶菱笑了笑，不置可否。

他不打算在这件事儿上花费太多的时间，"殴打""小学生""殴打"到晚上九点左右，他觉得此阶段的东西都发得差不多了，今天这一波也该结束了。

骂街看似谈笑风生，但是剖析里面的逻辑漏洞并且予以还击其实是非常消耗精力的，叶菱离开电脑之后露出了疲惫的神情。

"怎么了？"谢霜辰问。

"困了。"叶菱说，"想睡觉。"

"是不是特别累？"谢霜辰拍了拍叶菱的肩膀，低声说，"辛苦了。"

叶菱摇摇头。

"我都帮不上您的忙。"谢霜辰说，"您那篇文章写得特别好，就是我想说的话，但我是个文盲，我只会写大白话。我……哎，作为搭档，有时候我真的觉得自己挺配不上您的。"

"我们只是各自擅长的领域不同罢了。"叶菱拉过了谢霜辰，"行了，我洗澡去了。"

距离叶菱使用谢霜辰的微博账号发布那篇文章已经过去三天。

三天，是一个事件在网络中产生、发酵、爆发、冷却的一般周期，随着广大网友对于八卦新闻敏感度的降低和信息量的爆炸发展，这个周期还会逐渐缩短。

不过这对于咏评社来说并不重要，因为这场网络战争的结局并没有什么真正的输赢，正如叶菱文章结尾所讲，一切得交给观众和时间去评判。

三天中还有其他大大小小的战役发生，以杨霜林为代表的老派艺术家们也纷纷发表了自己的看法，站队是很必要的，当然也有人想借此机会出来蹭蹭热度。比较遗憾的是，传统行业距离互联网太远，操作不够骚就容易翻车，得不偿失。

高高在上端好姿态没人会管，可一旦下场驾驭不住这惊涛骇浪，难免叫人扒去一身皮。

咏评社倒着实火了一把，网上都是他们的视频，铁杆儿粉丝们卖安利（真诚分享的意思）倒是拼命，主要是这一次的文章太给力，让不明真相的广大路人对谢霜辰和其咏评社产生了极大的兴趣。

好看的皮囊和有趣的灵魂结合在一起，谁不喜欢呢？

更多的人涌进了咏评社的园子里，几乎夜夜爆满，热情很高涨。演员们虽然辛苦，但也是打心眼里觉得开心。

观众会用手里的钞票证明谁更受欢迎。

谢霜辰顺势就把招聘启事往外一扔，来报名的人乌泱乌泱的。

"为什么说说相声还要递交简历？"史湘澄坐在八仙桌旁，看着旁边厚厚一沓纸就觉得有点头疼，"我又不懂，为什么要叫我来给你筛简历？"

谢霜辰一边儿看一边儿敷衍地说："你看看哪些合眼缘啊！"

史湘澄说："合眼缘有什么用？又不是选秀，这是找工作呢！"

"观众眼缘儿很重要，就比如你班主我如此玉树临风、风流潇洒、洒脱不羁……观众们这不就很喜欢吗？"谢霜辰眼都没从纸上挪开，顺口就来个层层见喜。

"叶老师你到底是怎么忍他的？"史湘澄问叶菱。

叶菱埋首简历当中，也是随口一说："凑合着吧。"

史湘澄感慨说："最近撕了几次之后，感觉好像撕顺当了好多啊！"

谢霜辰问："何解？"

"我潜伏在粉丝群中暗中观察，大家产粮的动力都比之前强劲了很多，而且不遗余力地各种安利，这虐粉虐的。"史湘澄说，"票务反响也很好，晚场基本都能卖完了，好多观众都私信后台说希望能加工作日的下午场，也希望咏评社能够多去外地演出演出，叫外地的观众能够听上相声。"

"人不够啊！"谢霜辰说，"等这次看看有没有合适的演员招过来，人多了，节目不就好排了吗？现在就我们几个累死累活的，实在扛不住。"

叶菱说："嗯，稳扎稳打，不着急。"

史湘澄竖起一只手侧在嘴边，说道："最近我发现贵社的同人开始呈现各种乱炖的景象了。"

"什么？"谢霜辰大吃一惊，"再也不是五菱荣光独霸天下吗？"

"呵呵，你想多了。"史湘澄开始做同人衍生产业成果汇报，"根据我在LOFTER（一款轻博客软件）上的观察，虽然你和叶老师的CP还是有很多，但是仍有很多人觉得叶老师跟'二小姐'很般配……"

"让他们去死！"谢霜辰打岔。

"你闭嘴！"史湘澄骂他，"还有人把你和姚老板绑一块儿的，叫绝代芳华组。"

"恶心！"谢霜辰说。

叶菱在一边掩面捶桌笑。

史湘澄继续说："还有啊，锦鲤非酋组最近的人气也有点上涨了呢，我猜可能是在你这边没法当大粉了，转移阵地捧小角儿去了。"

谢霜辰说："为什么要糟蹋直男！"

"直男就是用来被糟蹋的啊！"史湘澄一脸冷漠地说，"在贵社同人文世界观里，杨哥和陈哥基本是老父亲一般的存在，只要是你们几个排列组合出来的CP感情不顺吵架了，绝对是要找已婚中年过来人倾诉的。"

"不，我和叶老师不可能吵架。"谢霜辰说。

"你真是见识太少。"史湘澄说着还拿起了手机给谢霜辰翻。

谢霜辰扫了一眼，品评说："还行，有一些我的风采，非常现实主义的描写了。"

"你要点脸。"叶菱扶额无奈地说，"少看点这东西。"

谢霜辰大笑三声，说："回头我自己搜。"

史湘澄说："你别手滑点赞就行。"

"为什么？"谢霜辰说，"被翻牌子不好吗？"

"不好！"史湘澄说，"请给粉丝们独立的创作空间好不好？再说了，在粉丝心中你俩可是纯洁的直男友情啊！"

"行吧行吧，他们爱怎么玩怎么玩吧。"谢霜辰玩笑开够了，又重新回归筛简历的工作中，三个人忙活了一下午选出近二十份，等着安排面试。

"你想收几组？"叶菱问谢霜辰。

"一场演出五到六个活，现在能算满勤的就只有咱俩，老瀚和财主，还有'二小姐'。'二小姐'咱不能一辈子把他扣下来唱快板吧？所以差不多得要四组，彼此还能倒换倒换，资源利用也算充足。多要的话，不知道能不能养得起。"

谢霜辰说，"先看看吧，如果有特别好的，也不是不行。"

"飞霏……"叶菱念叨一声，戛然而止。

"怎么了？"谢霜辰问。

"不知道，你刚刚说不能扣他一辈子唱快板，忽然就有点伤感。"叶菱说道，"他还这么小，不知道什么时候会从这里离开，进发去人生的下一站。"

谢霜辰说："聚散终有时，一切都是缘分，您呀，就别看闲书掉眼泪替古人担忧了。"

叶菱笑了笑。

　　凤飞霏觉得，姚笙把自己大哥拐带跑了。以前是姚笙一个人经常彻夜不归，现在连带着凤飞鸾也不见踪迹。他也不知道他们在搞什么鬼，虽然心中会有万分猜疑，不过自从凤飞鸾去帮姚笙的忙之后，姚笙发脾气的次数确实少了很多。

　　人和人之间的相处讲究气场，气场合适，相见恨晚，气场不合适，半句嫌多。

　　姚笙和凤飞鸾很明显属于前者，虽然认识的时间很短，可默契度非常高，有共同的话题，交流上没有任何障碍。姚笙觉得自从认识了凤飞鸾之后，之前种种不顺都一扫而空，工作进展突飞猛进。

　　距离5月的首演还有不到半个月的时间，一切都进入紧张的收尾阶段，两个人更是扎在工作室里不回来了。

　　于是乎凤飞霏就显得尤其寂寞了，只有咏评社热闹的后台能够给他带来一丝丝的慰藉。

　　"你今儿兴致不高啊！"谢霜辰撸了一把凤飞霏的毛（头发），"怎么了，失恋啦？"

　　"你才失恋了。"凤飞霏说。

　　"哟，'二小姐'怎么啦？"蔡旬商跑过来，重复地问，"失恋啦？"

　　凤飞霏大叫："你们滚！"

　　叶菱说："你是不是有什么事儿不开心啊？明天你过生日了，想要什么生日礼物？"

　　凤飞霏惊道："你怎么知道我明天生日？"

　　叶菱说："我知道你们每一个人的生日啊！"

　　"该过生日了啊？十九岁？"谢霜辰拍拍凤飞霏的头，"是大孩子了，可以谈恋爱了。"

凤飞霏恼火地说："不要总是摸我的头！"

谢霜辰说："这样吧，明天放你一天假，怎么样？"

"我不想放假。"凤飞霏说，"在家里待着也没事情做，而且就我一个人，特别无聊。"

叶菱问："姚老板快演出了，肯定没时间回去。"

"我又没希望他回来。"凤飞霏不悦道，"那他也不能总霸占着我哥啊！"

"这……"叶菱面露难色，"你跟你哥说了吗？"

凤飞霏说："没有，没什么好说的。"

"那怎么办啊？"谢霜辰笑道，"明天是周六，晚上和下午都有演出，你要是不愿意放假的话，那我们中午给你庆祝生日好不好？我自掏腰包给你买蛋糕。"

凤飞霏说："我并没有很想过生日，过一年老一年。"

他身为最小的成员，说出这句话立刻叫在场所有人膝盖中箭。

"为了惩罚你。"谢霜辰说，"我决定强行给你过生日。"

小孩儿终究是好哄骗，嘴上说着不愿意，可是收到生日礼物和蛋糕的时候还是会流露开心的神情。大家给凤飞霏唱了生日快乐歌，切了蛋糕许了愿，然后痛痛快快地撮了一顿，这事儿办得还挺圆满。

凤飞霏晚上演出结束之后被谢霜辰送回家大约是十一点半，一进门，屋子里是黑的。

其实他早有心理准备，只是事到临头不太愿意承认那种失落罢了。

他与凤飞鸾兄弟之间感情非常要好，打小就是他跟在凤飞鸾身边，一直到凤飞鸾离家出走，他才对凤飞鸾产生了中二病（指青春期少年持有自以为是的思想行为和价值观）少年特有的别扭情绪。总想跟哥哥亲近，但又不会在嘴上明说，男子汉应该在外闯荡浪迹天涯，不应该拘泥于什么家庭温暖，所以他指望对方能看出来自己的小心思……可是凤飞鸾一直在外面，能看出来才有鬼了。

一直到借着谢霜辰代拉叶菱的由头，凤飞霏才重新找上凤飞鸾。

但是怎么亲情重温了没几天，他就跟人跑了呀！

凤飞霏非常不开心，距离生日这一天结束还有不到半个小时，他躺在沙发上生闷气，躺着躺着就给睡着了。

时间悄悄向十二点移动。

姚笙几乎是百米冲刺一样赶回家，终于在还有三分钟就过十二点的时候打开了自己的家门。他呼哧呼哧地喘着气，叫道："凤飞霏？"

没人回答。

姚笙走到客厅发现了沙发上睡着的凤飞霏，这小兔崽子睡觉太死，地震都不会醒过来。沙发旁亮着一盏小灯，淡黄昏暗的灯光笼罩在凤飞霏身上，使他看上去柔软了许多。

也稚嫩许多。

姚笙蹲了下来，面对凤飞霏，伸手摸了摸他的头发，说道："起来了，我回来了。"

"唔……"凤飞霏被他弄醒了，眼睛睁开一条缝，头在枕着的靠枕上蹭了蹭，迷迷糊糊地说，"你回来了啊……"

"嗯，生日快乐！"姚笙说，"我不是故意回来晚的，工作上有点事情耽误了。"

凤飞霏没太在意，说："我也没有要你回来，我哥呢？"

"他朋友有些急事把他叫走了。"姚笙说。

凤飞霏坐了起来，发了一会儿呆，问："什么朋友啊！"

"似乎是乐队里的朋友，他说去解决一下。"姚笙看着凤飞霏松懈的肩膀，像是沮丧的小动物，可怜兮兮的。一个离开家的少年在生日这天没有家人的陪伴说起来其实并不是什么大不了的事情，凤飞霏自己也这么安慰自己，但是人在夜里的情绪往往同白天不一样。

"哦……"凤飞霏应了一声，站起来，"我去睡觉了。"

"飞霏。"姚笙叫住了凤飞霏，"五一的时候你向谢霜辰请个假，跟我们一块儿上天津去吧，看演出。"

凤飞霏不是很感兴趣："我听不懂京剧，不想去。"

姚笙笑着问："你不想知道我和你哥最近闷头鼓捣了个什么东西出来吗？"

凤飞霏摇头："不想。"

"……"姚笙不知道说什么。

"你们两个又不带我玩，所以我根本不想知道你们在干什么。"凤飞霏说，"我也不喜欢戏曲，听戏不是我这个年纪的人该干的事儿。"

姚笙说："那你这个年纪就应该在小园子说快板书？"

凤飞霏说："你管我呢？我爱干吗干吗！"

"你别总是跟我这么没大没小的。"姚笙有些不悦，他可以纵容凤飞霏，但这并不意味着他有闲心哄孩子。

凤飞霏不跟姚笙顶嘴，垂下眼睛也不去看姚笙，别扭地咬着自己的下嘴唇，露出了小小的虎牙，透露了他的倔强。

"虽然你生日都过了。"姚笙看了一眼时间，无奈地说，"但是你还是可以许一个生日愿望的，想要什么我都可以给你买。"

"我没什么想要的。"凤飞霏忽然问,"你怎么知道今天是我生日?"

姚笙说:"叶老师说的,他让我早点回来。"

"你倒是比我亲哥还上心。"凤飞霏嘟囔。

姚笙说:"你亲哥也不是不上心,但是人和人的处事方式不一样。可能他觉得你是大孩子了,不需要这些虚假的纪念,所以这就不重要,但并不意味着他对你不好。"

"你真的很烦。"凤飞霏说。

"对了。"姚笙忽然拉住了凤飞霏,吓了凤飞霏一跳,惊恐地问他:"你要干吗?"

"给你个东西。"姚笙拽着凤飞霏去了自己放行头的那个房间,一开门里面全是穿着戏服的人台,看着特别瘆人。

姚笙把灯打开直奔靠墙的梳妆台,他打开其中一个盒子,拿出了一只银色的蝴蝶顶花递给凤飞霏,说道:"《玉堂春》是中国戏曲最广为流传的剧目,改编的戏曲版本也很多,是我的开蒙戏,这个顶花送你了,拿着玩吧。"

"我要这干吗?"凤飞霏说,"我又不唱旦角。"

"是吗?我记得你唱得还挺好的。"姚笙说,"我这里没别的,给你你就拿着。"

他强行塞给了凤飞霏,他就这霸道脾气,自己想送的东西别人都不能不要。姚笙的头面都是自己的,有着很强的私人审美和趣味。这是一只银锭蝴蝶,在灯光下散发着温柔的浅淡的银光,像雾中的月亮。

"我妈的顶花是带钻的。"凤飞霏打量了一番,说道,"跟你的不一样。"

姚笙说:"本来就不一样,这是我演苏三用过的第一副头面,我爷爷找老师傅给打的纯银的。我第一次演《玉堂春》也是生日的时候。"

凤飞霏有点窘态:"那你给我是什么意思?"

"没什么意思。"姚笙说,"只是想起来了有这么个颇有意义的物件可以送给你罢了,我爷爷送给我,我再送给你,不是挺好的吗?"

凤飞霏想了想,突然大声说:"我连评剧都不想唱,更不会跟你唱京剧的,你死心吧!"

姚笙听后一愣,忍不住大笑,笑到眼泪都要下来了,手指在凤飞霏的脑门上弹了一下,说道:"你想什么呢?我干吗要你唱京剧?"

"因为你无事献殷勤。"凤飞霏说,"可不就是非奸即盗。"

"非奸即盗?你身上有什么值钱的东西吗?还是……"姚笙脸色一变,朝凤飞霏迈进一步,几乎要贴上凤飞霏了,压低声音说,"还是奸啊?"

凤飞霏就跟让人踩了尾巴一样差点跳起来:"你给我滚啊!"

姚笙大笑："小兔崽子，逗你你还看不出来？"

凤飞霏不服输地说："我是为了配合你的表演，你也看不出来？"

"我不跟你废话了。"姚笙说，"时间不早了，赶紧睡觉去吧，你还是长脑子的年纪，别到时候发育不好怪我。"

凤飞霏觉得这句话有点耳熟，想了半天才想起来是前一段时间叶菱拿来骂脑残的。

他气愤地转身就走，走到门口又折返回来拿蝴蝶顶花。姚笙问："你不是不要吗？"

"白给的凭什么不要？"凤飞霏说，"你霸占着我哥，我拿你点东西怎么了？"

姚笙笑道："行，拿吧。"

凤飞霏快步离开，姚笙没跟着一块儿出去，而是在房间里待了一会儿。

这间屋子放着他从艺这么多年来所有的行头，新戏《长恨歌》的大部分服装是新的，还没有搬过来。他的手指拂过一个个盒子，里面俱是真金白银的好家伙，这房间里金银珠宝绫罗绸缎，不知有多值钱。

这么一看，那个只是银子打的蝴蝶顶花实在不怎么起眼。

可却是姚笙最喜欢的一个顶花。

他忽然想把这个物件送给凤飞霏，虽然有时间仓促没什么可准备的嫌疑，但是当他想起来时，脑中率先浮现的一句话是当初凤飞鸾跟他说的。

凤飞鸾说，凤飞霏比他更适合唱戏，凤飞霏是有天赋的。

姚笙见过凤飞霏唱《花为媒》，虽然是反串并不擅长的旦角，可身段唱腔都是上乘。即便凤飞霏自己再怎么不喜欢再怎么不愿意承认，可事实就是，凤飞霏天生就该干这个。

于是，姚笙就鬼使神差、没头没脑地把自己最喜欢的顶花送给了凤飞霏。

他总觉得在凤飞霏身上能看到很多自己过去的影子。

向往自以为是的自由。

"哎呀，'浪味仙'请我们五一上天津看他首演去。"

上午，谢霜辰在家里百无聊赖地躺着，姚笙给他发了个消息，他扭头就把这个事儿告诉了叶菱。

"晚上吗？"叶菱问，"那我们演出怎么办？"

"我也发愁啊，晚上看完都几点了啊，肯定得在天津过一宿啊！"谢霜辰说，"我想了想，要不然我们五一放假吧？省得心里揣着个事儿，看也看不痛快。"

叶菱说："谢班主有钱了啊，想不演就不演了？"

"这不是前阵子兵荒马乱绷得太紧了吗？"谢霜辰说，"五一劳动节，该放假就放吧,反正我是死猪不怕开水烫的,挣钱也不指望着这一天挣啊!再说了,小院子一场才几个人?赶明儿我带您开专场去,挣大钱。"

"你是班主,你说了算吧。"叶菱觉得这并不是什么大不了的事情。

"等演员招募的事儿全弄完了就不用这样了。"谢霜辰说,"到时候咱俩就能当闲云野鹤了。"

叶菱笑道:"想得美。"

五一期间,姚笙的《长恨歌》要连演三场,天津是首演,后两天在北京再演两场。

一行人去给姚笙捧场,进发天津的队伍浩浩荡荡。凤飞霏是跟着谢霜辰和叶菱走的,一大早起来就不太情愿,一上高铁就开始闭眼睡觉。

"就眯瞪半个小时,你睡得着吗?"谢霜辰坐在叶菱和凤飞霏中间,开始数落凤飞霏。

"你管我啊?"凤飞霏没好气地说,"闭嘴!"

"行行行,我闭嘴,您睡吧。"谢霜辰又转过来跟叶菱说话,"叶老师,您顺道儿回家吗?"

"怎么着,带你回去?"叶菱笑着反问。

"也行。"谢霜辰说。

叶菱说:"那我爸妈可能会先打死你,然后再打死我,绝了……"

北京去天津的城际列车非常快,椅子还没坐热乎呢就得下车。

熟悉的天津站,熟悉的海河,熟悉的解放桥。

"我们先去吃饭吧。"谢霜辰提议,"我想吃大福来的鸡蛋馃子。"

叶菱白了他一眼:"现在是中午,大福来中午开门吗大哥?"

"不开吗?"谢霜辰挠挠头,"你们天津人真小气,早饭为什么不开到中午?"

"是啊!"凤飞霏说,"我们保定的驴肉火烧一天二十四小时都在卖。"

叶菱无奈地说:"为什么中午要吃锅巴菜啊!吃点值钱的不好吗?"

"狗……狗不理包子?"凤飞霏问。

"少年,你还是闭嘴吧。"叶菱说。

谢霜辰来天津除了曾经的演出方给安排,就是吃吃煎饼馃子了,凤飞霏这个老保定压根儿就没来过天津。两个人吵着闹着要吃很 local(地方特色)的饭馆,叶菱一个头两个大,有种带俩孩子出来春游的感觉。

第九章

天津河西区，红旗饭庄。

谢霜辰抬头看了看招牌，问："这就是你们天津老炮儿那种很 local 的饭馆？"

"嗯。"叶菱说，"不是，你哪儿这么多废话？又是老炮儿又是 local 的，什么时候开始学英语拽洋词儿了？"

"我这不是得追求进步吗？"谢霜辰说。

凤飞霏一条腿迈了进去："今天是叶老师请客吗？"

"行啊！"叶菱说，"我就略尽地主之谊吧。"

"那我们不叫谢霜辰这个老王八蛋吃。"凤飞霏说，"让他在一边儿伺候角儿。"

谢霜辰撸一把凤飞霏的头："小兔崽子，还不得是我掏钱？"

凤飞霏朝着谢霜辰吐了吐舌头，拉着叶菱就进去了。

一家非常 local 的饭馆基本上有这么几个要素：菜品尖，口音纯，态度差。

所谓菜品尖，顾名思义，得有那么一两个扛把子的硬菜，全世界都做都吃，唯独你这儿做得最好，这个好得是至少三代流传的那种，从爸爸到爷爷都是吃着这家的菜长大的。

口音纯自然不必多说，这是检验一个饭馆是否在当地有着极为深入的群众口碑。一般这种口音的纯正都伴随着服务员的态度——他们倒也不是会差到跟客人互相骂街，顶多就是爱搭不理的。要么是生意火爆真的没工夫搭理你，要么就是那种自身非常有老炮儿的气质，甭管你是开法拉利进来还是身穿一身乔治·阿玛尼，在服务员眼中也跟刚进来拿外卖的小哥没什么区别，满是那种"老娘叱咤风云的时候你还不知道在哪儿玩泥巴"的沧桑江湖气。

爱吃吃，不吃滚，别逼逼，这就是 local。

凤飞霏和谢霜辰一脸外乡人的样儿凑在一起贼兮兮地看菜单，时不时瞟一两眼周围冷漠的服务员大妈。谢霜辰问道："什么好吃啊？"

叶菱说："都差不多。"

他们犹犹豫豫的，一旁的服务员大妈用天津话问他们："吃嘛？"

凤飞霏看了一眼谢霜辰，然后对大妈说："炒这一本。"

"去死！"谢霜辰恨不得暴打凤飞霏，按住了他的狗头。

叶菱把菜单翻了翻，习惯性地用天津话说："来个老爆三、罾蹦鲤鱼、八珍豆腐、九转大肠，再来三碗米饭。"他又把菜单推给了那两人，"你们看看喝点嘛？"

凤飞霏盯着叶菱看了看，然后忍不住大笑道："叶老师你说天津话真的人设崩塌！太好笑了！天津人不配严肃，真的。"

"你到家了不说保定话？知道什么叫乡音难改吗？"叶菱对着凤飞霏能说普通话，但一转头对大妈就是地道的天津话，"来仨山海关。"

大妈很冷漠地记了下来，拿着菜单就走了。

"山海关是什么？"谢霜辰问。

叶菱说："跟北京的北冰洋差不多。"

汽水拿来得很快，谢霜辰喝了一口咂摸着味道，说："好像不如北冰洋气儿多。"

"我觉得差不多。"凤飞霏说，"你这个北京土狗，别拿腔捏调了。"

"保定话也很土。"谢霜辰对凤飞霏说，"你以后找着女朋友自己掂量掂量吧。"

绝的是，他就是用保定话跟凤飞霏说的，论起倒口，这一饭馆的人大概都学不过他一个人。

"你的保定话一点都不标准，听着跟唐山话好像。"凤飞霏说，"保定话的精髓在于无声胜有声，硬学是学不出来的。关键是像我们老保定人那种高贵冷艳的淳朴气质，很难学。"

"高贵、冷艳，还淳朴？"谢霜辰疯了，"哥，您吃饭吧，行吗？"

叶菱在一边儿忍不住想笑，贫还是谢霜辰这一口地道京腔贫到骨子里。

演出是晚上开始，三个人吃完饭后随便在市内溜达了一下，然后去了体育馆。

姚笙让他们早去，给了他们工作证，可以去后台探班。三个人到的时候，外面已经有扎堆的粉丝开始发应援了。

"听戏还用应援？"凤飞霏第一次知道。

"捧角儿都这样。"谢霜辰说，"只不过就是叫法不一样了而已，而且他还请了华语乐坛的顶级歌手，人家也是有粉丝的啊！欸，我们要不要也去领点东西啊？"

叶菱问："是免费发吗？"

"不知道，过去看看。"谢霜辰就喜欢凑热闹，一头扎进了女生堆里，问："这个能给我一个吗？"

那个忙着发东西的女生头都不抬地说："超话够十级了吗？有打榜记录吗？有的话出示一下……"

谢霜辰一听这个，赶紧溜了。

超话就算了，一个唱京剧的打什么榜！

殊不知姚笙跟流量歌手合作过，那位算是时下当红炸子鸡，但要说格调，怎么着都攀不上姚笙这个高枝。是有朋友间接从中搭线，姚笙算是帮人家个忙，就答应了下来，心里都没当回事儿。

结果没想到人家的粉丝那叫一个热情高涨，如此顶级老艺术家给自家偶像加持，不疯狂氪金控评简直说不过去。

这打榜，自然而然也就算进去了。

"害怕，太害怕了！"谢霜辰铩羽而归，"我跟'浪味仙'撒尿和泥的交情，竟然还让我出示超话等级，玩闹呢！"

凤飞霏说："谁让你过去自取其辱的。"

"所以我决定使用特权阶级的权利。"谢霜辰说，"走吧，上后台看看去。"

后台很忙乱，像是煮沸了的开水一样，一群年轻人忙忙碌碌的。

李欣然带着谢霜辰一行三人到了姚笙的化妆间。姚笙开场要亮相，此时正在收拾自己。

京剧的扮相复杂，两三个人在那儿伺候姚笙装扮，还有随行拍摄纪录片的摄影师，有一个人的出现叫谢霜辰非常意外。

"师父？"谢霜辰惊讶地叫了一声，随后走过去恭恭敬敬地欠身问道，"您也来啦？"

"嗯，过来看看，没瞧过新鲜玩意儿。"姚复祥慈祥地笑了笑，"笙儿好些年没来天津演过了，这次又是新玩意儿，我也有点不太放心。"

"嗨，他戏精一个，您担心他呢？"谢霜辰说。

姚复祥笑了笑，目光穿过谢霜辰，看见了后面的叶菱和凤飞霏。叶菱他是认识的，笑着朝叶菱点了个头，凤飞霏不认识，便问谢霜辰："那孩子是谁呀？"

谢霜辰凑过去说："他姓凤。"

姚复祥想了想，说："凤家的孩子？"

谢霜辰点头。

"都这么大了啊！"姚复祥感慨，"看来我是真的老了。"

谢霜辰叫凤飞霏："过来叫人啊！"

凤飞霏不知所措，习惯性地去看姚笙。姚笙正化妆，从镜子里看了一眼凤飞霏，说："叫爷爷。"

"爷爷。"凤飞霏脆生生地朝着姚复祥叫了一声。

"你好。"姚复祥笑道。

他们稍微闲聊了一会儿，姚笙已经扮好了。这是叶菱和凤飞霏第一次如此近距离地看到全扮上的姚笙，明明日常生活中是一个非常嚣张锋利的男人，可现在呢，真是担得起一个风华绝代、美艳无双的美誉。

美中不足的就是个儿太高了，得多高的唐明皇才配得上？

"看什么看？别看了。"姚笙在离他最近的凤飞霏面前打了个响指，凤飞霏这才回神。

"看看怎么了？"凤飞霏磕磕巴巴地说，"你一会儿还得让上万人看呢！"

姚笙说："怎么听你说得这么恶心？"

谢霜辰说："'二小姐'啊，知道什么叫'一见姚仙儿误终身'吗？是不是比女人还女人？"

"屁！"凤飞霏说，"我哥呢？怎么没见着他？"

姚笙说："他在乐队那边做准备，调乐器要花费一些时间。"

有工作人员敲门进来，说道："姚老板，演出七点准时开始，请您做最后的准备。"

"行，我这边准备得差不多了。"姚笙嘱咐了几句工作人员，一会儿打算就去候场。

"等一下。"姚复祥站起来叫住了姚笙。

"怎么了爷爷？"姚笙问。

"我感觉你的眉头有点不太对称。"姚复祥说，"我来帮你画画吧。"

姚笙坐下，姚复祥拿着眉笔为姚笙画眉。其实姚笙已经画得没什么问题了，但是姚复祥还是尽力帮姚笙做到完美，甚至连一根眉毛都不会有照顾不到的地方。

"爷爷。"姚笙忽然说，"我特别紧张。"

"别紧张。"姚复祥认真说，"你是天底下最好的角儿。"

叶菱在一旁看着，心下好奇。姚笙少年成名，什么大风大浪没见过？什么样的戏台没演过？上到维也纳金色大厅、人民大会堂，下到村镇宗族祠堂、小学操场，姚笙向来是从容不迫。

角儿是不会计较舞台大小观众多少的，无论是万人追捧还是寂静无声，都不影响他沉浸在一个个流光溢彩、动人婉转的故事中。

何以今天他说自己紧张呢？

一直从姚笙的休息室里走出来，叶菱都没想明白这个问题。

"欸？"凤飞霏叫了一声，指着一个门说，"明丞？是我知道的那个明丞吗？"

谢霜辰和叶菱都看了过去，谢霜辰说："应该就是你知道的那个明丞吧。"

"他也来？"凤飞霏很是惊讶，"顶级流量小鲜肉啊，之前怎么都没听说他要来？"

谢霜辰说："可能是彩蛋？不清楚，'浪味仙'也没说过。外面好像也没见着他的粉丝欸，可能是真的不知道吧。哎呀别管了，上前台去吧，一会儿演出该开始了。"

演出定于七点准时开始，姚笙给他们留了第一排很好的位子，凤飞霏四下看了看，很是惊奇地说："周围好多熟悉的脸。"

"安分点，别一副土包子的样儿。"谢霜辰淡定地说，"姚老板什么人物？这台演出又是摆明了要翻腾出花儿来的，来捧场的可都是各界名流吗？这不算什么，要是放在民国，你周围坐的可就是军阀、总统、商界巨贾了，那才是真的排面儿。"

"那为什么要在天津？"凤飞霏不解，"北京不是更排面儿吗？"

谢霜辰说："就你话多。"

"其实……"叶菱说，"我也想知道。"

谢霜辰无奈，叹了口气，说道："他也没告诉我为什么，但是我猜测的原因，可能是他心里不服，想在天津找回场子。"

"什么？"叶菱和凤飞霏异口同声。

"他在天津演砸过。"谢霜辰说，"那年他才十七岁，在北京已经是颇有名气的小角儿了，结果没想到来天津演得稀碎，天津观众喝倒彩，把他给轰下去了。后来他就再也没在天津演过，时隔几年，这次是头一次在天津登台。"

这番陈述叫叶菱与凤飞霏更是惊愕，凤飞霏问道："他那么厉害，还能让观众给轰下去？"

"天津观众厉害啊，你演得好是真的卖力气捧，演不好，他们比谁都严苛。"谢霜辰说，"'浪味仙'那会儿才多大？他就没让人喝过倒彩，那阵仗也是头一次见，换你你受得了？"

凤飞霏脑补了一下，打了一个冷战。

当年姚笙在天津演的是《宇宙锋》，结果有句唱词给唱错了。观众若是宽容的话也不会怎样，寸就寸在这里是天津，谁管你是不是角儿？唱错了就会被台下起哄。姚笙第一次遇见这种情况，心里一紧张，后面唱得稀烂，下面观众闹得更厉害了，整场演出简直就是大型翻车现场。观众们喝倒彩的声音盖过台上，都没有办法再演下去了。

十七岁的姚笙是哭着下台的，他长这么大从来没有遭受过如此的羞辱和谩骂。

谢霜辰是后来问姚笙演出效果的时候听姚笙讲了这么几句，这种经历太过沉重悲惨，姚笙本人也不愿意多提，所以谢霜辰也就只知道这么点。

故事三言两语就可以概括出来，但是个中心酸曲折，只有经历过的人才会懂。

叶菱说："如果没有当初那段经历，姚老板也不会成为现在这样一个厉害人物吧？"

"不知道。"谢霜辰说，"如果他没走出来呢？"

叶菱看了看谢霜辰，问道："你来天津演出紧张吗？"

"回忆不起来了。"谢霜辰说，"不过但凡戏曲或者曲艺圈的人在天津演出，多少都有一种大考的感觉吧？"

　　演出开始，全场灯光熄灭陷入黑暗静默之中，随着一声悠扬婉转的京剧念白出现，舞台上亮起了一盏聚光灯。姚笙所饰演的杨贵妃身着华服，蟒袍凤冠，是京剧中最为华丽的扮相，也是大众眼中最有代表性的京剧扮相。

　　贵妃是繁盛帝国最美丽的象征，可是舞台上的她如同一个孤寂的灵魂，以千回百转的念白叙述着自己的一生。

　　叫板，起唱。

　　全新的剧本，全新的唱词，从来没有人听过。随着唱词的推进，舞台上的灯光开始出现变换，以姚笙为中心，搭建的全息舞台层层展现大唐气象。

　　精彩绝伦，美不胜收。

　　"好漂亮啊！"叶菱稍微凑到谢霜辰耳边感慨。

　　谢霜辰说："震撼。"

　　所有人都沉醉于这样一个堪称惊艳的开场，他们来不及感慨，来不及惊呼，剧情便推进到了《长恨歌》的开篇。

　　将近两个多小时的表演里，古今戏份大约在二比一，现代是用一种比较类似话剧的方式去诠释现代人对于《长恨歌》的理解，这部分由著名的歌手进行诠释，在流行音乐的基础上加入了大量的古代音乐制式，唱词也完全都是唐诗，朗朗上口，极具传唱力。

　　转回古代场景时，姚笙从少女时代的杨玉环一直演到马嵬坡香消玉殒，扮相美艳无双，倾国倾城。唱腔清丽端庄，余音绕梁。

　　这是极具美的享受，让所有人都能纵情于那个梦中的王朝。

　　最关键的是，这是一场不挑剔观众的演出。年轻人喜欢刺激的视觉效果和流行文化，可以坐在这里观赏先进的舞美，聆听那些耳熟能详的歌手的歌声。年长者喜欢传统京剧，也可以坐在这里听当红名角儿的戏。

这一点都不突兀，这是一种不同文化形式的融合和交流，给自己一个机会去看另外一个圈层的精神世界。

凤飞霏在台下瞪大了眼睛，目不暇接，这场演出完全颠覆了他对于传统戏曲的印象。他觉得唱戏是一件又土又老的事情，从小唱过的戏文、上过的戏台也都是那种很传统的，观众大都年纪很大。他不喜欢那样的生活，不喜欢从事自己都没有办法理解的行业。

没有人告诉他，戏曲可以很现代，戏曲可以很流行，戏曲甚至可以很潮。

直到他真真正正地见到了，他说不出话来，他无法形容自己的感受。

他忽然很想哭。

两个多小时的表演没有让观众感到疲惫，反而让大家意犹未尽，想要看更多。谢幕时，台下响起了热烈的掌声。

那个曾经在这里被轰下去的人，如今又重新得到了观众们的认可。

但表演还未结束。

返场响起了熟悉的音乐，在曾经某一段时间里，这首歌充斥在各个城市的大街小巷，在年轻群体中流行甚广，很多视频 MV 剪辑都用过这首歌，还有很多衍生版本，甚至给人一种唱烂了的感觉。

"是那个明丞吗？"凤飞霏问。

"应该是吧。"谢霜辰说，"难道他是今天的嘉宾吗？"

叶菱说："这么有流量的嘉宾放在返场演出里，而且之前姚老板连说都没说过，真是自信。"

"这不就是他的一贯风格吗？"谢霜辰笑了笑。

是个人都知道时下顶级流量的票房号召力，姚笙却从来没拿这件事当过卖点，事实上这对于他而言就是一件可有可无事情。

因为是明丞主动找上的姚笙。

当时姚笙整场演出流程基本已经定好了，明丞不知道从哪里知道了这个消息，便向姚笙表达了一番心意，总体来说就是非常感谢当初姚老板的帮助，如今姚老板开唱，他愿意略尽绵薄之力为姚老板捧场。

姚笙跟明丞除了那首歌的合作之外，说过的话不超过十句，可以说是特别不熟。他自己对这件事没什么意见，是李欣然觉得这事能好好做做新闻，就答应了下来。

毕竟是一个随便有点什么消息都能搞垮微博的男人啊，谁不喜欢这样的话题人物呢？

　　明丞的时间非常少，平时天南海北地飞，就连今天的演出也是开场那刻才马不停蹄地赶到，还好是返场嘉宾，时间上也来得及。

　　这对于姚笙而言只是锦上添花，但对于观众而言则是超值回报。

　　明丞外形俊朗，浅色的头发，是女孩子们最喜欢的那种类型，极具潮流气息。但他跟姚笙站在一起却不违和，正如他们合作的那首歌一样，是古典与现代的完美结合。

　　"唱得还行啊！"谢霜辰说，"我还以为这哥们儿是个录音室选手，唱现场得五音不全。"

　　叶菱说："大概姚老板也挑人吧。"

　　"说起来'浪味仙'也真是万花丛中过。"谢霜辰说，"跟谁都能有点关系。"

　　他只是想说姚笙这个人交际广泛，没想到一旁的凤飞霏忽然说："我都没听姚笙提起过这个人，可能是上赶着往跟前儿凑的吧。"

　　观众们很热情，姚笙返场就返了好几次，最后还是场馆有时间限制没有办法再继续下去了，这才作罢。

　　本场演出大获成功，进行中的时候，后台的工作人员就已经紧锣密鼓地发布着相关的消息。因为到场观看演出的业内人士很多，而演出又极具话题性，在这一夜，微博上能看到的信息流里有很多都是关于此场演出。

　　明丞上台前发了一个自己跟姚笙合照的微博，下台之后就上了热搜。粉丝们哭天喊地表示错过了自家爱豆（偶像）的好戏，同时也为自家爱豆（偶像）能够和姚老板再次合作表示激动和自豪。

　　反正就是一水儿的"彩虹屁"。

　　中间还夹杂着拉郎萌CP的。

　　大家都被视频呈现的美丽所折服，给姚笙冠以"美艳天王"的美称。

　　此等赞誉，娱乐圈众人拍马莫及。

　　表演结束已经很晚了，姚笙请工作人员吃宵夜。谢霜辰等人也去了后台，没见着姚笙，却见着凤飞鸾了。

　　"哥。"凤飞霏叫了一声，凤飞鸾正在忙乱的人群中收拾乐器，抬头看了一眼，笑道："你来啦？"

　　"嗯，我早来了，都没看见你。"凤飞霏说，"你在哪儿呢？"

凤飞鸾说："在乐队那里啊，充当了一下吉他手。不过乐队的位置不起眼，你肯定看不见。"

凤飞霏嘴巴动了动，听不见在说什么。

谢霜辰问："'浪味仙'呢？"

"他去门口送老爷子了。"凤飞鸾说，"时间太晚了，他先把老爷子送走，再和我们一起去吃饭。"谢霜辰点了点头，凤飞鸾走近凤飞霏，问道："演出好看吗？"

凤飞霏问："你指什么？"

"各方面。"凤飞鸾笑道，"舞台、灯光、表演、人。"

凤飞霏心底里是认为好看的，但他觉得这样交代给凤飞鸾似乎非常没有面子，就把头侧过去，勉勉强强地说："还行吧。"

凤飞鸾笑而不语。

"你最好。"凤飞霏忽然说，"行了吧？"

凤飞鸾摸了摸凤飞霏的头。

姚笙走路带风地从外面回来，妆都还没来得及卸，穿梭在后台像是个穿越来的古人。他看大家都收拾得差不多了，急急忙忙地跑去镜子前，招呼了几个年轻人过来帮他卸妆。

"你甭着急。"谢霜辰说，"反正都这个时候了。"

"吃完饭回去睡觉啊！"姚笙说，"明儿回北京，往后还有两场呢！"

休息室的门没有关严，叶菱透过门缝往外看了看，刚才他就注意到了一个问题，现在想起来问姚笙："姚老板，你这文武场面都好年轻啊！"

"嗯，都是高才生。"姚笙说。

谢霜辰问："你没用师父的老班子啊？"

姚笙说："没有，这几个年轻人挺好的，活泛。"

谢霜辰有点诧异，他以为按照姚笙什么都要极致完美的性格，乐队不必说多，文武场面哪个不得请名家大师来？可意外的是，他竟然把这么重要的场合交付给这群听都没听说过的年轻人。

有人敲了敲虚掩着的门，姚笙说了声"请进"，来人叫所有人都很意外。

"姚老师。"明丞进来，后面跟着他的经纪人和助理，"刚刚你不在，我过来看看，跟你说两句话。"

"噢，你先坐吧。"姚笙两手忙着没工夫招呼他，话倒是说得客气，"今天谢谢你赶过来了，一会儿忙吗？要不要跟我们去吃个宵夜？"

"那敢情好，多谢姚老师了。"经纪人抢先一步回答。哪怕明天上午明丞有一个通告，他也觉得今天晚上这顿饭是必须吃的。他确实很想让明丞多跟姚笙相处，不说别的，明丞就算现在再怎么红，充其量也就是个流量爱豆。他的艺能实力还不足以撑起他转型，这样的红也不知道能红多久。

娱乐圈往上是时尚圈，再往上是艺术圈。时尚圈这群艺人还没混得特别明白呢，艺术圈简直就是天方夜谭。姚笙的家庭在北京文艺界和政治界都极有地位，人家的爷爷是国宝级的艺术家，每年上人民大会堂开会去的那种。人家的父亲是学术界里响当当的人物，人家自己也是各个圈子都吃得开。当世名门，小艺人巴不得能抱上大腿。

"听说今天老爷子来了？"明丞忽然说，"我来得太匆忙，还没去问候呢！"

"早走啦！"姚笙卸了妆，清理干净，转过来一身清爽，笑道，"得了，咱们走吧，别跟这儿浪费时间了。"

他们包了车，拉着一群人浩浩荡荡地去了吃饭的地方。

姚笙财大气粗地把场子都包了下来，吃饭吃得也清净。

谢霜辰、叶菱同凤家兄弟坐在一起，同桌的还有姚笙的经纪人李欣然和助理等，反正都是一个圈子里混的，多多少少能说上两句话。

明丞的经纪人眼尖，也叫明丞坐在了那儿，因为他知道，一会儿姚笙也得过来坐。

果不其然，姚笙在挨个和其他桌的工作人员喝过一杯之后，带着酒气满面春风地大步走来，可是这一桌已经没他的位子了。

"坐我这儿吧。"明丞主动站起来。

"不用了，随便儿加把椅子就行，都不是外人。"姚笙踹了一脚身旁的凤飞霏，"去，拿椅子去。"

"凭什么是我啊？"凤飞霏怒了。

"你去不就行了。"凤飞鸾说，"别闹。"

凤飞霏吃瘪，气鼓鼓地上旁边搬了一把椅子过来。为了显示他生气了，故意拖拽椅子弄得特别大声。

"他就是小孩子脾气。"凤飞鸾无奈地对姚笙说。

姚笙丝毫不在意："习惯了，我还不知道他吗？逗逗他而已。"他扶着椅子落座，左手边是凤飞霏和凤飞鸾，右手边是明丞，再旁边是他的工作人员，对面是谢霜辰和叶菱。

只有明丞是一个标准意义上的"外人"，这个平时只能在电视里网络上看到的人忽然就出现在身边，多少都有点不太真实的感觉。

叶菱凑到谢霜辰耳边悄悄地说："你没觉得这位大明星热情得有点过分了

吗？"

"人在江湖，跟谁不都得处好关系？特别是'浪味仙'这种太子党，跟他称兄道弟，很难的。"谢霜辰侧过头来小声回答叶菱，"也就是我呀，跟集体处不好关系，被人挤对得只能缩在小园子里说相声。"

"你不也是太子党？"叶菱笑着问他，"装什么蒜？"

谢霜辰开玩笑说道："我呀，是落难的凤凰不如鸡。"

他俩窃窃私语自成一股气场，仿佛谁都插不进去，谁都跟他们没有关系一样。

"姚老师。"明丞礼貌地问姚笙，"你还没给我介绍一下这几位朋友呢！"他私底下说话不像台上那么阳光爽朗，反而有点黏黏糊糊的。

"哎哟，让我先吃口饭，我今儿就吃了顿早饭。"姚笙扒拉了两口，随手给明丞指着人一一认识。他转了一圈，最后一个指到谢霜辰，说："谢霜辰，这是我师弟。"

"噢，谢老师。"明丞自然而然地说。

一桌子知情人士瞬间梗住，又想笑又不能笑，不知道该做什么表情。明丞不明所以，这人既是姚笙的师弟，那应该也是一位唱戏的才是。

"得，我长这么大也头一次当老师。"谢霜辰抱拳拱手说，"我谢谢您嘞！"

"你逗人家干吗？"姚笙嫌弃谢霜辰，跟明丞解释说，"甭搭理，说相声的就是嘴贫心脏。"

谢霜辰跟叶菱说："叶老师您看，'浪味仙'挤对我们！"

叶菱笑而不语。

"吃饭……吃饭。"姚笙招呼。

他是真的饿了，一个晚上的演出特别耗费精力，没吃东西跟别人喝了几杯，酒精比平时更容易起反应。不过调动起了兴奋的情绪，能够暂时让姚笙忘记身体的疲惫。

这桌子聊天的内容从今天晚上的演出聊到了天南海北，纯粹是狐朋狗友之间的闲扯淡，但因身份不同，尤其以姚笙跟谢霜辰这两个人为代表，满口的江湖春典，没混过几年的真的跟听天书一样，比如明丞。

明丞与他们显得格格不入，因为他的生活太年轻了。他的周围满是数据流量，华丽的舞台，追捧的人群，站在星光熠熠之处，掩盖掉所有黑暗的地方，做一个完美无瑕的偶像。面前这群人所说的他都听不懂，他不会听戏，他觉得太老派了，也没时间听相声，能够在满世界赶通告的路上睡一小会儿觉已经难能可贵。

当初跟姚笙合作的那首歌也是音乐制作人想做一首这样的歌，有卖点，也迎合时代主旋律，两全其美。明丞刚成年就出道了，书都没读完，正是二十出头的年纪能懂些什么？他一听要请一位著名的京剧表演艺术家过来，顿时就有点抵触，不是很想跟一个老头子合作。

录音那天很冷，明丞因为堵车来晚了一些，他脾气高傲，进门不对任何人道歉，见到一个陌生人面孔，明丞很意外。

他与这个陌生人对视，陌生人穿了一件黑色高领毛衣，戴了一副纤细的银色框架眼镜，虽有一张好看的脸，但整个人看起来都无比的肃穆，不可近身。

"你是谁？"明丞挑着眉问。他的经纪人随后进来，见那陌生人端坐在那处，快走两步客客气气地说："哟，姚老板来啦？"

姚笙这才笑了笑，轻飘飘地说："早来了，都等着呢，开始吧。"

他的唱腔部分只有两段，进去五分钟就出来了，因为一遍过。反而明丞被留在里面死磕，一遍又一遍地录，怎么都录不好。

那次匆匆一面，等再见时就是录制 MV 的时候。明丞第一次见到有人比自己排场架子还大，伺候姚笙化妆、穿衣服、梳头的就有两三个人，更别说其他打杂的了。

等全扮上之后，明丞傻眼了。

引荐他与姚笙认识的那位朋友笑着问他，怎么样，是不是比女人还美？

这几乎是所有见过姚笙京剧扮相的人都会由衷感慨的一句话。

明丞对于粉丝吹捧自己那些所谓"盛世美颜"的"彩虹屁"早就免疫了，他自己就好看，身处娱乐圈里，满坑满谷的俊男靓女，审美疲劳到不行。可一见姚笙，他脑中就蹦出了那个他认为自己几乎已经无感了的种种夸张的词语。

姚笙艳丽如盛开的牡丹，高贵如皎洁的明月，明丞不敢想象自己能和这样一个人合作。

他还以为人家是老头子来着……

在得知姚笙的身家背景之后，明丞更是诚惶诚恐，倒不是他真的本性趋炎附势，只不过在名利场混久了，难免习惯性地想要往高处爬。

对此姚笙并无太多察觉，他就跟上班一样去人家的录音室、片场打了几天的卡，就是帮人一个忙，顺便做做所谓的跨界合作，钱都懒得要。他甚至忘记了当初李欣然对明丞这个人的评价——别看人模狗样的，作精一个。

第十一章

这顿宵夜吃得虽然简单，但有几分庆祝的意思，虽然不能喝到宿醉，多喝两杯也问题不大。其他几桌陆陆续续有人来跟姚笙敬酒，姚笙都一一应了。

"膨胀了啊！"谢霜辰说，"你这么喝，明儿晚上还唱不唱了？"

姚笙眼角绯红，笑道："这点才哪儿到哪儿？喝得烂醉如泥明儿照样唱。"

"嚯——"谢霜辰拿腔捏调地说，"好大的口气！喝多了吧你？"

李欣然走到姚笙身边拍了拍他，凑在他耳边说了点什么，姚笙就把自己手机掏给李欣然了。

"怎么啦？"凤飞霏好奇地问。

"没什么，我们摄影师发了张照片，结果爆了。"李欣然说，"我用姚老板的号转发一下。"

她这一说，大家纷纷掏手机去看。

那张照片是摄影师当时用手机随意拍的，照片里，姚笙装扮好之后坐在椅子上，微微仰起头，姚复祥拿着眉笔给他画眉。姚笙的侧脸线条很好看，他望着姚复祥的眼神能透露几分孩子的天真来，而姚复祥满是慈祥，头发已经花白，手指上的皮肤已经干枯，连眼神儿都不太好了，得眯起来才能稍微看清一点，甚至都没有办法从这个老人身上看到当初的名伶风采。

但姚复祥是那么认真严肃对待给姚笙画眉这件事，他眼中有希冀的光。

照片的内容很简单，但是看过能叫人心中产生百种千种复杂的情绪出来。

摄影师可能也是在拍下之后重新回顾才发觉到了其中的意义，便发了出来，配的文字是当时姚复祥对姚笙说的话。

"你是天底下最好的角儿。"

一语双关，是说现在的姚笙，也是在说当年的姚复祥。这样古老的艺术代代相传，爷爷给孙子画眉，满怀希望地伺候自己家的小角儿登场，满口安慰小角儿，但自己心中却比台上的人还要紧张。

　　传承的火种从未熄灭过。

　　姚笙从李欣然手里拿过了手机，他看着那张照片愣了一下，陷入了沉默。

　　"姚老师，我也转发了。"明丞小声跟姚笙说。

　　"啊？嗯……好……"姚笙有些敷衍地回答，"谢谢！"后台不断跳动的数字并没有让他感到开心，即便他知道今天晚上，这张照片将传到互联网的每一个角落。

　　还是谢霜辰率先察觉到了姚笙的不在状态，开玩笑地问他："怎么了？真喝多了？"

　　"没有。"仿佛是为了证明自己没事，姚笙又满上了一杯，一饮而尽，"来，喝酒！"他站起来，给大家挨个倒酒，走到凤飞鸾身边的时候，凤飞鸾拦住了他的手，说："你别闹了，明儿还得接着演呢！"

　　"我不是说过了不碍事儿吗？"姚笙笑道，"我今天开心啊！演得这么成功，现在网上铺天盖地都是歌功颂德、拍马屁的新闻，你不开心吗？"

　　"开心。"凤飞鸾平静地说，"这是我们应得的。"

　　"嗯，真好。"姚笙将杯子中的酒喝了，杯底一转，边走边唱道，"海岛冰轮初转腾，见玉兔，玉兔又早东升……"

　　叶菱用胳膊肘捅了捅谢霜辰，低声说："真喝多了吧？你去扶一把，别叫他摔了。"

　　"嗯。"谢霜辰起身，笑嘻嘻还没走到姚笙身边，就见凤飞霏"腾"一下站起来了，抓着姚笙说："好端端的怎么唱上了？你抽什么风啊？酒都甩我身上了！"

　　"我愿意唱，我喜欢唱，你管得着吗？"姚笙一端椅子，坐了下来，却坐不端正，跷着二郎腿，一手握着杯子放在桌面上，喃喃重复道，"我喜欢唱……"他的表情忽然变得很纠结，双手捂住了脸，众人不知道他怎么了，只能静静地看着他。

　　良久，他闷声说："我今天上台之前特别紧张，紧张到害怕，一闭眼好像就能看见那年被观众轰下来的场景。"

　　观众的倒彩、嘘声、嘲笑充斥在姚笙的耳边，像一个噩梦一样，哪怕他再风光，这都是一团笼罩在他心头的黑云。

　　他惊慌失措地哭着逃下了舞台，他演砸了，不光观众会骂他，剧评会嘲笑，回家之后他还会被爷爷打。

十七岁的姚笙对京剧没什么理解，他只知道自己打小就在学，一直懵懵懂懂地学到了现在。叛逆中二的少年似乎对古老的戏剧没有任何的情感，他甚至不曾喜欢过这门艺术，一度对家族给予他的重担产生反感。

当他在舞台上受挫之后，脑中第一个反应就是：我根本不喜欢唱戏，我不唱了！

姚笙回家之后闹腾了很久，他的反抗具有很强的试探性，因为他觉得姚复祥肯定会打他。即便是他爸来拦着也没用，大不了父子俩一起挨打。

家里被他搅和得天翻地覆，要死扛着的就一句话：没有小孩儿喜欢唱戏，他牺牲这么多来唱戏，观众凭什么欺负他？现在他不开心了，他不唱了，谁爱唱谁唱。

"我那会儿为了表明自己坚决的立场，还把戏服都给扔了。"姚笙一手掐着太阳穴，回忆一般地说，"后来我才知道，我爷悄悄地跟在我的后面，然后把我扔了的戏服又捡了回去。"

"图什么啊？"凤飞霏不解。

"图什么？"姚笙笑了笑，"当时我什么都不知道，也不喜欢思考。我只知道自己讨厌舞台，讨厌观众。我就唱错了一句，他们就仿佛狂欢一样地嘲笑我，我是有错，但是过错大到需要去死吗？我是被迫唱戏的，我在这样一个家庭里，从出生的那一刻起就没得选。没人问过我到底喜不喜欢唱戏，到底要不要唱戏，我真是受够了。"

姚笙这段经历谢霜辰有所耳闻，但是他没有听姚笙主动提起过。他们自幼学艺的人都曾面临一个问题，就是自己所学的东西到底是不是自己真正喜欢的。

师父叫学就学了，稀里糊涂的，如同封建时代的包办婚姻，不喜欢也没有关系，相处得久了，自然而然就喜欢了。

姚笙所讲的话倒是叫凤飞霏感同身受，他就是因为不喜欢家里的安排所以跑了出来，凤飞鸾也是如此。凤飞霏看了一眼自己的大哥，又看看姚笙，问道："那你怎么又继续唱了呢？"

姚笙沉默，浅浅地笑了笑，说："当时我谁的话都不听，我爷爷没办法了，他忽然变得很沮丧，也很紧张无措。有天下午他找我聊天，我记得那天阳光特别好，他戴着老花镜默默地擦拭自己的头面，一件一件地细心打理，然后给我讲它们的来历。讲着讲着，他就不说话了，开始哭。我问他怎么了，他说这些东西可能以后就要进博物馆了。现在听戏的人越来越少，他也弄不明白这是为什么，在他的时代，明明没有人不听戏……"

姚复祥经历过京剧最后的辉煌，余生却要在它的暗淡中走过。

"我到现在都记得我爷爷那天跟我说的话。"姚笙平静地叙述，"他说，笙儿啊，爷爷求求你了，除了不唱戏，你说什么爷爷都答应你，你要是不唱了，咱们家就没人唱了，年轻人要是不唱了，京剧就亡了。"

一语作罢，一阵叹息。

姚笙对凤飞霏说："然后我就接着唱了，就这么简单。我不是想明白了什么大道理，而是怕爷爷哭。"

凤飞霏盯着姚笙，一句话也说不上来。

"唱了这么多年，我忽然发现其实我也挺喜欢唱的，也渐渐懂得了它的魅力。世界上曾有三大古老的戏剧文化，古希腊戏剧、印度梵剧，以及中国戏曲。前两者已经成为历史书上的一段文字，只有中国戏曲在经历了千年的洗礼之后仍旧保持着它的风采。"姚笙继续说，"我唱过那么多剧目，但其实一直到最近两三年才逐渐摸出一些门道来，也才真正体会到了为什么我爷爷当初会对我说那一番话。我的家庭给我的不是沉重的责任和枷锁，而是希望。我应该尽我的能力去让更多的人了解京剧，而不是高高在上地指责观众的严苛。"

"成角儿真的太难了。"他继续说，"角儿都是观众一个念白一个唱腔盯出来的，他们时刻提醒着你不能犯错，犯错的代价太沉重了。所以我多年之后重新在天津登台会特别特别紧张，这对我来说不单单只是一次大胆创新的表演，我不怕那些剧评人说我，我怕辜负了为这场演出付出辛苦努力的人们。"

这一番话叫在座的每个人心里都各自有了一番故事。

明丞不知道眼前这几位都是十几年如一日这样生活走过来的，他理解不了，纵然他出道之前的练习生涯也是艰苦万分，但是出道之后有了大量的粉丝，生活就不一样了。粉丝对他可以无限包容，演技一般般、唱歌一般般也没有关系，只要粉丝还喜欢他，大把的商业合作在等着他。

他只能略微察觉，学唱戏真的很苦。但是为什么苦，他不知道。

因为他所面对的是庞大的粉丝群体，而观众，寥寥无几。

姚笙喝得有点多，走路发飘，不过他挺高兴的，一直在说话。

大家往外走的时候，凤飞鸾半扶着姚笙，凤飞霏跟在谢霜辰和叶菱身后，一语不发。到门口的时候，凤飞鸾去帮忙拿了点东西，姚笙就跟大家站在门口聊天。

"姚老师。"明丞过来说，"我明天也在北京，还可以去给你返场吗？"

"返场？太委屈你了吧。"姚笙笑着拍了拍明丞的肩膀，"大忙人，你的时间可是很金贵的。你来给我捧一场就挺好的了，再来一次，我自己都没法儿说服我自己了。”

"你今天说的话很有道理，我很受启发。"明丞笑着对姚笙说，"我觉得我也应该做点贡献才是。"

"嗯，挺好。"可是姚笙也没说是应了还是没应。

"我困了，我想回去睡觉了。"凤飞霏嘟囔着。他们的住处都是姚笙给订好的，跟姚笙住在同一个酒店里。

"回，回。"姚笙一伸手，"来，扶着朕。"

"你给我滚！"凤飞霏恨不得用脚踹姚笙。

明丞问经纪人："我们要连夜回北京吗？"

经纪人想了想，说道："太晚了，走夜路也不安全，还是明儿早上回去吧。"

明丞问姚笙："姚老师，你们住在哪个酒店啊？要不然一起？"

"啊，一起。"姚笙说，"走吧。"

抵达酒店时已经是凌晨时分，大家的疲惫都已经显露。明丞下车本来应该径自进酒店，可他下意识地回了一下头，伸手去扶姚笙。

有人上赶着伺候，姚笙才不会拒绝，他不管对方是什么红的白的，在他眼里没什么区别。

反正都不如他。

就这么一个小小的动作被有心人拍下来放在粉丝群体里传播，邪教异军突起，仿佛梦中 CP 已经成真。

这一点都不叫人意外。

"哎呀妈呀，"谢霜辰扑倒在床上，"累死我了。"

叶菱也困了，衣服都懒得脱就躺在了床上，问道："你觉得姚老板今天喝多了吗？"

"只是喝到高兴吧。"谢霜辰闭着眼说，"他自己有分寸。"

"他那一番话真的让我挺意外的。"叶菱说，"我以为他……"

"他是个很有理想抱负的人。"谢霜辰说，"只要想到了就去干，从来不怕失败。"

叶菱看着谢霜辰说："你也是呀！"

谢霜辰笑了笑，说："别吹了，你不是累了吗？早点休息吧。明儿我们不跟他们一块儿早上走，睡到自然醒再说。"

"飞霏呢？"叶菱问。

"我哪儿知道。"谢霜辰说，"他都那么大了，自己爱干吗干吗不得了？别管他了。"

"说得轻松。"叶菱说，"我感觉他今儿晚上未必睡得好。"

"您真是想完这个想那个。"谢霜辰不满地说，"心疼心疼我吧。"

叶菱说："你有什么好心疼的？"

谢霜辰鼻子里哼了一声，却说："叶老师，今天的演出好看吗？"

"好看。"叶菱说，"美不胜收，我都替姚老板感到开心。"

"等咱们有了这么多观众，也开这么大场子。"谢霜辰说，"我带您来天津开。"

虽然北京是相声的发源地，但天津才是一个相声艺人的考场，这是江湖上最大的码头，是相声艺人从艺生涯中最重要的一个城市。

而谢霜辰考虑的却不是这些，他只是想送叶菱一个衣锦还乡而已。

叶菱说："你还是别想那么多了，想想眼前的事儿吧，踏实点比什么都好……"

他正说着，耳边传来均匀的呼吸，原来谢霜辰已经睡着了。

叶菱无奈地笑了笑，没去叫谢霜辰，而是轻轻地给他把衣服脱了，让他躺好，这才安然地睡了。

多少个这样的夜晚，平淡温柔。

谢霜辰计划得特别好，睡到自然醒，可是早上忽然响起的手机铃把他的美梦全搅和了。

第十二章

　　叶菱先被吵醒，他的意识还没有聚拢，迷迷糊糊地说："电话。"

　　"唔……"谢霜辰不愿意醒，"闹钟。"

　　"还在响，烦。"叶菱抱怨。

　　谢霜辰终于起来了，看着来电显示上陌生的一串号码，心里虽然觉得肯定是卖保险、拉贷款的，但还是习惯性地接通了。

　　"谁啊？"他问。

　　"请问是谢霜辰谢总吗？"一个年轻的声音礼貌地问。

　　"啊？"谢霜辰一头雾水，"你说什么？谢什么总？你打错了吧？"

　　那个人"欸"了一声，问："是咏评社负责人吗？名片上写的是这个啊……"

　　"你是谁啊？"谢霜辰问。

　　"我叫李珂。"那个人说，"我是天津戏校毕业的学生，给咏评社投过简历，然后就没有音信了，我想打电话问问到底是怎么回事儿，你是谢霜辰吗？"

　　"我是。"谢霜辰问，"你怎么有我电话的？"

　　李珂说："去年你上天津来看演出塞给我的啊，还好一顿忽悠我去北京，你忘啦？"

　　"忘了。"谢霜辰开了功放，小声问叶菱，"你有印象吗？"

　　叶菱坐了起来，抓了抓乱糟糟的头发，说："有点印象。"

　　谢霜辰问："简历有印象吗？"

　　叶菱又想了想，说："好像是湘澄随便给扔出去了。"

　　"嘿！姑奶奶真够可以的。"谢霜辰对李珂说，"那什么，少年，你现在人在哪儿呢？"

"天津啊!"李珂回答。

"那正好,我也在天津呢,你看看你今天下午有没有时间,约着聊聊?"谢霜辰问道。

"好啊!"

"我记得你有个搭档吧?他跟你一起吗?"

"是,我叫上他。"李珂说。

他们双方约定好了时间地点,这个事就一拍即合了。谢霜辰挂了电话重新窝回了被子里,想再睡个回笼觉。

"你还真好叫。"叶菱说,"人家约你,你就出去。"

"刚刚说话的时候我想起来那个叫李珂的是谁了。"谢霜辰说,"当时我好像名片上写的是CEO谢霜辰,人家可不管我叫谢总吗?现在的小孩儿啊……"

叶菱笑了:"你跟人家差不多大,管人家叫小孩?"

"我工龄长啊!"谢霜辰说,"叫谁不是小孩儿?"

叶菱往被子里缩了缩,干燥温暖的被窝是每一个赖床的人最大的精神寄托。

"姚老板他们是不是走了?"叶菱闷声问。

"嗯。"谢霜辰说,"刚刚我看手机,他早上就给我发信息说他回北京了,哦对了,'二小姐'也跟着他们一起走了。"

"怎么了?"

"谁知道啊!"谢霜辰打了个哈欠,"可能不想打扰我们吧。"

哈欠传染,叶菱也打了一个,在被窝里伸了伸懒腰,说:"可能跟着咱俩太无聊了吧。"

谢霜辰说:"您说一个说相声的无聊,您可真能耐。"

叶菱说:"我觉得自己私底下就是一个很无聊的人。"

谢霜辰说:"修锅炉那么有聊干吗?"

叶菱说:"可能给小费给得多吧?"

"您真是什么都接。我在想啊!"谢霜辰说,"下午给那俩小孩儿出个什么考题呢?"

"戏校里学什么?"叶菱问道。

"我不知道啊,我又没上过那种。"谢霜辰说,"说学逗唱都得考考。"

叶菱说:"你就甭费劲了。"

"为什么?"谢霜辰说,"我这可是严格给咏评社挑选人才啊!"

"可是有在麦当劳里面试相声艺人并且还要求人家当场表演说学逗唱四门功课的吗?"叶菱一针见血地指出了问题之所在。

"呃……"谢霜辰说，"最近麦当劳新出的儿童乐园餐送的小玩具我很喜欢。"

"边儿待着去。"叶菱懒得理他。

谢霜辰很喜欢麦当劳这种地方。

学生时代，他没少在假期的最后几天泡在家附近的麦当劳，点一盘子大薯，然后跟同学互相抄作业。在他的世界观里，这里是一个很自由的世界，只要别忽然脱裤子拉屎，做什么都可以。

他约李珂在这种地方真的只是顺嘴一说，他哪儿知道天津哪儿是哪儿，没想到李珂也不含糊，瞬间答应。

也真是可以。

节假日哪儿都人多，谢霜辰百无聊赖地坐在麦当劳最里面的位置，拉了拉棒球帽的帽檐，打着哈欠。

"狗修金撒妈（音）。"叶菱操着一口天津话，把儿童乐园餐"啪"地放桌子上，"你的餐。"

谢霜辰一愣："你说嘛？"

"吃你的。"叶菱切回普通话。

谢霜辰说："要注意您一个清华高才生高贵冷艳人设的维护啊！"

叶菱说："又没人认识我，怎么了？你自己的偶像包袱别往我身上放，啊不，也没人认识你。"

"真的吗？"谢霜辰有点沮丧地问。

"真的。"叶菱说，"你又不是像人家明丞一样的大明星红透大江南北，现实生活中谁要认识你啊！"

"那您觉得是那个明丞好看还是我好看？"谢霜辰问。

"他化妆啊！"叶菱说，"你又不化妆。"

谢霜辰说："我这叫清水出芙蓉天然去雕饰、天生丽质难自弃回眸一笑百媚生。不过您要是喜欢化妆的，赶明儿我也画个大眼线。"

"你可别恶心我了。"叶菱说，"吃你的儿童乐园餐吧。"

两个帅哥在一起总是分外引人注目，谁经过都忍不住多看两眼，但是没什么人立刻反应过来，谢霜辰何许人也？他虽然在网上很有名气，可是现实大众所熟知的还是那些天天在电视上活跃的人物，看谢霜辰顶多会觉得眼熟，但是一下子未必能反应过来。所以谢霜辰很坦然，他觉得自己只是一个艺人，但不是一个名人。

"你是谢……谢……"一个年轻人过来，试探性地问道。

"谢霜辰。"谢霜辰回答。见着这个人，他脑中才回忆起去年的情景。"你是李珂吧？"他问。

"嗯。"李珂点头。

"叶菱。"谢霜辰指了指叶菱，"叫他叶老师就行了。"

李珂纳闷儿，不过也顺嘴叫了："叶老师。"

叶菱说："你甭听他瞎说，叫名字就成。"

谢霜辰笑道："也行吧，现在叫名字，要是回头真来了咱们社里，指不定以后得叫什么。"

叶菱很想打谢霜辰，为什么这个人可以这么没有羞耻心地在一个陌生人面前说这些有的没的？

不过李珂不知情，听不懂他们俩话里的意思，就"哈哈"两声，装得不那么尴尬。

不一会儿，他的搭档邱铭也来了。

"就你俩是吧？"谢霜辰说，"你俩做个自我介绍吧。"

叶菱说："你这真当是应聘呢啊？还自我介绍？怎么不先交个简历过来？"

"啊，对，你俩带简历了吗？"谢霜辰又问。

"你怎么回事？"叶菱说。

"你别闹啊，CEO的尊严。"谢霜辰说。

叶菱说："你别贫了！"

人家李珂和邱铭还没怎么着呢，这两人就开始一唱一和了起来，这到底是怎样的职业病啊？

"那个，我叫李珂，是逗哏的。"李珂赶紧说，"这位是邱铭，我的捧哏。我俩都是天津戏校毕业的，毕业之后一直在天津的茶馆里说，就是上次碰到你们的那次……"

谢霜辰说："在天津说得好好的怎么又突然想开了想来我们这儿呢？当初我给你们名片的时候怎么没答应？"

"谁知道你是不是骗子啊！"邱铭说，"我们也是后来在网上才知道你的。"

"被我的艺术才华所倾倒？"谢霜辰问。

"哦不是。"李珂补充说，"是看见你和杨二爷互撕来着，挺猛的。"

"……"谢霜辰无语，他心中一下子又给杨霜林加了条罪过——家丑外扬。

怎么可以让青年一代的演员浑然不知他谢霜辰的身影何其伟岸、艺术造诣何其深厚，就记得这家长里短的互撕了？

"就因为这些吗？"叶菱说，"我们这儿是说相声的地方，不是教人打架骂街的地方。你们要指望这个……我觉得你们还是别指望了。"

"哪儿能啊叶老师！"李珂见叶菱态度有所转变，立刻改口亲切地称呼，"我们哥儿俩吧，也是在这边待够了，没太大意思。咏评社之前的演出视频我俩都看了，我们都很喜欢那种风格。年轻嘛，就是得去试试各种可能，正好现在不是招人吗？所以就投了简历……我俩一开始挺自信满满的，在咱天津都能演下去，不至于到了北京混不成吧？结果没想到简历投了就石沉大海，听说已经有演员接到面试通知了，我俩还什么都没有，我心一横，就冒昧地打了个电话问问。巧的是你俩都在天津，这可真是缘分天注定姻缘一线牵啊……"

"得了得了，知道你能说。"谢霜辰说，"哪儿来这么多骚话？"

李珂笑道："习惯了习惯了。"

"那行吧。"谢霜辰说，"那你俩来个活吧。"

"啊？"李珂跟邱铭两人有点愣，"来啥？"

谢霜辰想了想，一拍手，说道："择活不如撞活，既然今天在麦当劳里，那咱们就来个《买卖论》吧，要求把麦当劳或者与之相关的东西放进去，你们看怎么样？"

"这……"李邱二人面露难色。

"怎么了？"谢霜辰说，"你们不是没有演出经验的演员吧？我的要求不复杂吧？"

"不复杂是不复杂……"李珂说，"就是有点突然。"

"那还有更突然的呢。"谢霜辰说，"一会儿啊，咱上麦当劳门口去演，你们能吸引十名以上的观众停下来听你们说，那你俩今天就收拾东西跟我回北京，要是不能，就再好好考虑考虑。"

"我们没上大街上说过啊！"邱铭说，"你这有点太强人所难了吧？"

谢霜辰说："有吗？我觉得这才是基本功吧。"

李珂问："怎么，难道你们还没事儿组织忆苦思甜活动，定期上大街上撂地演出去？不是有园子，为什么还要在外面演？你不会是因为当初我俩没搭理你故意刁难我俩吧？"

"不然呢？"谢霜辰非常坦然地说，"我可是很小肚鸡肠的。"

叶菱面上没什么反应，波澜不惊，心底里却是无奈到想笑。谢霜辰这哪儿叫坦然，简直就是无耻，哪儿有人往自己脸上贴"坏人"俩字的？

谢霜辰这一句话叫李珂邱铭二人都有些尴尬，邱铭已经不太爽了，李珂还想再找找回转的余地。

谢霜辰说:"你们完全可以当作我就是在强人所难,虽然现在大家都在园子里说,但老祖宗都是从撂地开始的。你能从大街上说到剧场里,这才能耐。你俩觉得我现在怎么怎么样,观众捧,说新潮点叫有粉丝追。我穷的时候没人看的时候也是跟街上演出积累人气啊!"

叶菱心说,当初不知道是谁死活不愿意撂地,你就装吧。

谢霜辰继续充当他的人生导师:"说相声吃的是开口饭,来的都是客,在哪儿都能说。不是说你穿上大褂站在桌子后面你就是相声演员了,咱凭的是本事,不是衣裳桌子扇子戏园子的遮盖。台下我不管你们是个什么样的人,但是你要是想上台就不能要脸。"

他一番话叫李珂、邱铭二人陷入沉思。叶菱看了看时间,对他们二人说:"现在是下午两点半,我俩是四点的火车回北京,从这里去火车站大概半个小时,也就是说你们连考虑带演满打满算就一个小时。"

谢霜辰说:"要不然咱们吃完这顿儿童乐园餐就散了吧?"

"别!"李珂与邱铭互相对视一眼,"演!"

5月的天津天气已经很好了,因为靠临内海,气候比北京略湿一些,是非常适合户外运动的。

比如和朋友聚餐,运动健身,上河边儿钓鱼,撂地说相声,等等。

李珂和邱铭没心情体会什么阳春白雪,两人站在麦当劳门口就跟俩随时准备从口袋里掏出一沓传单满世界发的大学生一样。

你看看我,我看看你,怎么看怎么奇怪。

没跟街上演过啊!这怎么办?

两个人孤零零地站着,既没整理好内心纷乱的思绪,也还没有克服在大街上突然说相声的尴尬心理。

弱小,可怜,无助。

叶菱和谢霜辰远远站在一边,叶菱手里拿了一杯可乐,谢霜辰一边啃着他的派一边说:"叶老师,您觉得他俩得这样待多久?"

"不知道。"叶菱说,"第一次下海可能多多少少都会有点紧张吧?"

"您呢?"谢霜辰说,"我看您当初就很坦然。"

叶菱笑道:"我就是个捧哏的啊,我又不用干吗,跟旁边站着看你说不得了吗?"

"……行吧。"谢霜辰说。

李珂和邱铭还像俩傻子一样站在门口。

"怎么办啊？"李珂小声嘀咕，"你带快板了吗？"

邱铭说："你这不是废话吗？谁出门带快板啊？疯了吧？"

"那怎么聚客啊？"李珂说，"我就跟书上学过，没实践过啊，像什么白沙撒字什么的我不会啊！"

邱铭说："你想想平时你在大马路上看见什么会停下来看两眼？"

李珂想了想："打架的。"

"那要不然咱俩试试？"邱铭说，"反正……在大马路上说相声已经够丢人了。"

老远之外的谢霜辰和叶菱并不能听见他们这番对话，如果叫谢霜辰听见邱铭这句话，估计得当场爆炸。其实这也不能怪邱铭，他们接受的是学校里的教育，虽然学习方面也是面面俱到，但不像谢霜辰这样从小就接受非常正统的家庭教育。

学院派和家传派，终究是不太一样的。

"您说，他俩得磨叽多久？"谢霜辰手里的一个派已经吃完了，他觉得如果这两人还跟卖保险的一样站在那里，他可能需要再去买点什么零食出来吃。

叶菱看了看时间："还有四十分钟咱俩就该走了。"

谢霜辰说："我感觉您对他俩兴致缺缺？"

"也不是。"叶菱说，"其实我对他俩之前的表演还算有印象。那个叫李珂的逗哏舞台表演风格比较坏，其实跟你有点像。"

"不听不听！"谢霜辰捂着耳朵猛摇头，"您竟然说别人像我！我不是您独一无二的宝贝了吗？"

"你能不能不要大马路上就开始撒泼？你再这个样子我真的要骂人了！"叶菱横跨了一步跟谢霜辰拉开距离，"帅卖怪坏，你四门全占了行不行？"

谢霜辰说："哦，那您继续说吧。"

叶菱"哼"了一声，说："你放心，他再坏也坏不过你。"

谢霜辰抱拳拱手："您抬举了。"

"德行。"叶菱继续说，"那个邱铭，我没太多印象。不过目前看这样儿，两人一句话都没有，我打算看到三点，要是还这样儿，那就真没什么可观察的了。"

"我也这么觉得。"谢霜辰正说着呢，那边两人忽然打起来了。谢霜辰不知道发生了什么，下意识地往前跑过去看，叶菱拉住他说："等等。"

只听李珂那边嚷嚷道："你有病吧！我说买巨无霸你说没有超值套餐！我

说买儿童乐园餐你说不送海贼王玩具了！"

"儿童乐园餐是肯德基的！"邱铭大叫。

"我让你说话了么！"李珂说，"还有我的巧克力圣代呢！"

邱铭说："你是肯德基请的卧底吧？麦当劳是新地！"

"我管呢？"李珂已经要动手打邱铭了，"今天阳光灿烂、惠风和畅我出来吃个麦当劳都让你搅和了！"因为足够大声，周围已经有人停下来看这两人到底怎么回事儿。李珂用眼角扫了一眼，对众人说："大家伙儿给评评理，怎么会有人这么读不懂空气？我乐意在麦当劳里叫儿童乐园餐和圣代，有本事把我轰出去啊！"

邱铭说："你这不现在就在外面。"

"我再进去！"李珂说。

"那祝您出入平安。"邱铭回答。他因为口气非常之阴阳怪气，这句话显得特别意味深长。

谢霜辰问叶菱："麦当劳真的不叫儿童乐园餐吗？"

"……我哪儿知道。"叶菱脑中一闪而过点餐时服务员那诡异嫌弃的眼神。

两个人在那儿一顿神扯，一开始仿佛还有点紧张，不过下海这种事儿，脱衣服之前总会端着拿着，衣服一脱认清了这个现实，那就很容易放飞自我。他们渐渐地转移到《买卖论》的正活上。因为前面铺天盖地的掐架成功让观众停留了下来，而天津路人本身就特哏儿，看这两人说起相声来了，也乐意听听。

"我觉得还行。"谢霜辰刚要发表意见，背后就被人撞了一下。他"哎哟"了一声，喊道："干吗呢？"

"不好意思不好意思！"撞他的是个小哥，穿着海底捞的制服，"我跑得太急了没看见您，实在是不好意思啊！您没事儿吧？"

因为对方客气礼貌，谢霜辰也不好跟人家叽叽歪歪，只能问道："什么事儿啊跑这么急？"

小哥说："那边儿不打架呢？我们店里的客人想知道为什么打起来的，我就出来看看，然后回去告诉客人。"

谢霜辰一愣："你们这服务还挺……"

小哥不好意思地笑了笑。

"甭看了。"叶菱说，"说相声的，回去告诉你们客人，说的是《买卖论》，想听啊，买票上北京咏评社听去。"

小哥没听懂，还是往那边张望了一下，谢霜辰说："真甭看了，赶紧回吧，真没骗你。"

本着敬业的原则，小哥还是跑上前确认了一下，然后颠颠儿地跑回来，跟谢霜辰说："真哏儿，大街上说相声。"

谢霜辰说："没见过吧？"

小哥摇了摇头，因为还有工作在，没时间跟谢霜辰聊天，赶紧跑回去了。

"吃个海底捞也还得关心一下民生问题。"谢霜辰嘀咕，"现在的老百姓真是忙。"

叶菱笑道："要不然等位子多无聊？"

谢霜辰说："您刚刚说让他们上咏评社去看？您是要了这两人了？"

"我说管用吗？"叶菱莞尔，"不得听谢总的？"

"寒碜我不是？"谢霜辰说，"我觉得还行，基本功不错，能在街上张开嘴。两个人也有一些表演风格，行吧。"

叶菱问："你不关心一下人品问题？"

"人品？"谢霜辰说，"坏得过我吗？"

叶菱想了想，郑重地说："估计是悬。"

　　李珂和邱铭演完了之后已经三点半了，因为就站在观众堆儿里说，每每说到有趣的地方就有观众接话茬，他们就互动一下，拉扯的时间比较长。

　　虽然第一次撂地，一开始紧张无措到不行，但是豁出去了之后就发现感觉竟然意外地不错，二人心中都产生了一种非常新奇的感受。

　　他俩向周围的观众鞠了一躬，四处看看，没发现谢霜辰和叶菱的影子。

　　"他俩是不是跑了？"邱铭问。

　　"不至于吧……"李珂说。

　　"我去，肯定是被骗了！"邱铭大怒。

　　李珂掏出手机来打算给谢霜辰打电话，结果看到手机上有一条信息。

　　"赶火车去了，不方便久留。节后可来咏评社看看，聊聊待遇。地址：北京市东城区北新桥……"

　　这是谢霜辰的号码发过来的。

　　"怎么了？"邱铭问。

　　李珂说："谢霜辰说咱俩可以去咏评社看看……"

　　两个人沉默地看看手机，然后又看看对方……

　　在天津折腾了两天，再回到北京的家时，谢霜辰和叶菱两人都累得够呛，睡得昏天黑地，隔天才去北新桥开工。

　　李珂和邱铭两人很积极，也是在咏评社开工那天赶到了北京。谢霜辰没跟他们说什么，只是留他们在咏评社看了一个下午场。散场之后，才把二人叫去后台聊一聊。

　　年轻人冲劲儿比较大，对于咏评社的工资水平没什么意见，当即便决定留下。谢霜辰给了他们一周找住处的时间，然后再叫他们来上班。在这期间，他和叶菱用各种零碎的时间去面试之前约的演员，从中挑选出了三对留了下来。

看着演员逐渐变多，谢霜辰心中虽然踏实了一点，但责任感也越来越大。

这不是玩闹过家家了，十几张嘴等着吃饭，小五爷忽然觉得压力很大。

不过压力就是动力，谁还不盼着点好呢？

"号外号外！"史湘澄在后台喊道，"下周一有个活动，谢霜辰和叶老师必须参加，你们留个耳朵听一下啊！"

谢霜辰正喝茶呢，问道："什么事儿啊？"

"事情是这样的。"史湘澄坐了下来，"北航有一个学生，反正不知道拐了多少层关系吧，找到了我的头上。"

"不是，你不是假北航吗？"谢霜辰打断她，"你是不是被人发现办假证了？"

叶菱拍了下谢霜辰的头："你叫人家说完啊！"

史湘澄瞪了谢霜辰一眼："就是，怎么就你话多？"

谢霜辰说："有本事你别说啊！"

"我就说！"史湘澄说，"最近北京的高校圈都开始搞什么传统文化节，就是继承发展那样一套东西。据北航的那位同学哭诉说，他们学校的传统文化节为期一周，每天都有不同的表演和讲座供同学们来感受咱们这个优秀的传统文化魅力。分给这个可怜同学的呢，就是曲艺这一块儿，时间定的是礼拜一。这位同学以为艺术家大大们会很乐意跟祖国的未来传播传播艺术细菌，结果在实践中发现，没钱根本请不动。他也没什么别的门路，就各种打听，结果被冰雪聪明、秀外慧中的我给听到了！"

谢霜辰说："我觉得你这几个词儿用得吧……也可以上台说相声了。要不然我教教你，还能省下个雇人的钱。"

"你别废话了好吗？让我讲完，OK？"史湘澄继续瞪谢霜辰。

谢霜辰比了个手势："OK、OK。"

史湘澄说："然后我就把这个活儿给接下来了。反正你们不是礼拜一不开工，正好跟我走趟北航，这事儿你们别看不赚钱啊，但是说出去很好听。走进高等学府，弘扬传统文化！是不是有种很不明觉厉的感觉？"

凤飞霏凑了过来："学校好玩吗？"

"还行吧。"史湘澄说，"你要跟我去吗？"

凤飞霏想了想，问："有漂亮姐姐吗？"

"有！"史湘澄说。

谢霜辰问叶菱："叶老师，您看怎么样？"

叶菱则直接地问史湘澄："有什么说法？"

"说法当然有，叶老师，一看您就是深入过学生工作的人。"史湘澄笑道，"我跟他们说好了，到时候北航的双微啊学生团体的各种号啊都会给我们发稿子，中心思想是'咏评社新时代的传播者，让青年一代接触传统'这种主题。然后学校里还给贴宣传海报，还有官方的合作声明。反正就占用你们晚上大约一两个小时，虽然不给钱吧，但是能赚个吆喝也不错啊！喂，你！"她敲了敲桌面示意谢霜辰，"身为 CEO 你是不是得主动挑大梁，塑造一下社团的积极阳光正能量形象？主动和主流大众打好关系？别成天到晚让人在网上挤对了！"

谢霜辰说："听叶老师的吧。"

叶菱想了想，说道："我觉得可以，去吧。"

凤飞霏举手："那我也要去！"

"你个小崽儿跟家待着！"谢霜辰说。

"我不想跟家待着。"凤飞霏说，"姚笙演出结束之后跟家里休假，成天到晚面对着他，我觉得我会抑郁的。我要去看漂亮姐姐！"

"就带上他吧。"叶菱说，"他这个年纪上学校里逛逛也挺好的。"

谢霜辰耸肩。

"这是本经纪人给你们接的第一单 case（生意）哦！"史湘澄说，"不准掉链子！"

谢霜辰问："不是，到时候被人发现你北航的毕业证是假的怎么办？岂不是很尴尬？还会连累我们吧？"

"你闭嘴！"史湘澄大叫。

史湘澄提前三天就把谢霜辰跟叶菱的海报交给了北航学生会负责此事的同学。在接到海报的一瞬间，那位同学十分之吃惊。

"这俩……说相声的？"他问。

"对啊！"史湘澄回答，"怎么了？"

"这……"那位同学好半天之后才说，"这两人怎么不出道？"

史湘澄："出道了谁还给你们来弘扬传统文化？"

同学说："看这脸……说相声会好笑吗？能讲出来言之有物的东西吗？学姐你别骗我啊！"

史湘澄随手丢给他一个链接："仔细给我品！叶老师可是清华研究生！而你只是一个普通的北航本科生，看看做人的差距吧！"

"是是是！"对方狗腿地回答，但还是弱弱地补充，"清华研究生为什么要去说相声，真是想不开。"

"海报多印点啊！"史湘澄说，"给我贴满学校的每一个角落，特别是食堂和女生宿舍门口。哦对了，要是条件允许的话，上别的学校也贴一贴。"

"姐。"学弟哀求，"我们都在昌平啊，昌平这个地方你不知道吗？鸟不拉屎，我得走出好几里地去才能看见别的学校。然而这种郊外我要出个事儿怎么办？我还年轻……"

"你闭嘴。"史湘澄说，"上中财给我贴去！中财女生多，我不管！"

"行吧行吧……"

学生社团做宣传工作也快，主要是学生群体是一个相对活跃而独立的群体，对任何事物都有着极大的兴趣和动力。

很快，谢霜辰和叶菱去北航做相声方面的表演和讲解的消息传遍了北京的学生圈子。他们在年轻群体中是有知名度的，很多学生都关注到了此事。

毕竟对于学生而言，跟传统文化挂钩的可能都是大爷大妈，如此朝气蓬勃的两个年轻人出现在这个画面里，着实让人产生好奇心。

周一当天傍晚，谢霜辰就开车载着叶菱、凤飞霏还有史湘澄前往了北航位于昌平的校区。

"我再确认一下啊！"史湘澄说，"一会儿我们先做一下自我介绍，然后表演《戏剧与方言》，然后是关于相声的科普，最后是同学的问答环节。都OK吧？"

"简直就是小意思。"谢霜辰说，"我闲扯淡都能扯两小时。"

叶菱问："要是没人来怎么办？我不知道现在的学生们对这些感不感兴趣。"

"这……"史湘澄说，"不会的，就算没人来还有学生会一帮组织者在那里，不会太无聊的！"

"现在的学校都好远啊！"叶菱说，"都在郊外，我当初还觉得我们学校特别远呢！"

史湘澄说："好了，你别炫耀了。"

"这就炫耀了？"谢霜辰说，"我们明明很朴素嘛！就是简简单单考了个大学而已。"

"又不是你考上的清华！"史湘澄说，"你怎么也这一副轻蔑口气！"

谢霜辰说："我是清华家属啊！"

"你闭嘴！"史湘澄咆哮，"叶老师您看看他啊！撑脸！"

"可是说得没什么问题啊！"叶菱回答。谢霜辰臭屁得简直要翘尾巴。

史湘澄说："您就惯着他吧！"

叶菱笑而不语。

好不容易到了北航，四个人走在学校里很是显眼——主要还是谢霜辰太过引人注目，连经过的男同学都忍不住多看他两眼。

"'香肠'姐。"凤飞霏拉了拉史湘澄的衣角，"我觉得你在骗我。"

史湘澄问："怎么了？"

"你说有好多漂亮的小姐姐。"凤飞霏绝望地说，"走了一路了，除了大兄弟就是大兄弟！我感觉连狗都是公的，哪儿有漂亮的小姐姐啊！不，这里根本就没有雌性生物，你骗我！"

"放屁！"史湘澄指着刚才路过的地方说，"那不是有只三花的野猫吗？三花都是母猫！"

"我说，"凤飞霏大怒，"你去死吧！"

"欸欸欸，别闹啊！"史湘澄说，"到了到了！"

他们在一栋楼前停下，门口有一个东张西望的男同学，见着谢霜辰之后愣了一下，随后看向史湘澄。

"啊，史……"他刚想叫学姐，史湘澄就打断他说："等好久了吧？我们上哪儿去啊？"

"吃饭了吗？"男同学问，"现在学生们都在吃晚饭，活动要等会儿才开始，要不我带你们逛逛，还是先找一个教室休息一下？"

"别逛了。"史湘澄说，"贵校本来女生就少，你带着他俩逛逛都给勾搭走了，贵校男生还活吗？"

"也……也是，哈哈。"男同学附和地笑了笑，"那咱们先上教室里休息一会儿吧。"

"走。"史湘澄说。

男同学跟史湘澄在前面带路，男同学小声地问："真人比照片还帅啊，行不行啊？能讲出来什么门门道道吗？"

"你没看视频？"史湘澄问。

"看了，是挺好笑的。"男同学说，"但是好笑跟学术科普没关系啊！"

"知道什么叫美貌与才华并重吗？"史湘澄说，"有颜值的人都这么努力了，你们这些凡夫俗子还是摘下眼镜看看自己什么德行吧！"

活动定在晚上七点半开始。

七点的时候，两百余人的阶梯教室就已经坐得满满当当，来得晚的同学只能在最后一排站着，或者坐在过道上，有很多女生干脆直接坐在第一排桌子前面。

史湘澄从后面看了一眼，然后跑到隔壁用来休息的小教室里，兴奋地说："炸裂，来了好多人呢！"

谢霜辰不咸不淡地说："毕竟像我这样风一般的少年受众面还是挺广的吧！"

"屁。"史湘澄说。她没有把学弟针对谢霜辰样貌打扮等提出的问题告诉谢霜辰，要不然谢霜辰尾巴肯定更得翘。这人就是很典型的人来疯、爱张扬，说来学校里演出死活不穿大褂，要在当代大学生面前展现他的潮流衣品。

收拾得倒是挺人五人六的，不过大哥您是来说相声的还是来街拍的啊？

看看人家叶老师多朴素！多么文质彬彬！多么有书卷气！四舍五入一下都快三十了，还能完美融入校园环境中，简直就是同桌的那个他啊！

史湘澄扼腕，谢霜辰跟在叶菱身边怎么就不知道"低调"两个字怎么写？

"走吧。"叶菱站了起来，"该开始了。"

谢霜辰起身，带着凤飞霏还有史湘澄一起去了隔壁的阶梯教室里。

他是很打眼的那种人，一进屋，所有人的目光都集中在他的身上，弄得他还有一点紧张。在来之前，谢霜辰总觉得自己能够谈笑风生，可真到这份上了，面对两百多号学霸的注视，谢霜辰觉得自己有点僵硬。

叶菱转过身，说道："愣着干什么？过来呀！"

谢霜辰快走了两步，心想他天天跟叶老师这样的大学霸在一起混，这两百来号小兔崽子不足为惧！

负责主持的女生开场简单介绍了一下，就请谢霜辰、叶菱二人上台了。

台下响起了热烈的掌声，还伴随有女生喊"小五爷""叶老师"等。谢霜辰愣了一下，跟叶菱一起鞠躬。

只要是上台，无论台面大小、观众几个、何许人也，都要鞠躬，这是他们的规矩。

　　"今天来的同学好多呀，真的超出我的预料。"谢霜辰上来就开始闲白，"非常感谢同学们能在百忙之中抽出点时间来看我们哥儿俩。我呢，就是一个名不见经传的小演员，可能很多同学都还不认识我，自我介绍一下，我叫谢霜辰，是来自咏评社的相声演员。这位呢……"他一指叶菱，"叫叶菱，是我的好搭档，相声说得好极了！"

　　"捧我了。"叶菱顺嘴接茬。

　　"但是呢，相比较我，还是有很大差距的。"谢霜辰说。

　　叶菱说："那你废什么话呢？"

　　谢霜辰说："这不是为了缓解尴尬气氛吗？我呀，第一次在这么多学霸面前说相声。咱们北京航空航天大学可是个好学校啊，985、211院校，高考怎么着不得考个六百多分才能上吗？我承认我没有文化，在座的反正都比我厉害。"

　　"这是术业有专攻。"叶菱说，"你不还学了十几年相声吗？并且在学习相声的同时坚持攻读了高中本科学历。"

　　谢霜辰说："怎么着，高中还有硕士学历啊？"

　　叶菱说："复读啊！"

　　台下的学生笑了。

　　谢霜辰说："没那个，我们说相声的啊，旧时候能有个小学本科学历就可以了。"

　　"别我们。"叶菱说，"是你们。"

　　谢霜辰问："怎么着，上过大学牛啊？"

　　"不是很牛，"叶菱坦然说，"在座的都上过大学。"

　　"我知道您就是想炫耀一下，"谢霜辰笑道，"我偏不说！"

　　叶菱说："清华嘛，没什么可提的。"

　　这次，同学们一片哗然。

　　北京学院路高校圈也是充满着爱恨情仇鄙视链的地方。对于广大考生而言，这些各种中国啊、北京啊冠名的学校，几乎就是国内顶级教育资源最为集中的地方之一。虽然清华北大还是分数线的领头羊，但是彼此之间的差距其实并没有特别大。

　　保不齐下面就坐着那种一朝失手，或者手滑，或者什么原因与某高校失之交臂的学生。

　　这不是扎人心吗？

"这么嚣张？"谢霜辰对台下说，"一会儿你们要堵就堵他啊，我是无辜的！"

"不用吧。"叶菱说，"北航最早是从清华天大等高校的航空系拆分出去建校的，要论起来，我和大家也算是表师兄弟的关系，沾亲带故的。啊对了，欢迎大家报考清华大学能源与动力工程系热能工程专业的研究生，这样我们就能当亲师兄弟了。"

谢霜辰打断他："您是来替清华招生的吗？清华给了您多少钱？"

"那总比去某大强吧？"叶菱说，"去了某大，这人还要得了吗？我是在阻止迷途的羔羊。"

又来了，清华某大的爱恨情仇相爱相杀，上过学的都懂。

"您还是别阻止了！"谢霜辰说，"让您说得跟出门买菜一样容易！大家都参加过高考吧？考大学难吧？"

大家都在喊，有说"难"，也有说"不难"的。

"难不难个人感觉不一样。"谢霜辰说，"说保送的是几个意思？就你有嘴啊？"

那几个喊保送的学生闷头大笑。

"总之啊，考大学难，你不光得会写题啊，你还得会说。"谢霜辰说。

"怎么呢？"叶菱疑问，"高考写卷子就行了啊，考试不让说话。"

"那不行。"谢霜辰说，"得会说。比如考试的时候啊，后面有个人给您丢了个纸条，正好监考老师过来了，拿着纸条问这是怎么回事，您得会说吧？您要是不会说话，只能比画。"他学着哑巴的样子"啊吧啊吧"比画了两下，样子很可爱，逗得学生们哈哈大笑。

叶菱拦住了他说："你这样就甭考了！"

"是啊，您看说不出来话，没法儿跟监考老师解释吧？今年考不成，来年再考，还得啊吧啊吧……"谢霜辰又开始学。

"合着连考两年都指着你一个哑巴抄啊？"叶菱说。

"我就说这个意思。"谢霜辰说，"不光得会说，还得说普通话。口音太重，别人也听不明白。而且很多语境里，得说普通话才好听，说出来方言就容易闹笑话。"

叶菱问："比如呢？"

"你比如我之前去过一个女仆餐厅，离着亮马桥地铁站不远……"谢霜辰正比画呢，台下传来"噢——"的声音，他顿了顿，笑道："哟，今儿来的宅男不少啊？"

叶菱冷不丁地来了句："毕竟整个学校里连路灯都是公的。"

他这句话把谢霜辰都给逗乐了，笑着说："您这就是赤裸裸地对理工科院校的性别歧视，您看下面不这么多女同学吗？"

女同学们纷纷叫喊，凸显自己的存在。

"你们是从隔壁中财来的吗？"叶菱问。

"是——"不管是不是，都在那儿起哄。

叶菱说："晚上回学校注意安全啊！"

"不回去了！"有人喊。

"嗯。"叶菱点点头，"那就跟野地里待着吧。"

"得，真是没得好了。"谢霜辰说，"说正经的啊！现在学生不都喜欢那种二次元吗？就漂漂亮亮的小女仆，然后乖巧可爱地用日语说一声'主人'，能酥到骨子里，特美。"

叶菱说："你给学一个。"

谢霜辰不含糊，当即来了一个，学得还挺像，下面狼血沸腾。

"你们看咱这日本普通话说得多好。"谢霜辰又重复了一遍，沉浸在自己华丽的技艺中，不过很快他就说，"但是吧，我上次去就很神奇，碰见了一个小姑娘，人长得特漂亮，一开口是这味儿的……"

他清了清嗓子，说："狗修金撒妈，您来点嘛？"

台下爆笑。

叶菱惊道："天津女仆啊！"

"好嘛给我来套煎饼馃子吧！"谢霜辰用天津话说，"加俩鸡蛋，再来一碗嘎巴菜。"

方言有时候是非常能够体现笑点的，这个节目是从介绍各地方言表述同一件事的区别，进入正活中关于戏剧与方言的结合。诸葛亮在京剧中念白京字京韵，然而他是山东人，真要按照山东口音去说话就会很好笑。在谢霜辰和叶菱的改编版本中，加入了很多时下流行的片段，把一些京剧的段落换成了影视剧，更容易让大家理解接受。

整场下来，阶梯教室里时不时爆发大笑，这个节目在不经意间，就这么结束了。

学生们报以热烈的掌声，谢霜辰和叶菱再次鞠躬。

后面的就不是返场节目了，而是进入谢霜辰的讲解时间，也是今天的重头戏。

"刚刚大家看我和叶老师插科打诨互相占便宜挺有意思的，可能就会有喜欢叶老师的人问了，谢霜辰你怎么回事儿呀，怎么老欺负叶老师呀？能问出来这种问题，只能说您都还不太了解相声。"谢霜辰说，"我们在台上就是没大没小，因为我们演的不是自己啊，是塑造故事中的人物形象，让大家很快地进入剧情。所以啊，除了叶老师本人实名 diss（不尊重）某大之外，其他都是逗个乐儿。"

叶菱闷头说："嗯，实名 diss 你那段也都是真的。"

"我生气了啊！"谢霜辰说。

"噢，不哭不哭。"叶菱冷漠地摸着谢霜辰的头说。

"嘻——"学生们都学会了。

谢霜辰哭笑不得地说："总之啊，我私底下非常尊敬叶老师。我也很尊重包括大家在内的观众。开始我就说了，大家都是高才生，学个什么造飞机、造火箭的，能耐都比我大。给大家讲课我讲不了，只能站在这里给大家讲讲相声，让大家多了解了解我们的传统文化。保不齐哪位就喜欢上了这门艺术，学习一下，以后找不着工作了还能去说相声。"

叶菱说："人家北航的怎么可能找不着工作？"

谢霜辰说："你一清华的不也跑来说相声了吗？"

叶菱摆手："这事儿过不去了。"

"我就这么一说，再说了，在场的都是北航的吗？"谢霜辰问。

"不是！"有人喊道，然后纷纷喊自己是哪个学校来的。

"哟，你们这是学院路联盟啊？这么多不是北航的学生啊？"谢霜辰一指门口，忽然说，"保安，都给我抓出去！"

叶菱说："说是有学生证才能进来，你们这得是有多少假证啊？"

凤飞霏坐在史湘澄一边，用胳膊捅了捅她："'香肠'姐，他们暗讽你！"

"……差不多得了。"史湘澄扶额。

谢霜辰就是跟大家开个玩笑，而后说道："我们平时在剧场说相声的时候是穿大褂，可能大家对于相声的固有观念都是俩穿着灰色大褂的老头儿，一个站桌子里面一个站桌子外面，然后嘚啵嘚啵地说。我俩今天特意没穿大褂来，如果我不说，你们肯定觉不出来我是个说相声的。"

学生们故意答道："觉出来了！"

"还行不行啦！这么不给面子的吗？"谢霜辰故作生气撒泼敲桌子，"还弘不弘扬传统文化啦！"

学生们逗他都觉得特别好玩，谢霜辰也是真的让学生们逗着玩，给他们想要的反应，逗他们开心。

"行了行了，别砸了，公家的东西。"叶菱说，"砸坏了你得演多少场才赔得起？"

有个人喊："扣下别走了！"

这个声音粗犷，是个大兄弟喊出来的，全场一愣，然后哈哈大笑。

谢霜辰故作无奈，叶菱接话说："看来北航女生是真的少，连这都不放过了。"

"把我扣下给你们能干吗？"谢霜辰故意问。

"说相声！"

"那不行。"谢霜辰说，"我们都是卖身不卖艺的。"

叶菱说："你可别说了，这儿可是学校，注意学生思想道德建设好不好？"

"行行行，一秒严肃啊！"谢霜辰做了一个收声的动作，"其实不难看出，我们在聊天的过程中其实更注重跟观众的互动，让观众感觉到不光是在听相声，而是参与到一个活动中来，这种感觉是很好的。可能用时尚一点的话说，这叫'沉浸式体验'。您跟这儿坐着，相声也不好笑，接茬演员也不搭理您，这多没意思，还怪尴尬的，赶明儿您就不会买票进来了。现在的观众很聪明，大家都知道我花这钱是来干吗的。当然了，我不是说我们台上说什么您都接，刨活不好，太吵太闹让演员演不下去也不好。好的互动能够使一个节目变得更饱满，调动气氛。"

"相声发展到今天有一百多年的历史了，2008年的时候，相声成为国家非物质文化遗产，我觉得这是个喜忧参半的消息。"谢霜辰说，"喜的是，它可以以一种艺术文化的姿态得到政策上的保护发扬，但是忧的是，它已经濒危到需要被保护起来才行。同学们，每年春晚可都有相声节目啊，像什么兴山民歌、聊斋俚曲、永新盾牌舞这些听都没听说过的非物质文化遗产，这种才更让人唏嘘。学校能出去拉个说相声的过来给你们讲讲这些传统文化项目呢？恐怕很难找了。"

"相声是个综合的学科，想要说相声，还得学很多别的东西。比如我吧，我自幼拜师学习过京剧快板等，我旁边这位叶老师呢……"谢霜辰刚想说叶菱，才意识到叶菱好像什么都没学过。

"我拜师学过烧锅炉。"叶菱接道。

"清华烧锅炉，可以，也是名师出高徒。"谢霜辰打了个哈哈，继续说，"就我们下头坐的那个小孩儿，比你们大一新生大不了多少，叫凤飞霏，是学评剧的。评剧你们知道吧？也是非物质文化遗产。"他冲着凤飞霏说，"来来来，给大家唱一个吧？同学们欢迎一下！"

若换作以前的凤飞霏，铁定死活不上台。但是自从去看过姚笙的表演，听过姚笙那番话之后，很多东西都在他的大脑中产生了奇妙的反应。他快步走上台面对在场的所有人，女生们都喜欢他，因为个子高，眼睛像猫一样灵，可爱极了，浑身上下散发着无可匹敌的少年气息。

　　"我给大家唱一个……"凤飞霏想了想，说，"唱《玉堂春》吧。"他吸了一口气，唱道："苏三离了洪洞县，我将身跪在街当前。未曾开言心好惨，过往君子听我言……"这是旦角儿的戏，凤飞霏唱着也没什么压力。

　　一曲作罢，台下响起了掌声，凤飞霏鞠了躬就跑下去了。史湘澄对他说："少年，可以啊，唱苏三能唱出来苏少的味儿来。"

　　凤飞霏说："我只是为了降低入门门槛。"

　　台上，谢霜辰说："《玉堂春》的故事家喻户晓，评剧也许大家听得少，京剧的唱腔是大家最熟悉的。"

　　叶菱说："那你学学吧。"

　　谢霜辰还真的学了学，他这一唱，大家恍然大悟，原来这一段是经典唱段，还被现代流行音乐人写进了流行歌曲里，大家都能唱上个两三句。

　　"大家看，现在很多流行的东西都是从老东西里来的，改变一种方式，大家就会很喜欢了。"谢霜辰笑着说，"所以在刚刚的相声里，我说方言与戏剧，不能光唱戏，你们肯定不爱听戏，那些唱段没怎么听过，我们在改编的过程中就会尽量地抓取一些流行的素材在里面。你们喜欢二次元，那我就说女仆餐厅，你们喜欢看《盗墓笔记》，那我就学说杭州话的吴邪，网上流行什么我就得看什么，包括我说的也都是网上很火的段子，因为熟悉，大家听着会亲切……"

　　大家都以为谢霜辰接下来会说一句升华主题的话，没想到谢霜辰说道："我真是为了你们操碎了心啊！"

　　大家扶额。

　　"还不是抄微博段子？"叶菱说。

　　"不。"谢霜辰说，"还有抖音。"

　　他"叭啦叭啦"讲了一堆，既生动又有趣地向大家阐述了当下传统文化的生存状态，从咏评社在网上的走红分析传统文化要如何贴近时下的生活，被大众所接受。

　　一二三四五，说得头头是道，甚至可以说是谈笑风生了。

　　"我只知道他瞎扯淡很有一手。"史湘澄对凤飞霏说，"现在这旁征博引的劲儿……搞什么呢？"

　　凤飞霏说："肯定是叶老师给他写好了稿件！"

"就是！"史湘澄说，"我说这孙子装什么大尾巴狼呢！"

谢霜辰确实打了草稿，草稿也确实是叶菱给写的。只不过叶菱只是润色了一下，让他的发言更具有煽动力，而不是跟人来侃大山。

"我希望我们优秀的文化可以传承发扬下去，它不是高高在上的玩意儿，需要去贴合当代观众的审美。同样的，大家也可以尝试走近它。同学们都还很年轻，玩的看的都是最潮的东西，也许有这样新鲜的血液加入，传统艺术才能焕发新的光彩。"谢霜辰说，"谢谢大家！"

学生们群情激奋，嗷嗷鼓掌。

年轻，就是这么充满着朝气，会被热血所感动，继而去创造热血。

接下来进入了提问环节，有的学生站起来会问一些比较常规的问题，比如爱好者要怎么入门啊，怎么学习相声啊，说相声到底能不能赚钱、养家糊口啊之类的。谢霜辰都一一作答。

有个男生问："请问咏评社的招人条件是看颜值吗？"

"不是啊，我们都是看能力的。"谢霜辰说，"今年新招的一批演员长什么样儿都有。长得好看不是一种能力，长得好看还能吸引观众才是一种能力。你特高冷特酷，磨不开面子抛不下偶像包袱，那干不了我们这行。"

男生问："那您觉得叶老师这种算是很高冷的人吗？"

"这是舞台风格。"谢霜辰看了一眼叶菱，"不过再高冷的人，也分浪给谁看吧。"

叶菱说："我踹你啊！"

谢霜辰笑着投降，大家都当他是开玩笑。

有个女生站起来，大着胆子问："谢老师，我能请问您到底和叶老师是什么关系吗？"

人群中传来暧昧的声音。

谢霜辰笑了笑，问道："真想知道吗？"

"想！"女生诚恳地点了点头。

史湘澄吐槽："问什么不好问这个，能问出来才有个鬼。"

凤飞霏说："怎么还有人问啊？"

"大概不死心吧。"史湘澄分析说，"萌这个东西很玄学的。有时候正主互相发刀都会让人觉得刀里有糖萌得死去活来，像他们这种腻歪得不行的反倒特别假。不过凡事总有例外，假亦真时真亦假，真亦假时假亦真，可能这位无知少女被你们小五爷弄得已经不知道真相到底是真是假了，所以来问问吧。"

"好复杂啊！"凤飞霏都听晕了。

"你看着吧。"史湘澄说，"我觉得谢贼肯定会给你弄得更复杂。"

"你真的特别想知道吗？"谢霜辰也很诚恳地问那个女生，"那我在告诉你之前，你要答应我一件事哦！"

"好呀！"女生猛点头。

谢霜辰说："我悄悄地告诉你，但是你不可以把我告诉你的事情告诉别人，你可以保守这个秘密吗？"

女生说："可以！"

谢霜辰笑道："那么我也能。"

"切。"史湘澄翻了个白眼，"看到了吧？"

凤飞霏点头："都是套路，学习了。"

　　活动搞到晚上九点多钟才结束，学生们意犹未尽，但时间已经太晚了，谢霜辰和叶菱向大家告别打算离开，走到门口的时候就有好多女生过来求合影。叶菱不喜欢搞这些，向大家致歉之后就跟着史湘澄、凤飞霏去了停车场，留谢霜辰一个人在那里被"围攻"。

　　"叶老师你真的心态可以。"史湘澄龟缩在后座上，说，"就留谢霜辰一个人，他那个岁数那群小姑娘那个年纪，简直就是羊入虎口。"

　　"是吗？"叶菱笑了笑，"我没觉得有什么问题，你想得好多啊！"

　　史湘澄说："是我多想了吗？明明是你不够敏感吧！叶老师，我能问个很私人的问题吗？"

　　叶菱说："你说吧。"

　　史湘澄本想悄悄地问，结果凤飞霏硬挤了过来："我也要听。"

　　"小孩子哪儿这么八卦？"史湘澄说，"你还是男孩儿呢！"

　　凤飞霏说："你不要搞性别歧视！"

　　叶菱笑着跟史湘澄说："你就直接说吧，又没外人。"

　　史湘澄妥协，说道："我就是想问问你，你真不怕谢霜辰哪天跟人跑了？合适的搭档难找呀。"

　　"这种事情怕也没用吧。"叶菱说，"人和人的相聚离散靠的是缘分，不是光靠自己想不想、努力不努力。"

　　"你想得真开。"史湘澄说，"不知道谢霜辰听见了会不会哭唧唧啊！"

　　叶菱想了想，无奈地说："那也没有办法啊，事实就是这个样子呀！"

　　史湘澄说："我觉得你有时候浪漫得像个学文科的，但是有时候耿直得也不给'理工狗'丢人。"

凤飞霏举手："那我能问一个问题吗？"

"不准！"史湘澄说，"小孩子不准提问！"

"你！"凤飞霏生气了。

叶菱说："你就别逗他了，飞霏，你说吧。"

凤飞霏想了想，刚才还理直气壮得很，现在看上去反而表现得有点难以启齿。史湘澄说："喂，你要是问就快点问啊！是不是要说谢霜辰坏话？再不说他回来了啊！"

"我没想说他坏话。"凤飞霏说，"我就是想问叶老师，你怎么就愿意找谢霜辰这个货做搭档？他明明哪儿都配不上你。"

史湘澄大叫："少年牛啊！666！我都不敢问！"

凤飞霏说："你闭嘴！"

"这个问题啊……"叶菱顿了顿，"我也不知道自己算哪种情况。我一开始很讨厌他，觉得他烦。但是相处久了，发现他这个人不是表面上那么不靠谱儿。后来就觉得，跟他在一起的时候的状态最舒服。在遇到他之前，很多问题我其实都没有详细地思考过。我想，这就是知己的感觉吧，没有任何法律规定你必须跟什么人在一起，不这么做你就要去死，所以我觉得基于这一点还是很好理解的吧。至于配不配得上，这就是各花入各眼，你要是觉得他哪儿哪儿都好，不就要动手跟我抢了吗？"

"我才不呢！"凤飞霏脸突然红了。叶菱就是有这种能力，他一旦认定了，内心就可以冷静地毫无遮掩地剥开给别人看。

谢霜辰终于从"魔爪"中逃了出来，一路走至停车场，找到自己的车，在车玻璃上敲了敲，才开门坐在驾驶位。

"刚才聊什么呢？"谢霜辰问。

史湘澄故意说："没什么，就是叶老师说不想跟你搭档了。"

"那不能。"谢霜辰没有丝毫犹豫和迟疑。

史湘澄冷哼了一声，凤飞霏也一脸严肃，谢霜辰无意中从后视镜里看到他俩的表情，愣了一下，略有僵硬地回头问："你俩逗我呢吧？这种玩笑好玩？"

"逗你？能赚钱还是怎么着？"史湘澄说，"也不看看你刚刚跟那群小姑娘在一起的德行。"

谢霜辰又看向叶菱，叶菱是没有表情的。谢霜辰眨眼睛的频率比之前快了一点，有些疑惑不解，然后不敢置信地问叶菱："叶老师，您……您不会……"

叶菱淡漠地说："他俩说的是真的啊！"

谢霜辰愣了。

别说谢霜辰，史湘澄和凤飞霏也愣了。明明是他俩在瞎口嗨调戏谢霜辰，怎么叶菱这么上道儿，这戏就演上了？

再反思叶菱之前的种种表现，似乎又有点说不太通。

主要还是叶菱干什么都波澜不惊，说真话特别真，说假话也特别真，所以史湘澄和凤飞霏也有点摸不着头脑了。他俩默不作声，绷住了脸上的表情，静观其变。

万一叶菱……

"我确实……"叶菱还是那副样子，"不太想和你搭档了。"

谢霜辰完全地僵在了原地，张口说："骗……骗我呢吧？"

"没有。"叶菱诚恳地摇头。

谢霜辰双眼睁了一下，本来紧缩的眉头微微抬起，连他自己都没意识到自己现在的表情是如何的委屈。他脑中白了一下，也不管后面还有两人，抓着叶菱就说："我不准！"

"为什么不准？"叶菱问道。

谢霜辰没理叶菱，扭头对后座两人说："你俩先给我下去。"

"啊？哦！"史湘澄虽然很想围观八卦现场，现实本着生命安全的原则，还是拉着凤飞霏下去。两人离着车得有十米远，凤飞霏问："'香肠'姐，这是什么戏啊？"

"不知道啊！"史湘澄也纳闷儿，"整个咏评社我最摸不清的就是你叶老师的套路，果然啊果然，我当初没考上清华都是有原因的！"

凤飞霏说："你别越级碰瓷了好不好？我也能说我当初没考上清华。"

史湘澄说："小鬼，你懂个屁。"

车里，气氛冷得可怕。

谢霜辰盯着叶菱，眼睛都红了，叶菱不咸不淡的，非常淡定。谢霜辰的嘴最是厉害，但这会儿说话也是结结巴巴，句子颠三倒四，甚至用祈求的口吻对叶菱说："叶老师，我哪儿做得不好了，您跟我说吧，我肯定改，您让我做什么我就做什么。咱……咱别突然说这事儿好不好？我受不了，真受不了。"

叶菱说："那你说说你哪儿不好了？"

谢霜辰更慌了，他对叶菱好还来不及，哪儿还有什么做得不好的？可是叶菱让他说，他就算是死也得说出来个一二三："我以后再也不麻烦您给我写东西了，我自己写……，我……我多看书，多学习。以后在家吃饭不点外卖了，不健康，我给您天天做饭。您要是嫌洗衣机洗衣服不干净，我手洗也行。我……我……"他越着急就越说不出来，越说不出来就越慌，完全没有平时的凌厉，都快要哭出来了："我知道我配不上您，我没有文化，也买不起卡地亚了，我哪儿都不好……"

叶菱沉默。

他盯着谢霜辰看了一会儿，忽然说："你们真奇怪，总要讨论到底谁配得上谁，谁配不上谁，难道不是我喜欢的就是最好的吗？"

"……"谢霜辰茫然地看着叶菱。

"你说了自己那么多缺点。"叶菱笑了笑，"可我偏偏觉得这样的你最好。"

"您……"

"傻孩子，逗你玩的。"叶菱说。

"您……"谢霜辰更蒙了，他从天堂到地狱，又从地狱到天堂，这样的过山车叫他无法适应，更不知道现在要做何表情，只能愣愣地问，"您为什么要骗我？"

说出这句话之后，他反应过劲儿来了，大声说："您干吗拿这事儿骗我？我要吓死了！您非得让我当着您的面儿哭是不是！"他细细想来，确实是自己上头了，因为太在意叶菱，所以会被他轻飘飘的一句话弄得不知所措。换作别人肯定是不会相信叶菱鬼扯，就算信了，也不会像他这样有的没的都往自己身上揽。

"那你当初为什么要骗我失忆呢？"叶菱说。

"我……我……"谢霜辰语塞。他自己甚至都不太记得当初的理由了，可能就是在那一瞬间忽然起了坏心，可能是想看看叶菱会怎么对待自己，可能……

他不知道该怎么回答，因为怎么回答似乎都不是很好的选择。

叶菱拍了拍他，认真地说："我自私地想，人这辈子总应该看一次最在意的人为自己紧张失态的样子吧？而我又实在不忍心真的叫你难过，只能骗骗你了。"

"我……"谢霜辰哑口无言。

"我当时真是要被你气死了。"叶菱微微笑道，"我刚刚想明白自己的事情，你怎么就能把我给忘了呢？"

谢霜辰小声说："那您可以骂我，可以不理我。"

"没必要。"叶菱说。

"那您就在这儿等着我呢？"谢霜辰说，"那我现在也生气了！我不好哄！"

"我觉得这些都不是重点。"叶菱说，"是我发现原来你真的会觉得自己很差劲，我可以理解是关心则乱吗？这么说的话，我也很差啊，我相声说得也不是很好，生活上也不是很在行，性格就更不要提了，不讨人喜欢。我俩在一块儿，真是差到一起去了。"

谢霜辰思考片刻，忽然觉得自己又被叶菱带跑偏了，赶紧把话题拽了回来："您别说了，我不管，我的心灵受到了创伤！晚上好端端地出来做做活动，我还美呢，您一句话咔嚓就劈了下来，我……我……"

叶菱拦住了谢霜辰，说："我不喜欢你总说自己不好，我也不说我不好，我俩都很好，在一起搭档就更好了。刚刚那样耍你是我不对，我只是想开个玩笑，我猜你会紧张，但不知道你会这么害怕，把自己说得这么卑微。我不想叫你卑微，我要看你神采飞扬的样子。"

"那您可别再这么玩我了。"谢霜辰刚刚还暴躁的情绪似乎被叶菱抚平了许多，"我真受不了。"

叶菱笑着说："咱俩扯平了。你可别闹啊，至少别现在闹。他俩在外面等着呢，这么晚了也该回家了。"

在谢霜辰去叫那两人之前，他问叶菱："您是不是不喜欢我被那么多人围着？要是不喜欢，我……"

"没有。"叶菱说，"我喜欢你在人群中闪闪发光。"

咏评社自打人多了之后，演员排班就不那么紧张了，偶尔还能换班倒班。但是为了每天的票能多卖一张，谢霜辰还是坚持天天演出，基本不会间断。

而每周休息的那一天，则是谢霜辰负责给大家排班。

"哟，这周杨哥不忙啊，天天晚场都来。"谢霜辰看着大家的名单开始感慨，"但是陈哥上班只能周末来，杨哥跟谁搭一下呢？"

叶菱站在谢霜辰的背后，看着屏幕，仿佛一个指点江山的神："说单口，或者你看谁想多拿份钱不得了。"

谢霜辰开始掰扯："新来的这批演员里，李珂和邱铭的形象比较好，稍微有一些舞台风格。"

"是。"叶菱说，"秋名山车神嘛！"

谢霜辰笑了笑："人家这是风格！"

"行吧。"叶菱说，"你说什么就是什么。"

"怪帅坏卖，人人都有不同。"谢霜辰继续说："赵玉泉和王俊茂是比较典型的怪，长相都是大众眼中熟悉的那种丑角儿的样子。孙文乐和高凡这两人资质平平，但演出是真的卖力气，也肯努力。葛军和刘星华这两人面面俱到，暂时挑不出什么大毛病，但也并不意味着这样就是好的，风格上还需要定位一下。"

叶菱说："说了半天，你还没决定让杨哥怎么着啊！"

"我还是征求征求他的意见吧。"谢霜辰说，"现在公务员都这么闲了吗？天天晚上有空跑出来，真是胆子大，也不怕嫂子打他。"

叶菱说："你少寻思人家的家务事。"

谢霜辰先给杨启瑞发了个消息，那边儿还没回应呢，姚笙就来找他了。

"哟，姚老板，好久不见啊？"谢霜辰回复他，"哪儿发财呢？"

姚笙发来消息："这不是休息几天嘛。你在家吗？我有事儿找你商量。"

"行，你过来吧，晚上在家吃饭吗？"谢霜辰问。

"来。"姚笙的文字里都透露着嚣张，"好酒好菜伺候着。"

"得嘞。"

谢霜辰站起来，叶菱问他怎么了，他拉着叶菱往外走："咱们去趟超市买点东西，'浪味仙'一会儿要过来，晚上一块儿吃顿饭。"

"行，走。"叶菱回屋去拿手机，出来之后看谢霜辰站在门口低头看手机，一脸茫然，便问："怎么了？"

"杨哥回我消息了，说他随便。"谢霜辰说，"但是他说明天有件比较重要的事情跟我们商量。嘿，你说这几个人，没事儿的时候是都没事儿，有事儿了怎么都跑过来了？还一个个这么神秘，不在电话里说。能有什么事儿啊？"

叶菱说："总会知道的。"

两个人超市里逛了半天也不知道吃点什么，最后谢霜辰说吃馅儿，买了点肉和菜就回了家。

"你弄啊？"叶菱看着大兜子小兜子问道。

"不然呢？"谢霜辰忙活着。

叶菱想了想，说："我好像还真没吃过你包的饺子。"

谢霜辰一想也是，他现在基本就过年吃一顿饺子，但是偏巧与叶菱认识之后的每一个春节，要不就是自己忙，要不就是叶菱不在身边，居然也就错过去了。

"今儿给您露一手。"谢霜辰笑了笑。

"我有个问题。"叶菱说，"包饺子你干吗不直接买肉馅？"

"……"谢霜辰抓了抓脑袋，"仪式感吧。"其实他是忘了，明明在超市里给人加工一下就行。

一整个下午，叶菱都被谢霜辰"哐哐哐"剁肉的声音烦得不行。

姚笙真会挑时候，谢霜辰肉馅都剁完了他才来，一进来闻着味儿就说："哟，吃馅儿啊？有酒吗？"

"呀，忘了。"叶菱说，"要不我去买吧，楼下有。"

"甭伺候他。"谢霜辰举着刀出来。

姚笙后退了一步："你干吗？"

叶菱笑着说："得了得了，你们别打架啊，我下去买瓶酒上来，很快的。"

"还是叶老师好。"姚笙笑嘻嘻地说。他在谢霜辰家里随意得就好像跟自己家里一样，使唤叶菱也不含糊。

叶菱出去了一会儿便回来了，谢霜辰把肉馅拌好了端出来，面也和好了，瞪着姚笙说："过来干活儿！"

"我是客人！"姚笙说。

"哪儿有客人在主人家沙发上躺着看电视的？"谢霜辰拿着擀面杖来打姚笙，"赶紧给我滚起来！"

姚笙麻利地站了起来，快步走到桌子前，根本不理谢霜辰，笑着对叶菱说："叶老师会包饺子吗？"

"会一点。"叶菱说，"但是我包得不太好看。"

"嗨呀，吃下去都一样，甭计较这些。"姚笙说。

话虽如此，三个人忙活起来，谢霜辰擀皮供姚笙和叶菱包，两人看见叶菱包得七扭八歪还露馅的饺子，都露出了一言难尽的表情。

"您这个……"谢霜辰拿起来一个捏吧捏吧，"都快赶上吃片儿汤了。"

"你是不是想死？"姚笙说，"敢说叶老师，大胆！"

叶菱盯着自己包的饺子好一会儿，不好意思地说："真的好难看。"

"没事儿。"姚笙说，"我给你都捏上。"

"嘿，你今天是不是吃错药了？"谢霜辰说，"怎么这么春风荡漾的？你干吗啊？"

姚笙说："我能有什么春风得意的事儿？别的乱七八糟的事儿倒是有。我今天来就是想跟你商量商量，你那个剧场不是周一不开门吗？能不能给我用用？"

谢霜辰停下了手里的活儿，问："你干吗？我跟你说我做的可是正经买卖，你别给我弄什么聚众黄赌毒的事儿！"

"你疯了啊？"姚笙不耐烦地说，"我是干正经事儿！"

谢霜辰说："你觉得你自己跟'正经事儿'这三个字有关系吗？"

"没有。"姚笙说，"你口中的'正经事儿'是四个字，多了个儿化音。"

"你闭嘴！"谢霜辰更不耐烦。

"你别打岔啊，我继续说。"姚笙低头包饺子，根本不耽误说话，"我是想做一个基地……"

"你要搞恐怖组织？"谢霜辰的惊讶显得非常夸张，然后凑近姚笙，特别认真神秘地说，"兄弟一场，我能做到的就是不举报你，你好自为之吧，今天吃了这顿饺子，咱们就当不认识了。"

"哟——"姚笙掐着嗓子说，"你可真是祖传老艺术家，连表演都这么做作！"

谢霜辰说："你继续。"

"要不是你一直在放屁，我早说完了！"姚笙翻了个白眼，"我就是想用你那个地儿唱戏！"

"我那个地儿小了点吧？"谢霜辰说，"拢共能坐下二百来人，哪儿供得下您这尊大佛？你怎么着也得梅兰芳大剧院吧？"

"我上哪儿唱都一样，但是别人呢？"姚笙说，"我觉得你那个小剧场不错，你让观众买票上大剧院看戏去，这对他们来说是一种负担，仿佛在欣赏多么遥不可及的东西。但是你让观众买张几十块钱的票去家门口的小剧场听戏，保不齐人家乐意吃完饭过来晃荡晃荡。而且你这个剧场位置好……"

他正要继续讲他的宏图大志，谢霜辰再一次打断了他："你给我多少钱？"

"我跟你谈钱多伤感情啊？"姚笙说。

谢霜辰摇头："别别，谈感情伤钱。"

"烦不烦？"姚笙说。

谢霜辰换了个话题问道："那演员呢？你都想好了吗？票卖得出去吗？"

姚笙说："我最近在招募演员，京评梆越其实我都是挺想凑齐的，京剧肯定没问题，其他的看看吧。"

"评剧也行啊！"谢霜辰顺嘴说，"凤家俩儿子都在你那儿，你还想干吗？哦对了，说起这个，'二小姐'怎么没跟你来？"

姚笙说："他说他不想在非工作时间看见你。"

"死丫头！"谢霜辰骂道。

"这个事情我跟飞鸾商量过。"姚笙说，"他倒觉得是件好事，也给了我不少中肯的意见，但是我问他可不可以来帮我，他有点犹豫。"

谢霜辰说："是当年不羁放纵爱自由，现在不甘心再回来搞老玩意儿？"

"不是。"姚笙摇了摇头，表情变得有点严肃，"他不是这样的人，不过具体他也没说。我猜测可能是跟他现在的事情有冲突吧，之前我排练的时候，他就因为乐队朋友的问题连'二小姐'的生日都没赶上。"

"也是大忙人。"谢霜辰评价。

他俩一直侃大山，两个北京爷们儿说起来没完没了，忽视了叶菱的存在。等谢霜辰不经意间用眼睛扫了一下，当场愣住，两秒之后赶紧说："哎哟喂，我的祖宗啊！您包的这些个怎么都把饺子皮撑破了？"

"我不知道啊！"叶菱在姚笙跟谢霜辰扯淡的时候就一直在默默攻克他的饺子。他总是挖一大坨馅儿放在面皮里，但是握不住，全都给撑破了肚子。他很苦恼地说："我看你们一边聊天一边包还都挺好的，我特意没搭茬，怎么还是这样？"

"得，你这个啊，就不是劳动人民的手。"姚笙哭笑不得地说，"这种家务事儿还得我们这些劳动妇女来。"

"你才劳动妇女！"谢霜辰说，"你是家庭妇女！"他没工夫跟姚笙斗嘴，赶紧放下手头的活儿去收拾叶菱折腾出来的烂摊子："您甭弄了，一边儿喝口茶、抽袋烟、给我们摇旗呐喊吧。要不您上厨房把水烧上，咱就仨人吃，这点估计够了。"

"哎呀坏了！"姚笙说，"你不提前告诉我吃饺子，我没买猪头肉。"

谢霜辰说："你哪儿这么多事儿？"

姚笙说："仪式感啊！"

第十六章

没有猪头肉，没有下酒菜，能从厨房里扒拉出来两头大蒜已经算不错了。三个人吃饭很简单，先煮了三盘子放上，数数得一百多个。饺子在盘子里满满当当的，还能看出来分别都是谁包的。姚笙包得就很好看，至于丑得影响食欲的就出自叶菱的手，丑就算了，还个儿大。

"还行。"谢霜辰评价说，"没破，不用喝片儿汤了。"

姚笙给大家倒上酒，举杯说："来，为了我的新戏曲社团，干杯！"

"我还没答应让你来呢！"谢霜辰大喊。

"不听不听王八念经！"姚笙一个劲儿地摇头。

叶菱笑着说："祝姚老板旗开得胜！"

"看看人家这觉悟。"姚笙竖起了拇指，"要不怎么说人家能考上清华你考不上呢？"

谢霜辰说："我会包饺子。"

姚笙说："建设祖国不靠你包饺子。"

"你俩真是……"叶菱现在没事儿干，只能听他俩吵架，听时间久了就麻木，"姚老板，反正我们那个地方礼拜一闲着也是闲着，你就拿去用吧。不过周一可能票不是很好卖……"

"这个没关系，我弄这事儿也不是为了赚钱。"姚笙说，"我不是说在招募演员，说真的，还遇见了不少不错的年轻人。他们有的从小就学，有的是半路出家，但是都很有目标，很自信，我喜欢这一点。"

"那飞霏呢？"叶菱忽然问，"他还唱吗？"

"他？"姚笙脸上露出了淡淡的笑意，"我希望他唱，他有天赋有家学，不唱太可惜了。但是我不知道要怎么跟他说，他……他可能还是会排斥。"

"未必。"叶菱否定了姚笙的看法，"他跟在你身边那么久，也多多少少能从你的身上看到你的努力。你知道他上次去看你演出的时候有多震惊吗？全场坐下面，目不转睛，一句话都不说，那种眼神是骗不了人的。"

"但愿吧。"姚笙说，"叶老师，要不然回头你帮我旁敲侧击一下？"

"不行！"谢霜辰跳了出来，"你把他弄跑了，那我的买卖怎么办？我们'二小姐'可是很揽客的，你知道有多少妈妈每天来看他吗？"

姚笙一脸"你在说什么鬼"的表情看着谢霜辰，叶菱说："姚老板，我试试看吧。我也觉得他适合唱戏，总在我们这里有点委屈他。"

"叶老师！"谢霜辰说，"您怎么胳膊肘往外拐？"

"吃你的！"姚笙说。

戏曲剧社的事情姚笙并没有跟谢霜辰谈得太深入，毕竟他这边演员还没招募好，一时半会儿也启动不了。

他在谢霜辰家里磨蹭了好久才走，也不帮谢霜辰收拾，挥挥衣袖就跑路了。谢霜辰还得吭哧吭哧地刷碗，叶菱在外面把桌子擦了，靠在厨房的门边问道："你觉得姚老板这个事儿怎么样？"

"他干的事儿跟我不一样吗？"谢霜辰说，"只不过我是无奈之举，他是属于有理想有抱负。"

"但结果是一样的。"叶菱说，"你让飞霏去唱戏吗？"

"'二小姐'又不是我儿子，我管得着吗？"谢霜辰说，"一切还不是得看他自己？"

叶菱低头想了想，说："哎，也是不叫人省心。"

谢霜辰指了指自己："那我呢？"

叶菱说："你已经是大孩子了，要学会不跟别人吵架了。"

次日是咏评社一周工作的开始，谢霜辰和叶菱每次节目都是最后，但每天都是最早来。

杨启瑞来得也很早，是跟谢霜辰约好了的。谢霜辰见他进了后台，还是招呼说："杨哥最近工作不忙啊？公务员就是好。"

"你甭说啦。"杨启瑞笑眯眯地说，"我今儿来就是要跟你说这个事儿。"

"啥？"谢霜辰开玩笑说，"您是薅社会主义羊毛被组织发现了？"

"没有。"杨启瑞摆摆手，"我想把工作辞了，专心来说相声。"

"什么？"谢霜辰吃惊，叶菱也很吃惊。杨启瑞说得稀松平常，听的人却觉得是重磅炸弹。

叶菱先问："您是已经辞了还是打算辞？我劝您冷静冷静啊，这可不是一般的事儿。您跟嫂子商量了吗？"

杨启瑞说："我就是跟她说了，才来跟你们说的。"

谢霜辰觉得这事儿不一般，一改之前吊儿郎当的态度，正经地说："您吃过的饭、见过的世面都比我多，我想您既然说了这个事儿，那肯定是想得差不多了。但是我得跟您兜个底，咱们现在别看生意还行，但是撑死就是个养家糊口的水平。像他们那些个年轻的奋斗奋斗我没意见，而且大家都是自己吃饱全家不愁的。您有家有口的，这种现实问题……我必须跟您说明白。"

"这我还能不知道？"杨启瑞说。

"那……"谢霜辰问，"那嫂子呢？"

杨启瑞说："一开始我跟她说的时候，她很不相信。你们知道我在家里是什么样儿的吗？哎，其实也没什么特别，跟一般四十来岁的中年人没什么太大区别，是单位里的中层干部。对于我这种没什么野心的人来说，再往上走也很难，处在当前的位置就是个安全区。在家里呢，就是个平庸的好丈夫，我自认为对于家庭能够做到的尽量都做到了。我的家庭生活很美满，没有坎坷也没有波澜，但是我总觉得，这不是我想要的。"

一个二十多岁的小伙子说这些话绝对不会让人意外，但是一个四十来岁的大叔说这些就不一样了。

"一开始我和老陈来咱们社试试，就跟给自己找个业余活动一样。"杨启瑞继续说，"但是跟你们在一起久了，被你们的冲劲感染，突然觉得自己的心态好像也年轻了起来。那种学生时代才有的热血一下子就燃烧了起来。我掰着手指头算，我要是能活到八十岁，我现在人生已经走过了一半，我竟然还没有去做我想做的事儿，难道还要这样庸庸碌碌地活过下半辈子吗？"

杨启瑞跟他的妻子聊了很久，幸好妻子是一个很通达的人，在起初的震惊消退之后，也愿意坐下来认真听一听杨启瑞的初衷和打算。

其实比这个消息更令妻子震惊的是，十几年的夫妻，她竟然完全不知道自己的老公有说相声这个爱好。他藏匿得那么好，除了志同道合的搭档，他从未跟人分享过。

这可能是他这个年纪的人唯一属于自己的空间，跟家庭、跟亲人、跟工作、跟社会关系没有任何的关联，在这个世界里，他可以找回自己年少时的快乐与梦想。

他是自由的，快乐的，不被世俗所烦恼。

"我想得很清楚啦，我媳妇儿在知道了我的想法后也很支持我。"杨启瑞说，"四十不惑，意思说的是人到了四十岁啊，经历很多，就会有自己的判断，我能够在这个岁数看清自己的人生也是可以了。我媳妇儿问我，四十多岁突然要追梦不觉得太晚了吗？其实我早先会怀疑，但是现在不会了，陶华碧五十岁才开办的老干妈，跟她比起来，我还是个小鲜肉呢！"

谢霜辰笑道："咱就是说相声，又不卖辣椒酱。"

杨启瑞哈哈大笑，叶菱也跟着笑了。

"反正就是这个意思，我现在可是浑身都是劲儿啊！"杨启瑞说，"做梦可不是你们这些年轻人的专利，我也可以啊！而且我觉得并不是年轻才有重来的机会，只要一个人愿意，无论处在什么人生阶段，都可以重来。"

叶菱问："那陈师哥呢？"

"他？"杨启瑞说，"他还是先解决自己的中年危机吧，他有空我和他搭，平时我干我自己的。对了，我媳妇儿今儿晚上来看咱演出。"

"什么？！"谢霜辰噌地站了起来。

"怎么了？"杨启瑞说。

叶菱说："哦，没事儿，他今儿晚上演《汾河湾》。"

谢霜辰的夫妻戏啊，重点突出一个投——入！他现在非常担心等看完了《汾河湾》，嫂子就会把杨启瑞拽回家。

那杨哥刚刚起步的梦想事业不就当场翻车了！

杨启瑞今天是开场的单口节目。谢霜辰忧心忡忡地从后台往前台瞄了瞄，见第一排坐着一位女士，样貌看起来年轻极了，但是眼神中透出的稳重是属于一个成熟女性的。她坐在那里很是端庄优雅，穿戴气质与周围那些年轻女孩儿浑然不同，一眼就能瞧见。

"那个应该就是杨嫂。"谢霜辰招呼叶菱过来偷摸看两眼，"买的一排的票来看杨哥啊！"

叶菱说："我猜他们夫妻俩一定很恩爱。"

谢霜辰说："您都没跟杨嫂接触过，怎么知道的？"

"你看杨嫂看杨哥的眼神啊！"叶菱说，"结婚十几年还能保持这种少女一般真诚的眼神，肯定是生活非常幸福美满的。杨哥没孩子，家里就一只猫一只狗，虽然他就是个公务员，也没详细讲过自己的家庭状况，但是你看他平时有抱怨过什么琐事吗？陈师哥还为了儿子上幼儿园的事情经常愁眉苦脸呢，杨哥一直都是笑呵呵的。"

"听您这么一说,还真是这样。"谢霜辰回忆。

叶菱说:"你再看,杨嫂那个保养状态和穿衣打扮,一看就是很有学识涵养的女性,他们这个年纪能有这样轻松的状态,生活水平肯定不一般。要不然杨嫂也不会答应杨哥跑出来追梦,饭都吃不上,家里老人小孩一堆事儿,你还追梦?想什么呢?你看陈师哥敢辞职吗?我觉得到他们这个年纪,能坚持有一个业余爱好已经很不容易了。"

"哎,杨哥杨嫂这也是神仙眷侣了。"谢霜辰感慨说,"真羡慕啊!"

台上的表演是一个接着一个,等到谢霜辰和叶菱上台的时候,观众们迎来了今天晚上最期待的高潮。

有人去送礼物,谢霜辰和叶菱一一接过来,并从后台叫人出来,把礼物收走,台上没什么东西了,干干净净、整整齐齐了,这才开始说。

今日说的是《汾河湾》,对于很多观众而言,这个是很熟悉的节目了,心中对于这个活当中的包袱和笑点了然于心。也不知道是不是杨嫂坐在下面的缘故,谢霜辰总有一种被一个熟悉的长辈盯着的感觉,之前撒泼打滚的戏都收敛了好多,把重心放在了唱段和其他的情节渲染上。

他的基本功很是扎实,就算不玩花样,一个节目也能完成得非常出色。

不过他觉得有点平淡,故而在返场的时候很卖力气。谢霜辰固执地认为,他有义务为杨启瑞在嫂子面前好好表现一番,最次最次,也得让嫂子知道他们这是正经营生,对杨启瑞的事业放宽心吧!

于是,谢霜辰打算显摆显摆。

"今天观众朋友们来得挺多的,我看下面坐得挺满当。"谢霜辰一边捣鼓自己的袖子一边闲白,"也是承蒙观众们捧,我呢,给大家表演一个小节目吧。"他说着就去了台下。叶菱纳闷儿,说道:"合着你表演的节目就是如何下台吗?"

很快谢霜辰就上来了,手里拿着一把三弦,他们后台的家伙事儿是齐全的,只不过除了快板御子之外,其他的东西利用率不高。

叶菱也好久没听谢霜辰弹过三弦了,说道:"哟,今儿什么日子啊?"

谢霜辰笑了笑,他拨弄着琴弦调试,跟大家聊天:"弦子啊,是中国传统的弹拨乐器,有大小之分。我这个是大三弦,主要是用于京剧啊、大鼓啊这种伴奏。咱北京唱的时令小调也用三弦。"

"你今儿要唱什么啊?"叶菱问。

"我今儿啊,还真不给众位唱小调。"谢霜辰神秘地说,"等我一弹一唱,大家就知道了。"

三弦的声音发了出来，脆生生的，谢霜辰唱道："拦路雨偏似雪花，饮泣的你冻吗，这风褛我给你磨到有襟花……"

他唱歌时声音低沉好听，粤语发音很准，三弦简单的音色起到了点缀的作用，装饰得别有一番风情，仿佛真的置身于雨雪之中的富士山下，等待一个不归的人。

一曲作罢，在最后一个音节的余韵消散之后，观众有那么一两秒的停滞时间里忘记了鼓掌。

"好！"叶菱带头鼓掌，观众这才跟上。

第十七章

当夜，谢霜辰返场四五次，演至尽兴才结束。

观众散去，大家还是照例打扫卫生，杨启瑞带着他媳妇介绍给大伙儿认识，果不其然，就是坐在第一排那位女士。

"哎哟！嫂子好嫂子好！"谢霜辰点头哈腰狗腿得不行，装作第一次见面，"来来来，坐坐。那什么，'香肠'啊，给嫂子倒杯水！"

"不用了。"杨嫂笑道，"我就是好奇，来看看你们演节目，挺有意思的。你就是小谢吧？"

"啊，是我！"谢霜辰说。

"老杨跟我说了说你们，今日得见，小伙子真是一表人才。"杨嫂说，"你唱《富士山下》真好听，粤语说得好，弦儿也弹得好。我是个外行人，不会夸人，总之就是都好。"

"您喜欢就成！"谢霜辰心说这不是今天有您在才特意露一手，"您要是喜欢，回头就常来，监督监督我们，也督促我们进步。"

杨嫂掩面笑道："好呀，到时候你可不要嫌弃我。"

谢霜辰就是客气，杨嫂自然也知道谢霜辰是在客气，大家场面话一说，热热闹闹的，互相都舒坦。

"杨哥，时间不早了，您先跟杨嫂回去吧。"史湘澄说，"我们这儿也快弄完了。"

"行。"杨启瑞也不含糊，他们这里不兴推来推去那一套，"那我们就先走了啊！"

夫妻俩跟众人告别翩然而去，史湘澄挂着墩布羡慕地道："真是好幸福啊，结婚这么久感情还能这么好。哎，我什么时候……"

"别唉声叹气了！"谢霜辰说，"赶紧擦地！"

"擦！"史湘澄说了一个字，不知道是答应谢霜辰还是在骂街。

"'香肠'姐。"李珂说，"我擦地吧，你甭擦了。"

史湘澄立刻把墩布丢给了李珂，并且瞪了一眼谢霜辰："看看这做人的差距！"

"我自愧不如行了吧？"谢霜辰丢给史湘澄一个抹布，"擦桌子去！"

其余人在一边狂笑。

"谢霜辰！"史湘澄大声说，"身为贵社唯一的女孩子，我就不能享受一点特殊待遇！你再这样，我就不给你搞东西了！"

"啊？"谢霜辰说，"你要搞什么东西？"

史湘澄说："本来想过两天再说，不过为了凸显我在贵社不可取代的地位，我决定现在就说。"

一群人呼啦啦凑了过来，史湘澄说："干吗？我又不是要表演节目。"

蔡旬商说："'香肠'姐，你是要干吗啊？"

史湘澄说："我有一个好消息和一个坏消息，你们要先听哪个？"

所有人都异口同声说"坏消息"，只有蔡旬商说"好消息"。

谢霜辰说："财主大人，您别问了，好消息到您嘴里也得变坏消息！"

蔡旬商摆手，让他滚蛋。

"行，既然大家都要先听坏消息，那我就先说坏消息。"史湘澄坐下来，给自己倒了杯水，清了清嗓子，说道，"本经纪人最近多方打探，想给班主谋点资源……"

"哟，你最近改戏路了啊？"谢霜辰打断，"不想当保洁小妹要当经纪人了？"

史湘澄说："难道你们的北航之旅我策划得不成功吗？我跟你说，这只是鄙人一次小小的试水！"

叶菱对谢霜辰说："你不要总是打断人家说话。"

"就是。"史湘澄又瞪了谢霜辰一眼，"我托关系加了几个群，一番操作之后我发现，把你卖出去演出基本是没可能。"

谢霜辰不乐意了："为什么啊？你父亲我是长得不好看还是个儿不够高？"

"你去死吧！"史湘澄的声音更尖锐了。

"别吵！"叶菱说，"我猜跟杨霜林有关系，是不是？"

谢霜辰和杨霜林的战争连大众都知道了，就别提在座各位圈内人了。这事儿虽然波及整个行业,但是说到底,还是谢方弼门下的家务事儿,别人不方便插嘴说什么。

谢霜辰说:"我倒把他给忘了。"

"电视台的节目普及率虽然高,但是还处在传统媒体行列里,杨霜林想要把控把控倒也不是难事。现在一般线下演出市场几乎都和自己熟门熟路的人来弄,不太会找外人。"叶菱分析,"可能网络平台会好一些,这些是年轻人的阵地,只要不涉及敏感问题,一般不会有什么大事。"

史湘澄说:"叶老师说得是啊!"

谢霜辰说:"废话,也不看看你叶老师什么层次!"

"狗腿。"众人低声说道。

史湘澄说:"总之坏消息是你那伟大的二师哥虽然看似偃旗息鼓,不过行为上变本加厉。你在网上红归红,但是如果不能变现到大众中去,也差那么一点意思。不过天无绝人之路,接下来就要说好消息了。"

"是又有学校来找了吗?"叶菱问道。

"天啊!叶老师您太机智了吧!"史湘澄很是意外,"连这都猜得到?"

谢霜辰说:"那是……"

叶菱打断他:"我真是瞎猜的。"

史湘澄说:"这不重要,重要的是猜对了!之前在北航的那个视频他们发在了网上,引起了学生圈的广泛注意,有几个学校的学生会都来联系我,希望能够请我们去他们的学校进行演讲演出。我寻思着,这似乎是条路。"

谢霜辰问:"都有哪些学校?"

史湘澄挨个儿数了数,谢霜辰嘀咕:"怎么没清华?"

叶菱说:"我还想知道怎么没北大呢?"

"可能是高校最后的矜持吧。"史湘澄说,"学生活动反正也是没钱,但是胜在传播效果好,学生们都很支持,我觉得不如把这个项目做成一个巡回演讲,在北京乃至其他城市的高校转转,深入年轻群体,这也比较符合我们的特色。关键是名头很好听,帮助青年一代了解传统文化,学校不可能把我们拦在外面的。"

叶菱接道:"而且学校环境是个相对独立的地方,不会被社会上的舆论所影响,我觉得这件事儿挺好。"

史湘澄拍手:"英雄所见略同!"

谢霜辰说:"我想去清华,你给我联系清华去。"

史湘澄暴躁:"我哪儿认识清华的!那几个学校都是主动来找我的!"

叶菱说："……你要是想去清华，最后再去吧，我问问。"

邱铭问："那我们能去吗？我还没去过北京的学校呢！"

"你们啊？"史湘澄托着下巴，意味深长地说，"你们这段时间就好好提升提升自己的业务水平，努力融入咏评社的氛围里，我最近在构思一件事情，到时候轮得上你们。学校的事儿还是让班主跟叶老师去吧，他俩形象好，女同学喜欢。"

一句"形象好"，就把赵玉泉和王俊茂两人击退了。赵玉泉是逗哏，瘦得跟猴儿一样，王俊茂是捧哏，胖得能把肚子放桌子上。两人仿佛《鹿鼎记》中的胖头陀跟瘦头陀，外形特征非常明显，其貌不扬，一看就能引人发笑，就更别提说话了。

"我不是针对你俩啊！"史湘澄特意提出来。

"得了吧姑娘。"赵玉泉西子捧心，特别受伤，众人哈哈大笑。

"行，这事儿你安排吧。"谢霜辰站起来，伸了个懒腰，时间不早了，他不想在这里继续聊事儿，对史湘澄说，"你既然想弄往外输出的事儿，那就放心大胆地弄吧。"

史湘澄问道："你不怕我没经验给你弄砸了？"

"经验都是从无到有的。"谢霜辰说，"我也是第一次开小剧场啊，这不也一步一个坑地走过来了吗？年轻人啊，一定要勇于大胆尝试。"

"那保洁……"

"保洁小妹的活儿也是要干的，要踏实。"谢霜辰语重心长地说，"既要仰望星空，又要脚踏实地。"

"你去死吧谢霜辰！"史湘澄爆炸，"我要给你安排去海跑儿演讲！"

"海跑儿是什么？"陆旬瀚问。在座的没在北京上过学，对这个词汇也很陌生。

"北京四名校啊！"谢霜辰掰着手指头数，"清华，北大，联大，海跑儿。海跑儿就是海淀走读大学，就是现在的北京城市学院。俩最好的，俩那什么的，北京学生都知道。"

众人恍然大悟。

晚上回了家，谢霜辰和叶菱都困了，但是躺床上一时半会儿也睡不着觉，谢霜辰躺着玩游戏，忽然微信闪了一下，一旁的叶菱就说："'香肠'给咱俩拉了个群。"

"嗯……嗯……"谢霜辰游戏正酣，顾不得回应。

"相声走花路打投策划组。"叶菱念出了那个群的名字，笑道，"这丫头，一套一套的。"

"哎呀，年轻人精力旺盛嘛……哎哟嘛呢嘛呢！中路别 solo（游戏里单挑的意思）了人家都要上高了！不是我说啊，香肠搞这些娱乐明星的东西，有一套。哟，塔没了！"谢霜辰前言不搭后语，"您看她不是把粉丝群什么的都安排得妥妥帖帖的吗？她喜欢弄，就让她弄去吧。"

"你就没想过，她年纪轻轻一个小姑娘，为什么要来你这儿当服务员？"叶菱说，"相处了这么久，她的能力大家有目共睹。"

谢霜辰说："可能文化水平过低导致找不到其他工作吧……别吃我的兵了！爱到哪儿发育哪儿发育！"

叶菱无奈，心说你真是聪明的时候特别聪明，蠢的时候也是真的蠢。贵社要论文化水平低你才是那个数得上的好不好？

其实之前叶菱就对史湘澄的真实背景有所怀疑，一直到北航之行，他心中才真正确定下来。可是既然如此，史湘澄一个正儿八经名校出身的姑娘，为什么想不开要来当服务员？

真是奇怪。

"我觉得吧，英雄不问出处，有志不在年高。"谢霜辰游戏打完了，才正经跟叶菱说话。

虽然这两句没有任何逻辑关系。

"大家相聚就是一场缘分，我不管每个人曾经做过什么，只要在这里表现得好，那我就认可这个人。"谢霜辰说，"人都有过去和将来，过去不可改变，将来不可预测，我们能相信的其实只有现在。'香肠'姐过去可能很文盲，但是现在您看她操持一堆事儿也渐渐有了些样子，她有干劲、有目标、有信心，我就能放心把一切都交给她去做。"

叶菱摸了摸谢霜辰的脑袋："你是不是困疯了？怎么突然说莫名其妙的话？"

"有点，睡觉！"

已是夏日，睡觉只需要盖个小薄被，谢霜辰将那薄薄一层的布料一掀，躺在了床上。

紧接着，微信语音的铃声就开始响。

谢霜辰非常不满地大叫："谁啊！"

叶菱发现他的手机也在叫唤。

"屁'香肠'我真的是！"谢霜辰一看，气得快要说不出话来了，接通了大骂，

"我跟你有仇吧！我不就是爱言语上挤对你吗？你犯得着大半夜报复社会？"

"啊？"史湘澄说，"你干吗呢？"

"你说我干吗呢？"谢霜辰此话一说，叶菱跑过去掐了他一下，谢霜辰闭嘴，闷哼哼地问："你大半夜作什么妖？有话快说有屁快放。"

"就是脑补未来脑补到有点激动。"史湘澄那个声音一听就是在敷面膜，"我刚刚不是拉了个群，本想打字跟你们说一下，但还是觉得打电话比较好。"

谢霜辰都快疯了。

"我想拿这次在高校圈的互动作为试水。"史湘澄说，"如果效果好的话，我们就开专场试试，怎么样？"

电话里是沉默的声音。

"喂？"史湘澄问，"你有在听吗？怎么没反应啊？多么激动人心的畅想啊！"

"比起开专场这种事情……"谢霜辰咬牙切齿，但还是克制住自己的冲动，强行冷静地说，"姐，能不能先让我睡觉？明天再分享喜悦行吗？"

"不行。"史湘澄说，"我怕明天忘了。"

谢霜辰心中咆哮，大姐你是不是开天眼了？早不来晚不来偏偏这个时候来！

"那个……"

"不是，你现在在干吗啊？"史湘澄打断了他。

"我打算睡觉啊！"谢霜辰仍旧平静地回答，但是满脸写着欲哭无泪。叶菱笑得不行，但是不能发出声音来，忍得很难受。

"但是我没有从你的声音中听出困意来啊！"史湘澄说，"我觉得挺精神的。"

谢霜辰开着功放，史湘澄说到"精神"那个词的时候，叶菱彻底不行了，他觉得他要是再忍下去可能会窒息。

谢霜辰委屈，很委屈，那个崩溃的样子叫叶菱觉得意外可爱。

"说话啊谢霜辰？"史湘澄问道，"跟你说事儿呢，我从下周开始就每个周一都安排去学校啊，先从中央财经开始，他们学校女生多……"

谢霜辰眼都要睁不开了。

"然后后面还有人大、交大、广院。正好一个月，学生们放暑假之前能搞定。哦对了，广院不在学院路啊，你别记错了。喂……喂？说话啊！人死哪儿去了啊！"

史湘澄耳中传来"叮"的一声，语音竟然直接挂了！她把面膜一撕，骂道："谢霜辰你上辈子是困死的吧，我这还没说完呢竟然给我秒睡！你等着吧！"

还好咏评社白天不干活儿。

晚上的节目开场前，演员们就都到了后台，谢霜辰一脸不是很爽的表情，盯着史湘澄的眼神仿佛她欠他八百万。

"以后能不能不要晚上给我打电话了？"谢霜辰说，"我不想在非工作时间看见你！不，声音也不想听到！"

史湘澄一边儿喝茶一边徐徐说道："可是年轻人创业阶段就要拿出不分昼夜的拼搏精神来啊！壮志未酬，我怎么敢松懈呢？"

"行吧。"谢霜辰无奈地说，"军功章全是你的。"

"我不跟你们聊天了。"史湘澄站了起来，"我上前头接客去了，军功章啊，离不开保洁小妹！"她把最后四个字说得特别重，故意嘲讽谢霜辰。

"不听不听王八念经"这一招，谢霜辰也会。

蔡旬商和陆旬瀚翩然而至，朝大家打了个招呼，叶菱摆摆手，然后递给陆旬瀚一个小盒子，说道："我差点忘记了，今天是你生日呢！"

陆旬瀚愣了一下，自己没反应过来，低头一看，是龙角散。

"哟，你今儿生日啊？"谢霜辰一叫嚷，大家都跑过来了。谢霜辰满后台转悠了一圈儿，说道，"也没什么准备，要不然散伙了大家去吃饭？我请客。"

"别了吧。"陆旬瀚说，"又不是什么大不了的事情，叶老师不说我自己都不记得了。演出结束挺晚了，还是回家休息吧。"

"那你们自己看着办，我都行。"谢霜辰凑过来摸了摸陆旬瀚，陆旬瀚很警惕地往后一退，问道："你干吗？"

"我摸摸你沾沾喜气儿！"谢霜辰不光自己摸，还把大家都叫来摸，"锦鲤开运摸啊，保佑大家发财！财主！老蔡！你最该摸！"

蔡旬商不满地大喊："我恐惧！"他说完喝口水，就被热水烫了下嘴。

"现世报。"谢霜辰说。

　　蔡旬商和陆旬瀚二人是咏评社最早来的演员，跟着谢霜辰一直演，逐渐也收获了一些观众。

　　大概长得好看，在说相声这圈人当中始终是有发言权的吧。

　　陆旬瀚运气好归好，但是架不住本人丧，那个丧帅的样子别说还真有观众吃这一套。与之相比的就是蔡旬商这个翻车之王，不是说他业务水平不行，而是真的点儿背到极致，玩个扇子都能玩折了，还能赖人家扇子的质量不好吗？

　　但凡用到道具的节目，几乎没有不翻车的时候，比如今天表演的《口吐莲花》就是个坎儿。

　　有观众知道陆旬瀚生日，送来了生日礼物，他很惊讶，连忙道谢。在咏评社，谢霜辰太耀眼了，能从他的光芒下分走一丝丝微弱的烛火是很不容易的。这事儿谢霜辰也很发愁，他希望社里的每一个演员都能独当一面，而不是靠自己来卖票。

　　一个人的能力始终有限。

　　谢霜辰颠颠儿地上来替陆旬瀚把礼物收到台下去，东西还不少，他有一种老农丰收的喜悦。

　　台上还在表演《口吐莲花》。

　　这个节目谢霜辰是绝对不会演的，一个是因为他觉得无聊，他自己听都不笑，于是怎么演都演不出笑点来，同《羊上树》《树没叶》差不多。再就是捧哏演员要拿着扇子不断地敲打自己的脑袋来模拟敲锣，得敲得响。即便是有技巧在里面能敲得不疼，谢霜辰也不愿意这么玩叶菱。

　　陆旬瀚很喜欢演这个节目。

兴许是来自锦鲤对非酋（代指运气最不好的人）各方面的嘲讽吧。

"一请天地动！"陆旬瀚捏着手指装神弄鬼。

蔡旬商拿着扇子敲自己的头："哐哐！"

"二请鬼神精！"

"哐哐！"

"三请茅老道！"

"哐哐！"

"四请姜太公！"

"哐哐！"

"五请猪八戒！"

"哐哐！"

"六请孙悟空！"

"哐哐！"

"七请沙和尚！"

"哐哐！"

"八请是唐僧！"

"哐哐！"

"九请来索尔！"

"哐哐！"

"十请是洛基！"

蔡旬商推了陆旬瀚一把："外国神仙你也请啊？"

陆旬瀚很苦涩地说："外国神仙不是神仙吗？你赶紧着，作法不能乱，心要诚。你看你一打岔我得从头请了吧……好像宙斯还没请。"

"你行不行？我怎么没看见反应？"

"哎呀外国神仙过来得慢，得倒时差，我的白天是你的黑夜。"陆旬瀚说，"万一人家在外太空拯救地球呢？还得让人家特意出个外勤过来，还有签证啊、安检啊什么的，很麻烦的。"

"你赶紧着吧！"蔡旬商很想拿扇子敲陆旬瀚。

陆旬瀚继续装神弄鬼地说："接着请啊……再请钢铁侠！再请美国队长！再请米老鼠！再请钮祜禄·甄嬛！再请宋哈娜！再请卢锡安！再请乔布斯！再请……"

这个节目重点就是逗哏的忽悠捧哏的说自己会请神接仙，喝水吐出来是一朵盛开的莲花，为了在接仙的过程中表示隆重，需要人敲锣。场上没有锣，只能用自己的脑袋代替。所以每请一位神仙，捧哏都要"哐哐"敲两下自己的脑袋。

陆旬瀚越说越快，蔡旬商自然也越敲越快，他心里还有点得意，今天这把扇子没敲坏，非常幸运了。

"抬头观看！众神来到啦——"

"哐哐哐哐……"蔡旬商一个连打，频率更高，扇子还没有坏。

他觉得这一场可能是自己无损耗的一场完美演出，心中正是感慨之时，陆旬瀚喝了一口水开始运气，蔡旬商赶紧接词儿："大师，您倒是喷啊！"

陆旬瀚一口气提起来，气运得更深，仿佛憋了一口大的，马上就要喷了。

在传统段落里，逗哏就是要喷捧哏一脸来博取观众大笑，然而在建国之后，特别是新相声流行之后，这种毫无意义的段落经人改编，变成了逗哏把水咽下去，双方鞠躬下场即可。

不过要让谢霜辰这种口吐莲花万年黑来看，喷不喷都很无聊。

本来陆旬瀚也是要咽下去的，蔡旬商接一个"去你的"，任务完成。

然而万事都有意外，台下有个男观众忽然喊："老瀚生日快乐我要给你生孩子！"

陆旬瀚一惊，一口水全喷蔡旬商脸上了。

全场哄然大笑。

"哎哟，我去！"谢霜辰在后台大笑，"惨还是老蔡惨啊哈哈哈！我突然get（理解）到这个笑点了哈哈哈！"

叶菱都忍不住想扶额了。

蔡旬商在台上已经彻底石化了，陆旬瀚这一口含的水特别多，给蔡旬商喷了个湿透。让他万万没想到竟然还有这么一个坎儿等着他呢！

怪不得扇子没断，因为世间的能量是守恒的！

蔡旬商用桌子上的布擦了擦脸，这个虽然是个意外插曲，但是他一停顿，破坏了原有的收尾，也没有按照传统相声的方式追着逗哏下台。他们自己的节奏乱了不能让观众察觉有不合适的地方，蔡旬商只能硬着头皮继续说："莲花呢？"

"什么莲花？"陆旬瀚问道。

"你说口吐莲花，能喷出来个水莲花。"蔡旬商说，"现在喷我一身水，莲花呢？"

陆旬瀚想了想，拍着蔡旬商的肩膀说："这儿呢！"

"你拍我干吗？"

"水莲花自找莲花相伴，你就是那朵盛开的白莲花。"陆旬瀚说，"我呀，这是照妖大法，急急如律令，莲花快现形！"

"我去你的吧！"蔡旬商踹了陆旬瀚一脚，二人默契地后退鞠躬，加了个小尾巴，这才算成功地下台。

虽然说不上绝对完美，但是情急之下能有如此表现也算可圈可点。

"今天一定是我的终极无敌大丧之日！"蔡旬商一下台就开始愤愤不平，"我今天真的不应该上台，天啊，大限将至！"

"你没事儿吧？"陆旬瀚又是忧心忡忡，很是哀怨，"我真的没想喷你的，我不是故意的！就是台下莫名其妙有人乱喊。你赶紧擦擦吧，别着凉了。"

后台的大家还拿着这锦鲤实力嘲讽非酋的梗（本书指笑点）开玩笑，谢霜辰与叶菱已经上台去了。

他们每天的生活就是如此，白天睡觉，晚上上台表演至深夜。北京的夜生活兴许比不得上海、广州那般绚烂，但是自有他迷人之处。无论是寒冷的冬夜还是蝉鸣的夏季，每一个夜晚都有这样一个地方让人尽情大笑，短暂地忘记生活中的那些烦恼。

追星快乐吗？燃烧无限的爱与真诚去仰望一个遥不可及的梦想；

数钱快乐吗？机关算尽在人与人的江湖中摸爬滚打讨一个富贵；

骂街快乐吗？尽情地宣泄亢奋过后也不过就是一场游戏一场梦。

真正的快乐是什么，没有人有正确的答案，每个人需要的也都不一样。

对于大部分人来说，生活是一道无解的难题，是一种需要耗费毕生时间的绝症。人生苦短，不如意十之八九，剩下的一二幸事其实并不能解救生活，但至少是一片阿司匹林。

这是最基本的需求。

而相声所带来的笑声就是一层薄薄的糖衣，让人不至于那么赤裸直接地去面对那些刀山火海。

谢霜辰的高校巡回之旅第一站定在了中央财经大学，虽然史湘澄在此之前给谢霜辰做了很多功课，给他讲解这是一所怎样的学校，但是谢霜辰就记住了两点。

女生多，在沙河北航校区附近所以特别远。

"为什么这些学校都在郊区啊？"谢霜辰抱怨，"太远了吧！"

"一个两个精力旺盛的年轻人没什么关系，但是一群精力旺盛的年轻人就是社会不稳定因素啊！"史湘澄说，"不关在郊区上学，难道要放进来攻占市区吗？成年人的生活空间已经很狭小了！"

谢霜辰说："你说得有道理。"

叶菱问："你这次想说什么？"

"既然女生多，那就说个文雅一点的文哏节目吧……"谢霜辰说。

"我觉得你想得有点多。"史湘澄说，"现在都是女生闹得欢。"

"我不管观众怎么样。"谢霜辰说，"我是有从艺道德的好吧？"

"行吧行吧。"史湘澄摆手，"你爱怎么着就怎么着。"

叶菱说："我是问你演讲的主题是什么，总不能每个学校都说一样的吧？"

"我想说说我办咏评社的初衷。"谢霜辰说。

"不忘初心牢记使命？"史湘澄问。

"不。"谢霜辰说，"都是生活所迫，我家里要是有矿山，我干吗还说相声？"

史湘澄说："你以为家里有矿山很幸福吗？到时候指不定又有什么对生活的不满了。"

叶菱看了史湘澄一眼。

三个人又在后台鼓捣了一阵，姚笙给谢霜辰打电话，见人在剧场里，他也就跑来了。

"哟，什么风把您给吹来了？"谢霜辰问姚笙，"吃了吗？"

"吃了，我这也是顺道路过。"姚笙说，"上午在考核演员。"

叶菱问："怎么样？"

"挺顺利的，基本上京剧和评剧的班子能定下来。"姚笙说，"你们这个剧场啊，周一让给我吧？"

"一天五万。"谢霜辰伸手。

"屁！"姚笙说，"顶多按天给你误工费。"

谢霜辰说："误工费？你要干吗？我跟你说我这儿可是……"

"正事儿，要不然我干吗过来亲自给你说？"姚笙说，"我要在你台上装LED灯，你得有个几天不能开工。不过没关系，我按照正常满场的价格给你。"

"你唱戏归唱戏，怎么还弄跑马灯？"谢霜辰大声说，"这可是我吃饭的舞台，这是我的生命！你是要给我拆了吗？我不会让你为所欲为的！"

姚笙说："那你说怎么办？"

谢霜辰鼓了个大气，说道："你得把加座儿的钱也给我算上才行！"

叶菱扶额，不知道谢霜辰这是哪儿来的出息。

咏评社的票都是提前一两天才开，姚笙这拍脑袋想出来的计划倒也是不耽误人家的生意。在把满场包括加座儿的钱谈拢之后，谢霜辰就跟社里的人都说了一下，大家定于周二周三放假两天，叫姚笙过来装他的 LED 灯。

正好谢霜辰跑完学校的场子之后还能歇两天，过来当监工。

首站的中央财经大学，是传说中大洼村的开荒学校，在当初那里还是一片荒地的时候人家就光荣地开学了，如今……还是一片荒地。

"飞霏怎么不跟着来啊？"叶菱坐在副驾驶位置上扭头问后面的史湘澄。

史湘澄正在低头看给谢霜辰准备的内容，随意说："他说太远了不想动。"

"哎呀，那可真是错过了看小姐姐的机会。"谢霜辰揶揄。

"他还看小姐姐啊？"史湘澄说，"他们家里天天守着姚笙那个'大姐姐'我看他都懒得看。"

谢霜辰说："那个'姐姐'太凶了，我都不敢看。"

叶菱笑着问："你说说你看他干吗？"

"哎哟，前面怎么这么堵啊！"谢霜辰适时地叫唤，"这没到堵车的时候吧？"

史湘澄说："我们现在是出城方向，我让你早点走你偏要磨磨叽叽的，现在好了吧？赶上晚高峰了吧？迟到了我看怎么办！"

"我没事又不出城，怎么可能知道这个路况！"谢霜辰狡辩。

"别烦了。"叶菱开着导航看了看，"前面似乎出事故了，咱们能堵一个小时下去就不错。"

史湘澄说："活动是七点开始，要堵一个小时，估计是真没戏了。嗨呀，谢霜辰迟到耍大牌！"

"不，我绝对不会迟到！"谢霜辰见缝插针开始挪动他的车，吭哧吭哧地挪到了路边，把车找地方一停，说，"前面就是地铁站，走走走，坐地铁去！"

"啊？"史湘澄说，"你车就扔这儿了？"

"没事儿，不会贴条儿的。"谢霜辰解开安全带，"赶紧走吧，做人诚信第一好不好？"

叶菱是没什么意见的，史湘澄下车，说道："行行行，您老人家不嫌弃地铁挤得跟个沙丁鱼罐头似的就行，反正我们穷苦人家小门小户的倒是没什么。"

"您真当我是个角儿啊？"谢霜辰说。

确实是，他们只是活跃在网络上，活跃在自己那一亩三分地里。但是这个世界很大，现实生活中绝大部分人知道杨霜林都未必知道谢霜辰，因为杨霜林长时间活跃在各种电视节目和综艺影视剧中，他的名气可以用"家喻户晓"来形容。

事实上谢霜辰往上的所有师哥都是家喻户晓的人物，他们陪着一代人走过无数个春节联欢晚会，这就足够了。

可谢霜辰不同，他是一个新媒体时代的产物，他注定只能先从年轻人的阵地里打开缺口。

这个传播的力量很大，像是汪洋大海。但有时又很渺小，仿佛将熄的火苗。

所以谢霜辰从来不拿自己当个"玩意儿"看，他有观众也有粉丝，大家每天都在微博私信里跟他说好多好多的话，在喜欢他的人眼中，也许他处在一个很崇高的位置。可他自己看自己，就是一个普通人。

普通人就是会上下班坐地铁，周末逛超市，在家看无聊的电视节目，为了三毛五毛钱跟卖菜的大妈扯上两句。

是人就离不开吃饭睡觉拉屎放屁，再怎么厉害，还能上天不成？

还不是得老老实实安安分分地当一个地球人吗？

还不是为了不迟到乖乖地向北京交通妥协坐地铁吗？

低碳环保出行，绿色你我他。

"哎，为什么没有戴个口罩出来呢？"谢霜辰挤在十三号线里，悄没声地开始嘀咕，"人也太多了吧？"

史湘澄说："你放心，没人认识你。"

"我只是想把叶老师给包起来。"谢霜辰眼神往一边瞟了一下，"就那头那个姑娘，我监视她半天了，她一直在盯着叶老师看。我真是纳闷儿了，当我不存在还是提不动刀了？"

"你闭嘴！"叶菱也真的是服了谢霜辰，"明明是你比较扎眼吧？"

谢霜辰满脑袋问号地看着叶菱。

在不知道倒了多少趟地铁之后，三个人终于从城铁站里出来，一眼就望见了学校。

"好萧索啊！"谢霜辰感慨。

"……是挺荒的。"史湘澄说。

"我觉得我们要迟到了。"叶菱说。

三个人在野地里狂奔。

第十九章

晚上七点整，总算是没有耽误时间，就是谢霜辰和叶菱站在台上的时候看上去不太好，仿佛刚从死亡的边缘跑回来一样。

主持的姑娘做了简单的开场之后，在众多同学热情欢迎之下，谢霜辰和叶菱开始了今天的表演。

谢霜辰说想使个文哏节目，两人便来了一段《批三国》，但为了应景，开头垫话的部分里，二人聊的是关于中财的事儿，以学生们学的课本入手。谢霜辰都不知道自己说的那些专有名词是什么意思，不过有叶菱在，专业问题上绝对不会出错就是了。

一段讲完，谢霜辰把他今天带来的演讲主题说了说，一切都是那么行云流水，那么完美。

大阶梯教室里本来坐得就很满，陆陆续续还有好多人来，大家席地而坐，专心地听谢霜辰侃大山。说是一场演讲，更像是轻松的沙龙。

"我来之前他们都跟我说中财美女特别多。"谢霜辰朝着人群看了看，"确实很多，但是男生不也挺多的吗？啊？哦，不是中财的啊，你们都是哪儿的啊？隔壁北航的啊？上次我不是去过你们学校怎么还来啊？拿的女朋友的学生证啊？不是，你有女朋友吗？"他本来就结束了他的主题，还有一些时间是留给学生们问问题的，闲聊几句之后，他开始点人。

要不怎么说术业有专攻呢？还真有学生站起来问他当今相声行业是否有成为一个产业的前景，是否有足够的经济发展动力，并由此展开讨论到了中国整个文化经济的发展趋势。

谢霜辰都给听愣了。

还是叶菱接过了麦克风，非常从容地回答了这个学生的问题，并且还把脱口秀这种舶来品和如今的网络段子的运用结合了进去，非常宏观地全局地把握了一下大动脉。

　　顺便还运用了一下他刚刚从史湘澄那里学来的粉丝经济的知识。

　　要让谢霜辰说，他也能嘚啵嘚啵地说出一点来，但是他不懂那些非常专业的术语，和叶菱这种持证型选手没法儿比。

　　"那位男同学。"谢霜辰说，"就是你，别看了！我看你举手半天了，你想问什么？"

　　话筒递到了那个男同学的面前，他站起来，用极其不标准的普通话说："谢老师您好，我是来自文化与传媒学院的学生。我想问您一个问题，就是，我虽然是广东人，但是我很喜欢相声，也了解过一些，我的普通话不标准，所以我想从理论知识开始。我学的是文化产业相关，现在大三，下个学期我就大四了，我构思的毕业论文就跟相声有关，但是我查文献资料真很困难，很多东西都找不到。我去您的剧场里听过很多次，一些不理解的东西您会在跟观众聊天的时候说，但是聊天的内容无法作为一个参考依据。我就想知道，为什么关于相声的资料就那么难查呢？您有没有考虑过专门为喜欢相声的人去做一些简单易读的科普性资料呢？"

　　"好，我知道了。"谢霜辰点点头，说，"首先我向你解释一个问题，我不是老师，因为论起学问来，我可能是在这里所有的人当中最差的那个，我只有高中文化水平，真算个数啊写东西啊，你们都是我的老师。所以'老师'这个称呼呢，我愧不敢当。"他笑了笑，继续说，"这倒也不是谦虚，要论脸皮厚你们一群人加起来也不如我一个，本来我是挺敢当的，但是这位同学后面提出的问题，叫我一下就非常羞愧了。因为我突然发现我只是个说相声的，我没有文化，干不了更多的事情。我只能站在这里跟你们口述相声怎么样怎么样，叫我写？有点为难我。你们看我这样儿，就可以想象一下一百年以来相声的处境了。大家都没有文化，靠着说相声吃饭，我写下来，你学会了，那我就没饭吃了。基于这样的生长环境，大家也就不会想到说我要出书立传还给你们科普了。"

　　谢霜辰说到这里，叶菱拍了拍他，谢霜辰不说了，叶菱一笑，顺着谢霜辰的话继续给那个男同学，也是给在场所有人说："大家现在都靠网络搜索去获取知识，以搜索引擎的机制来说，被搜索次数越多，就越容易被搜到。可能相声这门学科没有什么人会特意地去了解学习，所以慢慢的，它就变成了一门冷知识。我觉得这个问题你不应该问谢霜辰，因为你的处境跟我当初比较像，我也是从一个爱好者入门，但我比较有优势的是我是天津人，我从小生活在这种文化土壤里。你是广东人，可能对于北方方言中很多笑料都未必弄得清楚。但我觉得没关系，学习都是从无到有，从入门到入坟的。"

他之前说得好好的，说到这里突然开了个玩笑，大家反应了一下才笑出来。

叶菱浅笑，继续说："你今天的议题很好，为什么年轻人想学习知识竟然还苦于找不到资料？那一定是我们这些先行者的过错，一定是我们这些经验持有者的过错。很多传统文化中的师徒传承保持了艺术的纯粹性，但是也抹杀了艺术的广泛传播，到最后可能会濒临失传。现在不一样了，现在是一个知识共享的时代，我们咏评社的大门永远向同学们敞开，你们能够进入到相声的领域里来，其实这才是传统艺术真正的希望。"

"在这里我要宣布一个事情，是我刚刚拍脑袋想的，也没和任何人商量，甚至可能是非常自私任性的行为，也许会给我的同事们造成很大的麻烦。"叶菱忽然说出这样一句话。

谢霜辰一惊，不知道叶菱要说什么。

叶菱稍稍按了一下谢霜辰的手，只不过他站在桌子里面，大家都看不到他的动作。他对着谢霜辰笑了笑，然后对大家说："我们咏评社每周二到周日有晚场表演，周六周日下午增设下午场的表演，我从这一刻开始决定以后增设半价的学生票，如果大家需要的话，我们还可以在剧场内增设公开课，喜欢的新奇的都可以来体验，设身处地去感受它到底有着怎样的魅力。大家来到北京这样的大城市，考这样一个好大学，未来可能会出国，去更厉害的地方，这其实就是一个开眼看世界的过程。你去真真正正地经历，才能体会其中，文化也是如此。"

他一番话叫学生们很是激动，尖叫的尖叫，欢呼的欢呼，热情得快要把房顶给掀了。

谢霜辰松了一口气，只要叶菱不公布什么他要和谢霜辰恩断义绝这种事情，就算叶菱要上天摘星星，谢霜辰也会由着他去，顺便还给他搭梯子。

不就是卖半价票吗？跟小五爷当初豪掷千金博美人一笑的场面比起来……

其实还是差不多的。

"叶老师啊！"回程的地铁上，史湘澄开始给叶菱算账，"你看啊，咱们最便宜的票价是八十，半价就是四十，也就一张电影票钱，但是人家电影放多少个影院？咱们就一个剧场一拨人啊！您这豪情万丈一时爽，我这可就全是柴米油盐酱醋茶的事儿了，我这财务大臣以后可难做了……"

"我说你哪儿那么多废话？"谢霜辰不耐烦地说，"叶老师肯定有他自己的打算。"

"其实没有。"叶菱当场打脸。

谢霜辰很哀怨。

叶菱笑了笑，说："湘澄啊，对不住了，刚才确实是我一时头脑发热说了那些话，可是说出去的话泼出去的水，我也不能收回来当什么都没发生吧？不过我坐在这里冷静地想了想，我觉得我做得没错。"

"这么多钱呢……"史湘澄嘟囔。

叶菱不怪史湘澄喋喋不休。他觉得史湘澄是能够理解他的，只不过涉及具体利益了，史湘澄不愿意付出太多，毕竟谢霜辰是个甩手掌柜的，自己账上有几分钱都不知道，社保卡都忘了放哪儿了，叶菱认真归认真，可也不代表他就爱操持家务事。

全社上上下下都是粗枝大叶的男人，确实叫一个女孩子费心不少。史湘澄每个月交水电费给大家发工资还得计划团建，钱都从她手上过，她这个大管家是最肉疼的那个。

"钱得挣一辈子，不急这一时半会儿。"叶菱温柔地跟史湘澄说，"你看，其实咱俩想的都差不多，都是要从学生阵地中发展。只不过你比我聪明，也比我有人脉，可以联系到这么多学校的资源让我们去刷存在感。我不行，我什么都不会，只会张口闭口减票钱，还给你们带来了这么多麻烦，给社里带来这么多损失……"

"得了，你别说了！"史湘澄比了个打住的手势，"我不吃你的糖衣炮弹，我明白你什么意思，就是以后发钱少了你们自己掂量掂量啊！反正这不是我自己的买卖，班主都得听你的。"

叶菱无奈地笑了笑，他知道史湘澄虽然嘴上这么说，但是这摊买卖，她比谁都上心。

"这些都是小钱。"叶菱对史湘澄说，"等回头我们赚大钱。你不是喜欢弄专场吗？那我们就定在今年最后一个季度风风光光地开专场，怎么样？"

谢霜辰说："我肯定是没意见的。"

史湘澄非常现实地说："你们不怕到时候来不了那么多观众，赔得底儿掉？"

叶菱说："我不怕，我从来不许诺别人达不到的承诺。之前你说开专场的事儿我没搭茬儿，但是现在我敢搭茬了，还有几个月不到的时间，这个专场，我一定要开起来，拼尽全力我也要做到。"

"好！"谢霜辰鼓掌。

"好什么好！"史湘澄想打谢霜辰，"合着跟你没关系是不是？我跟你们说现在就得紧张起来知不知道？从明天开始都给我拼命演出写新段子去跑活动！年底开不起来千人专场，你们俩就都给我去死！"

"哎，行，姑奶奶您说什么都对。"谢霜辰服低做小。

"但是，明天不开工啊！"叶菱说，"姚老板要装修。"

"对哦……"史湘澄说。

"那个。"坐在他们对面的小姑娘终于鼓起勇气站起来跟他们说话，"请问，你是谢霜辰……吗？"

谢霜辰、叶菱、史湘澄三个人都愣了。

史湘澄不由自主地说："原来现实生活中还真有人认识谢霜辰啊！"

谢霜辰说："那孙子是谁？我根本不认识！"

姚笙晚上才回家，咏评社休息，凤飞霏自然是老老实实在家里宅着，哪儿都不去。

"明儿我上你们剧场去装 LED 灯，顺便试试台子。"姚笙问认真打游戏的凤飞霏，"你跟我去吗？"

"不去。"凤飞霏头也不抬。

"为什么？"姚笙说，"你总是一个人跟家待着不无聊吗？"

"那我哥去吗？"凤飞霏抬头，闪着大眼睛问姚笙。

"他？"姚笙说，"你想叫他去吗？"

"他是我哥，怎么着，我找他干什么事儿还得征得你的同意？"凤飞霏不满地说。

"当然没有。"姚笙笑了笑，"我就是习惯性地问一嘴，没什么别的意思。再说了，我也好久没见着他了，拜托他来做我新社团经理的事还没有下文呢！"

"姚笙，你怎么就揪着我们一家子的羊毛薅？"凤飞霏说，"真不地道。"

姚笙说："谁叫你们一家子都是凤毛呢？金贵得很。哎，我说真的，反正你周一闲着也是闲着，过来给我唱戏吧，我给你发双倍工资。"

凤飞霏说："这是钱的事儿吗？"

"那是什么事儿？"姚笙说，"难道还事关自尊？"

"不然呢？"凤飞霏说。

姚笙觉得自己跟凤飞霏说肯定是说不通的，他就不喜欢跟小孩儿沟通，说话难免刺激凤飞霏脆弱幼小的心灵，所以他觉得应该叫叶菱去磨凤飞霏。

而他能做的，就是把凤飞霏捆去剧场。

真的是用捆的。

装修师傅一早上就开始忙活，姚笙与凤飞霏中午才到。

"哟！"谢霜辰坐在厅中的四方桌前，摇着折扇喝着茶，贱兮兮地说，"二位大爷可是来得够早的啊，还没到吃中午饭的时候呢！"他端看一眼凤飞霏，笑道，"怎么这么大怨气呀？"

姚笙把凤飞霏往前一推，说道："早上叫了半天没叫起来，就这还怨气冲天呢！"

凤飞霏气道："谁要跟你来工地啊！"

"这是我们挚爱的舞台！"谢霜辰说，"凤飞霏我跟你说举头三尺有神明，不要出言不逊！"

凤飞霏叫得更大声了："你们臭说相声的有什么神明？"

"回头我就供个关二哥，义气千秋。"谢霜辰说："让你这死孩子口出狂言！"

"滚！"凤飞霏说。

叶菱觉得谢霜辰和凤飞霏就是气场不合，碰到一起肯定就要吵架，忙说："别斗嘴啦，坐下来喝口水，静静心，还嫌外面不够热？"

姚笙说："我车里有空调。"

叶菱无奈，觉得这三个人都是彼此不想放过彼此。

谢霜辰摇着他的扇子，跷着二郎腿，虽然穿得潮，可这副做派倒是老到得很。这可能就是天生的，口袋里一分钱也没有，坐在这儿都是爷。

就别说这还是自己的地盘了。

"你们倒好，自己安东西，还得让我来给你们看场子。"谢霜辰说，"多给我误工费啊！鄙人出场一次还是很贵的。"

姚笙说："你哪儿来的自信啊兄弟？商演去过吗？专场开过吗？还跟我谈出场费，疯了吧？"

谢霜辰不服气，点着桌子说："这不是正安排着吗？到时候给你们发门票啊，第一排，够可以吧？"

姚笙冷哼说："我觉得你第一排撑死就卖三百八一张吧。"

"不能够！"谢霜辰说，"一千八百八十八，还不卖套票！"

这下连叶菱都受不了他了，说道："你可真是撒癔症。"

叶菱说谢霜辰，谢霜辰肯定是不会还嘴的。他把扇子一合，问姚笙："我在这儿看半天了，你干吗安 LED 灯啊？还安在我这楹联旁边儿？你不觉得特别扭吗？"

"我倒是想安上面，可是你上面不够啊！"姚笙说，"这个是用来放字幕的。"

"啊？"谢霜辰问，"字幕？"

姚笙解释说："就是为了方便大家听不懂唱词，看看字幕理解一下意思。"

像凤飞霏和谢霜辰这种学过戏的，那些戏文了然于心倒背如流，自然不会想到这方面。评剧的唱词更为通俗一些，普通人单靠听去识别内容不是很难。京剧就不一样了，韵白，唱腔，都有许多发音与普通话不同，唱起来更是咿咿呀呀，没点儿耐心真是听不到头。

姚笙就是想着尽可能降低进来听戏人的门槛儿，听不懂，看也要看懂。

"姚老板想得真是细致周到。"叶菱有感而发，"我当初就根本听不懂戏，哪怕了解剧情，去剧院看也还有听不明白的地方。以前一场戏能听好久，人们有耐心，生书熟戏，越听越有味道。可是现在大家没什么时间去了解，能够快速直接地获取信息真的很重要。"

"我也是操碎了心。"姚笙虽然在吐槽，但脸上尽是得意的笑容。

　　四人正聊着，门口有敲门声，回头看去，是凤飞鸾。

　　"哥！"凤飞霏站起来叫了一声。

　　"直接过来不得了。"姚笙说，"门都没有，还敲什么敲？"

　　凤飞鸾笑道："我看你们聊天聊得挺热闹，不好直接打断。"

　　"哟，还真客气。"谢霜辰笑道，"什么风把您给吹来了？"

　　凤飞鸾轻飘飘地走了过来："是姚老板叫我，说是有事儿跟我商量。"他习惯性地摸了一把凤飞霏的头，"我不知道你也来。"

　　"你知道个什么呢？"凤飞霏问，"我现在看你都神龙见首不见尾。"

　　凤飞鸾笑而不语。

　　"还是先说事儿吧。"姚笙对凤飞鸾说，"我和你的事儿，咱俩上后台说去。"

　　凤飞霏问："你俩什么事儿？有什么见不得人的？"

　　姚笙拿起桌子上的扇子点了点："正事儿，小孩儿别掺和。"

　　谢霜辰指了指自己，问道："那我呢？"

　　姚笙笑道："你不是也是小孩儿吗？"

　　他拿着扇子一转身，"唰"地把扇子一开，大步向前踏去。凤飞鸾在后面跟他们招呼了一下，也跟着姚笙朝着后台去了。

　　"他俩能说什么？"谢霜辰嘀咕一声，问凤飞霏，"你知道吗？"

　　凤飞霏说："我知道个屁。"

　　姚笙迈着四方步，摇着纸扇，嘴里细细地唱着："叫张生，隐藏在棋盘之下，我步步行来，你步步爬……"

凤飞鸾问:"唱什么呢?"

姚笙走至后台门口处,那里正好有一盏顶灯,光洒下来,他把扇子一转,正好唱到"可算得一段风流佳话,听号令莫惊动了她",眉目一挑,虽有几分俏皮,但也难改凌厉。

唱戏的人,眼神最是动人。

凤飞鸾神色一晃,问道:"怎么唱这个?"

"就是忽然想起来了。"姚笙进去后台,灯开着,他随便一坐,把扇子扔到了一边儿,"想找你谈谈,也留一段风流佳话。"

凤飞鸾立刻就懂了,说:"是你那剧社的事情?"

"不然呢?"姚笙说,"我今儿可是硬拉活拽把你弟弄来了,最好你俩的事儿今天一并解决,他唱戏你管戏,我看挺好。"

"哪儿有这么容易?"凤飞鸾摇摇头,"我这儿……"

"得了,我还不知道你那摊事儿?"姚笙说,"要我说,你想养活一家子,没有点别的外快,只靠做音乐肯定不行。你身边儿那几个哪个是省油的灯?上次你弟过生日那次,我真的是服了,喝酒打架闹事儿让你去摆平,你是圣父玛利亚吗?"

凤飞鸾说:"玛利亚是圣母。"

"哟,合着你知道啊?"姚笙冷冷说道,"你那摊买卖就是个无底洞,一个烂泥潭,我劝你赶紧上岸。你看看,你现在既没有在自己喜欢的领域里做出点东西来,也没赚着几块钱,我真的不知道你在做什么,这就是你想要的自由吗?你早过了十八岁了吧?你跟我之前的合作不好吗?我们明明可以靠着各自的长处做大事的。"

"你说钱,可是你的剧社也未必是赚钱的买卖吧?"姚笙说话这么尖酸,凤飞鸾也不生气,脸上始终带着温和的笑意,"一周就唱一天,还组了两个剧种,我看你就是在做慈善。"

"我确实是在做慈善。"姚笙说,"我先要推它,等有一定基础之后再继续深入做大。我有钱,想怎么折腾就怎么折腾,这不是大话。"

"我当然知道你不会说大话,我也知道你的本事,但是我在面临这样的抉择的时候会犹豫,也是人之常情吧?"凤飞鸾说,"飞霏呢?他怎么说?"

"他还能怎么说?你们哥儿俩一个赛一个倔,不肯轻易地走回头路罢了。"姚笙说,"我感觉他就是小孩儿脾气,说着不唱戏结果再来唱会显得特别没面子。但是如果你在的话,我想他会更容易接受一点。你也说过,他是个唱戏的料子,我不想埋没他,你想吗?你们家里如果他也不唱了,这正儿八经的一支不就断了？我跟你说，一门手艺家里传个几代不容易，你就算不为了自己，也为了你家想想吧？"

"得，你这么说，倒真成了我的罪过了。"凤飞鸾叹气。

"这聊得也太久了吧？"谢霜辰说，"都一炷香的时间了。"

叶菱说："也就二十来分钟，哪儿来的一炷香？"

"这也没差几分钟。"谢霜辰说，"这边都快装完了，他一会儿不得出来试试？"

正说着呢，俩当事人出来了。姚笙回头看了一眼，满意地说："装上还行，走，试试去。"

工人师傅们把设备帮忙调好了，姚笙就拉着谢霜辰和凤飞鸾上了台，他转头对下面说道："叶老师，麻烦您去给我们沏壶新茶行吗？"

"行。"叶菱爽快答应，拎着茶壶说，"你们等着啊！"

他一走，台下就剩下了凤飞霏一个人。

那三人在台上，姚笙问凤飞鸾："京剧会唱吗？"

"一点点。"凤飞鸾想了想，回答，"现在还记着的就是《群英会》了。"

姚笙说："那咱们来两句《群英会》试试，我来诸葛亮，你周瑜，他鲁肃。就从'不惜一身探虎穴，计高哪怕入龙潭'开始吧，还记着吗？"

凤飞鸾点头："记得。"

谢霜辰说："我忘了。"

姚笙踹了谢霜辰一脚："你再想想？"

"行吧行吧！"谢霜辰说，"没忘没忘！"

三人拉开架势对唱开来，本想唱几句走走台子，毕竟他仨个儿都不矮，这台子要能都放下，那其他人演一般的戏问题就不大。

你一句我一句，唱得还挺投入，台上自成一个小小世界，仿佛谁都融不进去。

台下叶菱还没回来，只剩下凤飞霏孤零零一个人。

凤家虽然是唱评剧的，但是戏种之间本就有所互通，出于学习拓展也好，他们还是会了解一些其他唱腔。这出《群英会》是他鲜少会唱的京剧，当初是跟凤飞鸾一起学的，可论学的效果，凤飞鸾拍马也赶不上他。

凤飞霏坐在台下越看越生气，他不是气凤飞鸾唱得不如他还去唱，而是气那三个人竟然没一个人理他，玩得还挺开心。

岂有此理？

他尚且处在青春年纪，虽然不似青春期那样敏感，但也还不够成熟，容易想入非非，无法冷静。他现在的处境就仿佛是原来玩在一起的小朋友忽然自成了一个圈子，互相分享新的玩具。他在一旁心里疯狂喊着"这个东西我也有，我会玩，我告诉你们怎么玩吧"，但是又不想说出口，只等着人家看出来他的心理活动，主动来邀请他玩。结果人家都不带搭理他的。

那种寂寞悲凉的心情，只有他这个年纪才会产生。

凤飞霏走到台边，那三个人还在戏里，即便姚笙没有唱词了，也是盯着凤飞鸾与谢霜辰，不去看他。

"你们……"凤飞霏终于说，"哥，你唱错了一句。"

凤飞鸾也没搭理他。

凤飞霏彻底怒了，大叫道："不会唱就别唱！"

三人一静，姚笙问道："你会唱？"

"我当然会唱！"凤飞霏说。

"哦。"姚笙说。

"'哦'就完事儿了？"凤飞霏很惊讶，"你就没点什么别的表示？"

姚笙说："你会唱，可是你不想唱，我能有什么别的表示？我只能找你哥来啊！"

凤飞霏看向凤飞鸾，凤飞鸾耸肩，没承认也没否认。

"那……那谢霜辰呢？"凤飞霏又问，"他又不是唱戏的！"

谢霜辰说："少年，我正经拜师学艺过的好不好？"

"我也是！"凤飞霏说，"我家传的！"

"那没用。"姚笙说，"你太烦了！"

"你说没用就没用？"凤飞霏一下就迈上了台，他很生气，眼睛瞪得很大，"你们不带我唱，我偏要唱！我就要烦你们！你凭什么背着我跟我哥搞东搞西还不带我玩？"

姚笙说："天地良心，我可跟你说过啊，你别诬陷我。"

"我……"凤飞霏脑子一滞，忘了姚笙有没有跟他讲过。不过他不管，胡搅蛮缠地说，"不行，反正必须带我！"

姚笙一副看热闹的笑意看着凤飞霏，凤飞鸾低头无奈地笑了笑。

唯有谢霜辰还没明白发生了什么。

"干吗呢？"叶菱这时候非常合适地出现了，把茶壶放在桌子上，"怎么四个人都在台上？打麻将？"

"没有。"姚笙说，"'二小姐'说以后要来给我唱戏。"

"那挺好。"叶菱笑道。

"我告诉你姓姚的！"凤飞霏叉着腰说，"我全是看在我哥的面子上……"

"飞霏，我可什么都没答应姚老板。"凤飞鸢说。

"啊？"凤飞霏意外道，"那你们……"

"一切都是你自己脑补的啊！"姚笙说，"我们真的就是随便唱两句，是你自己跳上来说了一堆莫名其妙的话好不好？"

"我？"凤飞霏一头雾水。

"不过啊！"姚笙说，"你哥现在确实得答应我了。"

就在二人还在后台时，因为凤飞鸢举棋不定，姚笙答应帮凤飞鸢处理乐队方面的事情，他无非就是有钱有人，能给都安排了，叫凤飞鸢没有后顾之忧。除此之外，为了表示自己真的没有强求凤飞鸢，他与凤飞鸢打了一个赌。

赌的内容其实就是后面所发生的一切，凤飞鸢配合姚笙演一出戏，看凤飞霏到底会不会上钩。凤飞鸢对于劝服凤飞霏没什么信心，他总把凤飞霏当作一个过去叛逆的自己，却没想到自己对于亲生弟弟的了解还不如姚笙这样一个外人多。

他想，也许凤飞霏真的还不明白自己需要什么适合什么，他年轻冲动的情绪会影响自己的判断，有时候可能会模模糊糊有一个概念，但还需要一个人去正确地引导他。

凤飞鸢觉得自己做不了那样一个人，对于凤飞霏，他总会当局者迷。

"这才是人生难预料，不想团圆在今朝啊！"姚笙先是对叶菱抱拳拱手说了声"谢谢"，又对凤飞鸢说，"费半天劲儿，结果倒还挺容易。飞鸢，你怎么样？"

"愿赌服输。"凤飞鸢说。

"我……"谢霜辰疑惑，"我怎么觉得我还没看明白剧情？"

叶菱叫他："你别明白不明白了，下来，叫飞霏唱一个吧！"

凤飞霏见自己被设计了，恼羞成怒，直接就跑了。叶菱对台上三人说："我去看看吧，你们跟这儿待着。"

叶菱在剧场的后门看见了凤飞霏，那小孩儿泄愤一样在踢树，叶菱笑了笑，说："甭踢了，又没什么用。"

凤飞霏见是叶菱，也不敢乱发脾气，问道："你出来干吗？"

"来看看你。"叶菱说，"怎么了？哪儿这么大火？刚刚一出不是挺好的吗？"

"他们骗我！"凤飞霏说。

"有时候做成一些事情，也得有一些必要的手段不是吗？"叶菱说，"你不要想这个过程，对于这个结果，你怎么看呢？是喜欢，还是不喜欢？"

凤飞霏赌气说："我不知道。"

"虽然我们嘴上总说你是小孩儿，但是我现在实在不想把你当一个真正的小孩儿去看。"叶菱说，"你是个男人了，男人应该对自己做出的决定，以及答应别人的事情负责，这样也是对自己负责。其实你没有什么不知道，你心里想得很明白，你想来唱，但是你碍于自己的面子不想说，是不是？"

凤飞霏不说话。

"上次我们去学校的时候，你唱得就很好。"叶菱继续说，"你想想，你在唱戏的时候，是不是下面跟你年纪差不多的同学们也很喜欢你？他们给了你热烈的掌声，这个感觉是不是很好？"

凤飞霏说："还行吧。"

"以后会更好的。"叶菱说，"姚老板为了你花了很多心思，你不想被人骗，那好，我不骗你，刚才的事儿里也有我一份。"

凤飞霏想了想，恍然大悟："怪不得他先跟你说谢谢，难道这一切都是你的主意？"

"不全是，你不要想这个过程。"叶菱说，"人在年轻的时候都喜欢追求自由，可是自由是你想象的那个样子吗？你天天反对这个反对那个，这不叫自由，也不叫个性。你觉得自己厉害，就像姚老板一样做出个样子来，去改变那些你认为腐朽陈旧的玩意儿，去征服那些戴着有色眼镜的人，这才是男人该做的事儿。"

凤飞霏还是不说话，闷头待着。

"你自己好好想想吧。"叶菱不打算久留，看了看时间，"我们中午吃饭去啊，回见了。"

"你们吃饭也不带我吗？"凤飞霏大叫。

叶菱"扑哧"笑了，朝他招手："带。"

北京的夏天总是异常难过。

要不然就是桑拿天，走出家门都能瞬间融化成一摊水，连空调都徘徊在失灵的边缘。要不然就是得有那么一两场十八岁错过的大雨，整个城市都变成汪洋大海。人们已经从最初的惊慌失措变成了习以为常，仿佛不来这么一下，这个夏天就不算过完。

夏天也是演出市场火爆的季节。

谢霜辰他们在北京的高校走了一圈，效果不错，几段视频在网上流传开来，竟然产生了很积极的舆论效果。两个年轻人如此青春洋溢地在同学们面前展示传统文化，用一种风趣幽默的方式给大家讲故事，既有对于传统的尊重，又有十分自信的表达，这把他们的层次一下子就提升了很多。

舆论有好的，也就会有坏的。还是不乏很多人说他们是在炒作卖人设，种种恶意评论和控诉说得比真事儿还真。

不过从咏评社的票房来看，这是一个收获的夏天。晚场每每爆满，都需要卖到加座儿。

外面的天气炎热，园子里的气氛火热。

"烦死啦烦死啦！"史湘澄蹲在电脑前不知道在鼓捣什么，谢霜辰走过去，拿着扇子给她摇了摇，说道："姑奶奶，烦什么呢？大夏天的这么躁？"

"场地啊！"史湘澄说，"我在看大概容纳一千多号人的场子……哎，你说，能卖一千多张票吗？要不然我换个小点的？"

谢霜辰说："换小点的干吗不直接在咱们自己这儿弄？好歹二百来号人呢！"

"人大如论讲堂、民族宫、国图艺术中心……"史湘澄说，"差不多都是一千多点的礼堂。"她顿了顿，忽然说，"你俩这段时间能不能多营营业？"

"怎么营业？"谢霜辰和叶菱异口同声地问。

"还能怎么营业啊！"史湘澄疯了，这种事情还需要她教吗？麻烦你们在微博上互动互动啊！天天台上台下腻歪个什么劲儿啊！

谢霜辰说："你策划一下。"

"我现在想死。"史湘澄绝望了，"现在跳车还来得及吗？我们可能根本卖不出去票……"

叶菱笑着安慰史湘澄："别太焦虑，这不还有一段时间吗？"

"根本没时间了好不好！"史湘澄说，"现在就要把场地定好，然后确定时间和内容，然后票务上架，再宣传推广……满打满算根本没时间！天啊！我为什么会拍脑袋答应你们开专场这种事情！"

谢霜辰无语："明明是你自己先起头的。"

"好啦好啦。"叶菱说，"没多大点事儿，撑死就赔点场地费人力费嘛，这才几万块钱？"

史湘澄说："您可是真有钱了。"

叶菱说："我是叫你放宽心，卖不出票是我们的问题，不是你的问题。"

史湘澄看上去风风火火，但是做事情事无巨细，甚至非常要求完美。她自打确认要帮谢霜辰和叶菱开专场之后，就在后续几个方面里各种下功夫。场地、票务、推广……她能想的全想到了，可是她还是很忐忑。

独自挑这么一个大梁，也亏谢霜辰相信她。

"不说这个了。"史湘澄叹了口气，伸了伸懒腰，"你们决定带谁了吗？准备什么活？"

谢霜辰说："我和叶老师还按照之前的方式走，三个活，一个传统活，一个传统新编，一个原创。至于助演，老瀚和老蔡得带上，李珂和邱铭得带上，至于最后一组我有点犹豫。"

史湘澄问："犹豫什么？"

"杨哥。"叶菱接着谢霜辰的话说，"他现在一直都在说单口的，不知道陈师哥能不能跟他搭上。如果不行的话，我个人推荐让王俊茂和赵玉泉来。"

谢霜辰说："我问问吧。"

史湘澄问："你说……要不要让老瀚和老蔡准备个新节目？"

谢霜辰想了想，说道："我觉得暂时不用，专门让他们准备新活儿有点大材小用。还是准备一些稳健的节目吧，可以走新编的路线。新活的话……有他们开专场的时候。"

史湘澄说："嗯，别忘了准备返场节目啊，弄点尖儿货。"

谢霜辰笑了："吹拉弹唱，咱们哪个不是拿起来就使？"

"贫！"史湘澄骂道。

对于攒底的原创节目，叶菱和谢霜辰倒是不发愁的，他们之前储备了很多没有说过的小段儿，随便哪个拎出来都能说一说。内容不发愁，可是排练要的都是时间，他们现在最缺的也是时间。

周末两天肯定是不行，平时开晚场，下午就得来备场，剩下半天上午的时间，叶菱和谢霜辰还会准备咏评社开放日的内容。其他时候准备专场的节目，稿子修修改改再排练，哪里效果不好还要再调整。

时间呼啦啦走得比冲厕所还干脆。

以前谢霜辰还有闲工夫周一来园子里听戏，现在屁事儿都懒得管。

史湘澄场地选来选去，最后通过人大的内部关系搞定了如论讲堂的场子，但是一千四百多个座位着实让她有点发怵。

她不是不信任谢霜辰与叶菱，可凡事总有个万一。

万一票卖得不好，岂不是尴尬了？

所以开票之前，她大肆在粉丝群还有各大社交平台上宣传了一波，粉丝们哭天喊地，仿佛终于迎来了革命的春天。

哥哥们终于要开专场了吗？

"呜呜呜"终于等到这一天了我真是爆哭！

怎么有种吾家有儿初长成的感觉！

一定会买票！

必须头排支持哥哥们走花路！

哥哥冲呀！

而这中间不乏很多男粉想要借机上位，毕竟男人和男人之间无论怎么着都有话聊。谢霜辰平时压根儿不会跟女粉丝有什么特别多的互动，但是对男粉丝，他就能友好很多。史湘澄一度怀疑谢霜辰是不是哪儿有问题，叶菱劝她不要想太多，谢霜辰就那德行，跟谁都得称兄道弟。

说到底也是一个热情的北京市民呢！

谢霜辰发现，叶菱这段时间仿佛总是背着自己在捣鼓什么事儿。

两个人以往都是同进同出，但是自从确定了专场时间之后，叶菱就总是喜欢早上起床之后独自前往剧场，有时候招呼都不打一声，这让谢霜辰非常不爽。

他倒不是不允许叶菱有私人的空间，但是好歹在干什么也跟他知会一声吧？神出鬼没算个什么事儿啊？当他是个只会喘气的摆设吗？

两个人之间再怎么相信对方，也并不是全无缝隙的。偶尔也会有那么一两次想要无病呻吟、阳春白雪，这些都是情有可原。

主要还是叶菱不是个爱说闲话的人，不像谢霜辰，有个什么事儿都得咧咧得满世界知道。对此，小五爷也难免落俗。

第二十一章

专场排上日程，谢霜辰在征询过杨启瑞意见之后，最后还是敲定了赵、王二人去当助演。四组一共八个人，全新的副本，全新的舞台，谢霜辰打算给大家做套全新的大褂。于是跟赵孟如定好时间之后，带着大家去了赵孟如店里。

自打谢方弼去世之后，谢霜辰虽和赵孟如仍有联系，但是几乎再也没有来过他的店里。店里装饰陈列仿佛当初，但是人已经不再是当时那样的心境了。

"少见。"赵孟如机械地跟他们打着招呼，外面炎炎夏日骄阳似火，他这店里温度低得足以支撑他穿着衬衫马甲，归置得整整齐齐，一丝不苟。

"那肯定是少见。"谢霜辰进来打了个哆嗦，扯着笑脸说，"我现在可是个彻头彻尾的穷人，来你这儿消费一次，够我吃一年的了。"

赵孟如说："你记姚老板账上不得了？"

"他？"谢霜辰说，"我还是别跟他增加负担了。"他向赵孟如介绍了一下自己社里的人，继续说，"这不是要办专场，怎么着也得鸟枪换炮一下，你赶紧着。"

赵孟如瞥了谢霜辰一眼："行吧，你一边儿等着去。"

量体这种事儿本就不需要他来做，只是因为跟谢霜辰多年交情，所以谢霜辰的活儿都是赵孟如亲自接手。他干活认真仔细，还颇有速度，一会儿就把所有人都量了一遍，等到叶菱的时候，他只用眼睛一扫，便说："你没变样儿，不用量了。"

"那我呢？"谢霜辰指了指自己。

赵孟如说："你闭嘴。"

谢霜辰说："你还记不记得当初给我和我师父做了一套黑白的大褂？我那件

是霜白缎面织金的，你能按照那个给叶老师也做一件儿吗？款式你还记得吧？"

"记得。"赵孟如说，"你要什么颜色？"

谢霜辰说："当然也是霜白，叶老师穿白色也很好看的。"

赵孟如面无表情，也没说话，直接扭头走了。

叶菱走到谢霜辰身边小声说："你干吗要再做一件儿？我们本来不就有三套吗？多做一件还多花一件的钱。"

"没事儿。"谢霜辰说，"师父那件当初给他带走了，我单独一件儿也没法儿穿，您不得跟我配着来？"

叶菱说："你别浪费钱。"

谢霜辰说："我偏要浪费。"

叶菱说："故意的是吧？"

其他人见两人拌嘴，一个个的要不看天要不看地，都想把自己设置成透明，存在感为零。

只有赵孟如从里屋走出来，看着谢霜辰和叶菱的样子，一脸莫名地问："你干吗呢？"

叶菱"唰"地一甩手走了，谢霜辰不满地说："我爱干吗干吗。"

周末的下午五点左右，谢霜辰和叶菱演完了攒底节目，下午的场次就算是结束了。大家散伙，准备晚场的就去吃饭，没活儿了的就下班回家。等他俩演完下场的时候，后台竟然都跑光了。

"这也太没组织纪律了吧？"谢霜辰解开自己黑色大褂的领扣，给自己扇风，"都不说一起叫个外卖吗？这大热天还都往外跑。"

叶菱说："后台也没地儿待着啊！"

"里面不有个小屋吗？"

"那多热？"叶菱掏出来手机刷了刷，"我不想吃外卖了。"

谢霜辰说："那咱俩出去吃？"

"我也不是很想动，外面热。"叶菱说，"要不你给我跑个腿？"

换作平时，谢霜辰肯定二话不说，但是鉴于叶菱最近一段时间的表现，谢霜辰对于叶菱的独处需求总是感到神经过敏。

"我不。"谢霜辰说，"要去咱俩一块儿去，要不我也不去。"

"你也不嫌腻歪。"叶菱说，"成天待一块儿，有什么意思？"

"不腻歪。"谢霜辰口气有点急，"您是不是嫌弃我了？"

"……我没有啊！"叶菱说。

谢霜辰说："那您最近为什么老是不跟我同进同出？"

"我……"叶菱问，"我不能有一点自己的时间吗？"

"能。"谢霜辰说，"可是您也没告诉我您干吗啊？您还能来剧场打扫卫生啊？"

"我又不是小孩子。"叶菱耸肩笑道，"又不会跑丢了。"

"您要是真丢了，我还不得死了啊？上哪找搭档去。"谢霜辰说。

"还是叫外卖吧。"叶菱很明显不想聊这个话题，找个碴兜过去。谢霜辰不想放过他，抓着他的手腕问："您实话跟我说，您这段时间干吗呢？有什么事儿不能叫我知道？"

"我除了吃饭睡觉说相声，还能有点什么事儿呀？"叶菱都叫谢霜辰给逗笑了，"怎么着，我还背着你考博士啊？"

"您！"

"平时挺精一人，怎么老爱在这种事儿上喋喋不休？"叶菱说。

"对，我不光喋喋不休，我还身体力行呢！您回家倒头就睡觉，我都快面不着圣了！"谢霜辰非常的不满。

史湘澄带着咏评社众人在肯德基里吃甜筒吹空调。

准确地说，只有她一个人在吃甜筒，其他几个人自觉地闷头开黑玩游戏，打得热火朝天。

"你们真的不吃点东西吗？"史湘澄关切地问，"晚上还有演出呢！"

"来不及了！"邱铭大喊道，"快上高，速推！"

大家哇哇乱叫，然后又突然陷入诡异地沉默，可能是一波团战结束了。

"谢霜辰刚给我发了红包。"史湘澄翻了翻微信，"叫我给大家买冰激凌，吃完了再回去。"

"就一个冰激凌吗？"李珂见缝插针地问。

"哦，还让我买个全家桶带回去。"史湘澄说。

"带回去不也是我们吃？"蔡旬商说，"要不然我们买了就在这儿分了吧！"

史湘澄说："我看行。"

叶菱最近变本加厉，没有节目不排练的时候早出晚归，还不让谢霜辰问他去干吗。谢霜辰自知理亏，即便心里不太痛快，也不好咄咄逼人，追问得太紧。关于叶菱周一几乎都在剧场的事情，还是姚笙跟谢霜辰讲的。

姚笙说他下午能见着叶菱在，但据说是周一一大早就来了，跟凤飞鸾不知道聊什么事儿，两人有说有笑的，仿佛十分投机。

问题是原来怎么没见着如此投机？他上前询问，两人都说没什么，但很明显就是有什么的样子呀！

姚笙把这个八卦告诉谢霜辰，顺便还给谢霜辰网购了 nike（耐克）曾经发售过的一款棒球帽。

纯绿色的，上面写着"SB"的英文字母。

谢霜辰欲哭无泪，他倒不是会怀疑叶菱，也不会觉得姚笙告诉他这些有什么挑拨之嫌，他们都是非常要好的关系，仅仅是对叶菱的神秘行为感到好奇而已。至于这个"绿帽子"，纯粹就是姚笙拿谢霜辰开玩笑。谢霜辰为了表达自己的不满，还真的在演出的时候戴去了咏评社，那叫一个招摇过市，叫众人非常惊讶。

叶菱被谢霜辰的幼稚行为弄得哭笑不得，可他又实在不想跟谢霜辰解释什么，就当什么都没看见，抓着谢霜辰就说新节目的事儿。

谢霜辰感到无力，非常无力，把不满放在头顶上人家都不带搭理的。

史湘澄最近非常烦躁。

她安排好大部分事情之后，就要紧锣密鼓地开始搞正式宣传，头一件事就是拉着两人去拍海报。

约了专门的摄影师和棚，从交涉到最终完成拍摄花费了一天的时间。大约拍了两套图，一套是穿着大褂的，另外一套是常服。摄影师看上去就是个普通的小哥，一点都不艺术，但是拍出来的东西意外地不错。

"有什么别的要求吗？"摄影小哥问。

"我就一个要求。"谢霜辰说，"别 P（设计）成春节联欢晚会语言类节目海报就行。我其实，真的不是很明白为什么说相声的就一定要弄得跟过年一样。千万别有大牡丹，拜托了！"

"……"摄影小哥还是有点发愣。

史湘澄拉着谢霜辰说："人家只负责拍摄，不负责设计海报！"

谢霜辰跟史湘澄说："那你也听见甲方需求了吧？不准俗！尤其是我们叶老师，一定要弄得仙气飘飘，冒白烟那种。"

"你可醒醒吧。"叶菱说："那是被雷劈了。"

要五彩斑斓的黑，也要五颜六色的白，甲方的需求永远是魔幻的。

但是史湘澄完全领略了谢霜辰的精神纲领，海报出来的时候着实叫里里外外一致好评。她是分时间发的，先发了一套两个人穿大褂的，做得有点像是老照片，文雅至极。第二套发的是两个人的现代装，外景，全然看不出两个人跟"相声"

这个词有什么关系，青春洋溢得仿佛流行的偶像，跟杂志里的时尚街拍没什么区别。

任何时候，"颜即正义"。这两张图出来之后，粉丝们哭天喊地，连圈外人都跑来看看热闹，大家都知道咏评社、知道谢霜辰，现在可是更加知道他要开专场了。

种种预热之下，气氛被带动了起来，微博上粉丝群里，大家都在计划着怎么买票抢票，乐观者还觉得竞争肯定没有那么激烈，专场又不是小剧场，座位数多那么多，难不成全天下人都跑去听相声。

反正持什么观点的都有，有人动员认识的人帮忙抢票，有人就觉得到时候再买也不迟。

开票前夕，票务网站上已经出了页面，用的是他们的最终海报。谢霜辰与叶菱二人穿着同样的霜白缎面织金大褂，背景用了许多水墨元素，二人眉目如画，倒也算完成了谢霜辰所谓"仙气飘飘"的要求。

这一仙儿，使很多摇摆不定的人纷纷倒戈。

开票前，史湘澄问谢霜辰与叶菱："你俩觉得，能卖多少？"

"不得全都卖了？"谢霜辰说。

"我觉得卖一半就完成任务了。"叶菱说，"小园子卖加座儿能二百来号人，专场多卖点，五百总有吧。"

"我现在是真没底。"史湘澄说，"比高考前还紧张。"

谢霜辰说："你紧张个毛线？反正也考不上，这句话只有叶老师有资格说，知道吗？"

"那倒也不是。"叶菱说，"我高考就是……普通考一下。"

"行吧……"史湘澄叹气，"那研究生考试呢？"

"研究生没考。"叶菱说，"成绩够了，老师问我要不要继续读，我不想出国，就继续读了啊！"

"……我！"史湘澄说。

他们的话题从开票的事儿歪到了叶菱不给人活路的事儿上，等到真开票的时候，票务网站崩了。

还真不是咏评社火到爆炸，而是他们跟明丞的演唱会开票时间撞一块儿了，当天票务网站崩得死去活来，史湘澄紧张忐忑地盯了半天发现现实跟她脑补的完全不一样，谁知道最终会是这么个结局？当天能买上才有个鬼！

这才是人生难预料。

那种实时战报的紧张刺激立刻烟消云散，史湘澄瞬间就不关心到底能卖几张票了，关了电脑出去打扫卫生了。

"你发愁卖票吗？"叶菱和谢霜辰上午在家里捋稿子，史湘澄还没有发过来消息，忽然就这么问了谢霜辰一句。

"不知道。"谢霜辰说，"尽人事，听天命。"

他低头在打印出来的稿子上写写画画，用笔指着中间一行，念："互联网养生，就是熬最晚的夜，用最贵的护肤品……我觉得这里好无聊啊，还不如枸杞威士忌有趣。"

"你养生吗？"叶菱问。

"我还养生？"谢霜辰说，"就我这半夜睡觉中午起的生物钟，我觉得我这辈子都没法儿养生。"

叶菱说："那不就得了，我俩都不养生，哪儿知道养生具体是什么样儿？没这种生活，全靠听别人说，自然不会有趣。"

"那我想想啊！"谢霜辰说，"我师父就还挺养生的，他当初总是用一个什么玩意儿泡水喝，还叫我喝，说是补气的，我忘了叫什么了。"

"你这个脑子啊，真不知道成天在记什么。"叶菱开始搜补气的中药，搜了半天，问道，"是黄芪吗？"

"啊对！"谢霜辰说。

"走，出去买去。"叶菱拉着谢霜辰就出门。

"这不是改稿子吗？出去买黄芪干吗？"谢霜辰说，"离着太远了吧？"

叶菱说："创作都是来源于生活，你要写养生，连去哪儿买药怎么吃都不知道，能写出什么好东西来？"

谢霜辰想了想，说："我明白您的意思了，走吧。"

他们攒底的重头戏讲的是现在年轻人的常见话题，就是青年养生。这个话题其实并非五十岁以上的大爷大妈朋友圈常见，在现在的年轻人当中也非常流行。生活的压力，工作的焦虑，很多现实的因素让青年一代时常感到自己已经不再年轻，二三十岁盛年之时就已经要调侃自己的发量、穿秋裤、拿着保温杯。

威士忌加枸杞听上去很好笑，但也确实反映了当代人的生活状态。

一面尽情消耗，一面又小心补偿。

这个节目是从吃喝玩乐入手，再到互联网养生，最后的落脚点其实就是描写他们这一代人的生活常态。

生活带来的惊悚永远比惊喜多，没有人知道自己会在哪一步永远地停下来，唯一能做的，不就是努力地让自己变得更好吗？

第二十二章

　　叶菱带着谢霜辰风风火火地去买药，药店的大姐热情地向他们介绍了黄芪的用法和好处。叶菱认真地在看说明，大姐就和谢霜辰聊天，嘱咐他说现在的年轻人啊就是不注意身体，一定要早睡、早起、多喝水。气不足，干什么都没精力。

　　听得谢霜辰一阵恍惚。

　　两个人回了家，叶菱烧了点热水，跟做实验一样把黄芪泡了，然后尝了尝。

　　"怎么样啊？"谢霜辰也喝了一口咂摸咂摸味道，"怎么跟水味儿特大的花生酱一样？"

　　叶菱说："还行，我还以为特难喝。"

　　"常喝真的有用吗？"谢霜辰好奇地看着包装上的说明，"补气升阳，固表止汗，利水消肿，拔毒排脓……可以啊！这个好这个好，我决定以后也喝这个，反正也不难喝。"他兴奋地去冰箱里拿着一听可乐出来，动作自然而言，跟他平时的行动轨迹没什么区别。

　　"哎，就你这还养生呢？"叶菱说，"刚喝完黄芪就跑去喝可乐？"

　　谢霜辰愣了愣，说："这也有气儿，双重补。"他为了验证，晃了晃瓶子才打开，液体喷了出来。

　　"……"叶菱扶额大笑，"你这是什么歪理邪说啊？黄芪补气、可乐也补气？混一块儿喝没问题？"

　　"这不就是硬核养生吗？"谢霜辰笑着说。

　　叶菱忽然一拍手："刚才这段挺好，我要写进段子里。"

　　创作的灵感就是这么来源于生活的细小点滴。二人完成之后都觉得很满意，故事足够细节，才有足够的说服力。

"下面就剩下前面的一些细节需要修改了。"谢霜辰说，"这里有段儿请客吃饭的贯口，还是报菜名，太普通了。而且这个应用场景也不够新，现在谁还聚会去包个饭馆吃饭啊，去夜店都嫌麻烦了。"

叶菱说："可以改成轰趴的聚会，贯口的话……无非也是那些，怎么着，你要来个 rap（说唱）啊？那可就是'学'了。"

谢霜辰说："那这里得选一个特别快的，观众想不到的那种，会觉得特别炸。"

叶菱顺嘴说："Eminem（埃米纳姆）啊！"

"谁？"

"埃米纳姆。"叶菱说得清楚了一点。没想到谢霜辰低头想了半天之后，说："我觉得行。"

"你疯了吧？"叶菱吃惊，"你知道他是谁吧？"

"您这不是废话吗？"谢霜辰说，"我当然知道啊！"

叶菱说："你知道人家母语是英文吧？"

"您别逗我了行不行？我又不是生活在 20 世纪。"谢霜辰说，"阿姆啊，谁上学的时候没听过那首美国版《爱情买卖》呢？"

"啊？"

"Love the way you lie!（爱如谎言）"谢霜辰说。

"不是，我是说，人家是英文说唱，你英文什么水平？你现在就算立刻马上考个英语六级都未必说得下来。"叶菱说，"这个太难了，而且得不偿失，不值当的。"

谢霜辰说："那我问您，您见过哪个相声演员在台上说过这么大段的英文数来宝吗？"

"这不是数来宝！"叶菱说。

"英文贯口。"

"……"叶菱无语了，"没有，行了吧？"

"那我就要这么做。"谢霜辰说，"中国话谁不会说？我觉得把中国话说得那么快已经没什么可值得炫耀的了，说相声的有几个会说英语的？大家肯定想不到我来这么一下，这个节目效果肯定很好，很炸裂。我就是要做别人做不到的事情，这可是专场啊，观众买票进来捧你，你能不卖力气？"

叶菱刚想问他图什么，话还没说出来，他自己就打断了自己固执的想法。他盯着谢霜辰看了一会儿，然后忽然笑了。

为什么要去攀登珠穆朗玛峰呢？

因为山在那里。

就是这么简单，谢霜辰的态度已经很明确了，他要做没人做的事情，叶菱有点羞愧于自己方才竟然想要阻止他。

"行。"叶菱说，"既然你决定了，那我就支持你。你选一首，我教你读，剩下的……只能靠你自己努力了。"

"没问题。"谢霜辰说。

他们选来选去，最终选定 Lose Yourself（《迷失自我》）这首歌，传唱度高，又不是无敌难的那种。谢霜辰英语基础就剩下个 ABC 了，叶菱把每个词都拆出来教他，一句一句教，谢霜辰就一句一句学。

说好听点叫口传心授，其实就是硬教硬学。

谢霜辰的手机里就剩下了这么一首歌，没事儿的时候就听着学。这比他年少时期学贯口还要痛苦，小时候的记忆力天然好，现在他不光要训练自己的记忆方式，更重要的是，他根本就不会英语。

"学"的精髓不是叫你按照自己的方式演绎，而是无限靠近原版，学得越像，才越好。

"他最近干吗呢？"史湘澄看着谢霜辰戴着耳机满后台溜达，嘴里还念念有词，十分诡异，"是不是压力太大了？打算从现在开始突击英语偷渡去美国避难？"

"他在准备节目。"叶菱说，"甭搭理他。"

史湘澄惊呼："你们这还与时俱进啊？Crosstalk（相声）？不用这么拼吧？他那个文盲行吗？"

叶菱看了她一眼，说道："他既然说行，那肯定就是行。"

"太费劲了吧。"史湘澄说，"可能观众热闹热闹就过去了。"

"我们无论说什么，对于观众都是热闹热闹就过去了。"叶菱说，"台上一分钟台下十年功，想要在台上谈笑风生，台下不都是这样吗？他一开始要准备这个的时候我也觉得不值当，但是后来想了想，你怎么证明自己比别人强？不就是做别人做不到的事儿吗？这年头，人不能在舒适区里待着，待久了，也就废了。他想做就做吧，万一真在台上学砸了，我给他兜着。"

"你们俩呀……"史湘澄想感慨，但是具体也不知道感慨点什么。这两个人还真是想起一出是一出，关键是，人家是真的想出来就去做了。

这风风火火的样儿，不知道是艺高人胆大，还是纯粹就是俩莽夫。

"别说了，今天的公众号微博发了吗？"叶菱问。

"发了发了。"史湘澄说，"今天介绍的是江湖春典，够那帮小孩儿去装老炮儿了。"

"行，我给你准备的那些资料慢慢发着吧。"叶菱说，"对了，票……"

"你猜？"史湘澄笑着反问，她自然知道叶菱要问什么。

"你就直接说吧，别卖关子。"叶菱说。

史湘澄说："您上微博上看去呀！"

叶菱疑惑地打开微博，搜了一下他们专场的话题，下面全是求票的。

"要我说，卖货就得靠煽动。"史湘澄说，"大家的心态都是买涨不买跌，越是买不到才越想买。"

叶菱不知道史湘澄在搞什么鬼，但是他发现史湘澄非常有当奸商的潜质。

"反正我能做的都做了。"史湘澄说，"到时候就看你们了。"

"嗯。"叶菱点头。

"效果要是好，咱们就也往外走走。"史湘澄说，"要是不好，你们俩就继续跟这儿苟着吧。"

"行。"

"对了，要应援吗？"史湘澄说，"有粉头问我来着。我觉得你们不是明星，所以就还没跟她说，你们自己觉得呢？"

叶菱思考片刻，说："我觉得不必刻意，非常感谢他们的心意，但是这个东西也没必要太劳民伤财。喜欢有很多种表达方式，就我个人而言，买张票来听已经够意思了。"

"行，我知道你的意思了。"史湘澄说，"这事儿交给我吧。"

忙碌起来，时间就会变得特别快，当一个日期的靶子竖在远方的时候，追上它只不过是转眼的工夫，子弹永远不会等任何一个人。

几场大雨带走了一整个夏天的暑气，当叶菱发现剧场门口的树叶开始泛黄时才发觉，已经是秋天了。

专场在即，史湘澄联系好了场地和搭建，在做最后的调整。这种语言类节目的舞台其实不复杂，有块地方有张嘴就能说。但毕竟是专场，好歹还要布置一下舞台的。谢霜辰明确跟史湘澄说不准大红大绿大牡丹弄得跟乡镇企业年会一样，史湘澄都懒得搭理他。

姑奶奶是有审美的好不好！

她找熟人专门给设计了一个舞台，其实主要就是背景板。如论讲堂的舞台

第二层幕布是绿色的，背景便做了一幅清净淡雅的工笔荷塘，荷叶重叠，露出一朵含苞待放的荷花，还有月光的晶莹，从设计图上看，万分别致。

"好看是好看。"谢霜辰对史湘澄说，"但是从头绿到尾，我觉得你仿佛在暗示什么。"

"其实还有一套。"史湘澄说，"是竹林听风，也比较雅致。"

谢霜辰说："那不还是绿的！"

史湘澄白了谢霜辰一眼，问叶菱："叶老师，你要哪个？选好了我直接去印刷了，这还得花点时间呢！"

叶菱说："荷塘月色，就这个吧。"

史湘澄说："知道你是清华的！"

专场前一周，参加演出的众人收到了新做好的大褂，赵孟如手艺依旧，大褂穿在身上贴身好看，非常显档次。

谢霜辰给助演的成员做了新的，还给叶菱添了件新的，自己没有任何添置，穿原来的。他们挑了个时候穿戴整齐了，在自家剧场里排演了一两次，大致流程上没什么问题了。

至于节目内容，准备得再好，也得看当天的临场发挥。

谢霜辰还在痛苦地背歌词，最难的不是说得顺不顺，而是学得像不像个美国人。他在台上还好，舞台之后的私生活中口音特别重，学英语都是一口京片子腔，只能硬改。叶菱英语很好，然而他又不是美国人，教不了谢霜辰更多。

只能靠谢霜辰自己感受了。

演出定在了10月末的一个周六，周五晚上咏评社还有演出，完事儿之后大家出去吃饭，谢霜辰多喝了两碗羊汤，回家之后又来了一罐可乐才睡觉。半夜时分他就开始觉得冷。

"醒醒。"叶菱推了推他，"怎么这么烫……快醒醒！"

"冷。"谢霜辰还在抓着被子往身上盖。

叶菱去找温度计，给谢霜辰测了测，数字直接显示三十九度二。叶菱疯了，不知道怎么弄成了这样，白天谢霜辰还活蹦乱跳的，一丁点感冒着凉的迹象都没有，怎么会忽然发烧？

再一想，这段时间谢霜辰虽然还是轻轻松松的德行，但是叶菱知道谢霜辰心里很看重这次演出，经常一大早就起来背英语，比高考冲刺还拼。八成是晚上那两碗羊汤加一罐可乐把心火给闹了上来。

"起来，上医院去。"叶菱把谢霜辰从床上拖了起来，谢霜辰烧得迷迷糊糊，任由叶菱摆弄。叶菱开车带着谢霜辰去医院，这个场景似曾相识，可是这次不同的是，急诊人太多了，根本接不了谢霜辰这种小病，叶菱无奈，只得又带着谢霜辰回家。

给谢霜辰塞了点退烧药，又灌了好多水，叶菱就叫谢霜辰裹着厚被子睡觉。

"乖，赶紧睡。"叶菱说，"明儿别再严重了。"

"真倒霉。"谢霜辰沮丧地说。

"以后别喝羊汤了。"叶菱说，"头天演出之前只准喝粥。"

谢霜辰轻轻叹了口气，脑子里混沌不堪，沉沉睡去了。

生活有时就是很奇怪，当你得意扬扬的时候，它就会给你一嘴巴子，让你清醒清醒。

天亮之后，谢霜辰的温度还是没有退下来，叶菱给史湘澄打了个电话把情况告诉了她，电话里史湘澄都疯了，大喊道："谢霜辰怎么回事，关键时刻掉链子！"

"他也不是故意的，这有什么法儿？"叶菱说，"往常吃点药睡一觉就好差不多了，这次也不知道怎么回事。好了，我先带他去医院……"

"那晚上怎么办？"史湘澄都要哭了，"他要是烧得神志不清还怎么演？"

"……我也不知道。"叶菱说，"先这样吧。"

以前谢霜辰也带病演出过，不过那都是已经快好了的时候。而且小剧场人少，比较好场控，一千多人的场子里说着就更加费劲，也更难以控制。

叶菱心里嘀咕，他强行让自己无视晚上的事情，先处理好谢霜辰这边再说。

谢霜辰自己显然非常丧，这对他而言都快赶上"出师未捷身先死"了，闷闷不乐，一边儿输液一边儿狂喝水。

"差不得了了。"叶菱说，"是福不是祸，是祸躲不过，今儿就是该着了。你现在感觉怎么样？"

谢霜辰说："我感觉想死。"他说完还咳嗽了两声，"完了……"

"别说话了。"叶菱说，"养养嗓子。"

谢霜辰点点头，闭着眼休息。

叶菱一整天都没什么胃口，谢霜辰输完液就跟着叶菱回家休息了。史湘澄下午带带人去搭建，七点钟正式开始，演员们五点左右抵达后场，谢霜辰还能在家睡一会儿。

好利索肯定是别指望，只能期待别闹嗓子，别再更严重。

第二十三章

夜幕降临，华灯初上。

如论讲堂的门口已经挂了巨大的宣传海报，已经有粉丝自发组织在门口发放应援，弄得仿佛有点阵仗。

这毕竟是小部分人，大多数人还是普通观众，听过谢霜辰的相声，觉得好笑，所以来捧场，所以对于这种粉丝行为也感到很意外。

史湘澄在后门走来走去，都快六点了，前面观众都在进场，谢霜辰和叶菱人还没影儿呢！说是在路上，这个点儿在北京的路上还能有个好？不被堵死才怪！

她攥着手机，一回身，见谢霜辰的车开了进来。

"喂！"史湘澄招手。

车停好，叶菱从车上下来，史湘澄帮忙打开副驾的门，问谢霜辰："还成吗？"

谢霜辰脸色不是很好，咳嗽了几声，说："死不了。"

听他那动静，史湘澄就知道不太好了。

"先进去吧。"叶菱搀着谢霜辰说道。

谢霜辰突然病倒的事儿跟谁都没说，所以大家见着他这样子都很惊讶。第一组上去的人是赵玉泉和王俊茂，叶菱嘱咐他俩说："你俩把场子炒热点，但是别超时，咱们整场节目别拖太晚。他现在体温有点高，我怕晚点再烧起来。"

"行。"二人点头。

谢霜辰换上了大褂，披了个大衣，揣着袖子闭目养神，嘴里含着一个含片。

凤飞霏坐他身边儿，说："还能说话吗？"他是被叶菱专门叫来的，今天晚上什么都不干，专门报幕。

谢霜辰点点头。

"那就行。"凤飞霏意外地没有嘲讽他。

史湘澄说："他咳嗽，场上咳出来就毁了。"

"忍得住。"谢霜辰刚说完，又开始一阵咳，自打脸比什么来得都快。

史湘澄往台前看了看，几乎快要坐满了，这让她也开始紧张。这种紧张不是兴奋，而是忐忑。她不担心别人，就担心谢霜辰。谢霜辰从车里下来的时候都得叫人扶，进了后台就一直坐着，她是真怕谢霜辰上不去台。

就算上去了，就这病恹恹的软脚虾样儿，能不能站一宿都两说，就更别提卖力气演出了。

她就知道这个专场筹备得这么顺利一定不正常！

果然到最后出事儿了！

史湘澄幽怨地回头看了一眼叶菱，叶菱却问她："姚老板他们来了吗？"

"来了。"史湘澄说，"前排呢，他想来后台，我没叫来。"

谢霜辰说："你可别叫他来，来了又该……咳咳……"

"你可少说两句吧。"叶菱叫谢霜辰闭嘴。

他看了看时间，差不多要七点了，便站起来，很轻松地对大家说："就跟平时我们在小剧场里一样演，大家别紧张，加油。飞霏，上去报幕去。"

后台能听见前面热情的掌声还有笑声。

谢霜辰闭着眼睛靠在叶菱的肩膀上，嘴里一个劲儿地念叨着一会儿要表演的《大保镖》的词儿，他也怕自己一糊涂给忘了一两句。

词儿不难，关键是里面的身段儿，要蹦、要跳、要踢腿，十八般武艺样样俱在。

"歇会儿吧。"叶菱小声说。

"没事儿。"谢霜辰有气无力地回答，"我觉得我好像又开始发烧了。"

叶菱说："晚上温度本来就比白天高。"

"我要是晕台上，咱们是不是就得关门了？"谢霜辰开玩笑地问。

"不至于。"叶菱说。

"叶老师。"谢霜辰说，"您托着我点。"

"嗯。"叶菱说，"你闭眼待会儿吧。"

"喝水喝多了。"谢霜辰说，"您扶我去个厕所。"

叶菱伺候了一圈儿，谢霜辰回来就问史湘澄："'香肠'，你带化妆品了吗？"

"干吗？"史湘澄问。

"我好像脸色不太好，太白了，像个死人。"谢霜辰吸了吸鼻子，"你能给我收拾收拾吗？"

"平时怎么不见你臭美？"史湘澄从自己包里翻腾出来了一个小包，掏出来块腮红。

谢霜辰是真没力气跟史湘澄开玩笑："观众是来找乐子的，又不是来看丧脸的。"

史湘澄不说话了，给谢霜辰收拾得看上去气色好了一点。台上的演出已经到了尾声，叶菱和谢霜辰在台口等着，台上两人在掌声中下场，凤飞霏上场报幕。

观众的掌声更为热烈了，谢霜辰靠着叶菱，凤飞霏回来了，叶菱问谢霜辰："用我扶着你上去吗？"

"不用。"谢霜辰喝了口水，拍了拍自己的脸，挤出来个笑模样儿，没事儿人一样，直接上台去了。

观众粉丝们都很热情，有送礼物的有送鲜花的，后台的人还是照旧去把东西清下来，把舞台留给节目。只不过专场演出，人一多，送的东西也多，还好后台有个手推车，要不然还真的耽误演出时间。

几个节目下来，史湘澄都快坐在礼物堆里了，她一点也没有什么高兴的感觉，自打谢霜辰和叶菱一上台，她这个心就揪了起来。

怕翻车。

谢霜辰说贯口，她怕谢霜辰一口气没上来卡壳；谢霜辰踢腿，她怕谢霜辰没劲儿跳不动；谢霜辰……

甭说她担心，后台就没一个能放下心来的。

"看得出来脑子都烧糊涂了吗？"史湘澄问蔡旬商。

"真看不出来。"蔡旬商说，"在台下坐着的时候感觉都要断气了，上了台生龙活虎的。我要是不知道他真病着，还以为他在台下装死。"

"哎，这才头一节目。"史湘澄说，"后面还有俩呢，不知道撑不撑得住啊！"

谢霜辰自己也很想知道能不能撑住。

他能感觉到自己体温在升高，脑子里偶尔会有一两空白的瞬间，好在这些节目他表演了很多年，每一个字都已经变成了他下意识的一个肌肉反应，不需要大脑去调节。而叶菱也全程顺着他说，给他捧得稳稳当当。台下观众感受到的是一个又一个抛出来的笑料包袱，并不知道台上的人在经历着怎样的惊心动魄。

鞠躬下场，堪称完美。

可一到了后台，谢霜辰就不行了，一身的冷汗，还在发抖，只想找地方躺着。

叶菱摸了摸他的额头，担忧地把药找出来给他吃了，说："你躺下睡一会儿。"

"睡不着。"谢霜辰说，"嗓子疼，眼也疼。"

叶菱的手一直搭在谢霜辰的额头上，掌心一片火热。

台上是欢声笑语，台下是死气沉沉。如此往复，等到最后一个节目上台时，谢霜辰觉得自己走路都在发飘。他心中感慨，以后一定要喝黄芪，不要喝可乐了。

攒底节目是全新的，从整理到排练，中间修修改改几经调整，这才第一次公演。不像那些演烂了的传统节目，倒着演都不带出错的。而且里面还有一大段英文的说唱，谢霜辰真怕自己嘴一瓢再说错了。

"我去 KTV 从来不唱你们那些流行歌曲。"谢霜辰说话嬉皮笑脸，精神奕奕，但是要是把他的脑壳打开，估计能看见一碗煮沸了的卤煮。

"那你唱什么？"叶菱说，"你说说我听听？"

"阿——姆！"谢霜辰字正腔圆地吐出两个字来。

"谁？"

"埃米纳姆！"谢霜辰说，"您听说过吗？"

"我当然听说过啊！"叶菱说，"美国最有名的说唱歌手之一，英语四六级听力表演艺术家，我还能不知道他？哎哟，你能耐这么大啊？还会唱他的歌？"

"是的。"谢霜辰端着一副非常装的姿态。

"是唱蕾哈娜的部分吗？"叶菱问，"美国《爱情买卖》，一句话重复十遍的那个？"

"是说唱部分！"谢霜辰说，"您怎么看不起人啊！"

叶菱说："那你来一个啊！"

观众也跟着起哄，常听相声的观众其实对此根本不会有什么预期，因为根本不可能真的给来个现场说唱，撑死了 what's up 之后甩个包袱出来。

他们的注意力都在谢霜辰怎么化解叶菱和观众的刁难，没想到谢霜辰握着话筒咳嗽了两声，清清嗓子，开始起范儿。

大家聚精会神，只有叶菱知道，谢霜辰刚刚咳的那两声是真的想咳。

"Look！"谢霜辰开始了前面的念白，"If you had one shot, or one opportunity. To seize everything you ever wanted, one moment. Would you capture it or just let it slip…"（如果你有一次机会……只有一瞬间的机会，去抓住你想要拥有的一切。你会紧紧攥住，还是就让它这样溜走？）

　　一直到这里，观众才意识到，谢霜辰是在玩真的。他的每一个发音都非常清晰有力，只要听过这首歌的人都能听出来他连发音方式都极其贴近原版，闭上眼睛听完全听不出来这是一个穿着大褂在台上说相声的人。

　　这种反差和惊喜叫观众激动，随着谢霜辰越说越快，他们恨不得能站起来尖叫。

　　如此沸腾的场面在谢霜辰眼中是模糊的，高热的体温带走了他太多的能量，感官开始变得迟钝，他集中精力在自己的表演上，入耳的声音也缥缈不清。

　　他甚至连自己在说什么都没有太多的意识。

　　很多时候极限并不是把你困在荒山野岭去激发你的潜能，也不是世界末日的大逃亡，那些都与生活无关。

　　谢霜辰能面对的无非就是他觉得自己快要不行了，但还是要用意志去坚持，去告诉自己，再坚持一下。

　　谁没有在生病的时候坚持工作学习过呢？

　　谁没有在觉得自己真的快要不行了的时候，再试图希望挺一挺就过去了呢？

　　这并不值得拿出来说道，是每一个人都会面临的极为普通的一个瞬间。这就是演员的工作，观众买票进来看你，不是看你病怏怏地发脾气，而是来看精彩的演出的。谢方弼一直教育几个徒弟，观众是什么都不知道的，不要把个人的情绪转嫁给观众。

　　演员在舞台上只要做到极致完美，奉献最好的演出，就是对观众、对自己的工作最大的尊重。

　　谢霜辰一大段结束，没有一丁点的失误和瑕疵，叶菱先鼓掌了起来，台下的观众也很热情。他朝着观众挥了挥手，仿佛非常骄傲地要在舞台绕一圈，但其实他是想背过去咳嗽，再喘口气。

　　再转过身来，除了叶菱，没人知道他在做什么，也没有人看到他脸上的痛苦与无助。

　　一个节目有惊无险地就这样过去了。

　　两人下台，凤飞霏上去问道："还返场吗？你还行吗？"

　　谢霜辰愣了一下，反应比之前慢下来好多："返吧。"

"你返几个？"凤飞霏问，"要不就返这一次好了。"

"按计划的来。"谢霜辰说。

"那你可真是作死。"凤飞霏说。

叶菱说："你就听他的来吧。"

第一次返场，谢霜辰是要讲一个小段子，这个倒没什么问题，他还能撑住。第二次返场时，谢霜辰准备的是京剧段落，这真是要嗓子的事儿，临上台前，叶菱问他："要不换一个吧？"

"不用。"谢霜辰说，"还能成。"

"你不怕唱劈了？"叶菱问。

"我尽量。"谢霜辰说。

一到台上，谢霜辰一手稍微撑着桌子，跟大家说："特别感谢今天各位捧场，我其实一开始也没想到票能都卖出去，真的非常感谢大家。"

他和叶菱齐齐鞠躬，细心的观众能听到他的声音似乎已经在非常吃力的边缘。

"我只是一个普通的相声演员，没有什么大能耐，只能把更多精彩的节目奉献给大家，让大家收获快乐。"谢霜辰说，"我也希望大家买了这么贵的票来听我这个小学生说相声，在轻松愉快的同时，能够带点什么走。"

叶菱说："后台那堆礼物带走吧。"

台下哄笑，有人喊"带走你"，谢霜辰只是笑着摆手。

"叶老师是开个玩笑。"谢霜辰笑道，"其实我们也知道，各位买礼物，我们说不让买也拦不住，但是我还是希望大家不要把过多的精力投入到这个上面来。对于各位的喜爱，我们是受宠若惊，也受之有愧，我……"

他说到这里，忽然不说了。

叶菱看了他一眼，他指了指自己的嗓子，做了一个吞咽的动作，表情非常无奈，再张口说话时竟然变得有一种撕裂的感觉。

"得啦，你别说着说着给自己感动得够呛。"叶菱不想让谢霜辰继续撑了，把话接过来，说道，"就你会说是不是？"

谢霜辰点点头。

"今天是专场，不能总是你出风头吧？"叶菱说，"你给我站桌子里面来。"

谢霜辰小声问："怎么了？"

他是真的不知道叶菱要做什么，但还是老老实实地跟叶菱交换了位置。桌子一挡，他就不必费力地站那么直，还能双手撑着放松一下。

"我觉得今天这场演出其实对于我们来说都是很特别的一场。"叶菱说，"我其实不太会说话，只能说感谢一直以来支持我们的观众吧。我给大家准备了一首歌，一直练了很久，但是可能我真的没什么音乐天赋……"他一边说一边朝着后台招手，史湘澄拎了一把吉他上来递给了叶菱。

谢霜辰觉得自己肯定是烧糊涂了，叶菱还会弹吉他？

"我真的弹得特别烂啊！"叶菱不太好意思地笑了笑，对着观众，也对着谢霜辰说，"之前就挺喜欢这首歌的，在今天这个场合之下……"他对着谢霜辰的这一眼，看得很深，"就觉得更合适了。给大家唱一首 *Stay Gold*（《永葆光辉》）吧。"

琴弦一动，旋律轻缓而出。

叶菱跟凤飞鸾苦学数月也只会弹一小段，可见上帝还是公平的，不会把所有技能树都给一个人同时点亮。

现场还有会唱的观众，就跟着他一起唱，隐隐有和声的感觉。

因为我很爱你，所以你不用担心什么。

亲爱的，好好在一起吧。

就请这样天真无邪地微笑着，直到永远……

　　叶菱一边弹唱，一边对谢霜辰笑着，谢霜辰觉得自己的眼眶仿佛被火燎过一般，在叶菱的歌声消失的一瞬间，热泪就跟着掉下来了。

　　他知道，叶菱不是一个爱出风头的人，他并不是像嘴上说的那样是给观众唱一首歌，他是在唱给自己。

　　在今天这样一个场合，在这样一个对于他们而言非常重要的人生节点上。一步一步，从无到有，从无人问津到拥有这么多观众，从撂地演出到开专场……

　　生病的人都脆弱，谢霜辰完全丧失了一直以来的自制，他无法自已地张开双臂去拥抱叶菱。

　　就是哭得有点惨。

　　"好了好了，别哭了。"叶菱拍着谢霜辰的后背，在他耳边说，"本来想给你个惊喜，没想到今天发生了这么多意外……我特别担心你，但是你表现得真的很好。你值得最好的舞台和掌声，以后我们要一起到更远的地方去。"

　　"嗯……"谢霜辰说不出话来，只能呜呜大哭。

　　"还有这么多观众呢，大家不是买票来看你哭的。"叶菱说，"笑一笑。"

　　谢霜辰点点头，用手背抹着眼泪，他嗓子完全塌了，叶菱替他跟观众解释："你们小五爷啊，没什么别的毛病，就是眼窝浅。今儿开专场，激动的。"

　　有一路追随着谢霜辰的老粉丝，他们也知道这个年轻人是多么不容易，情之所至，也不由动容，在下面纷纷喊着安慰谢霜辰。

　　叶菱知道不能再继续下去了，便把后台的演员全都叫了上来，最后介绍一番，今夜的演出就到此结束。

　　没想到最后了，谢霜辰非要站到台前来，拿着麦克风，用只能发出气息的声音，很用力很用力地对观众说："谢谢大家，也谢谢叶老师！我爱您！"

台上人惊了，小五爷你烧糊涂了吧？

台下的观众尖叫了，沸腾了，掀房顶了。

台上的人也不知道如何是好了，这种突如其来的"表白"谁受得了？大家大眼瞪小眼，最后还是叶菱轻飘飘地说："知道了，咱俩也好好地给观众说一辈子。"

观众掌声更为热烈，台上的众人才反应过来，在史湘澄的带动下也开始鼓掌。这一对搭档是多么热爱艺术和舞台，是多么热血。

还有观众想要过来拍照，众人一一应付了，观众散去，大家才开始离场。姚笙早就去了后台，打眼碰见了陈序，他俩不是特别熟，互相打个招呼聊了两句，就坐下等台上的人下来。

"我刚刚都没瞧见您。"姚笙客气地说。

陈序说："我没坐前头，让小五爷给我们换了个边边角角的票，我跟老杨还有杨嫂随便找个地儿坐就行。"

"哟，杨哥杨嫂也来啦？"姚笙说，"人呢？"

陈序说："可能直接走了吧，开演之前他们来跟湘澄打过招呼了，湘澄说散场之后回家得了，后台人多，怪乱套的。"

"那您……"姚笙心里古怪，刚想问陈序怎么大晚上的不直接回去，话刚到嘴边，台上的人就回来了，紧接着就是一阵骚动。

"哟，小五爷！"

"谢霜辰！"

众人围成了一团，姚笙和陈序也跑了过去，原来是谢霜辰昏倒了。

"怎么回事儿啊？"姚笙问。

"他今天一直在发烧。"史湘澄解释说，"刚刚在台上就快不行了……"

"啊？"姚笙很是意外，他还以为谢霜辰最后嗓子哑了是演得太卖力了。

"别说了，你们散了吧，我带他上医院去。"叶菱给谢霜辰掐人中掐醒了，谢霜辰晕晕乎乎，跟摊烂泥一样。众人纷纷表示要一起去，叶菱哭笑不得，说道："医院那么乱你们去干吗？是认识大夫还是怎么样？都忙活了一宿了怪累的，回家休息吧，没多大事儿。"

姚笙自告奋勇地说："那我跟你去吧。"

叶菱说："算了吧，你上医院去估计得更乱。"

姚笙说："那我给你打电话安排，想上协和还是哪儿？"

叶菱说："发个烧至于上协和吗……"

最后还是陈序跟叶菱说："我跟你去吧，我有个朋友在医院，有个人陪着路上也好有个照应。"

叶菱不想再浪费时间，便说："行吧。"

一路上是陈序一边开车一边联系他的朋友，正巧人家今天晚上在发热门诊呢，就直接去了。对方给安排妥当了，检查了一下没什么大问题，输上液就清净了。

谢霜辰一直在睡觉，叶菱盯着输液瓶看，陈序和他的朋友在走廊上寒暄几句，过一会儿回来了，叶菱对他说："师哥，今天麻烦你了。"

"没事儿。"陈序笑了笑。

"我在这儿看着就行了。"叶菱说，"太晚了，你赶紧回家吧。"

"不用。"陈序说，"回去也没什么意思。"

叶菱听出来陈序话里有话了，他又不擅长这样的家务事，也不知道陈序的意思是想跟他聊，还是不想跟他聊。

没想到过了一会儿，陈序自己说："像你们俩这样也挺好。"

"怎么了？"叶菱问。

陈序说："两个人有共同的爱好和事业，相辅相成，这不是挺好的吗？"

叶菱犹豫地问："师哥，你最近……怎么了？"

陈序自言自语地说："我其实挺羡慕老杨的，夫妻俩想干吗就干吗，活得洒脱。"

"各人有各人的活法儿。"叶菱说道。他大概能猜测出来陈序的苦恼是源自家庭生活，一个三十多岁有妻有儿的男人的痛苦大多数也来自现实的围剿。

工作处于上升期，有了孩子之后就有大把的花销，还有房贷、车贷，双方家里逐渐老去的父母……陈序何尝不羡慕杨启瑞呢？但是他根本不敢洒脱地辞职跑来追求自己的梦想，这太不现实了。

积压的烦恼叫人暴躁，也会产生家庭纠纷。之前孩子上幼儿园的事情就叫他焦头烂额，如今两个人又为了种种课外辅导班发生意见分歧。夫妻吵架难免翻旧账，妻子就把他时不时往外跑的事儿揪了出来。陈序懒得解释，干脆跑出来听社里的专场。

就跟逃难似的。

他是咏评社最早期的成员之一，看着社团发展壮大，心里也非常开心。但是当他在台下坐着的时候，猛然发觉自己仿佛只是一个看客，只能独自站在角落里去仰望那样的热闹与追捧。

心里越发纠结苦闷。

三十而立，四十不惑，陈序处在这个中间的过渡阶段，对于人生产生了种种彷徨和动摇。

谢霜辰输液输到一半儿，精神好了一些，听叶菱和陈序在一旁聊天，睁开眼，嗓子沙哑地问："几点了？"

"十二点了。"叶菱说，"吵着你睡觉了？"

"没有。"谢霜辰动了动，他想张口说话，叶菱说："别说话了，万一真好不了了怎么办？"

谢霜辰点点头，很费劲地从口袋里掏手机，也不知道在打什么字。

一会儿，陈序收到条信息，是谢霜辰给他发的。

"陈哥，刚才你俩聊天我听了个七八分。我觉得钱能解决生活中至少百分之八十的问题，你放心，这摊买卖我肯定打理好，等回头你也不想上班了，就直接过来，我不会亏待任何人，咱们要比原来过得都好。"

陈序低头看着手机，笑了笑，并非高兴也并非苦闷，他似乎就是扯了一下嘴角，更多的是一种无法释然。

专场带来的效益远比他们自己想象得大，特别是谢霜辰最后那一下子。

这到底是怎样的神仙 CP 啊。

路人是狂欢的，粉丝是纠结的，正主烦不烦？怎么老跑出来惹事儿？她们恨不得一脚把柜门给踹上焊死。倒也不是不准萌 CP，但是多少得讲究基本法吧？人家就是纯洁的直男友情啊，师兄弟两人风风雨雨这么一路走来不容易，就不能到最后抒发一下情感？

传统曲艺自古以来都是搭档胜夫妻，玩归玩、闹归闹，但是叶老师和小五爷的感情是非常真挚纯洁的。甭说他们两人经历了这么多，就你跟你大学四年的好哥们儿毕业典礼上不抱头痛哭、互诉衷肠一场吗？是人都有感情，这种感情是不分性别和年龄的，爱情是"爱"，难道亲情、友情就不是"爱"了吗？

再者说了，小五爷最后说的是"我爱您"，大家都知道叶老师虽然是小五爷的师弟，但是小五爷对叶老师一直很尊敬，一直都是称呼叶老师为"您"，这是一种传统，也是一种体面，是两个人超越一切的情谊。

而且人家叶老师后面那句话的意思已经表达得很明确了，两个人就是要互相扶持地在一起，给喜欢他俩的观众说一辈子相声。

这才是境界啊！

什么恶意卖腐炒作，怕不是娱乐圈混太多了！

粉丝们各种写小作文，分析得有理有据，中心思想就是两个人就是感情太好了，胜似亲生兄弟，不分你我。还有一些真情实感的粉丝虽然沉迷两个人如梦似幻的情感当中，但也不免幽怨地脑补两个人日后纷纷结婚生子会是怎样一副光景，嫂子们会不会搞出来一堆家长里短啊，小小叶和小小谢会不会继承父亲的衣钵啊……

"想得也是真多。"史湘澄一边刷微博一边在他们三个人的群里发牢骚，"这算什么事儿啊！"

"这不也挺好的吗？"叶菱过了会儿才回复，"省得惹麻烦。"

史湘澄说："谢霜辰怎么样？还活着吗？"

谢霜辰突然跳出来发信息："没死！"

"哦，你好骄傲啊？"史湘澄疯狂白眼，"也不知道是谁下了台之后立刻变成了一条死狗。"

谢霜辰立刻就装死了。

"湘澄，社里的事儿多你担待一些。"叶菱说，"让谢霜辰安心养病。"

"行吧行吧。"史湘澄说，"给他放两天假，不过得按照病假走，该扣的工资也得扣啊！"

"嗯。"

叶菱消息刚发出去，谢霜辰就叽叽歪歪地说："屎'香肠'竟然敢扣我工资！"

"人家不也是按照流程办事。"叶菱把谢霜辰推倒，"好好躺着休息，别叫唤了，嗓子好了是不是？"

谢霜辰可怜弱小又无助地乖乖躺在床上。他翻腾了半天觉得没意思，想拍拍床边叫叶菱陪自己，但又怕传染给叶菱，纠结半天作罢。

叶菱去给他端了杯水，说道："以后不准在台上瞎说话，听见了没有？"

谢霜辰不言语。

叶菱碰了碰他："跟你说话呢！"

"一会儿不叫我说话，一会儿又叫我说话。"谢霜辰说，"您可真逗。"

叶菱觉出来自己前后矛盾了，说："那你就点头摇头。"

谢霜辰还是不动。

"那你自己待着吧。"叶菱起身，"我走了。"

"欸，您上哪儿去？"谢霜辰立刻爬起来问。他嗓子还是有点哑，说话就显得特别可怜。

"我出门逛逛。"叶菱故意说，"不想跟你在一块儿，你老气我。"

"我不气您！"谢霜辰说得太急，一阵咳嗽。

叶菱无语，走回去说："你干吗啊？就不能叫我省点心？我是想出去买点水果，家里都没的吃了。"

谢霜辰说："晚点再去，您陪我会儿。之前太忙了，您也没有好好休息过。"

叶菱叹了口气，谢霜辰病还没好，生病的人总归最大，他依了谢霜辰。谢霜辰小声说道："叶老师，原来您就是学首歌不叫我知道呀！"

"那不然还能有点什么？"叶菱问。

"没什么。"谢霜辰说，"我特别高兴。"

"我本来想最后再说的。"叶菱说，"结果没想到你出了这么个幺蛾子，所以就有点仓促，我好像还弹错了几个音。"

"没有，特好。"谢霜辰说。

叶菱无可奈何地笑了笑，距离他上一次受伤住院已经过去了很久很久，头发都不知道剪了多少回了，可叶菱总还记得当初摸着谢霜辰那个秃瓢脑袋的感觉，不由感慨说道："时间过得好快啊，总感觉认识你好像是昨天的事儿。"

"是啊！"谢霜辰开玩笑地说，"我现在还记得您当初特别不情愿的样子。"

叶菱说："就你那不讲理的德行，谁跟你能情愿呢？"

"那现在呢？"谢霜辰忽然问。

叶菱笑了笑，没有说话。

"哎，头一次开专场就搞成了这样，总觉得特别不满意。"谢霜辰说，"我明明返场节目还准备了好多，都没来得及使。"

"还有下次。"叶菱说，"以后还有很多次，全国各地，全世界各地。不过，以后都不准胡闹了。"

"我也是当时有点控制不住。"谢霜辰虽然疯，但是他不傻，他当然知道说什么话会引起什么后果。好在谢霜辰原来就是个小作精，玩得本来就过分，搞出什么幺蛾子来，大家都会奉上一句"你们直男真会玩"给定性。

哈哈一笑，不当回事儿。

他在家里躺了一个礼拜，叶菱也没去社里，一切被史湘澄打理得井井有条，虽然当红的演员不在势必影响售票，但是结果也没有那么惨，由陆旬瀚、蔡旬商攒底，座儿也挺不错。

其他演员的成长，也会减轻谢霜辰身上的担子。

可是人一红，哪儿能歇得住呢？

第二十五章

"烦死了……烦死了……烦死了！"史湘澄在后台大喊大叫。

"出去扫个地，接待接待客人就不烦了。"说话的是凤飞霏。

"我还给你们戏班子端茶倒水？"史湘澄很想戳凤飞霏的狗头，"现在就算是谢霜辰也不敢叫我去端茶倒水，想什么呢？"

"那你可以不来啊！"凤飞霏说。

史湘澄说："我是过来取个文件好不好。"她见姚笙过来了，对姚笙说，"姚老板，你怎么不管管你们家'二小姐'？跟我说话都这副口气了，怕不是要上天！"

"哟，这可不是我们家的。"姚笙说，"你叫他哥管他去，他俩是一家子。"

"得了吧。"史湘澄说。

姚笙的戏班子名字简单，就叫"笙社"，没有任何理由，就是自恋加简单好记。笙社自筹备以来就颇受关注，姚笙是个做什么事儿都要弄得惊天动地的人，京评两剧的演员是他亲自一个一个选出来的，在确定班底之后很是下功夫搞过营销。由他带头兴风作浪，谁能不给几分面子？

甭说戏曲圈了，就连娱乐圈的张三、李四、王二麻子也得承姚老板个情啊！再加上姚笙本人粉丝众多，他还爱搞饥饿营销，就每周一晚上一场，拢共加起来二百来张票，爱来不来。

同一个人每周都看一次，再怎么喜欢都会腻歪。但姚笙这个人心是很黑的，他就时不时地邀请一些娱乐圈的明星好友过来站站台，什么都不用干，就跟下面坐着喝茶、听戏就行，然后网上再那么不经意间流传一些照片。

今天是这个演员过来听戏，明天是那个歌手过来听戏，后天又是某个流量明星过来听戏……弄得好像复古风突然回潮一样，不去人家剧场里听个戏打卡都不算时尚潮人。

年纪大点的可以搞个老干部人设，年纪小的可以做个反差萌人设，搞着搞着，这个剧场俨然成了一个曝光渠道，甚至还有经纪公司联系姚笙的团队，问姚老板能不能带带自家小艺人，给留个座儿就行，毕竟谁不想往文化圈里混呢？

这样一闹各家粉丝哪儿还按捺得住？谁知道会不会在剧场里偶遇自家爱豆？还不得每天等着出票赶紧抢一抢？

那盛况，简直就是黄牛的春天。

姚笙对待表演还是勤勤恳恳的，一整个夏天哪儿都没去，就跟戏园子里每周一场雷打不动。营销加干货，笙社的生意倒是意外地爆。

这一点，姚笙自己其实都不曾设想过，因为这对他而言其实不是买卖，而是万里长征第一步。能够把老掉牙的冷饭炒热炒爆，也算是他的本事。小姑娘们多来听几次，哪个回去不会摇头晃脑地唱两句"叫张生"呢？

况且角儿好看啊！

"'香肠'，不留下来听会儿戏？"姚笙笑着说，"给你加座儿加到第一排，外面可以炒到几千块钱一张呢！"

"我听不懂啊！"史湘澄说，"听相声我能听乐呵了，听戏……真不行，我承认我文化水平比较低。不是，你们怎么搞的啊，教教我啊，这么个小戏园子第一排票卖几千块钱？疯了吧？"

"黄牛价儿吧。"姚笙说，"其实具体多少钱我也不知道，我就知道今天这场特别贵。"

史湘澄问道："为什么？"

凤飞霏抢着说："因为那个明丞来了。"

"……我的天！"史湘澄说，"你们有安保措施吗？别给我毁坏公物啊！你们行啊……这么个流量给多少钱来的？"

"谈钱不是伤感情吗？"姚笙说，"生分了。"

史湘澄说："那你……是跟谁有感情？"

凤飞霏说："他跟谁都有感情。"

姚笙敲了敲凤飞霏的脑袋："怎么说话呢？"

"我这不是正常说话？"凤飞霏大叫，"你敲我头干吗？"

姚笙说："我乐意。"

"你俩别吵架。"史湘澄听着这声儿就痛苦，幸好谢霜辰不在，要不然她得耳鸣。她颇为好奇地问姚笙："姚老板，你教教我怎么弄呗？谢霜辰那个死东西，屁事儿都不想。你看啊，他们专场之后他就病得跟狗一样在家里躺着，他说英文 rap 那段的视频在网上多爆啊，正是热乎饭呢，好几个商演啊活动啊都找过来了，他还真一点都不上心。"

姚笙说："他啊，但凡有人给他操持事儿，他就敢当甩手掌柜。你指望他？估计你得指望到下辈子去。"

"所以我是真不指望他啊！"史湘澄说，"他好好说相声，出好作品，不作妖就行了。至于什么别的，我争取都给他安排明白。"

姚笙说："这事儿你找我经纪人问去得了，我一般都是负责指点江山，具体细节的落实都得靠手底下那群人。"

"那……"史湘澄往前凑了凑，特别诚恳地问姚笙，"你能把你师弟安排上春晚吗？"

"我自己都不想上春晚，我还安排他？"姚笙站起来伸了伸懒腰，立刻一群人过来给他扮戏。今日演的是《凤还巢》，一出行当齐全的喜剧，后台人比平时要多，好不热闹。

"再说了。"姚笙继续说，"春晚是他师哥们的地盘儿，这个码头，他想拜也真是有点费劲。"

"……哎。"史湘澄叹气，"真是没法儿。"

姚笙说："那也没办法，情况就是这么个情况。不过你换个姿势想想，如果只是上春晚的话，哪个台的春晚不是春晚呢？"

史湘澄说："行吧，我回头跟他俩合计合计。这事儿我想得倒是挺好，回头人家不配合，那不白瞎了？"

姚笙说："不至于。"

扮戏得有点工夫，后台乱糟糟的，史湘澄也不想久留，刚要出门就碰见了凤飞鸾进来。凤飞霏叫了一声"哥"，凤飞鸾朝他笑了笑，径自去了姚笙那边儿。

姚笙扮得差不多了，正被人伺候着穿衣服呢，凤飞鸾凑到他旁边去说了两句话，只见姚笙面露无奈之色，低声说："这后台乱七八糟的，来干吗？"

"不知道。"凤飞鸾说，"可能为了以示亲近，过来跟你打个招呼吧。"

"哎，你说我也不好回绝他。"姚笙说，"算了算了，叫他进来吧。"

凤飞鸾出去了，史湘澄八卦之心大起，也凑了过去，凤飞霏问她："你不是要走吗，怎么回来了？"

"我乐意。"史湘澄学着姚笙的口气回了一句。

不一会儿，一个穿着毛衫戴着棒球帽的年轻人就进来了，虽然低调，但难掩其青春气息。姚笙在做最后的整理，从镜子里看见了那个人，转过头来笑道："哟，来啦？"

他扮着戏，一颦一笑顾盼生辉，明丞一晃神，好半天之后愣愣地点头说："嗯，来了。"

"后台乱，招待不周。"姚笙说，"飞霏啊，给倒杯水去。"

凤飞霏说："我不去。"

这时候就显露史湘澄保洁小妹的业务水准了，立刻说："我去我去。"后台她熟门熟路，端了杯热水过来之后就非常顺便、自然、不客气地坐了下来。姚笙也没拦着她，默许了她光明正大围观八卦的行为。

"经纪人助理没跟着来？"姚笙问明丞。

"来了。"明丞说，"在前台呢，我说自己来后台跟你打声招呼，他们就没跟着。"

姚笙说："倒也是放心。"

明丞笑道："在姚老板的地盘有什么不放心的呢？"

"这可不是我的地盘。"姚笙微微笑了笑，指着史湘澄说，"剧场是人家的买卖，我这都是借的。"

明丞看了看史湘澄，礼貌地笑了笑。那个笑容标准到没有任何瑕疵，是一个偶像对女粉丝应有的营业（这里指职业习惯）。

史湘澄却完全不吃这一套，明丞好看是好看，但是跟谢霜辰比起来意思差多了。谢霜辰不笑不说话的时候帅得异常锋利，流淌着看一眼直击少女心的荷尔蒙，但是其搞笑的本性影响了他美貌的发挥，往往能叫人忽略了他的颜值。

当然这是史湘澄天天对着那张脸的反馈，换作一般的小粉丝或者路人，最先关注的还是谢霜辰的帅。

"嗨呀，我们就是说说相声。"史湘澄说，"非常低俗，跟姚老板比不了。"

明丞说："我这两天在网上看到了谢……"他犹豫着怎么称呼，史湘澄说："谢小五爷。"

"……"明丞的表情有点尴尬，这都什么年代了还用"爷"称呼别人？明明上次不是这么说的。他求助一样地看向姚笙，姚笙边低头喝水边说："嗯，小五爷。"

明丞欲哭无泪，只能说："我看见他那段儿专场的视频了，他英文好厉害。"

史湘澄笑而不语，姚笙也说："嗯，是挺厉害的。"心里却说，估计你小五爷就学会那么一段了，换个别的可能连 hello（你好）都不会念。

明丞说："他有没有想着朝其他方向发展发展啊？"

"你觉得他能发展什么？"姚笙说，"去抢你的饭碗？"

"我……"这句话说得叫明丞有点害臊。一个说相声的都能跑去抢偶像爱豆的饭碗，那是人家太厉害呢？还是你太无能呢？

"你这个小脑袋瓜呀！"姚笙笑着，语气轻柔，"怎么就替别人想着好，不想想自己呢？"

明丞低头说："那我的演唱会，你是来还是不来呀？"

史湘澄这才想起来，当初专场卖票的时候就是这货搞得网站崩溃，真是冤有头债有主。

"来，来。"姚笙说，"只不过这段时间唱乏了，只能轻装上阵，去台下观摩了，你可得好好唱呀！"

明丞有点失望，但也不好表现，只能点头。

凤飞鸾过来，说："该开戏了。"

"行。"姚笙起身，打算送明丞出去。

明丞悄悄地回到前台坐下，周围满满当当都是粉丝，个个很激动的样子，但是谁都不敢大喊大叫。史湘澄出来围观了一眼，不知道姚笙使了什么手段，能让丧失理智的追星少女安安稳稳地坐这儿。

这些都与她无关，当务之急，她需要处理好手上的几个……case（事情）。

谢霜辰在家里实实在在躺了几天，养病连带休息，歇了个够。但是叶菱可没他这么闲，偶尔还是要来看看，安排安排工作什么的。由于谢霜辰是专场之后一周都没怎么出现，老粉、新粉等得有些焦急，都纷纷要求小五爷回归的时候提前放票。

史湘澄一看大家这么热情，跟叶菱商量了一下，叶菱也是体恤观众，就答应了。

咏评社都是提前一天出节目，观众也习惯提前一天买，谢霜辰回来的那场是提前一个礼拜出的节目单和票务，票一出来就空了。

史湘澄连连感慨，现在的小孩儿啊……

小剧场有一个好处，就是可以近距离接触，哪怕是最后一排距离舞台也就那么十几米远。那种活生生的真实感远不是在什么大舞台上可以比拟的，互动感更强。

比起专场，大家更喜欢去小剧场里。

节目是七点开始，往常六点多就开始上人了，台下好不热闹。结果今天倒是奇怪，都六点半了还没一个人来。

谢霜辰从后台往前台看了看，冷冷清清跟要倒闭了一样，问史湘澄："咱们没开错票吧？"

"没有啊！"史湘澄也纳闷儿，"票都卖出去了啊，奇怪，人呢？"

邱铭说："难道咱们集体穿越了？"

叶菱说："再等等看吧，七点再说。"

约莫六点五十分，才有四五个女孩子溜达着进来，还拎着俩塑料袋。服务妹子把她们迎了进来，几个人就坐在最中间的那张桌子前，脱外衣放东西，叮叮咣咣好一顿折腾这才坐了下来。

然后就是把带来的零食铺满了一张桌子。

咏评社是不禁止观众自带东西的，毕竟很多观众会给演员送点小礼物，也没法儿分清人家是要干吗。谢霜辰也懒得赚这点酒水饮料的钱，剧场里提供的就是普通价格。买张票，你自己带一壶水来坐一下午都行。

但是这么大阵仗地摆一桌子有点过分了吧？

一直到七点，整个厅里就这一桌人，后台演员都不知道该如何是好了。

"为什么我刚一回归，迎接我的就是忆苦思甜？"谢霜辰开玩笑，"也太惨了点吧！"

他们正彷徨呢，只听外面一个姑娘大喊："别等了，开场吧，今儿我们包了！"

啥？包场？

一瞬间，大家脑子里蹦出来的都是这么几个字。

叶菱问史湘澄："不是票务网站上卖票吗？怎么包场的？"

"不知道啊，是不是一开票就全买了？"史湘澄说，"估计有什么抢票代拍吧……我说怎么微博上哀号买不到票的人那么多，原来是有人全买了。"

"也真是神了。"李珂感慨，"我就知道电影包场，姐姐也真是够有钱的。"

叶菱说："甭聊天了，开场吧。"

演习惯了高朋满座，忽然冷冷清清凄凄惨惨戚戚的剧场有点叫人无所适从。今日开场是葛军和刘星华这对搭档，自打来了之后一直在说开场节目，虽无大功也无大过，缺点是场控能力不太好，在一些平眼节目的处理上尤其能看出来节奏把握的生疏，聊着聊着就有那么几个无聊的瞬间。

要是有观众笑点低，那还可以。但是下面坐着的五个姑娘笑点仿佛一个赛一个高，台上两人说什么台下都没反应，冷笑都没有，就一直嘎巴嘎巴吃零食。

这场面，要多尴尬有多尴尬。

两个人勉强说完了整个活，鞠躬下台，掌声零零散散，好不凄凉。再见葛刘二人，脸色个顶个的难看。

"没事儿。"叶菱说，"今天也是事发突然，不用太在意，说得挺好的。"

后面的演员节目一个接一个，那几个姑娘偶尔笑一笑，要不然就是在下面聊天，气氛诡异得不行。大家都感觉在这几个人这儿吃了瘪，很是不爽。

倒二是蔡旬商和陆旬瀚上台，那几个姑娘对这两人倒是有点兴趣，乐意打个岔，不过当陆旬瀚问她们从哪儿来想看谁的时候。坐在最前面的一个短发的女生说："我们要看你师叔！"

"师叔？"陆旬瀚蒙了一下，看了看蔡旬商，两个人是师兄弟，瞬间开始回忆自己师叔是谁。

"就是班主呀！"那个姑娘继续笑呵呵地说，"小五爷！"

"……"陆蔡二人一脸无语，陆旬瀚说，"我们都不是一支的，这怎么说？"

那个姑娘理所应当地说："小五爷辈分那么大，不是你们师叔吗？"

谢霜辰确实拿辈分这个事儿跟他俩开过玩笑，但是也仅仅是开玩笑，大家玩闹归玩闹，谁也没当真过，也不是什么需要保守的秘密，人家谢霜辰辈分就是大，你能怎么着？

"我算是看出来了。"陆旬瀚说，"合着姐儿几个想上赶着过来给我们当婶儿？"

"是啊是啊！"姐儿几个还真应，"叫婶儿！"

"这便宜占的哟……"陆旬瀚啧啧笑了两声，说道，"几位姐姐要是现在开始排队，估计入土为安之前能看着泰山。"

"噫——"从头到尾，就这个音节算是发对了。

"这是干吗？包场捧角儿撒疯儿来了？"史湘澄在后面看了一会儿，对谢霜辰说，"来看你的，你看看你作的孽吧。"

"关我什么事儿？"谢霜辰特别无奈地说，"观众千千万，什么人没有？总不能什么屎盆子都往我脑袋上扣吧？"

史湘澄说："不扣你扣谁？扣叶老师？"

"这可不关我的事儿啊！"叶菱说，"人家是来捧角儿的。"

陆旬瀚和蔡旬商非常艰难地演完了节目，下台之后两个人表示想死。谢霜辰没说什么，跟着叶菱就上台了。

上台肯定是先鞠躬，谢霜辰刚抬起头来，几个姑娘就都跑前面来送礼物了。东西都不大，但是看着上面的LOGO就知道价格不菲。

这么贵重的东西人家递上来了，不收有点打脸，但是收了吧……又实在说不过去，影响也不好。谢霜辰想了想，先都接了过来，打算一会儿演出结束之后叫史湘澄悄悄地给人家还回去。

"小五爷，我好喜欢你呀！"一个姑娘说。

"终于见到你啦！"另一个姑娘说。

"哎，哎。"谢霜辰低着头和她们握手，可人家死握着不放，他心中不悦，又不能对着观众发脾气，只能哄着说，"快回去吧，该说相声了，乖啊！"

"好——"几个女孩子顿时就变得非常听话，送完了礼物乖乖回座位上了。

谢霜辰特别无奈，回头见着叶菱站桌子后面看着他，他灰溜溜地走过去，看了一眼空荡荡的剧场，说："今天……"按照往常，他应该会说今天来的人很多，可是现在满打满算台下就五个人，他只能笑了笑，继续说："今天就来了你们几个啊？"

"是啊！"齐刘海的姑娘说，"我们包场啦！"她笑得人畜无害，非常骄傲。

"这么有钱啊？"谢霜辰问。

"是！"大家一起回答。

"可是。"谢霜辰很认真地说，"有钱干点什么不好呢？"

另外一个戴眼镜的姑娘说："有钱想买你开心！"

观众要是多，谢霜辰说不定还有心情跟人家对两句，但是眼前这五个明显就不是普通观众，谢霜辰就怕跟她们聊出事儿来，只得草草地把话题捎带过去，随便跟叶菱垫两句话就进入了正活。

他们表演的是《相面》，讲的就是算命八卦的种种趣事儿，谢霜辰刚开始入活，介绍一下算命的买卖，然后说道："一般这个相面摆摊啊，都得先圆粘子，跟我们老时候在外面撂地差不多。嘴里嘀嘀咕咕等周围聚齐人了，才站起来，随便找一个人给人家算一卦，比如……"

刚说到这儿，下面就有人喊："小五爷，你给我算一卦吧！"

谢霜辰一愣，不得不把注意力挪到下面，半开玩笑地说："一会儿再给你算。"

叶菱搭话说："你让他算，他得给你算得倾家荡产。"

"那也值！"人家还挺乐呵。

叶菱说："那这辈子可能就包这一次场了。"

谢霜辰知道叶菱已经有点不太高兴了，这几个小女孩看着很年轻，不是很懂规矩，演员在上面演，她们要不就是瞎接话茬，要不就是刨活，非常影响表演。可是人家买票了，演员总不能让人家闭嘴吧？相声演员的临场能力就是在于面对不那么专业的观众时，怎么能让节目顺利地进行下去。

叶菱只是跟谢霜辰在一起之后就不怎么在台上怼他了，但是这并不意味着他不会阴阳怪气地损观众。聪明人自然能听出来叶菱话里的意思，但是那几位……

完全没听出来，还挺美的。

"我呀，一天就算一场，所谓天机不可泄露，您下次来早点啊！"谢霜辰打了个圆场，继续节目里的内容。

　　两个人继续说，下面安静了一阵，谢霜辰说到了给叶菱算命的部分，这里有几个包袱，谢霜辰握着叶菱的手，摊开手心在上面摸。换作平时，他可得好好发发骚，然而现在他完全没有心情，聚精会神按照正经的节目表演，生怕下面又再搞出来什么幺蛾子。

　　"您这个手相呀……"谢霜辰正摸呢，下面那个齐刘海就不乐意了，喊道："五爷，别摸他了，摸我吧！"

　　甭说叶菱不高兴了，谢霜辰都想当场发疯。他倒不是反对女孩儿说话随意一点，开开玩笑没什么，但是这未免也太口无遮拦了吧？这么光明正大地骚扰他？

　　他还能说什么？

第二十六章

"真是绝了！"史湘澄在后面暴躁得想打人，"哪儿来的脑残啊！有病吧！"

"难道不是自打包场这一刻，就意味着真的有病吗？"蔡旬商不满地说。

"就是就是。"大家一起附和。

后台的人可以随便骂街，前台的人就算真的想死也得面带微笑。那几个姑娘摆明了就是来看谢霜辰的，甚至都不把叶菱放在眼里。叶菱从来不会为了观众们厚此薄彼而生气，捧哏逗哏站在一起，逗哏就是话多，很多包袱也都在逗哏身上，这是天然的吸引力。而能当捧哏的人，大多也不是什么爱争强好胜的。

做一朵绿叶去衬托鲜花，两个人各司其职，这才是好搭档。

如果不是在舞台上，谢霜辰对于这样的顶多就是不理。几个姑娘你说你能把人家怎么着？损人家一顿都显得小气。可是现在不是生活中，是在舞台上，他心中再怎么不乐意，也必须好好完成自己的工作。

工作是不能有情绪的，哄观众也是一种能耐。谢霜辰和叶菱努力把她们当作普通观众去对待，在毫无休止地搭话和刨活中，艰难地演完了这个节目。

两个人鞠躬下台，只想飞奔跑路，那几个人就在喊："还有返场呢！回来呀！"

"怎么着？"主持人王俊茂上来迎他俩，低声问道。

"返吧。"叶菱说。

"叶老师……"谢霜辰犹豫。

"你今天一场不返，被人说闲话怎么办？"叶菱说，"可都是来看你的。"

谢霜辰无奈，只得答应，两个人又走回台上。

万万没想到，返场还有送礼物的。就是那个齐刘海的女生，几乎是跑着过来的，谢霜辰礼节性地去接，刚一弯腰一伸手，他就被大力地拽了一把。

叶菱差点以为谢霜辰得被人拽下台。

谢霜辰也特别吃惊，手腕被姑娘死死拽着往自己胸前凑，谢霜辰怕发生意外，本来自然张着的手指立刻握成了拳头，死命往回拉，两人跟拔河一样。

那个齐刘海不知道从哪儿掏出来一个镯子，"咔嚓"就给谢霜辰扣上了。她非常虔诚地握着谢霜辰的手，犹如仰望一个触手可及的梦想一般，真情实感地说："小五爷，您好好戴着，别拿下来，求求您了，我真的特别喜欢您！"

谢霜辰浑身僵硬。

叶菱没眼看，撑开扇子轻轻遮住了自己的脸。

"谢谢谢谢！先回去吧。"谢霜辰低声说，"还得演节目呢，听话啊！"

"别演了。"坐在座位的姑娘说，"反正就咱们几个，小五爷，下来聊天呀！"

"站台上这不也聊得挺好的吗？"谢霜辰摆摆手，把台下的齐刘海哄了回去。他决定了，返场只讲一个小段，讲完立刻鞠躬下台关门。

然而理想很丰满，现实很骨感。他讲完之后，台下又要求他唱一段，人家都说了，谢霜辰心里再怎么怨，也不能说不唱。

只能硬着头皮唱了一段《十二重楼》。

谢霜辰的表演中，说学逗唱都比较平均，有时候会在返场的时候给观众唱一唱北京小曲，有那么几首总是唱，久而久之，观众也跟着学会了。

台下几个姑娘点名要《十二重楼》，只因为里面有一句"郎君你是听"。从谢霜辰开始唱的时候，那几位就跟着唱，跑没跑调都得另说。等唱到这一句时，她们齐齐喊道："小五爷，您听见了吗？"

小五爷想一头磕死。

这下连叶菱都向谢霜辰投来怜爱的目光了。

今天这一场演出，怕不是要记录到谢霜辰以及整个咏评社的黑历史时刻里。

好不容易可以结束了，谢霜辰和叶菱鞠完躬，"哧溜"一下就跑得没影了。台下几个兵分两路，一拨在正门等着，一拨在后门等着，似乎想逮住谢霜辰拍照签名。

史湘澄迂回观察了半天，回去后台报信："我觉得你吧，今儿晚上别走了。"

"我真是服了！"谢霜辰说，"就不能好好听相声？有这追星的精力干吗不能拿出来好好学习为祖国的现代化建设做贡献？"

史湘澄说："因为人家有钱！包场！"她拽着谢霜辰的手腕子说，"伸出来我看看，什么镯子啊？"

谢霜辰这才想起来自己还戴着个手铐呢，赶紧取了下来，大家一看，纷纷叫道："哎哟！哎哟！"

"Tiffany（蒂芙尼）！T系列手镯啊！还镶钻的！"史湘澄阴阳怪气地说，"小十万呢！"

她一说出价格来，众人倒吸一口凉气，连旁边儿喝水的叶菱都哽住了。

"欸，里面还刻字了。"史湘澄说，"Xie&Jing……Xie是你吗？Jing肯定是那个妹子！绝，太绝了！"

"你可别说了姑奶奶！"谢霜辰欲哭无泪，平时粉丝都是送点小礼物，没几个钱，就是意思意思，那种他敢收。现在好了，直接给扣个十来万的镯子，还刻字……这是要疯吗？

叶菱非常淡定地说："人走了没有？湘澄，你看看给人家还回去？"

"对对对！"谢霜辰说，"赶紧还回去，咱们不能拿群众的一针一线。"

"凭什么啊？卖了还挺值钱的呢！"史湘澄故意说，"最难消受美人恩，我看人家也挺真心的，真金白银地砸你，你总得有点表示吧？"

"我表示什么？我表示我已经英年早婚了还是放了我吧！"谢霜辰说，"这些都是哥哥当年玩剩下的，哥当年拿卡地亚砸叶老师的时候，那几个还不知道在哪儿追星呢！你赶紧着，别添乱，给人家还回去。"

"行行行。"史湘澄说，"我去，行了吧。"

谢霜辰把刚刚收的那些都让史湘澄带出去了，让其他人也别看热闹了，赶紧散伙回家。大家都是有眼力见的人，一个个没事人一样地开始收拾东西。

"叶老师……"谢霜辰小心翼翼地坐在叶菱身边，察言观色，说道，"您别生气啊！"

叶菱莫名："我生气什么？"

谢霜辰说："那个镯子……"

此时史湘澄回来了，两手空空，谢霜辰问："还了吗？"

"还了。"史湘澄说，"人家还特别不乐意，我编了好多瞎话才圆了场子。"

谢霜辰问："你说了什么？"

史湘澄说："我说她们的心意你领了，但是真的收不了这么贵的东西，以后常来听相声就是对你最大的支持！这话总可以吧？"

谢霜辰说："还行。"

"哦对了，那个齐刘海。"史湘澄说，"人家让我也给你捎句话。"

"什么？"

"老公，我爱你。"史湘澄特别淡定地说了出来，然后立刻说，"这是人家说的啊，可不是我！"

叶菱低头，不小心都给笑出声了。

"杀了我吧！"谢霜辰大喊。

叶菱怎么就一点都不觉得烦呢？

这个问题憋在谢霜辰的肚子里，还没来得及发酵，更令他烦恼的事情就出现了。

原来是那几个来包场的姑娘把当天晚上的照片发在了微博上，其中一个发了一对手镯，包括送给谢霜辰的那一只。微博里就是一个小女生记录自己明恋暗恋的心情一般，满是怀春的诗情画意。

那种炫耀一般的言语并没有招来羡慕，而是被人发现之后，群起而攻之。

毕竟被包场导致买不到票的粉丝大有人在。

一开始只是小范围吐槽，只要有一拨人先不说话，八成也是吵不起来。但是那个齐刘海姑娘似乎忍受不了这样的攻击，发了条微博一下子就炸了。

"你们有钱也可以包场，也可以送他礼物，没人拦着，别当酸精了，难道你们的喜欢就只值几十块的票钱吗？"

有人拱火，那自然众人拾柴火焰高。

史湘澄全程都在围观这次掐架，然后在群里疯狂直播。谢霜辰烦到爆炸，因为他的微博私信也被挤爆炸了。

有人来问他为什么收那么贵重的礼物，是不是红了就飘了，忘了初心；

有人问他以后是不是想要走娱乐明星路线，不好好说相声了；

有人问他那个妹子是不是他女朋友，是不是打算发生点什么；

还有人问他多少钱能包一天；

更有人问他和叶菱到底是怎么回事……

负面的消息看多了，人自然而然会陷入一种拧巴的情绪里。关注吧，觉得心里不痛快，不想关注吧，却总有人把消息往眼前送。

骂战双方渐渐开始发酵，互相扒皮，什么饭圈白富美都出来了，这种故事谢霜辰都懒得关注。他的生活还要继续，网上折腾得再怎么热闹，还不是得天天晚上小园子里说相声？

不过一些事情，似乎已经产生了奇妙的变化。

每天晚上的剧场还是爆满到要卖加座，但是涌入剧场里的女孩儿越来越多，送礼物的也越来越多，在后门等的人也越来越多。女孩儿就算了，还有好多意图不轨的男人是闹哪样？被人喜欢是一种很美妙的事情，可谢霜辰完全感受不到。他不知道这些人到底是喜欢相声还是喜欢他，抑或喜欢一场高冷的美梦。

而它们之间有着本质的区别。

一日演出结束，大家照例在观众散场之后收拾剧场，完事儿后各回各家。众人都知道后门肯定有热情的粉丝在等人，就都低调地离开了，只有史湘澄跟着谢霜辰和叶菱打算蹭他俩的车。

一到后门，一群女生围攻了上来，她们主要就是奔着谢霜辰去了，挤来挤去，反倒是把站在谢霜辰身边的叶菱给挤到了一边儿去。叶菱无奈，只得默默跟着史湘澄靠边站，

史湘澄气愤至极，暗暗骂道："真是一群疯子。"

"可能这就是喜欢吧。"叶菱说。

"叶老师，你不生气啊？"史湘澄说，"当初咱们在学校的时候，他就是这样被一群女生围着。我说你可真够淡定的，竟然跟个没事儿人一样。"

叶菱说："小姑娘年纪都小，跟她们计较什么呢？"

史湘澄叹道："行吧，年纪小。"

谢霜辰是眼睁睁看着叶菱被逐渐地挤出他的视线的，他很焦躁，因为叶菱仿佛退离得那么心甘情愿，没有一丝丝的不悦，清清冷冷地站在一旁。

他的耳边全都是赞美之词，但他一点都不觉得开心。

叶菱说喜欢看谢霜辰在人群中闪闪发光的样子，但那就意味着叶菱要站在角落里吗？

那时的他……在想什么？

在应付完最后一个人之后，谢霜辰感觉自己仿佛被人扒了一层皮，灰头土脸的。

他开车先把史湘澄送回了家，然后再与叶菱回去。一路上闷头一句话也没说，叶菱从后视镜里看了看他，问道："你今天怎么心气不高？"

谢霜辰说："没什么。"

叶菱笑了笑："你不开心的时候特别明显，好像满脸都写着'我不高兴啦，快哄哄我'，这一点你跟飞霏倒是很像。"

"我就是累了。"谢霜辰回答。

"那好。"叶菱说，"累了就回家洗澡睡觉。"

谢霜辰便不再搭话。

演出还是照旧，情况没有好到哪儿去。史湘澄倒是没闲着，天天一千八百个小号换着法儿地辱骂脑残粉丝。并且烟幕弹还特别厚，完全看不出来这些小

号到底是出于何种立场。

是唯粉还是 CP 粉呢？根本看不出来。

一次两人表演传统相声，这种节目听得多了自然各种包袱熟记于心。谢霜辰说一句，观众就刨一句，谢霜辰无奈，可是他不能不说话。叶菱被刨得有点烦了，干脆就少说话，看着观众表演。

结果这倒成了事儿了。

谢霜辰的粉丝坚决认为叶菱不给他们角儿面子，台上说过的话拢共不超过一百个字，从始至终还是个死人脸，给谁看呢？羡慕嫉妒恨角儿粉丝多？

叶菱本人为人低调，但是这不代表他没有粉丝，而且 CP 粉大多操着一颗老母亲心，见亲儿子被欺负了，不反骂回去还是人？

什么叫羡慕嫉妒恨你们家角儿粉丝多？没有叶老师，你们家角儿还不知道在哪个乡镇慰问团表演呢！

双方互相扯头花，倒是把叶菱的前世今生说了个底儿掉。

谢霜辰的粉丝总结了一番所谓的叶菱上位路线，不知道哪儿来的十八线野鸡抱上了小五爷的大腿，摇身一变还入了师门。而且总结来总结去，大家发现谢霜辰在认识叶菱之前完全就是顺风顺水的人生赢家，可是跟叶菱在一起之后呢？

先是师父没了，然后兄弟反目，再然后一穷二白出来创业，只能龟缩在小园子说相声，想当初，小五爷上个电视不就是随随便便的事儿？

现在连三千八百线网综都上不去！

看看平时出街的私服还是好几年前的旧款！

我们角儿什么时候受过这种委屈？

都是那个姓叶的……

…… ……

"你看看，大概就是这样。"史湘澄一五一十地给谢霜辰总结了一下八卦，谢霜辰气愤至极。别人说什么他都不管，但是竟然开始编派起叶菱了？那可真是好大的胆子。

"你说，这群人是不是现实空虚？"谢霜辰说，"脑洞这么大，为什么不去写小说？我真纳了闷儿了，我过得好不好关他们什么事儿？也没见有人给我捐款啊！"

史湘澄说："那个 Tiffany 的手镯怎么算？"

"跟我的卡地亚比起来简直就是毛毛雨。"谢霜辰说，"我觉得这都不是重点，重点是，你不觉得叶老师太淡定了吗？他都不生气吗？"

史湘澄说："可能叶老师早就脱离了低级趣味吧……"她说完这句感觉自己都没法儿说服自己，"嗨呀，我也不知道。反正我一个路人看着都生气，叶老师是什么神仙？"

"我现在都怀疑他可能没那么在乎我。"谢霜辰沮丧地说，"比起粉丝撕，这个事儿才真叫我不知所措。"

史湘澄看了看谢霜辰，不知道说什么是好。同样的问题，她自己都问过叶菱两遍。如果不是谢霜辰跟她的疑问相同，她都怀疑是不是自己站在女性视角看到的东西和他们男人不一样。

谢霜辰的担忧她能理解，叶菱的淡定反而让她不能理解。

她能看出来谢霜辰很在乎叶菱，她也总觉得，叶菱对谢霜辰的在乎是没有谢霜辰对叶菱的多的。

这种想法很不好。

"也许……人和人是不一样的吧。"史湘澄说。

"是，我那些小伎俩跟叶老师比起来，简直就是不值一提。"谢霜辰说道。

谢霜辰人精一样，但手段无外乎死皮赖脸地纠缠。叶菱总说自己木讷，但往往都是温柔刀、追命箭。

"不说这个了。"史湘澄说，"之前跟你说的，一个网综一个商演，你要选哪个？"

谢霜辰说："你别问我，你让叶老师选。"

"那你觉得他会选什么？"史湘澄问。

"不知道。"谢霜辰没底，"不过，选商演就饶了他。"

原因很简单，商演是两个人一起，而那个网综只邀请了谢霜辰一个。

史湘澄问谢霜辰："叶老师是不是在家？"

"嗯。"谢霜辰说，"要不是今天跟你对账，我才懒得出来，跟家睡大觉不好吗？"

史湘澄说："那我现在打电话问他，你别出声儿啊！"

"你！"谢霜辰没想到史湘澄来这么一出。

史湘澄说做就做，电话给叶菱拨了过去，叶菱很快接了，问史湘澄怎么了。史湘澄很是鸡贼地先问谢霜辰去哪儿了，叶菱疑问："不是去跟你对账了吗？"

"没有啊！"史湘澄说，"我没见着他啊，大半天了，不会是去会女粉丝了吧？"

"那可能就是吧。"叶菱说。

史湘澄看了谢霜辰一眼，谢霜辰苦笑，史湘澄把刚才那个问题又问了一遍叶菱。叶菱沉默半晌之后，说："我觉得网综挺好的，听上去平台不错，节目班底也不错……我说，是个人都会选网综吧？"

"你说的可真是！"史湘澄说，"谢霜辰自己也选的网综，好啦我不跟你聊了，还有事儿忙呢，再见！"她抵抗住了谢霜辰张牙舞爪抢手机，立刻就给按了。

"你真是害死我！"谢霜辰说，"我明明没说！"

史湘澄说："你放心，反正叶老师也不会多想。"

"烦！"谢霜辰皱着眉头拿起车钥匙就走了。

他当然是回家。

进家门没见着叶菱，他叫了几声，叶菱在卫生间里洗澡，应了一句。谢霜辰就在沙发上一瘫，等叶菱出来。

叶菱的手机就在茶几上放着，桌面一排 App 的通知，谢霜辰盯着看了半天，心里做了做思想斗争，鬼迷心窍地就划拉开了。

他本来想看微信，结果不小心划到了微博，直接跳到了后台私信。

叶菱洗完澡出来，见到谢霜辰黑着一张脸，正襟危坐，不由得愣了一下，问道："你不是去跟湘澄对账吗，怎么这么快就回来了？"

"突然有事儿想问您。"谢霜辰说，"您为什么会觉得网综好呢？"

叶菱说："有利于提高知名度啊，这不是很简单的道理吗？"

"那可就我一个人去，多无聊？"谢霜辰说。

"我觉得问题不大。"叶菱说。

"那您觉得什么问题才叫大？"谢霜辰站了起来，一下子变得很凶，"天天被人私信骂得狗血淋头不叫大？"

"你……"叶菱说，"你看什么了？"

谢霜辰说："我光明正大看您手机了，行吧？一群神经病天天私信转发@您、骂您、诅咒您，您怎么就不跟我说？您不是厉害吗，这就忍了？"

"……嗨，这个呀。"叶菱说，"没，也不是什么大事儿。"

谢霜辰是个不能受委屈的脾气，叶菱私信里的内容他看个两三条就气到想杀人，根本就无法想象叶菱是怎么能心平气和地看完，并且当作无事发生的。

叶菱明明……根本就不是这种性格的人。

"您这样就没意思了。"谢霜辰说，"图什么？"

叶菱坐了下来，沉默一阵，才说："因为我觉得对你说这些不好，会更加让你讨厌粉丝群体。我其实也不喜欢这种环境，但是没办法，我们都处在这样一个时代里，必须接受这样一种设定。"

"那您就心甘情愿自己被欺负？"谢霜辰说，"您问过我了没有？您是不是觉得自己特伟大？"

"没有。"叶菱笑了笑，说道："这只是微不足道的小事而已。"

"我不信您不会难过，您甭骗我。"谢霜辰说，"我不准！凭什么我那么在乎的人要被别人这么咒骂？是不是想死！"

叶菱说："粉丝只是因为喜欢你，爱本身就不是自私而狭隘的吗？"

"那您呢？"谢霜辰问叶菱，"您自私过，狭隘过吗？我觉得您特大方。"

"我……"叶菱的神色略微暗下去一些，他稍微偏了偏头，低声说，"不是我大方，你以为我心中真的不会怨恨那些人吗？但我不想有这样自私的想法，因为你并非完全属于某个人，谢霜辰……属于观众。"

"不！"

"你不要任性。"叶菱说，"我们不要为了这些事情吵架好不好？"

"不好。"谢霜辰说，"您就是惹我生气了，后果很严重。"

"……那你说怎么办嘛？"叶菱问。

"您拿张纸去，抄一百遍'叶菱不能没有谢霜辰'，快去。"谢霜辰说，"然后微博交给我。"

叶菱说："那你答应我，不准做出格的事。"

"放心。"谢霜辰说，"不会有损您英明神武的形象。"

叶菱不信谢霜辰不搞幺蛾子，然而他有点低估了谢霜辰对此事的重视程度。

数天之后，谢霜辰用自己的微博发了一条公告，是一封诉讼信，原告是他自己，被告是微博上的一串儿账号，其中几个人里 ID 还顶着谢霜辰的名字，一看就是谢霜辰的粉丝。

正主状告自己的粉丝，也是神得很。

第二十七章

一切发生得太过突然，以至于吃瓜路人还没咂摸过味儿来呢，几位被告就收到了法院的传票，前前后后不过数十天，不由让人感慨原告方效率之高，毅力之坚决。

只不过状告粉丝听上去难免让人觉得谢霜辰做人不够大方，网络上有大把人怀揣着圣母之心跑过来慷谢霜辰的慨，质问他，人家是你的粉丝，这么这么喜欢你，你凭什么要跟人家对簿公堂？做人怎么这么小心眼？难怪跟师兄互撕撕不明白，现在的年轻人啊……

谢霜辰以及咏评社仿佛一下子又被推到了一个风口浪尖上。

"你这也是怒发冲冠为蓝颜了。"史湘澄一边儿打字写通稿，一边儿跟谢霜辰聊天。这事儿是谢霜辰跟史湘澄合计完之后背着叶菱搞的。史湘澄是个行动派，一听说谢霜辰要搞那些烦人的脑残，立刻投入了十二万分的精力。联系完律师之后就赶紧去取证公证，然后就去法院递交材料。

她长这么大也是第一次进这种有关部门，非常忐忑，脑补的流程非常复杂，已经做好了苦战的准备。可是万万没想到，人家收到材料核对后认为符合条件，不到一个礼拜就立案了。

这让谢霜辰和史湘澄都非常惊愕，反观律师则是非常淡定，这种明星粉丝之间的纠纷案件他见多了，处理流程熟得不能再熟。唯一让他有一丁点意外的是谢霜辰不是个明星，而是相声演员。

不是他见识少，是世道变化太快。

司法有司法的流程，对于网络上的讨论，谢霜辰也没打算放着不理。

叶菱知道这件事之后说生气有点夸张，更多的是一种哭笑不得的感觉。他觉得谢霜辰是真能耐了，一个流氓还学会用法律的武器保护自己了？

他质问谢霜辰是怎么回事儿，谢霜辰支支吾吾顾左右而言他，叶菱的态度变得很严肃，谢霜辰这才说是为了教育教育那些已经魔障到影响别人生活的脑残，顺便给叶菱出出气。

叶菱拍桌子，谢霜辰就赶紧哄着叶菱，说是怕他们家叶老师知道之后不开心所以才没讲。他们家叶老师天天忧国忧民操虑过多，没必要为了这么芝麻大点的事儿费神……谢霜辰是真的很怕叶菱骂他，怕说他小题大做惹是生非。没想到叶菱就问了他一句话。

这种好事儿你怎么不早告诉我？

谢霜辰惊了，很快才反应过来，是他自己心里因为美化滤镜把叶菱脑补成了个不食人间烟火的神仙。他不安好心，叶菱也不是个吃素的啊！他们家叶老师的手段他难道还没见识够吗？

不说了不说了，说起来又是一重滤镜。

叶菱也知道谢霜辰是为了自己，虽然有私心之嫌，有小题大做之嫌，但他并不认为谢霜辰做错了。

他又不是那几个小姑娘的亲爹亲妈，"纵容"这种事儿还轮不着他，做错了事，就必须付出相应的代价。

不过叶菱还是就"冲动草率"这个点说了谢霜辰两句，谢霜辰笑呵呵地听了，叶菱问他打算怎么办，谢霜辰说这件事儿他已经和史湘澄安排好了，无论线上线下，一定不会给叶老师丢人。叶菱本想帮衬帮衬，但一想谢霜辰又不是第一天混社会的小屁孩，人家也是有心眼有法子的。想到这里，叶菱便不打算再插手，半个字都不带过问的，任谢霜辰去折腾。

"老爷，您看。"史湘澄敲完了字，问谢霜辰，"这么写行吗？"

谢霜辰细细品味了一番，说道："还行，没什么大问题。剩下就是一个提问回答环节了，这个也用我自己的微博发。"

"什么问题？"史湘澄问。

"就是近一段时间来自粉丝和关心八卦的群众的问题啊！"谢霜辰说，"我懒得一一回答，所以收集整理了一下，你要不要看看？特别逗。"

史湘澄说："我用脚后跟猜都能猜出来。"她还是接过了谢霜辰的手机，看着上面密密麻麻的问题，叹道："嚯，你还真有闲心收集。这里有个问题请你回答一下，粉丝都是因为喜欢你才会关注你的生活，你规劝两句不就行了，有必要告人家吗？真是白眼狼！"

谢霜辰答道："我也是'特别'关心一些粉丝的个人成长教育，当然了你们也知道我是个没文化的粗人，教育不了他们，只能由专门的教育机构去承担了。"

史湘澄问："法院是教育机构？"

谢霜辰说："我里面没这个问题啊！"

"这是我自己的问题！"史湘澄说，"你烦不烦？"

谢霜辰说："哦，这个啊！嗨呀，法院不是专门的教育机构，撑死了就是一个教育考试中心，普通的教育机构是社会，终极的教育机构是监狱。人这辈子不能活得没有一丁点约束，不能无法无天，要不然不被教育还能怎么着？"

"行吧。"史湘澄也不是第一次见识谢霜辰的歪理邪说了，"下一题，不明真相的群众想知道这几个粉丝到底做什么丧尽天良的事儿了，至于对簿公堂？"

"这个问题吧……我跟你说的答案肯定是因为她们骂叶老师了，我不爽，我要弄她们。"谢霜辰说完贼兮兮地笑了笑，"不过这就是我自己的私心，你听听就算了。至于对大众的解释，咱们不都是对好了吗？就是过激粉丝行为影响了我个人的正常生活，发布言论影响了我个人的名誉。"

他这话不假，他又不是叶菱什么代理人，没办法跑到法院去跟法官说有人欺负我们家叶老师了，我要替他打官司。咏评社可以承担这样的角色，因为叶菱是社里的演员，任何一个人受欺负，都可以以咏评社的名义去讨公道。但是这么做，叶菱必然不高兴，叶菱不喜欢谢霜辰因为自己的一点私事上升到社里，其他演员也没必要出来承担这个责任。

所以谢霜辰完完全全是以个人名义操作的整件事。

史湘澄一手操持起了咏评社众多粉丝团体，大大小小的眼线遍布祖国各地，挖几个脑残粉的黑历史还不容易？偏巧这几个人也是粉丝内部公认的毒瘤，那爆料可就是层出不穷了。

能用的史湘澄都留了下来，包括深夜围追堵截谢霜辰啊，跟谢霜辰的私人行程啊，以谢霜辰粉丝的名义去攻击辱骂别人啊……

起初史湘澄还真的问过谢霜辰是不是就警告吓唬一下，谢霜辰则认真表示，他是玩真的。

他懒得弄假把式，雷声大雨点小好像吓唬吓唬就能有用似的。都什么年代了，谁是吓大的？对一个行为低劣的人最有效的打击就是公开道歉赔钱，道歉都是次要的，一定要赔钱，一定要有最实际的打击教育。

就算书面形式说两句"对不起"有什么用？面子才几分钱一斤？

这个世界上最没用的就是"对不起"三个字。

树欲静而风不止，更何况谢霜辰就没想着安静。他接连三篇微博都是与此事有关，喜欢他的人觉得他是在以正风气，不喜欢他的人觉得他就是出来乱跳，更有人挖旧账，把他与杨霜林当初种种骂战联系起来，送给他一句话——就你事儿多。

谢霜辰也不含糊，干脆以此做梗，写了段儿相声，名字就叫《就你事儿多》，并在小剧场里说得不亦乐乎。

不要惹流氓，也不要惹文化人。

他们很可能合起伙来编派你。

咏评社的周末晚场，人多得都没地儿下脚，谢霜辰和叶菱在台上正是表演的此段，大家嘻嘻哈哈笑成一片。

"我觉得啊，现在当公众人物很难，天天叫人拿放大镜盯着看。"谢霜辰说，"但是你反过来想，公众人物不也是普通人吗？大家身上都有普通人会犯的错。"

叶菱说："这倒是句实话。"

"所以我这么一研究啊，我就发现了一条致富之路。"

"这还能研究出来致富之路？"

"当然啊！"谢霜辰说，"明星犯错你跑去八卦两句也没什么用，又不缺你一个。但是普通人呢？口红色号不对今天比昨天胖两斤穿衣服难看，我就可以上去说两句。"

"不是，你是不是闲的啊？"叶菱说，"人家招你惹你了？你事儿怎么这么多？"

"您怎么知道我叫什么？"

"你不是叫谢霜辰吗？"

"不是。"谢霜辰说，"那是我的艺名，我的俗名叫'事儿多'，我妈是事儿妈，我爸是事儿爹，我就是事儿多。"

"你们这一家子也真是够烦的，俗名，合着'谢霜辰'仨字儿是你法号还是怎么着？"叶菱说。

谢霜辰双手合十顺嘴搭话："阿弥陀佛……"

"去你的吧！"叶菱说，"就你这样的都有辱清净！"

"你侮辱我。"谢霜辰指着叶菱说。

叶菱莫名："我怎么就侮辱你了？"

谢霜辰说："你说我有辱清净，清净是谁？我怎么他了？我跟你说叶菱，你这是在诽谤我！"

叶菱说："你有病吧？"

"哎呀你还说我有病！"谢霜辰说，"这更是赤裸裸的侮辱了！"

叶菱说："你烦不烦？我侮辱你怎么了？你能怎么着？"

谢霜辰看着叶菱，突然很坏地笑了一笑，说："我可以告您。"

在场的绝大部分是对咏评社有了解的人，一听到这个梗，立刻心领神会地笑了出来。不喜欢谢霜辰不会到这儿来，自然也会觉得谢霜辰的行为非常爽利干脆。有人在台下叫好，还响起了热烈的掌声。

节目结束之后，谢霜辰在返场的时候特意跟大家嘱咐说："老有人说我讽刺观众，讽刺粉丝，那我可真是罪过。观众是我的衣食父母，粉丝是支持我、爱护我的人，我怎么可能会讽刺大家呢？"

叶菱闷头说："嗯，只会上法院告他们去。"

大家"嘻"声不断。

"我喜欢您、爱护您，也不会天天追您家门口去堵您吧？也不会大半夜发私信给您写小作文吧？更不会挑拨您和'二小姐'的关系吧？"谢霜辰举例说明。

"是不会，你只会天天在我跟前儿晃悠骚扰。"叶菱说，"而且我跟'二小姐'没什么关系。"

大家又笑了。

谢霜辰笑了笑，抬起双手往下点了点，示意大家安静。

"我就是举个例子。"谢霜辰说，"老有人问我干吗告粉丝，被问多了我也烦，不如趁这个机会给各位关心我的朋友讲讲。当然啊您要是觉得买票进来是来听相声的不是听我瞎说的，您现在就能走了，相声已经表演完了，返场都是白送的，不包含在您票钱里。"

台下无人离开。

谢霜辰看了两眼，说："那既然都是自家人，我就简单说说吧。其实随着知道我的人越来越多，知道咏评社的人越来越多，就会伴随着一些所谓的'粉丝'的出现。其实我不大乐意称呼大家为粉丝，因为我觉得我们都是平等的，我表演得不好您肯定不乐意看，我演得再卖力气，您跟下面吃火锅打麻将，那我也憋屈。观众和演员是一种互相帮扶的关系，我给大家带来欢声笑语，大家买票捧我，叫我过上好日子。我是个说相声的，也不是偶像明星，虽然我承认我确实真的非常风流倜傥、玉树临风……"说着他还玩起了扇子。

叶菱拦住了谢霜辰："后面这几个形容词可以不用说，说正事儿。"

"行吧。"谢霜辰把扇子放下，理了理袖口，继续说，"我不是偶像明星，我没有那么光鲜亮丽。一些不太成熟的粉丝会做出来一些比较激进的行为，一次两次我可以容忍，但是更多的，我承认我做不到。我只是个普通人，靠说相声的本事讨生活，而不是靠贩卖人设和梦想。天真无知的少女可能会被我的外表所欺骗，到头来你们终归会发现谢霜辰连点怜香惜玉的心都没有，就是一个无赖。您因为喜欢谢霜辰而喜欢上相声，从而愿意去了解相声，我觉得这是我的荣幸。您因为喜欢相声而知道了一个叫谢霜辰的人，发现他相声说得还不错，愿意来捧场，那这是我的本事。唯独一点不好，就是您毫无理由地喜欢我，我哪怕相声说得特别烂，在台上涮火锅、抠脚，您还喜欢我，那您图什么呢？我凭什么呢？"

"就是喜欢你啊！"头一排的姑娘喊，"喜欢没有理由！"

谢霜辰指着她开玩笑地说："那回头咱也法院见。"

人家也知道谢霜辰开玩笑，喊道："一起！"

叶菱搭话："你俩这是去法院还是去民政局啊？"

谢霜辰摆摆手，不再跟观众开玩笑了。

"演员需要观众的监督，才不会松懈，业务上才能不断提升，给大家带来更多更好的节目，您才不会觉得票钱花得冤枉。"谢霜辰继续说，"各位喜欢我，我非常感谢，但是我不希望大家因为喜欢一个人而丧失自我。不说别的，大半夜不回家外面大冬天冻着就为了跟一个人说上一句话，这事儿我都替您觉得委屈。但一想到有些人在网上骂人骂得那么狠，都是年纪轻轻的小姑娘，真的没必要……"

他还没说完，后排一个大哥喊道："我不是！"

"你给我闭嘴。"谢霜辰说。

众人哄然大笑。

"男的也一样！"谢霜辰补充说，"有那时间多读书、多做有意义的事儿，多努力生活、努力赚钱，不比上网跟人打架牛得多？"

叶菱说："回头等我们开专场，争取买头排的票。"

谢霜辰说："您倒是不耽误做买卖。"

下面有人问："什么时候还有专场？"

"真不知道，回头再安排吧。"谢霜辰说，"不要打断我发言，我这儿正抒情呢！"

叶菱拍了拍他，说道："甭抒情了，你再不快点末班地铁都没了。"

"那行吧，我简单点说。"谢霜辰说，"总之就是我不希望一些年轻人太过疯魔，做出来出格的事儿，这不叫喜欢，这叫有病。我既然不是偶像榜样，那我肯定也不会由着这样的人胡闹。总而言之，我们都做个人吧。”

"合着你原来不是人啊？"叶菱忽然问了一句。

"是不是的吧。"谢霜辰随便一含糊，拱手抱拳，"今儿就这样了啊，挺晚了，大家回去好好休息吧。"

两个人鞠躬，刚一下台，谢霜辰就拉住叶菱，对他说："我原来确实不是人，但是在遇见您之后，我决定做一个人，做一个好人。不做坏事、不骂街、坚持刷蚂蚁森林植树做公益，因为我想长命百岁，一直跟您搭档，这辈子不够，还要下辈子。"

叶菱一怔，随即笑道："好人无好报，祸害遗千年，你呀，还是就当个祸害吧，我看挺好。"

这样一个夜晚，"谢霜辰教粉丝好好做人"的热搜悄然无声地爬了上去。话题下面的热门就是谢霜辰在小剧场的发言，粉丝们虽然是被谢霜辰批评了一顿，但还是哭着说哥哥人美心善，鼓励大家好好学习、好好生活，抑制不良风气，这才是人间楷模！

顺便万人血书再开专场，希望能够现场听到哥哥的教诲！

第二十八章

群众强烈要求再开专场的事情被史湘澄暗中记录了下来，拿着去找谢霜辰商量。

"那个网综你不去是不是？"史湘澄说，"你个废物点心，出去赚钱的活儿都不干，拿什么养家？不行，你给我开专场赚钱去。"

谢霜辰说："姑奶奶，现在计划开专场最快也得年后才能开啊，你一天到晚想什么呢？"

"那……"史湘澄说，"今年还有封包袱大会吗？"

"有啊！"谢霜辰说，"年底放假之前怎么着也得跟观众们意思意思吧，弄个联欢会，也当是这一年的总结了。"

史湘澄问："你想好在哪儿开了吗？"

"还在咱这小剧场开。"谢霜辰说。

"那不得抢票抢疯了？"史湘澄吃惊，"你就不能体谅体谅众多粉丝抢票的艰辛苦涩？"

"我就是因为体谅他们，所以才不想大费周章地弄个大场子。"谢霜辰说，"以后开专场的机会还很多，小剧场啊……能多说一场算一场吧。包括你那边找来的各种事儿，以后同样有很多机会，但我觉得自己现在还未必能到跑出去大肆宣传的时候。先韬光养晦地把这个年过了吧，别我还没准备好，某些人就又跑出来跳。"

史湘澄问："你说你二师哥？"

"他，和他周围的人，都算在内。"谢霜辰说，"也许远不止这些，讨厌我的大有人在。我名气越来越大，以后的路就要一步比一步走得稳，我倒了是小事，背后这一大家子怎么办？"

史湘澄揶揄道："得啦得啦，你爱干吗干吗吧，反正都是你自己的买卖。封包袱大会的事儿我筹备一下，你们记得准备节目啊！"

谢霜辰应允。

每年的年关都是演出市场最为忙碌的季节之一，准备完跨年就要准备春节，完事儿还有正月十五元宵晚会，一口气得折腾到"3·15"打假晚会才算结束。

史湘澄给谢霜辰找来的那些商演啊活动啊什么的，谢霜辰一开始还有点兴趣。可自打出了粉丝那档子事儿之后，他忽然就冷静了下来，不太想这么急切地去抛头露面。

那些都不是他的地盘，这样贸然地闯进去，结果是好是坏，他都没有什么把握。

但是说起年底封包袱大会的事儿，谢霜辰之前连提都没提，似乎大家都默认仿佛年底就要有这么个事儿一般。史湘澄一说，大家就都开始准备节目了。

一个个还挺自觉。

谢霜辰还特意问过姚笙年底封箱不封箱，毕竟人家唱戏的，有的是箱子可封。姚笙说封个屁，他年底要带着剧社巡回演出，演出完了卡着年根儿封不封的就那么回事儿了。

"哟——"谢霜辰在电话里就开始阴阳怪气地叫唤，"师哥能耐啊，怎么着，上哪儿演去？梅兰芳大剧院？还是国家大剧院？"

"去大上海。"姚笙说，"一路演回来，差不多就该过年了。"

"厉害厉害。"谢霜辰说，"十里洋场啊！"

姚笙打趣儿说道："我怎么听着你这么酸啊？"

谢霜辰说："我能不酸吗？我都不敢去上海说，不，准确点说，我都还没出过这北京城呢！"

姚笙说："怎么，师哥带你出去混一混？"

"不，我不想再跟你同时出现在B站混剪大手子的视频里了。"谢霜辰说。

"真巧。"姚笙说，"我也是。"

姚笙带着剧社的专场演出大约为期一个月，安排得很紧，同样的戏份，京评各演一场。所到之处无不各种明星艺人去捧场，再加上戏好角儿好，那热闹的剧场仿佛又回到了百年前的盛世光景。

未必是戏曲本身的魅力把那些年轻人带进了剧场，可是不论什么原因，把他们留住，让他们坐下来听，听完了会唱，唱完了还要去网上跟别人分享，这本身就是一件难能可贵的事情。

也只有姚笙做得出来。

他们在外面唱得响亮，北京的戏迷们按捺不住，要求笙社的封箱演出得在北京开。剧社成员一路演回去，舟车劳顿疲惫不堪，但是对加演一场封箱戏都没有什么怨言。

一年到头，总归得回馈观众。

于是姚笙也定了封箱，就在谢霜辰封包袱的前一天，正好一个周五一个周六，北新桥的剧场门口怕是得堵得水泄不通了。

咏评社的封包袱节目已经拟定，所有演员都会登台演出，单口的、对口的、群口的，数数得有七八个节目，由谢霜辰与叶菱最后压轴，票早就售罄，只留了加座儿的票在演出当天售卖。

笙社的封箱演出早一天，京评都排了戏，不过姚笙不想按着原来唱，拍脑袋就让大家反串。

反串并不单指男女反串，行当和行当之间的对换就是戏曲门类的反串。比如唱老生的去唱花脸，诸如此类。

不过姚笙的反串就是简单粗暴的坤生调换，评剧他选了《花为媒》，喜庆，点名叫凤飞霏去演张五可。

凤飞霏真的疯了，好端端的干吗让他演旦角儿？他不干，死都不干，姚笙就问他："要不让你哥陪着你唱？"

一旁的凤飞鸾也愣了，说道："我多少年不唱了，哪儿还会？"

姚笙说："你弟演张五可，你演李月娥，哥儿俩变姐儿俩，我看挺好。"

"好个屁！"凤飞霏说，"你有病吧！"

姚笙说："大过年的不就是给观众图一乐呵吗？那么多小姑娘来问笙社的经理是什么背景，怎么着，经理不上台回馈回馈观众？"

凤飞鸾不像凤飞霏那般冲动鲁莽，心中虽然觉得不妥，也不会骂街，而是老实地说："回馈是另外一回事儿，只是我太久不唱了，又是不曾学过的旦角儿，怕了上台演砸了。"

"没事儿。"姚笙大手一挥，"为了热闹而已，不必计较太多。这事儿就这么定了，你俩要是不演，今年没有年终奖。"

一分钱难倒英雄汉，凤家兄弟迫于姚老板的"威胁"，不得不向"邪恶势力"低头。

评剧要演反串，京剧自然也是的。为了平衡凤家兄弟的心情，姚笙让他俩选戏。

"那我就点个《伐子都》吧。"凤飞霏一脸要报仇的表情，"我要看四张高桌云里翻。"

"你这是让我死啊？"姚笙跳起来打凤飞霏。

云里翻是武生绝活儿，《伐子都》当中有一段便是子都爬上高台，从上面一个跟头翻下来。现在舞台上只用大约一个人还高点的台子，而在过去，演员演这一出是真的卖命，八仙桌摞三张，更有甚者摞四张，看上去高耸直出戏台，摇摇欲坠。

这一下翻下来，若非有真功夫傍身，怕不是真的要摔死。

姚笙只在很小的时候见过当时的角儿翻四张桌，后来便看不见了。他是学旦角儿的，本不用学习这些，后来在戏校里跟那些武生玩闹，与人打赌耍横，专门学过云里翻。他个子高，翻跟头着实费劲，到最后也只翻得下一人多高的台子，与那些武生平起平坐。

他这个身高翻四张桌儿，可能得头先着地。

凤飞霏就是故意为难他呢！

"你别闹了。"凤飞鸾对凤飞霏说，"剧社哪儿有那么高的吊顶摞四张桌儿？换个别的吧。"

凤飞霏说："你可真是向着他。"

凤飞鸾笑着摇摇头："要我说呀，来看戏的就是看个彩，姚老板不如唱一个《四郎探母》，驸马的扮相……我想观众应该喜欢。"

姚笙说："好，那就《四郎探母》，唱腻歪铁镜公主了，穿着花盆底儿我比杨延辉还高，这回找个姑娘演铁镜公主，我来演杨延辉。"

凤飞霏说："那你那翎子也得戳破天花板。"

"你给我闭嘴。"姚笙说道。

封箱戏定下之后，又有彩头，开票之后一抢而空。姚笙特意留了第一排的座儿给亲朋好友，因为太紧俏，只余出来两张给咏评社，自然是被谢霜辰分去，带着叶菱前来看戏。

不看不是京城名流。

"听'浪味仙'说，今儿的《花为媒》是凤家哥儿俩演俩女主角。"谢霜辰满是看好戏的表情与口气，"你说'浪味仙'怎么说动他俩的？"

"我怎么知道。"叶菱低声说，"总归是人家关系好吧。好了，你别说话，开戏了。"

凤飞霏早在咏评社的时候就唱过《花为媒》，对于谢霜辰与叶菱而言也不陌生。可是凤飞鸾唱评剧，大家都是头一次见，个个都很好奇。

倒也说毕竟兄弟俩，基因都差不多，凤飞霏扮相可爱，凤飞鸾则是端庄许多，若不是个子都太高了，失去了姑娘家小鸟依人的感觉，倒也真是如花似玉的一双姐妹。

"还真是姐儿俩。"谢霜辰点评说，"一个花旦一个青衣，这是什么绝美搭配？"

叶菱说："我估计也就这么一场，大少不再演戏……也真是可惜。"

"有一就有二。"谢霜辰说，"姚老板那老妖孽的手段，您还见识得少吗？"

叶菱笑道："你怎么说话呢？"

"嗨呀，我忘了，您和姚老板棋逢对手。"谢霜辰说，"个顶个儿的运筹帷幄之中，决胜千里之外。"

叶菱问："那我也是老妖孽？"

谢霜辰笑道："您说呢？"

台上一出《花为媒》相当喜庆，稍微休息之后，紧接着便上演京剧《四郎探母》。

姚笙穿着驸马红蟒上台，甫一亮相，台下叫好声此起彼伏。

他是大家心中的美艳天王，演绎过无数美丽动人的女子，今日换上一身大红的驸马宫装，脚踩着厚底靴，翎子随着动作轻盈晃动，潇洒至极。开口亮相，竟也毫不露怯，嗓音清亮，气息稳重，尽是名家风采。

"我也是第一次见着这么高的杨延辉。"谢霜辰评价说，"我感觉这戏台子都装不下了。"

"我觉得挺好的。"叶菱说，"姚老板扮旦角儿美貌，扮生角儿风流，哎，我要是女孩儿，估计也爱上他了。"

"您可不准啊！"谢霜辰赶紧说，"要不我现在就上去砸场子。"

叶菱只是开玩笑，他指了指身后，说道："你看看后面那些女孩子们，哪个不爱他？个个儿都想当铁镜公主，哪儿轮得到我？"

"呸！"谢霜辰说，"肤浅！"

《四郎探母》有那么几处较为经典，一是《坐宫》中铁镜公主与杨延辉的对唱，一是《过关》中杨延辉的吊毛，一是《探母》中佘太君一见娇儿泪满腮。当然，最为观众耳熟能详的还是《坐宫》对唱，许多名家也经常在各种节目中演绎此片段。

铁镜公主乃是番邦异族，穿着花盆底儿走路都比汉人女子动作幅度大。演铁镜公主的是笙社里的花旦演员，一个姑娘扮相靓丽，一旁姚笙所扮杨延辉高挑帅气，二人倒是十分般配。

"我当初学这出戏的时候，一直很想知道为什么铁镜公主知道杨延辉是杨家将之后，竟然还会帮他回宋营探母。"谢霜辰说，"杨延辉发毒誓有什么用？长成这样，锁家里也不放心啊，放出去一定是个不守妇道的男人。"

叶菱"扑哧"笑了，感觉谢霜辰话里话外就是要损一损姚笙。"可能这就是真爱吧，不过我不喜欢这出戏。"他说，"杨延辉与原配孟氏相亲相爱，但被俘到辽国之后又与铁镜公主成亲，夫妻十五载。说是忍辱负重也好，被逼无奈也好，可这算什么事儿呢？就连想要去宋营探母也是郁郁寡欢被公主发现之后才不得不说出心事，一个男人，还不如一个女人直爽大方。"

谢霜辰说："那我问您，要是您被一个黑道大哥给掳走了，强行要求您跟他女儿结婚，结了婚家里金山银山都归您，您就在那里当个土霸王，代价是一辈子不能回来，您怎么着？"

"我……"叶菱吐出一个字，像是在思考。

哪个男人不爱功名利禄、荣华富贵？评价别人轻轻松松，换到自己身上就不是那么个意思了。谢霜辰见叶菱犹豫，便说："您是不是打算让我挂单儿？"

"不是，你这题不符合现实。"叶菱说。

"我不管。"谢霜辰说，"您死活都得给我答案，别老嫌弃人家戏里的人物。"

"我既然已经答应跟你一起搭档，就不会答应别人。"叶菱诚恳说道，"没有人可以逼我做我不愿意的事情。人生这么短，我的精力很有限，这对别人也不公平呀！"

此时台上已经演到了《过关》，姚笙唱完之后，大步一跨，挥舞手中的马鞭，朝前一扔，紧接着头朝下，凌空一翻，后背着地，完成了一个漂亮的吊毛，台下齐齐叫好。

"费劲。"谢霜辰说，"果然个儿太高真不能唱戏，一米八几的个儿翻个吊毛我都怕他窝了脖子。"

叶菱说："人家姚老板身手好着呢！"

第二十九章

在观众热情的喝彩中，今日的剧目演出完毕，大家出来返场，下面观众各种送花送礼物的，还有几位娱乐圈的朋友送上了大礼，小小的戏台上装得满满当当。

姚笙简单说了两句，无非就是今年多谢大家捧场，明年再接再厉，为大家奉上更精彩的剧目，希望大家为了中国戏曲的发展共同努力。场面话说得漂亮至极，不由得叫人心生热血。最后大家背对观众，一起拍了一张大合照，笙社今年的演出便全部结束了。

后台乱七八糟一片，姚笙肯定是要请所有人吃饭的，他特意问过了谢霜辰他们去不去，谢霜辰说明儿他要封包袱，就不凑热闹了，打算带着叶菱早点回去。

姚笙对于"封包袱"这个词嗤之以鼻，谢霜辰就阴阳怪气地说，他们比不上真正的角儿，一身大褂儿而已，没箱子，随便封一封啦！

谢霜辰和叶菱跟家睡到中午才起来，吃过饭又晃荡了晃荡，才优哉游哉地去了剧场。昨天热闹已过，今天要迎来又一番热闹。

今时不同往日，去年时，谢霜辰和叶菱为了准备年底的这场节目可是费了很大的劲儿，要演三个活不说，为了留观众，演得还十分卖力。而到了今年，社里的演员多了，一些人也逐渐地拥有了属于自己的观众，他俩便可以轻松一些，只演个攒底。

演出前头一个小时，观众便已经陆陆续续地上了，门口的加座儿早就卖完了，还有很多没买到票的观众不肯离去。

史湘澄跑进了后台，说："外面人太多了，都说了没票了也不肯走，门口连个黄牛都没了，不知道在等什么。"

叶菱问谢霜辰："怎么办？"

谢霜辰问史湘澄："真的没座儿了吗？"

史湘澄说："就还有几个咱们放在后台的板凳……你不是要丧心病狂地连这种票都卖吧？"

"你看着办吧。"谢霜辰说，"今年就这一场了，你在门口问谁愿意买站票，票钱就加座儿的一半，在保证安全的情况下，能放就都放进来吧。"

"这……"史湘澄为难，"别的观众乐意吗？"

谢霜辰说："所以你得跟人家说好了啊，进来不准影响别人，不准瞎胡闹，一经发现就得离开。叶老师，您觉得呢？"

"我觉得行。"叶菱说，"都是来捧场的观众，高铁春运还卖站票呢，怎么剧场就不能？不过确实得约法三章，不要一番好意最后弄得大家不开心。"

"行，既然你俩同意，那我就去了。"史湘澄又颠颠儿地跑到门口去放人进来。

等节目快开场之前，大家朝着前面看了看，台下乌泱乌泱全是人，最后一排都快赶上春运的火车站了。

"得，真应景儿。"蔡匐商回头说道，"还真是卖吊票。"

叶菱笑了笑，说："今年就这样儿，明年咱们上大剧场去演。"

观众热情场面火爆，演员演出自然也会卖力气。

陈序加班没有来，杨启瑞便说了一个开场的单口，他自从全职开始说相声之后，有了大量的时间去钻研内容以及积累舞台经验，再加上年纪摆在这里，在台上十分稳重，说段子不疾不徐，节奏掌控得当，冷不丁地丢一个包袱出来，一准儿把大家逗乐了。可他自己不乐，再怎样也不会笑场，谢霜辰评价杨启瑞有几分老先生的意思。

表演到了中段儿，节目一个跟着一个，气氛也连连上涨。

"我今天真的应该把'二小姐'给拽过来。"谢霜辰说，"再给我唱一段儿《花为媒》。"

叶菱说："去年唱的就是《花为媒》，今年他在别人的班子里唱过了，怎么，还老叫他唱？"

谢霜辰说："就是感觉他不在，好像少了点什么一样。"

叶菱说："差不多得了，人家昨儿演到那么晚，结束还一起去吃饭，今天哪儿有精力来这边儿？你黑心不黑心？"

"你说这个我想起来了。"谢霜辰说，"我们今天完事儿之后要不要去吃一顿，今年最后一场了，演完了可以休假了。我记得去年……"

他刚说到这里，叶菱说："甭说去年了。"

"怎么了？"谢霜辰不解，随后反应了一下，意味深长地笑道，"去年今日此门中，人面桃花相映红啊！"

"又……又不是同一天。"叶菱稍微侧过去一点，说道，"哪儿来的什么去年今日？"

"农历日子是一天。"谢霜辰说。

史湘澄在前台溜达了一圈儿之后回了后台，见谢霜辰还跟叶菱聊天呢，说道："你俩不换衣裳去啊？"

开场时大家集体亮相过，他俩穿的是霜白的大褂，一会儿攒底上去穿白色未免不太稳重。谢霜辰是想换一身儿，没想到坐下之后跟叶菱边看演出边聊天儿，节目就过半了。

"换个衣服还不快？"谢霜辰拉着叶菱要往里屋去，史湘澄叫嚷道："欸！你们那套黑的不是搭外边儿了吗？"

"谁说要穿黑的了？"谢霜辰头也不回地说，"大喜的日子干吗穿黑的啊？"

叶菱一头雾水："你说嘛？"

两人换衣服就换了好半天，出来时都快到倒二的节目了。

大家目光齐刷刷地看过去，谢霜辰还是那般，叶菱垂着头，不太高兴的样子。二人换上的是那套妃色的大褂，这套大褂说来有些故事，当初两人还未在一起搭档时，谢霜辰就硬做了这么一套，也不知是开叶菱的玩笑还是怎样，还专门拍了一套照片。

只是叶菱不太喜欢穿靓丽的颜色，之后两人演出也极少会穿。

谢霜辰也是脑中灵光一闪，将这套妃色的翻出来换上，二人都是红彤彤的，显得极有精气神儿，也配今天封包袱这样的喜乐场合。

"哟，少见呀！"史湘澄说，"今天这是干吗？追忆青春？"

谢霜辰笑道："小五爷正青春，追忆个什么劲儿？"

待倒二的两人下来，谢霜辰牵着叶菱的手，掀开上场门的门帘，台上的光亮撒了过来，将那红色的身影镶嵌了一层金色的边缘，仿佛闪闪发光的梦境一般。

那热烈的掌声和呼喊响彻云霄。

史湘澄坐在后台默默地看着那两人面带笑容迎接观众的样子，心中感慨万千。她来时剧场里空空荡荡、一穷二白，时刻要为没有观众而发愁苦恼。如今观众举着钱都买不到票，用最大的掌声去赞扬他们，队伍越来越壮大，追随者也越来越多。

这种成就感……

只有玩养成（一种游戏）的妈妈才会懂！

史湘澄如是想。

整场演出结束的时间就晚，观众太热情，迟迟不愿意离开，谢霜辰就带着大家多返了几次场，一下子折腾到了午夜。

还好是自家的剧场，没有人过来轰他们。不过折腾得太晚虽然尽兴，但是回去路途不太方便，也不安全，纵然观众一再挽留，今日的演出还是到此结束了。

一年风风雨雨满载而归，彼此相约来年再见。

"吃饭吗？"谢霜辰问大家。

大家回答都行，谢霜辰就篦街上随便找了个饭馆订了个位子，等到大家都收拾妥当之后一窝蜂地冲了过去。

去年一张桌子就坐下了，今年得开两桌。

"那什么，我先叫好代驾啊！"谢霜辰先掏出手机来准备，叶菱说："你甭叫了，我不喝，你要是喝酒完事儿我开车。"

"不喝两杯多没意思呢？"谢霜辰说，"今天日子不一样。"

"你可别想。"叶菱说，"你爱喝你自己喝。"

"小叶不喝就不喝吧。"杨启瑞说，"哥跟你喝两杯？"

"哥，您可饶了我。"谢霜辰说，"我多年不在队伍里混了，可能跟您比差点。"

杨启瑞笑而不语。

半夜吃饭的人不多，上菜也快，等差不多布满了，大伙儿让谢霜辰说两句，谢霜辰不是很爱说场面话，不过一年到头确实也该总结一下，便端着酒杯站了起来，说道："今天是咱们咏评社第二个年头了，一晃眼也挺快的。咏评社的牌子是我师父留给我的，我最初办起来也是走投无路找口饭吃，办着办着，心中的一些目标也越来越明确，日子也越来越有奔头。咱们今年比去年要好，明年要比今年好，总之一年好过一年。不求赚个金山银山，就希望能让大家伙儿过上无忧无虑的日子吧，也对得起祖师爷赏饭，对得起观众们捧，对得起自己的辛苦努力。来，今天不多喝，大家干这一杯意思意思。"

"好！"

大家都站了起来，十几个杯子碰在一起，发出清脆热闹的响声。

夜已深沉，大家酒足饭饱，乘兴而来，尽兴而返。

谢霜辰就喝了两杯，屁事儿没有，坐在副驾驶上跟叶菱絮絮叨叨。叶菱嫌弃他烦，闷头开车不说话。

"叶老师。"谢霜辰叫道，"您怎么不搭理我啊？"

"搭理你干吗？"叶菱说，"快到家了，你能歇会儿吗？"

"这不是得空跟您说两句话吗？"谢霜辰说。

叶菱说："咱俩天天在一块儿说话，白天说了夜里说，台下说完台上说，你这话没完了吗？"

"没完。"谢霜辰说，"您说啊，这人也真是奇怪。酒逢知己千杯少，话不投机半句多。我跟您'情投意合'，说话有说话的投缘，就算不说话，也有不说话的心有灵犀。"

"肉麻。"叶菱说了一声，把车开进了车库里。

两个人晃晃荡荡地上楼，谢霜辰似乎不打算睡觉。

叶菱问："今儿忙活了一天，现在这么晚，你不累吗？"

"累？"谢霜辰说，"抱歉，师哥我不知道'累'字怎么写。"他似乎为了证明自己，试图跟叶菱表演一番。

叶菱说："别胡闹了，我累了……哎呀，我可跟你这青春年少的比不了行了吧？我这都奔着三十去了……"

"哪儿啊？"谢霜辰说，"甭说得自己好像马上要入了土似的。"他笑着打量一番叶菱："也是一个成熟的小哥哥啦！"

"我觉得，你这两年成熟了不少。"叶菱说道。他自己的性格就是那样儿，没什么动静儿，这些年来仅有的失态就是谢霜辰砸着头那回，除此之外，他一直都是平平淡淡的。在外人看来，也许叶菱就是一个很成熟的人，他有自己的想法和认知，还有非常冷静客观的判断，没人会觉得他能跟"胡闹"这个词挂钩。

不过他要是真胡闹起来，比谢霜辰还要决绝。

他能抛家舍业、不顾一切地跑出来做自己真正喜欢做的事情，前途可以不要，过去的两年里，他跟父母讲话的次数屈指可数。那些伦理道德他不是不懂，只是有些事情顾此失彼，难以两全。

越是像叶菱这样看上去成熟稳重的人，越是能做出惊天动地的事儿来。

谢霜辰只是浑，成天到晚嘻嘻哈哈的，心里跟个明镜儿一样。他要做什么不要做什么，自己都能想得明白透彻。二十多岁的大小伙子难免年轻气盛，敢做敢错，错了大不了从头再来。他虽有这样的魄力，但是也不可能说百分之百不管不顾贸然行动。

如果可以，谁不想一辈子天真无邪呢？

"长大"与"成熟"，有时候是一种无奈的选择。

"成熟一点不好吗？"谢霜辰说，"要不然怎么罩着师弟？"

"我干吗叫你罩着？"叶菱反问。

"那您罩着我。"谢霜辰噘嘴，撒娇一样。

"你……"叶菱顿了顿，有点不太好意思地说，"你今年生日，我们总能一起过了吧？"

叶菱的生日在夏天，他能记得社里所有人的生日，并且记得在当天有所说法，可是唯独自己的生日，他却懒得记挂。谢霜辰能记得清清楚楚明明白白，偏不巧的是，他们终日里都是忙碌着演出，也没有时间和空间让谢霜辰好好表现一下。

他就算搞个什么，叶菱还会说他闲得无聊。

所以这一次，叶菱说出这样一句话来，叫谢霜辰十分意外。

"嗯……"谢霜辰说，"初一早上还是得上师父家去看看，不知道'浪味仙'儿在不在，不过吃过午饭之后就都是我们自己的时间了。对了，您不回家吗？"

"不了。"叶菱说，"回家一准儿乱七八糟各种的事儿，我打个电话回去吧。"

"其实我们现在也算小有成就。"谢霜辰说，"这样儿您爸妈对您都不满意吗？"

"家里的事情啊……"叶菱想了想，说，"我现在还不知道自己处在怎样的一个阶段。但是可能我们现在这摊事情在我父母这样的人眼中，还不足以支撑他们在外社交的面子。赚钱是一方面，说出去好不好听就是另外一方面了。总之……不着急，慢慢来。"

"那就再说吧。"谢霜辰只有一个师父，根本没有过任何所谓的家庭生活，所以对家庭认可也没有太大追求。

"还有。"谢霜辰说，"我才想起来，我生日可不光初一白天。过了三十敲了钟，不就可以发生日祝福了吗？"

"你想怎么着？"叶菱问。

谢霜辰笑着说："谁家过年不吃顿饺子？"

第三十章

想吃饺子就得自己张罗。

咏评社已经进入了年前的歇工，大家拿着年终奖开开心心地回家过年。北京城里的人一天比一天少，当你发现一进一号线空旷得全是座位的时候，那说明春节真的要到了。

虽然只有谢霜辰和叶菱两个人过大年夜，但是谢霜辰也不含糊，还是按照过年应有的习俗准备着。哪天扫房、哪天炖肉，安排得非常妥当。

"我以前怎么没觉得过个年这么费劲？"叶菱开谢霜辰的玩笑，"就咱俩，倒是叫你弄出来二十个人的场面了。"

谢霜辰说："这叫传统文化知不知道？生活需要仪式感，现在的人什么没吃过什么没见过，您说过年还有什么意思？不就是剩下这点仪式感了吗？"

"那还有另外一个非常有仪式感的事儿呢！"叶菱说，"三十得看春晚啊，估计一整宿铺天盖地的都是春晚的消息。"

谢霜辰说："没准看到二师哥？大过年的就别添堵了吧。"

"看看也不错。"叶菱说，"三位师哥现在鲜少出去商演，基本上只活跃在荧屏舞台了。我们平时又很少关注这些内容，也应该熟悉熟悉他们目前的风格状况。"

"怎么，您还想知己知彼？"谢霜辰说，"他们什么风格状况我还能不清楚？在网上抄点流行词都能抄出来那种溢出屏幕的尴尬感，其他的就更别提了。我估摸着吧，也是年纪大了，心有余而力不足。"

"力不足？"叶菱反问，"力不足还跟你这儿较劲。"

谢霜辰叹气，说道："谁叫我就是众人的焦点呢？走哪儿谁都看我。"

"你还夜空中最亮的星呢！"叶菱说。

"甭说这个了。"谢霜辰说，"一会儿咱上超市买点东西去，明儿三十就不出去了，跟家里窝着，怎么样？"

"行。"叶菱说，"走吧。"

三十当天，两人睡到了自然醒，中午稍微吃了点东西，下午谢霜辰就开始准备年夜饭。叶菱本来想帮忙，谢霜辰回想起被叶菱包饺子所制造的恐惧，坚决没让叶菱下手干活儿。叶菱觉得谢霜辰一个人在厨房里忙活怪无聊的，就站在一边儿跟他聊聊天，顺便给他递递东西。

下午的时候，谢霜辰的手机忽然响了，叶菱跑过去帮他拿，一看是史湘澄，跟谢霜辰说了一声儿。谢霜辰手头上正忙活着，就叫叶菱先帮他接了。

"喂，湘澄？"叶菱说，"怎么啦？"

"你们是在家吗？"史湘澄问。

"嗯。"

"那我能晚上和你们一块儿过年吗？"史湘澄又问。

"啊？"叶菱很意外，"你不是回家了吗？"

"我今天早上的飞机。"史湘澄说，"哎……说来话长，我现在不回去了。你们……我去的话方便吗？会不会打扰你们？"

"没事儿。"叶菱爽快地说，"你来吧，谢霜辰准备年夜饭呢，弄了挺多。"

"行。"

也不知道史湘澄在哪儿给他们打的电话，过来得还挺快。她一进门就闻见了香味儿，说道："你俩过得挺滋润啊！"

"是。"谢霜辰刚摘了围裙，跟史湘澄开玩笑，"没你更滋润。"

"怎么说话呢？"叶菱瞪了谢霜辰一眼，"湘澄，你先坐那歇会儿，看看电视什么的。对了，你想喝点什么？家里还有橙汁。"

"不用，叶老师你甭忙活了。"史湘澄说，"我喝白开水就行了。"

叶菱给史湘澄倒了杯热水放下，自己也坐在了她身边，问道："你今天是出什么事儿了吗？飞机怎么了？"

"哎……"史湘澄一脸纠结的表情。她是个性格开朗的姑娘，会生气、会暴躁，但是鲜少露出这样难以言说的表情。

叶菱觉得史湘澄有心事，也许现在还不大方便说，自己这样贸然询问也有些唐突，就把茶几上的盒子打开，对史湘澄说："盒儿里有瓜子、花生，还有糖，你看看你想吃什么。你中午吃饭了吗？饿了吗？"叶菱又回头对谢霜辰喊道，"几点吃饭啊？"

谢霜辰说："你俩要就着春晚吃吗？"

史湘澄说："今年春晚是不是还有你二师哥？他几点的节目啊？我倒是想看看。"

"你怎么和你叶老师一个德行。"谢霜辰无奈地说，"得，那我今天就舍命陪君子了！"他拿出手机来翻看春晚的节目单，"九点左右。"

史湘澄说："嗨，老哥混了这么多年，这不也没混上黄金时间吗？"

"现在相声哪儿还能排得上黄金时间？"谢霜辰说，"小品主流了多少年了。"

史湘澄说："可是现在的小品也没什么好看的了啊！"

"只能说这是创作的必然经历吧。"谢霜辰说，"好的作品会在某一个时间段里扎堆儿出现，然后进入到沉寂当中去。新的东西替代掉旧的，这个过程是缓慢而反复的。"

"你今天怎么这么深沉？"史湘澄忽然问。

"我能不深沉？！"谢霜辰强调，"大姐，过了十二点我就过生日了，你突然跑过来我都没点心理准备！"

"那我走了。"史湘澄说，"我又不知道，你早说啊！"

"我就是说说。"谢霜辰说，"我还能真叫你走？大过年的你走哪儿去？我看呀，你晚上就跟这儿住吧，外面又不好打车，你一个人我也不放心啊！"

史湘澄说："原来我怎么没见你这么好心？"

谢霜辰反问："我的设定不是人美心善吗？"

"都是假象。"史湘澄说。

谢霜辰的年夜饭准备得差不多，就等晚上的时候下个锅就可以了。距离吃饭还有一段时间，电视里放着春晚前夕的直播节目，开着纯粹就听个响儿，三个人无所事事，谢霜辰就带着史湘澄和叶菱打游戏。

叶菱固然聪明，但实在不擅长玩游戏，要不得说老天爷给一个人技能的时候是公平的。史湘澄被社里的直男们带着玩过，竟然意外不坑。三个人凑在一起，唯有叶菱一个劲儿地送，换成个别人，谢霜辰早就原地爆炸了。

"哎呀叶老师，您别站那么靠前，对面儿该打着您了！"

"您等着啊，我给您把对面杀穿了！"

"没事儿您尽管送，问题不大。"

"您怎么没收人头啊？没事儿！虽然可以收，但是没必要。"

史湘澄暴躁了："谢霜辰你烦不烦！如果这个游戏可以击杀队友，我肯定把你第一个搞死！"

谢霜辰说："我怎么了？我难道还不 carry（带动全场）吗？欸欸欸，你怎么回事儿？你怎么跑去送了？会不会玩？两个打一个被反杀？不想玩边儿上挂机去！"

"谢霜辰你这个王八蛋！"史湘澄买了装备冲出了泉水，一顿操作。

"你竟然敢卖我！"谢霜辰大喊大叫。

"你们能不能不要吵了！"叶菱本来就是"操作苦手"，现在被这两个人喊得头都要大了。为什么玩游戏就不能安静一点？难道声音越大输出越高？

是的。

"屎'香肠'你真的好菜啊！"在最后一局光荣地输掉之后，谢霜辰如此这般评价史湘澄。

"你给我闭嘴！"史湘澄怒了。

"好了好了。"叶菱一看表，都六点多了，对谢霜辰说，"别玩了，收拾收拾吃饭吧。"

"行。"谢霜辰说，"我去准备一下，你俩歇着吧。"

谢霜辰手脚麻利，很快一桌子菜就铺满了。史湘澄凑了过来，说道："都是你弄的？"

"不然呢？"谢霜辰翻白眼。

"我以为你屁都不会。"史湘澄说，"你难道不是一个需要被叶老师照顾的人设吗？"

谢霜辰嘴上没说什么，心说到底谁照顾谁啊姑奶奶？让叶老师进厨房做饭，今天晚上大家就都饿着吧！

三个人围坐在桌前，春晚已经开始了，虽然确实真的没意思，但是这一档陪伴着中国人三十多年的定番节目如果缺失了，似乎也少了许多仪式感的东西。

"来来来。"谢霜辰给大家倒酒，"先喝一杯，忙忙叨叨一年了，也真是快。"

史湘澄说："这话你那天都说过了，就没点新词了吗？文盲。"

"我文化水平低行了吧？"谢霜辰说，"欸不对，本桌你文化水平最低，一个初中文化水平还来嘲讽我文盲？我好歹高中毕业好不好？"

他说这话，叶菱垂下头，不知道该说点什么是好。

"那怎样？"史湘澄说，"还不是都在一个地方？反正最后大家的归宿都是那个小盒儿。"

"赶紧把酒喝了。"谢霜辰说，"大过年的说这些干吗？不吉利。"

吃饭喝酒讲究一个气氛，三杯酒下肚，饭桌上有了一些热闹。谢霜辰是个什么话茬都能接下来的主儿，只要有他在，就绝对不会怕冷场。不过他也是天生气场奇怪，咏评社里里外外几大刺儿头都喜欢跟他唱反调，比如凤飞霏啊史湘澄啊，还有一个铁磁姚笙。

这就是他们的相处模式，插科打诨，但不会妨碍做正事。

他们听着春晚的声儿，聊起挨个儿出现的演员歌手的八卦，偶尔评价一下这个不好那个不好，再讨论到自己过去这一年的经历。

很多很多事情都在此时一幕一幕地展现。

时间慢慢走过，转眼到了九点多，杨霜林和他的搭档出现在了电视屏幕上。

"你俩期待的节目来了。"谢霜辰说，"要不然咱换地方？别跟饭桌上待着了。"

"行吧。"叶菱点头。他刚要收拾桌子，谢霜辰说："甭收拾了，十二点还煮饺子呢！"

三个人把沙发全占满了。

电视里的杨霜林非常和善喜庆，先是讲了一堆新年的吉祥话，算作垫话的部分，紧接着很快就进入了正活。

"好快啊！"叶菱说。

"是啊！"谢霜辰说，"在电视上，特别是春晚这种舞台上说相声，有着非常严格的时间要求，必须在十几分钟之内说完。不像咱们在小剧场里，十几分钟可能还垫话呢！"

史湘澄说："真的好无聊，观众们都是托儿吧？"

"也不能这么说。"叶菱说，"同样一个包袱，现场看的喜剧效果要比在电视里看能放大一万倍。如果你在电视看都能笑出来的话，那么看现场能笑疯。"

"可是大部分人是在电视电脑上看春晚啊！"史湘澄说。

"没办法啊！"谢霜辰说，"虽然我再怎么 diss 二师哥，但是一个作品在电视上的呈现确实有很多无可奈何的限制条件，能够通过种种审核，把一个作品做完整已经挺难的了。再要求作品有更高的层次和效果，真的是……"

"强人所难。"叶菱总结。

"对。"谢霜辰说。

"你们能做到吗？"史湘澄问，"或者说能表现成什么样？"

"不知道。"谢霜辰摇摇头，"很久没有上过电视了，也很久没有在这种条件下进行过创作，我没有办法有一个比较合理的预测。"

史湘澄还以为谢霜辰会说一堆牛话，没想到他表现得这么谨慎。

"多大点事儿。"史湘澄说,"等本经纪人给你们策划一下,专场会有的,上电视上节目也会有的。年后我们就搞新的专场!"

"我发现你真的很喜欢搞这些。"叶菱笑着问,"怎么,毕生的梦想就是当经纪人吗?"

史湘澄长叹一声,无比唏嘘地说:"我也曾书生意气,挥斥方遒啊!"

谢霜辰说:"说人话。"

史湘澄说:"我说的就是人话。"

叶菱知道史湘澄意有所指,但也没有多问,很快大家就又聊到了别的上面。

杨霜林的节目已经结束了,特别尴尬也谈不上,但是也没有什么出彩的地方,实在没什么可聊的,便不再多说。

谢欢还给谢霜辰打了个电话,忙忙叨叨一年,虽是一家人,可是姐弟俩也没正经见过几次面,没说过几次话。谢欢就问了问谢霜辰工作怎么样,手上缺不缺钱,缺钱就跟大姐开口要,不要委屈自己。

谢霜辰这么大人了,断然不可能再觍着脸跟谢欢要钱。满口说好话,报喜不报忧,自然是今年赚钱了手头松了,还打算攒一攒把之前从谢欢那里借的还回去。

还未过十二点,谢欢先跟谢霜辰说了生日快乐,谢霜辰还不要脸地跟谢欢讨要礼物。

"给你买个红裤衩。"谢欢说,"本命年的生日,辟辟邪。"

"土炮儿!"谢霜辰拒绝。

　　史湘澄晚上在他们家里住下，打乱了谢霜辰各种这样那样的计划，虽然心中有很大的遗憾，但是他也不会为此抱怨史湘澄。

　　当然玩游戏互相骂街的时候，谢霜辰难免就以把史湘澄轰出去为理由威胁史湘澄让资源给他。

　　"我今天因为这个事儿真的已经很烦了，你不要再说了！"史湘澄说，"你以为我愿意吗？"

　　谢霜辰说："你可以再打个飞的走啊！"

　　"我……"史湘澄哽住。

　　"欸，快十二点了。"谢霜辰看了一眼时间，电视里已经开始准备敲钟了。对于每一个中国人而言，真正新的一年终于要到来了。

　　"可惜不让放炮。"谢霜辰怀念在谢方弼的小院儿里的日子，无忧无虑，放个炮都没人管。他站起来，说："我给你们煮饺子去，等着啊！"

　　大半夜也吃不了太多，一人煮几个意思意思。史湘澄听着电视里的阖家欢乐，眼前是热腾腾还冒烟儿的饺子，动作有那么一瞬间的停滞。

　　"怎么了？"叶菱问，"困了？"

　　"没有。"史湘澄摇了摇头，又叹了口气。

　　谢霜辰说："我总觉得你有事儿想说，你到底要不要说？要不我找瓶酒去？"

　　"干吗要喝酒？"史湘澄问。

　　"饺子就酒越喝越有啊！"谢霜辰说，"这不是你们东北人的定番吗？"

　　史湘澄说："是谁说东北人就一定要喝酒啊！"

　　"我怎么知道。"谢霜辰说，"你自己到底要不要嘛？刚刚开的那瓶还没喝完呢……哎哟！都过了十二点了……"

"生日快乐！"叶菱笑着对谢霜辰说。

"哎！"谢霜辰说，"我怎么都没提前给自己订个生日蛋糕？大过年过生日就是不好，一点过生日的气氛都没有。"

"你要什么气氛？"史湘澄说，"你去把剩下的酒满上吧，跟你喝一杯生日酒。"

大家的手机里都被各种各样的拜年信息冲刷着，可是谁也没去看。一边儿吃饺子一边儿喝，史湘澄的脸上渐渐地泛起了红晕。

"叶老师。"史湘澄忽然说，"你这么长时间不回家，不想家吗？"

"我？不知道啊！"叶菱说，"忙碌起来连睡觉都没时间，脑子里哪儿还有空想别的事情？而且我当初是跟父母吵架离开的，谈不上想不想家。很多人都觉得父母就是家，这个道理我是明白的，随着我的成长，他们也会老去，终有一天会离开我们，陪伴其实才是人生走到后半程的主旋律。古人说，父母在，不远游，大概就是这样吧。可是……我不这样认为。我们每一个人都是独立的个体，血缘关系固然是一种极为重要的社会关系，但我不想因为这个理由去影响自己。爱人可以选择，朋友可以选择，只有家人是不能选择的，是好是坏都得一并受着。我想，即便是父母子女，也都是彼此人生中的匆匆过客吧，比起非常浓郁的羁绊，其实'释怀'才是我们应该去学习的情绪。我父母不喜欢我现在从事的职业，也不理解我的理想。我不恨他们，因为他们也有自己的立场和观点，我没有经历过他们所经历的人生，所以也不能去质问他们。剩下的就是他们到底要不要对我有所释怀，人生在世，何必呢？"

他说了一大堆话，史湘澄听了个一知半解，谢霜辰却颇有感悟。他的家庭结构跟普通人有着很大的区别，虽然有师父师兄算作家人，但是说到底，还是孑然一身，孤零零地生活着。

他的生命中来来往往那么多人，细细回顾，竟也有一些'子在川上'的感觉。

"我刚刚不知道为什么。"史湘澄低头说，"看着你俩那么好，什么话都不说地靠在一起，都会有一种亲密无间的感觉。那一瞬间我突然觉得自己是一个外人，突然就很想家了。"

谢霜辰说："你刚觉出来吗？"

"喂！"史湘澄暴躁，"你怎么这么读不懂空气？这是人说的话吗？"

叶菱示意他俩别打架，问史湘澄："怎么了？你今天早上的飞机没回去，是家里出什么事儿了吗？"

他终于又问出了这个问题。

"我早上的飞机，结果起晚了，到了机场没赶上。"史湘澄说，"然后我就给我爸打电话说了这件事。本来就是再重新买一班回去就好了，今天的机票还有富余，结果我爸不知道为什么就开始数落我，说我粗心马虎，自己的事儿都不上心，一天天不知道在干吗。还说我找不到男朋友，要是有个男朋友照顾我也不会这样。我如果不在北京，听他的安排回老家工作，也不至于这样。我当时就很烦，懒得理他。"

　　谢霜辰说："我听你叙述都很烦。"

　　叶菱说："然后呢？"

　　"然后我就说重新买机票啊！"史湘澄说，"结果我卡里没钱，就跟他要，他就又炸了，说我在北京就挣那么一点点，机票都买不起，废物点心，还不如当初听他的安排……我只是当时带的卡没钱而已！又不是我真没钱，至于么！"

　　"你吓死我了，我还以为你在侧面提醒我该给你涨工资了。"谢霜辰说。

　　史湘澄说："这是钱的事儿吗？！"

　　谢霜辰赶紧摇头："不不不，肯定不是钱的事儿。那什么，你爸对你是有多不满意啊？你妈呢？"

　　"我妈？"史湘澄说，"我妈靠我爸养，她还不是得听我爸的。"

　　只有简单几个字，叶菱就知道这肯定又是一本家务事儿的烂账。史湘澄继续说："反正我爸就是觉得他给我安排的都是最好的，我干点什么都是瞎胡闹不懂事儿，早晚会后悔当初没听他的。这种话我听了二十几年，耳朵都快磨出茧子了……当时误了飞机我已经很烦了，他又这么说我，我干脆就挂了电话不回去了。这要真回了家，指不定还有点什么东西等着我呢！"

　　"所以你当初也是因为这个理由没有回家吗？"叶菱问道，"毕业之后。"他特意强调了后面四个字，史湘澄看了他一眼，叶菱朝着她笑了笑。史湘澄叹了口气，说道："当初想考研，打算继续留在北京上学就可以不回家了，结果没考上。出国读书吧，我爸也不同意，他坚决让我回家工作，说都给我找好了。嗨，他那哪儿是给我找工作，无非就是找个理由把我拴家里，然后再找个理由让我结婚生子，我这辈子的任务基本也就完成了。"

　　谢霜辰插嘴说："考研？你个初中文化水平还考研？你是不是在逗我？"

　　史湘澄瞪了谢霜辰一眼，叶菱笑着问谢霜辰："你是真傻还是假傻？人家正正经经北航毕业的，你怎么就记着初中文化水平这事儿了？"

　　"啊？"谢霜辰吃惊，质问史湘澄，"不是你自己说自己初中毕业，北航那个证是假的吗？"

　　"我说什么你就信什么？"史湘澄说，"真是懒得理你。"

"反了你了！"谢霜辰非常夸张地说，"你简直就是辜负我对你的信任！"

叶菱无奈笑道："好了，你让她继续说好不好？"

谢霜辰把自己的椅子往叶菱那边拉了拉，双手抱臂，身体挺得特别直，表情严肃，看着史湘澄的表情仿佛在看一个阶级敌人一样。

"我爸觉得我回家当个小公务员挺好。"史湘澄继续说，"他给我买好了房和车，我挣钱多少无所谓，反正他有，我只要有一个朝九晚五的稳定且无压力的工作就好了，过着衣食无忧的生活，仔细想想，我没有任何立场说这种生活不好，只是……我不想过这种生活。"

"姐姐，我想啊！"谢霜辰说，"你爸还缺儿子吗？"

"你给我滚。"史湘澄说。

叶菱拍了谢霜辰一下，叫他不要再抖机灵插嘴了。

"反正就是人各有志吧，有的人想这样有的人不想这样。"史湘澄说，"我费劲巴拉地考到北京来，上个好学校，学的航空科学，没有继续深造为祖国的航空航天事业做贡献，反而要跑回家当一个地方公务员，这种落差你们能想象吗？"

这次连叶菱都忍不住问："那你继续考研啊！"

"研究生有那么好考吗？"史湘澄说，"我考一次都要掉一层皮了！"

叶菱想了想，说："我保送的。"

"……行吧。"史湘澄拒绝跟学霸对话，"反正就是家庭不顺、学业也不顺，毕业之后就很想叛逆地放飞自我，结果就看见你们这儿在招服务员。"

谢霜辰若有所思地说："所以你的梦想是当服务员？天啊，第三产业这么吸引人吗？竟然可以让你放弃为祖国的航空航天事业做贡献的伟大初衷！"

史湘澄怒饮一杯酒，怒气冲冲地看向谢霜辰。谢霜辰缩脖子，说："老姐，您继续，是不是接下来就该我俩登场了？"

"不然呢！"史湘澄说，"我爸吧，后来也不是不知道我在干什么。只不过山高皇帝远，他也不能跑到北京来抓我。估计就是想让我受尽人间冷暖之后乖乖回去，我估计他是等不到那一天了，我现在这样也挺好。结果就没想到他今天突然给我来了这个，谁受得了！"

"你们说咏评社是不是风水不好？"谢霜辰突然说，"怎么净是一些个离家出走的。"

"可能大家都曾是风一般的少年吧。"叶菱平淡地说。

他一句话逗笑了史湘澄，只是笑容实在不是那种开心明快的，反而透露着无可奈何。酒有些上头，话也多了起来，史湘澄愣愣地说："我本来只是想在这里暂时停个脚，没想到就这么一直待了下来，认识了你们这群不靠谱的，生意还越做越大，挺……挺神奇的吧。"

谢霜辰说："我哪儿不靠谱了？"

"你哪儿都不靠谱。"史湘澄回答。

谢霜辰翻了个白眼。

"反正我就是不服！"史湘澄说，"我又不是没本事，凭什么要听别人的安排？我一定要把你们俩成功送出道！我一定要成为一个知名经纪人！"

谢霜辰觉得史湘澄喝多了，人家都是送明星、偶像，或者歌手、演员出道，哪儿有什么说相声的出道？再说了，捧说相声的哪儿有捧明星大红大紫的成就感来得强烈？

"所以专场必须安排！"史湘澄仿佛已经燃烧起了斗志，"妈妈的人生价值就靠你们俩了！"

"妈妈，这句话您之前已经说过了。"谢霜辰说，"您是不是年纪大了记性不太好了？"

"去死。"史湘澄说。

"大过年的，你怎么老说不吉利的话？"谢霜辰说，"我这可是本命年，非常敏感的好不好？我的心可是玻璃做的。"

史湘澄说："破除封建迷信是我们现在最应该做的事儿。"

叶菱说："你俩差不多得了。"

"行，说正事儿。"史湘澄刚要说话，谢霜辰就跳起来说："说什么正事儿？这不是正过年吗？不是放假吗？为什么还要说正事儿？现在已经是大年初一了！我过生日，你放过我好不好？"

"不好！谁叫我说话的时候你老打岔！"史湘澄说，"我偏要说！过完年就安排！争取入夏之前能开上！这次要连开！"

"北京有那么多观众吗？"谢霜辰问道。

史湘澄说："我们可以去外地！天津！上海！我们的队伍不是遍天下的吗？"

"你说的那是当年的工农革命军好不好？！"谢霜辰无语。

史湘澄说："差不多得了。"

他们在饭桌上聊得火热，房间里温度也高，叶菱去开窗户，不知何时外面已经洋洋洒洒飘起了雪花，目之所及的世界都是一片白色。

"下雪了。"叶菱回头说，"还挺大的。"

谢霜辰和史湘澄都跑到了窗户边，谢霜辰还挺兴奋，说道："瑞雪兆丰年，好兆头。"

史湘澄说:"没有东北下得大。"

谢霜辰说:"你这不是废话嘛!"

"我记得以前在家的时候,下雪都能没到膝盖。"史湘澄说,"还可以堆雪人,打雪仗。长大之后好像就少了很多,只能模模糊糊记得那种很高兴很高兴的感觉。"

叶菱说:"你要是想的话,咱们现在也可以下楼去玩。"

"可以吗?"史湘澄忽然来了劲儿。

"走吧。"谢霜辰也是个爱凑热闹的。

三个人跑到了楼下,大年夜静悄悄的,外面的雪厚厚一层,整洁无瑕。史湘澄抱了一团雪揉了个雪球,猛地丢向谢霜辰,谢霜辰没有防备,雪球在他后背上炸开,散成了雪花。

"你!屎'香肠'受死吧!"谢霜辰大叫,抓了一把雪,都没有揉成球就往史湘澄身上扔。

"哈哈哈……啊!"史湘澄还没得意几秒钟,就被谢霜辰反击了。东北人绝不认输,她靠着自己多年的实战经验,与谢霜辰你追我赶打成一团,很快两人都成雪人了。

叶菱看着他俩像是撒欢儿的小狗一样在雪地里扑腾,脸上挂着淡淡的笑意,蹲下来堆了个小雪人。

头刚安上去,两个问题儿童就闹闹哄哄地打了过来,把雪人撞碎了,成了惨案现场。

"谢霜辰!"叶菱怒了,"你看看你干的好事儿!"

"叶老师,您不能赖我!"谢霜辰狡辩,"都赖屎'香肠'!"

"关我屁事儿!"史湘澄说,"还离着老远呢!"

谢霜辰不听不听王八念经,两个人继续互相攻击,叶菱也加入了战斗,雪地里变成了欢乐的海洋。

最后还是玩累了,三个人才回去,六只手都冻得通红。

"没事儿。"史湘澄说,"抓把雪搓一搓就好了,搓热了就好了,别拿暖气烤啊!"

"知道了,你闭嘴吧!"谢霜辰一阵搓。

玩得累,睡得自然就沉,史湘澄沾枕头就睡死了过去,雪渐渐停了下来。

第三十二章

谢霜辰的初一通常很忙碌。

史湘澄赖床，谢霜辰跟叶菱醒了之后就得上姚家去拜年了，便给史湘澄留了信息，告诉她冰箱里有什么吃的，厨房里什么东西在哪儿，醒了要是肚子饿就自己弄。但凡跟谢霜辰交好的人都有一个特点，就是不拿谢霜辰当外人。史湘澄醒了之后也不含糊，自己吃了饭之后就躺沙发上看电视、刷手机。

这一天，谢霜辰也忙忙叨叨的，吃过了饭下午才回来。

过年就是这么个意思，基本上初二之后一切都结束了，得数着日子抗拒上班，翻翻朋友圈，一准儿是天南海北、世界各地的旅游前线报道。谢霜辰也问过叶菱要不要出去玩玩，叶菱是个怕麻烦的人，一想到又是订酒店、订机票、签证这个那个的，顿时就兴致缺缺。

于是乎谢霜辰就把这个事儿给史湘澄提前安排上了，身为一个经纪人，怎么着也得把艺人的衣食住行照顾好了吧。

史湘澄差点没砍死谢霜辰。

她没有回家，这个春节都是跟谢霜辰和叶菱他俩一起过的，后面几天就回了自己那边，再跟老同学聚会聚会，时间过得"嗖"快，还没歇够就得"早起搬砖"了。

好在咏评社是晚上开场，白天能睡到自然醒。

他们有封包袱，但是来年春天没有开包袱一说，究其原因还是谢霜辰太懒，前后隔了没十几天，封了开、开了封，又要准备节目，还不够麻烦呢！

简直就是劳民伤财。

史湘澄对于谢霜辰消极怠工的行为只能冷笑，心说再让你蹦跶几天。

专场的事情很快就策划了起来。史湘澄常年潜伏在粉丝群体当中，已经做好了非常充足的受众调研和市场预期。这个年她没有白过，跟各路神仙约了约，吃吃饭、喝喝下午茶、逛逛街，保持友好商务往来，还真有人对谢霜辰的专场感兴趣，专门来联系她。

　　对方在看过史湘澄精心准备过的PPT之后，又跟着史湘澄听了听咏评社的现场，回去做了一番调研之后，决定给谢霜辰的专场做赞助。

　　当然了，天下没有免费的午餐，赞助就肯定需要打广告，包括赞助商的露出，还有节目内的一些植入。露出还好说，植入这个事儿史湘澄怕谢霜辰不同意，专门找他谈了谈。没想到谢霜辰还真不含糊，表示什么东西他都能信手拈来融进节目里，绝对看不出来任何PS痕迹。

　　史湘澄觉得他就是吃饱了撑的。

　　双方的合作谈拢之后，就是要定地点、定场次，还有后续宣传什么的。依照谢霜辰的意思，在北京开就行了，可是没想到史湘澄倒是豪迈，连给他定了三场，两场北京一场天津。

　　"好嘛。"谢霜辰说，"姑奶奶，连着三天，姑奶奶，您是不是想累死我们？"

　　"欸，这可不是我定的啊，是金主爸爸定的。"史湘澄说。

　　谢霜辰立刻说："金主爸爸定得好！"

　　"狗屁！"史湘澄大骂。

　　"但是我有一个要求。"谢霜辰忽然说，"天津那一场，我要定在叶老师生日那天。"

　　史湘澄瞪大眼睛看谢霜辰："这事儿你跟叶老师商量过吗？"

　　"没有。"谢霜辰说，"我难道连这点主都做不了吗？"

　　"你可真是……"史湘澄说，"生日都不叫人家好好过，万一叶老师不高兴怎么办？"

　　谢霜辰有苦难言："姑奶奶，你真想多了。八成叶老师都不记得哪天是自己生日，所以你可千万别告诉他啊！"

　　"行吧行吧。"

　　连开三场除了精力体力得跟上，最重要的是节目安排。主角不能有重复的节目，还要有一定比例的原创内容，时间紧、任务重，谢霜辰和叶菱开始减少小剧场的演出，把更多的精力投入到专场准备中。

　　演员们辛苦，开心的其实还是粉丝。

在得知谢霜辰和叶菱再开专场的消息之后，粉丝们奔走相告，终于迎来了听哥哥现场教诲的机会，自发自主地宣传"安利"，声势浩大。

专场时间定在了5月份，3月份开的票。开票之前谢霜辰也有点忐忑，不知道能卖出去几张票，三场不是一场，加一起六千来张，这可不是小数目。

要知道，明星开演唱会，半场体育馆还有坐不满的时候呢！

可一直到开票之后，史湘澄跟他们把情况一说，谢霜辰都有点无语。

"是不是闲的？"谢霜辰说，"一个个的不上班了啊？都跑去听相声？"

"你有病吧！"史湘澄说，"人家买票来捧你，你还数落起人家来了？"

"我这是惋惜！是感慨！"谢霜辰强调。

史湘澄说："我看你才是闲的。"

叶菱问："所以现在到底什么情况？"

"现在的情况就是，票务那边基本卖得差不多了。"史湘澄说，"就只有那些位置不好的边边角角还有零星的票，问题不大。就目前票房来看已经相当好了，剩下就看两位角儿的精彩演出了。"

叶菱沉闷不语。

谢霜辰察觉到了叶菱凝重的神情，问道："叶老师，您怎么了？"

"没什么。"叶菱说，"就是猛地说要去天津演，心里有点没底。"

"一开始我也没底。"谢霜辰说，"但是票卖了之后，没底也得有底了。一想到要去天津，要带叶老师衣锦还乡，我特别紧张，可是也特别有干劲儿。"

"可不是。"史湘澄嫌弃地冷冷说道，"新人上门儿都这样。"

谢霜辰还挺美呢，叶菱说道："湘澄，你怎么跟谢霜辰好的不学学坏的？"

"是啊！"史湘澄指着谢霜辰说，"都赖他！"

"略略略！"谢霜辰吐舌头。

专场的时间定的是5月，似乎去年也是5月的时候，谢霜辰跟叶菱去天津看姚笙的演出。那时候谢霜辰就很是羡慕姚笙，心中不免幻想自己什么时候能在天津有这样一场演出，一则因为相声与天津不可分割的关系，二则因为这里是叶菱的家乡。

他以为这一天会很遥远，可是没想到，不过只是相隔了三百多天而已。

这样一个地方，这样一场演出，对于他而言，意义完全不亚于首演。

可惜得意扬扬了没几天，一个消息就弄得他有点不太爽了。

因为杨霜林也去天津演出了，跟他的演出日期是同一天。

很快，这个巧合就被媒体大众发现了，进而被发酵成师兄弟之间的一场真正的较量。

同一个城市，同一个时间，同样的演出，积怨已久的两个人。

这不是打对台是什么？

说起来杨霜林也是冤，他参加的是天津当地企业联合地方曲艺团举办的一场商业演出。这场演出可谓名家荟萃，杨霜林的演出顺序在最后，从这个角度来看，他确实是该演出最有分量的一位。大众媒体向来喜欢夸大其词，说得好像这是杨霜林的专场一样，跟谢霜辰正面对打。

更多人则是把这样两场演出当作是新老对撞。一边是以杨霜林为首的，数十年盘踞在电视荧屏上的知名笑星老艺术家们，或者是那些曲艺团体里出身名门的中流砥柱。一边是谢霜辰这样，平均年龄还不到三十，也不知道是哪儿来的闲杂人等搭建的草台班子。

一场激烈的大战仿佛就在群众的热情鼓吹中拉开帷幕。

"我觉得。"谢霜辰蹲在家里的电脑前，改稿子改到一半，忽然说，"这个事儿都赖杨哥。"

"啊？"叶菱纳闷儿，"你说什么鬼话呢？"

"如果不是他年龄太大，我想贵社的平均年龄能到二十五左右吧。"谢霜辰说。

叶菱扶额，闹了半天这位爷的关注重点竟然是平均年龄这种无聊的事情。

"那我呢？"叶菱开玩笑说，"你平均年龄弄成二十五，我不也成了拉高平均年龄的罪魁祸首了？"

"您不要在意这些细节啊！"谢霜辰说，"好歹还是二字当头。"

"四舍五入就三十了。"叶菱随口说了这么一句，继续说他的重点，"这个事儿，你怎么看？"

谢霜辰明知故问："什么事儿？"

"少跟我装傻。"叶菱说，"二师哥和你的事儿。"他既然已经正式拜入师门，自然也是要尊称那几位的，顺便占个便宜。

当然这种便宜还是谢霜辰占得最爽，每次兴致来了总要让叶菱叫上几句"师哥"才能尽兴。

"这个事儿吧……"谢霜辰说，"我还真没什么看法。"

叶菱问："怎么说？"

"您说，咱们又不是唱戏的，哪儿有打对台这么一说啊？都是跟大马路上圈块儿地方，不就是看谁会吆喝谁那围的人多吗？"谢霜辰说，"再者说了，现在也没有开场前卖票看能卖出去多少的悬念了，都是提前个把月就卖，不说别人，咱们反正是卖完了，管他们说三道四干吗？"

"话虽如此。"叶菱说，"可是很多东西都不是你能控制的。"

"那退一万步讲，到最后要是真弄成了打对台，我会怕他吗？"谢霜辰挺直了腰板说，"小爷我就是被吓大的，我怕过谁？"

叶菱说，"你差不多点得了。"

谢霜辰笑了笑，转而严肃认真："我自己心里从来没有把这当回事儿，大家出来卖艺，各凭本事，观众自由选择，很公平一件事儿，怎么就弄得全是火药味儿？我觉得特逗，真的。不过反过来再说，确实谁卖不出去票谁尴尬，反正我不尴尬。"

"这事儿确实哏儿。"叶菱叹气说，"树欲静而风不止啊！"

谢霜辰说："那就迎风而上，斗他个昏天黑地！"

打对台这个尴尬事件不止圈外人捕风捉影，圈内人也各种想要打探一番边角八卦料。只不过杨霜林与谢霜辰彼此之间王不见王，互相也很难知道对方在干什么。

李霜平得知此事之后也有点哭笑不得，他大概清楚他们双方都不是故意的，但是架不住舆论把你推到这个地方上来。话这么一说，到时候谁票房不好场面不漂亮，谁不就是输了吗？

还是输得极为难看那种。

杨霜林对外表示自己只是参加一个普通商演，没有什么这个那个波涛汹涌的故事，大家都应该平常心，可是私底下没少跟他说这个事儿。李霜平还能说什么呢？他隐隐之中只觉得是一种天意，仿佛这两个人打半天嘴炮都是假的，只有真刀真枪地干上一次，才算是……

是一个真正的开始？还是结束呢？

没有人知道。

郑霜奇和李霜平虽然一并被外界划拉到了杨霜林的阵营中，可是他们说到底也不是旋涡中心。郑霜奇对这些事最大的兴趣点就是谢霜辰专场的票务售罄，他对钱很敏感，算了半天这一场得赚多少，然后连连感慨小五真的挺厉害的。

世道也已经不是当初的世道了。

"老五行啊！"郑霜奇去李霜平家里喝酒，两个人就弄了个下酒菜，简简单单的，主要是侃大山。"不声不响地弄出来这么大摊买卖，年轻人真是了不得。"郑霜奇笑着说，"不知道二师哥怎么看。"

"他还能怎么看？"李霜平说，"已经不是一个路子的人了。"

"可是他俩还能打到一块儿去。"郑霜奇说，"我觉得二师哥可能真的弄不住老五。"

"弄不住弄得住又能怎么着？"李霜平叹气，"打成这个样子，也不知道让谁看笑话。一成一败，或者两败俱伤，到最后能有什么好处呢？不过都是大家茶余饭后的谈资罢了。"

郑霜奇拍了拍李霜平的肩膀，说道："大师哥啊，你就是想得太多。他俩怎么折腾是他俩的事儿，折腾到最后谁都不分给你钱，你操心干吗？老五现在生意那么好，开个专场都不带含糊的，咱们呀，确实老了。"

李霜平说："老四还在的时候，我一直觉得他跟我们都不一样。只可惜天妒英才，这么一个完人……哎！老五人聪明，但是总不爱干正事儿，没正形，我是真的没想到，最后偏偏竟然是他能再重新把师父这咏评社重新开办起来，还办得风风火火。我啊，年轻时难释怀归难释怀，老了也就看开了，各人有各人的命数，他有这个命，你打压他、管教他也根本没用。老二就是……"

"嗨，想这干吗？"郑霜奇从衣服口袋里摸出了两张票，"师哥，咱们亲自看看去不就得了？"

票面上正是谢霜辰和叶菱的天津专场。

第三十三章

　　至于郑霜奇怎么搞到的票，李霜平没细问。他远离网络，也压根儿不知道谢霜辰的专场票有多么抢手。只是看着那两张票有点为难。

　　"这……"

　　"师哥，怎么了？"郑霜奇问。

　　"你可真是明知故问。"李霜平说，"要是叫老二知道了，他会怎么想？"

　　"你管他怎么想？"郑霜奇说，"他难不成也把咱俩给打到对立面去？"

　　李霜平叹气："不好说。"

　　"我寻思着吧。"郑霜奇喝口酒，"依照着二师哥的性格，多半会不乐意，但是很多事儿吧，它不是小孩儿过家家，你说是不是？老五有钱赚，怎么着，师兄弟不能捧个场？他俩打架是他俩的事儿，拉着别人下水干吗？"

　　李霜平还是很犹豫："闹到媒体上也不好看。"

　　"现在这个戏本来就够难看的了。"郑霜奇笑道，"还能再难看到哪儿去？师哥，你就是想太多，瞻前顾后，又全都没想到点子上去。不是兄弟我说你，你看看你这么大岁数了，是老二也管不住、老五也管不住，他俩骑在你脖子上打架，你何苦来呢？"

　　"我还能不知道自己什么个德行？"李霜平苦笑，"我没老二那个能耐，也没老五那个本事，更没你赚钱的那个手段。我就是占一个来得早，承蒙师父不嫌弃我，授我技艺，给我饭吃。我看得挺开，你们只是嘴上叫我一声师哥，其实啊，我谁都管不上，年纪大了，也没那个心气儿管。老二一直想管管老五，老五年纪小，跟我们都不一样，你看，管出事儿来了吧？我……"说到这里，他顿了顿，"我倒真是好久没见着老五了，之前每次都是不欢而散，不知道他现在……哎！"

"得啦，哥哥。"郑霜奇说，"走趟天津不得了？"

郑霜奇与李霜平的合计，谢霜辰浑然不知，他和叶菱一心一意地准备节目，连着开三场，准备的东西非常多，协调的东西也非常多，谢霜辰精力再怎么旺盛，也难免会觉得疲惫。

最重要的是，叶菱的家乡，叶菱的生日，这种重大时刻还不得好好策划一下？

这在小五爷心中简直就是天字号独一份的大事。

还得暗搓搓地来，不能叫叶菱知道，藏着掖着，所以万事比不过心累。

叶菱倒是没谢霜辰这么多心事，每天该吃吃该喝喝，认真推敲节目。因为精力全都放在了这个上面，所以也没怎么关注过谢霜辰私底下的乱七八糟。

可是唯独在演出临近的时候，他有一件事儿犹豫了起来，专门坐家里跟谢霜辰说了一说。

"什么？"谢霜辰有点意外，"您犹豫要不要叫爸妈来？"

"嗯。"叶菱点了点头，"也是这段时间忽然就有了这么一个想法，咱们还有富余的票吗？"

"有。"谢霜辰说，"您看巧不巧，我票送完了之后，还剩下两张第四排的票。四排比头排好，视野范围啊、角度啊，都正合适，不用仰头，看着没头排那么累。"

"你发散得可真多。"叶菱说，"我这儿正说叫不叫来的事儿呢。我之前总觉得自己没做成一番事业，不是很想说。但是后来想了想，又有一种想要迫切告诉他们一切的冲动。毕竟……毕竟是在自己家开专场，座儿又不错。我这段时间真的很纠结，仿佛要跟他们显摆一样，我也说不清楚自己是什么心态了。"

"您这个心态非常正常。"谢霜辰说，"人嘛，活着的意义不就是为了证明自己吗？您当初跟爸妈闹那么一出……我不说这事儿到底是好是坏，但是总归是有心结在的。而且我这么分析，就算把咱爸妈请来了，他俩也未必能够真正地从心底里认可您，您是不是也在担忧这个？"

"多少有点。"叶菱垂头说，"麻烦。"

"我的聪明绝顶的菱仙儿啊！"谢霜辰搂着叶菱的肩膀说，"您万事都能想得通透明白，怎么这事儿就犯了难？我觉得您压根不是担心自己在父母面前掉链子，而是把演出看得太重了。"

"我想，这就是近乡情更怯吧。以前觉得自己万事都能担住，但事到临头还是会彷徨。尤其是日子一天比一天近，我才越觉得这件事对我而言……是那么重要，而我又是那么渺小。"叶菱感慨万千。

"您给我地址，这个票啊，我给您快递回家。"谢霜辰说，"您就当没这回事儿，到时候二老来不来，也不影响您什么，您看这样成吗？"

叶菱思考良久，点头说道："行。"

三场专场安排在了 5 月中旬，一进入 5 月，密集的宣传工作就开始了。

要说相声专场又不是电影，宣传得再猛烈，票都早卖完了，也没什么实际的意义啊！然而史湘澄不这样认为，她觉得票是票，但是场面是场面，尤其是还有一个杨霜林在同一天对打的情况下，声势必须浩大才能在这场没有硝烟的战争中取得胜利。

大众有时候就是看个热闹看个玩笑，这种乐趣多半来自反差。他们习惯了偶像明星有着铺天盖地的曝光宣传并且早就麻木，但是对于传统曲艺行当里的人，却倍感新鲜。

这条路第一个走出来的人是姚笙，史湘澄仔细研究过姚笙的发家史，并且结合了谢霜辰和叶菱的实际情况做了一番调整，展开了她的计划。

想当一个出色的经纪人，手上没点骚操作怎么行？

她不像姚笙那么阔气，动不动就是微博热搜来一套，自己手里的资金和资源都有限，她不得不发动最广大的人民群众去做这件事。

而粉丝，永远是她的亲密战友。

不知道怎么的，随着 5 月的到来，夏天来了，网络上相声的火热也突然跟气温一样上升了。随便刷一刷社交平台，那些平时完全没有任何相声爱好的朋友们忽然就听起了相声，那些在一个圈子里混了好久的"基友"也突然间发现对方竟然还听相声。

次元壁总是说破就破，但是万变不离其宗的是大家对于快乐的追求。

连着三场的专场，头两场在北京，家门口的演出人员调度方面很好安排，也不妨碍小剧场里的演出。粉丝们的活动搞得也很有声有色，只不过因为谢霜辰经常教育粉丝，所以粉丝也不敢去他面前惹事儿，还生怕被谢霜辰监督，监督完了挂出来公开羞辱。

不过还是有那种比较情难自己的会去后台入口想要蹲人，谢霜辰人倒是很好蹲，见着不难，可是在粉丝眼中，私底下的谢霜辰就是酷，很酷，特别酷。

见着了也不敢靠近。

反而是台上高冷的叶菱倒是会跟粉丝温和地打个招呼，不过也是远远的。

三场演出里，谢霜辰都把凤飞霏叫来当主持人，为此还专门给他做了一件缎面的大褂。当然了，他这么精打细算的人，做衣裳的钱当然是得挂在姚笙的账面上。这事儿还叫姚笙给知道了，谢霜辰还以为姚笙会跟他掰扯掰扯，没想到姚笙反倒是让他给凤飞霏大褂做好看点，怎么着也是他们家二凤，说出去啊……

谢霜辰赶紧问他，怎么着你家二凤？还有个大凤？

姚笙解释，反正都是我们笙社的人，不论怎么着，出去不能丢人，场面上得好看。

一听这话，谢霜辰就知道还可以再敲姚笙一笔。

于是乎凤飞霏就被谢霜辰打扮成了一个锦衣华服的富贵小少爷，他个子高，很衬衣服，眼睛大，灵得很，招小姑娘的喜欢。

大家都知道凤飞霏专场会来，还有站姐专门为了他来蹲草丛。

北京 5 月的天气倒是不热，已经开始晒了，他们五点多到了剧场，一个车下来的。远处草丛里的少女们不敢靠近，只敢咔咔拍照。

谢霜辰先下来的，只听身后一阵窸窸窣窣，他回头看了看，倒是看见人了，他停都没停，拉着叶菱就进去了。紧接着后面又下来一人戴着个棒球帽，那是凤飞霏的棒球帽，大家就看见个背影，光靠一个棒球帽就认定了是凤飞霏。

"飞霏！"一个女生高喊，"回头看看妈妈吧！"

"宝贝儿，'妈妈'爱你！"

那个人一回头，大家一看竟然是杨启瑞。

"哟。"杨启瑞非常和蔼地朝大家招了招手，还领导视察工作一样地走了过去，问几个小姑娘，"跟这儿待着不累得慌啊？得亏 5 月还没什么蚊子呢！你们刚才喊什么？"

"没……没什么。"几个小姑娘非常尴尬。杨启瑞的年纪都够当她们爹了，她们把他误认成了凤飞霏，还跟人家喊"看看'妈妈'"，这辈分可怎么算？

有来得晚的少女，大老远跑过来就看见杨启瑞的背影了，主要还是靠着帽子识别，张口就喊："二凤宝宝，'妈妈'终于看见你了！你……"

紧接着就看见自己的小姐妹朝着自己使眼色，她口中的"二凤宝宝"回头看她，神情非常一言难尽。

"杨……杨叔……"小姑娘脸都红了，赶紧改口说，"杨叔专场加油！您……您看看'妈妈'也行。"

"……得嘞。"杨启瑞笑着说，"衣食父母，这么说也行。"

"乖乖的啊，大家再见。"杨启瑞就像跟闺女说话一样嘱咐了几句，摆摆手便走了。

凤飞霏半天才从车上下来，大家看见他了，可是谁都不敢喊了。他看着杨启瑞过来，问道："怎么了？"

"没事儿。"杨启瑞把帽子摘了下来扣在他头上，"看来衣服不能乱穿，帽子也不能乱戴，走吧，进去吧。今儿姚老板来了吗？"

"不知道。"凤飞霏嘟囔了一嘴。

他们晚上开专场，开完了之后的片段立刻就能上微博，粉丝们热闹得像是过年一样，舆论效果也非常好，每场都能有一些话题够大家咂摸咂摸。

天津那场跟北京的场次隔了一天，够演员们稍微喘息一口气。

"我真的要累死了。"谢霜辰躺床上，叶菱在那边儿忙忙叨叨地收拾行李。谢霜辰滚了一圈，蔫么唧唧地说，"叶老师，您甭收拾了，就住一宿，能带什么东西？"

"大褂。"叶菱说，"三套呢，还有换的衣服……你怎么就不着急？"

谢霜辰说："要不叫史湘澄过来收拾。"

"你有事儿吗？"叶菱起来踹了他一脚，"人家凭什么搭理你？你别麻烦我。"

"得了。"谢霜辰爬了起来，跟着叶菱一起收拾，"您怎么原来没这么上心过？您真的甭紧张，不就是上天津演出吗？真的没多大事儿。"

"我又没说什么。"叶菱说，"我很淡定。"

他这句话就仿佛是一个 flag（旗），说着自己很淡定，结果一宿翻来覆去没睡着。

两个人清晨起来练习，上午的火车去天津，大家在北京南站碰头，然后一起踏上前往天津的高铁。

结果叶菱和谢霜辰在车上给睡死过去了。

"你们俩怎么回事儿！"史湘澄大叫，"你们俩昨天干吗了？谢霜辰你是不是想死！"

谢霜辰睡蒙了，醒来时万分无辜。

　　史湘澄不管真相到底如何，一路上对谢霜辰横眉冷对，抵达酒店之后她就拎着谢霜辰跟叶菱去房间里睡觉。其他人自由活动，不准喝酒不准瞎蹦跶，都得准备着晚上的演出。

　　专场设在和平路上的中国大戏院，一千来座儿，七点开始，太阳还没落山的时候，门口就已经云集了前来看演出的观众、粉丝。发应援的发应援，忙着会朋友的会朋友，门口的道儿本来就特窄，给堵得够呛。

　　谢霜辰和叶菱下午一直在睡觉，叶菱这会儿倒是不紧张了，睡得特死，谢霜辰把他叫起来的时候，他也有点蒙。

　　"叶老师。"谢霜辰伸手在他面前晃了晃，"知道这儿是哪儿吗？"

　　叶菱说："天津啊！"

　　"那就行。"谢霜辰说，"赶紧起来吧，醒醒神，咱该上剧场去了。"

　　"嗯。"叶菱站起来伸了个懒腰，谢霜辰把衣服都准备好了，史湘澄在门口叫他俩："两位角儿，该走啦，睡够了吗？"

　　"来啦来啦！"谢霜辰回答。

　　本次天津的演出对于咏评社而言是一场非常重要的演出。谢霜辰心中的小九九就不论了，又是在叶菱家门口又是叶菱生日的，说到根儿里，这都是谢霜辰的私人情感。这不是谢霜辰第一次来天津演出，他对这里不陌生。然而这是全新的咏评社第一次走出北京，来到天津。

　　大家都觉得谢霜辰能耐，一个发展了没几年的草台班子竟然敢跑到天津来商演，票还卖得不错。都说外来的和尚好念经，然而行当里却不是这般，外来的和尚都是来抢饭碗的。所以关注着这场商演的除了普通的观众粉丝之外，还有许多天津本地的相声演员，叫得上名儿来的叫不上名儿来的，提起谢霜辰都有点不能言说。

也正是因为有着这层关系，李珂跟邱铭主动请缨，希望能够参加天津专场。他们是从天津走出去的名不见经传的小演员，如今也想有一番作为。

谢霜辰答应了他俩，另外的助演，一对儿是陆蔡，一对儿却是杨启瑞与陈序。按理来说，社里可以提拔的人多的是，但是谢霜辰与陈序仔细谈过这件事儿，让谢霜辰意外的是，陈序竟然想都没想，立刻就答应了下来。

陈序只问了谢霜辰一个问题，你不怕我演砸了吗？

这个问题谢霜辰想过，专场可不是普通小园子演出，可以随便说，有些瑕疵也没什么。但他就是莽，他什么都敢。

之后陈序没再说什么，而是拉着杨启瑞认真排练，把很多本需要工作的时间都挪出来放在演出上。谢霜辰信任他，他不能叫谢霜辰难看。

大家都在后台备场了，史湘澄往前看了看，跑回来说："台下都是天津话，我感觉比台上好笑。不行，我听见天津话就想笑，为什么那么有意思！"

"这叫'哏儿'，不懂了吧？"谢霜辰一边儿喝茶一边儿说话。他早就换上了大褂，每次在后台这么一坐，虽然年纪轻轻，却有一种老炮儿的劲儿。

"别装太子爷了！"史湘澄踹了一脚谢霜辰的椅子，"这是天津，不是你的地盘！"

"欸！"谢霜辰狗腿地站了起来，"来，经纪人坐。"他甚至还掸了掸椅子。

"不坐了。"史湘澄又招呼凤飞霏，"'二小姐'，准备开场了！"

台上的节目一场接着一场，凤飞霏不断地穿插在他们其中。

谢霜辰与叶菱演的二四六，每次上来都是铺天盖地的粉丝来送礼物，后台就推个车出来，把礼物收走。粉丝们最捧场的地方在于他们不光给谢霜辰、叶菱送礼物，其他的演员也都有照顾，虽然是助演，但也不能叫人家尴尬。

他们与其说是谢霜辰的粉丝，不如说被谢霜辰带成了咏评社的粉丝。谢霜辰总说喜欢他一个人没有用，能通过喜欢他从而去喜欢这个行业，喜欢更多从事这个行业的人，这才是真正的喜欢。

不谦卑，不打扰，做一个纯粹的欣赏者。

观众非常热情，气氛连连提升，李珂与邱铭打的头阵，欢乐俏皮，二一个轮换的是杨启瑞与陈序，老哥儿俩准备了很久，这是陈序第一次登上这么大的舞台，他没有浪费这次机会，与杨启瑞的演出非常平稳，在正常演出的中端儿，很压得住场子。三一个轮换的是陆旬瀚与蔡旬商，他俩是有粉丝的，也收到了不少的礼物。

不知不觉的，就到了最后一个攒底的节目，观众的期待也到了最高潮。

"接下来请欣赏相声《相声演员的自我修养》，表演者谢霜辰、叶霜菱。"凤飞霏报完幕，在热烈的掌声与尖叫声中下场，与此同时，谢霜辰与叶菱二人翩然上场。

人群一窝蜂地涌了上来，他俩为了节省时间说相声，把后台人都叫了上来，速战速决。

"谢谢！谢谢大家！"谢霜辰抱拳向各位观众致谢，待人潮慢慢退去之后，他和叶菱两人一个站在桌儿里面，一个站在桌儿外面，闲聊一样地开始了自己的节目。

"我之前也来天津演出过，但是咏评社的谢霜辰来天津演出，这是第一次。"谢霜辰竖起了一根手指，"这一天我知道肯定会到来，但是我没想到来得这么快，站在这里就跟做梦一样。"

"是。"叶菱说，"醒了吗？"

"没睡着！"谢霜辰指着自己的眼睛说，"这么大俩眼珠子睁着呢，您瞧不着啊？"

"我瞎。"叶菱说。

"嗯是。"谢霜辰闷头说，"不瞎也不会跟我一块儿。"

叶菱笑道："这么久了你终于说了句人话。"

"呸！我怎么什么话都接？"谢霜辰说，"我想说的是啊，天津和相声的关系非常紧密。都说相声这门艺术是生在北京长在天津，天津有许多相声名家，对于相声演员来说，能在天津演一场，得到天津观众的认可，那才能说是一个真正的相声演员。我俩初来乍到，学艺不精，多谢观众们捧，谢谢！"

说完，两人又对着观众一鞠躬。

"既然来到天津，陪着叶老师回娘家，那我可得卖卖力气。"谢霜辰说，"这个相声啊……"

"你等等。"叶菱问，"怎么就回娘家了？"

"天津不是您家吗？"谢霜辰问。

"是我家啊！"叶菱说。

"那您是土生土长的天津人吧？"

"是。"叶菱说，"往上数三代都是天津卫。"

谢霜辰说："那您母亲应该也是天津人吧？"

"对。"叶菱点点头,"我是纯血天津人,跟那种什么混血麻瓜不太一样。"

"噢——"谢霜辰说,"我从天津站出来的时候怎么没人给我发分院帽?"

叶菱说:"那是你下错站台了。"

"我下的十又二十分之七站台行了吧。我这儿正说血统的事儿呢,您给我带哪儿去了?您不能因为到自己家门口儿了就喘上了啊!"谢霜辰说,"这个回娘家啊,您看您母亲也是天津人吧?天津是您的家,也是您母亲的家,'母亲'是一个比较书面正式的称呼,咱们生活里一般都叫'妈'。"

"欸!"下面观众异口同声大喊。

"得了,我就知道得有人在这儿等着我。姑娘占我便宜就算了,怎么还有大老爷们儿跟下面儿喊!"谢霜辰说,"我陪着叶老师回他娘的家,这不就是回娘家嘛!是不是这个道理?"

"听着仿佛有点道理。"叶菱说,"不过怎么那么像在骂人?"

"这不重要!"讲道理世界冠军谢霜辰大手一挥,"重点是咱得卖力气,相声四门功课,说学逗唱。身为一个优秀的相声演员,咱打小就学这个,不光要学好,还要学精。"

叶菱点头:"那倒是。"

"很多演员只专注其中的一到两门,而我。"谢霜辰指了指自己,"在下不才区区鄙人我!"

叶菱问:"你怎么着?"

"是个全才。"

观众们有喊"噫"的,有喊"来一个"的。

"你们哪儿那么大动静?"谢霜辰对着台下说,"说学逗唱样样精通那是一个相声演员的自我修养。说就甭提了,咱这口条……"

"你等等。"叶菱说,"听着怎么感觉一会儿喷出来一碗卤煮了?那是口条吗?"

"嘴皮子行了吧?"谢霜辰改口说,"'说'这门功课里,包括什么绕口令啊,贯口啊,数来宝啊,等等。就平时说话这些个,都得练,嘴里得干净利索,吐字清晰,无论说得多快,每个字都得送进各位的耳朵里,听得清楚明白。"

"那是。"

"然后就是这个'学',学方言,学戏曲,学大小买卖吆喝,学唱歌,学口技,学坑蒙拐骗、投机倒把、电子竞技、网贷……"

"后面几个用学吗?"叶菱说,"你这学得也太全活儿了吧?"

"那我就是好学啊!"谢霜辰说,"我可是一个连阿姆都学得会的男人,在座一千多位观众，几个过了雅思托福的，几个过了英语专八的，几个留学归来的？会不会唱阿姆的 *Rap God*（《饶舌之神》）？"

大家都喊不会。

"都不会是不是？"谢霜辰得意扬扬地说，"我也不会。"

叶菱说："那你说个什么劲儿？"

谢霜辰说："我就学过一段儿 *Lose Yourself*（《迷失》）！所以说这个学啊，就是得学什么像什么，学什么会什么，没学过的那肯定是不会。这块儿就需要演员多接触生活、多体验生活，这才行。没事儿去个什么扭腰、看个演唱会啊……"

"人家那是纽约！"叶菱说。

"我有口音行不行？"谢霜辰一秒切换天津话，"我就乐意说扭腰，你想怎么着？"他的倒口很好，学各地方言都很像，纵然下面坐着的全是天津观众，他说天津话也不含糊。

"我跟你说，你少往我们天津队伍里乱站。"叶菱也说天津话，"哪儿凉快哪儿待着去。"

他这个土生土长的天津人说天津话，自然比谢霜辰这个后学的多点味儿。观众一听就觉得熟悉，心里自然也对叶菱更加亲近几分。

表演还在继续，这个节目名字叫《相声演员的自我修养》，旨在通过介绍的方式把这四门功课逐一展示出来，头一次来天津商演，必然不能含糊，有什么本事都要使一使，无论是唱戏、唱歌、唱太平歌词，还是学口技、说贯口，哪怕是身段把式，谢霜辰会什么就用什么，到最后还把三弦、胡琴、快板也拿上来表演一番。

当然，如此密集地展示容易叫一个节目没有主线，看上去零零散散，他二人思前想后，将最后的底落在了"修养"二字上面。"说学逗唱"天天挂在嘴边儿，说是都要学都要会，可是随着相声本身的发展，很多技艺大家渐渐都不再学习使用了。

一些是顺应时代的抛弃，二有一些，则是因为真的需要下功夫去学习，观众也需要认真地去监督。花两分功夫就能得到十分的掌声，就不会有人愿意去下十分的功夫了。

谢霜辰这个攒底节目连着垫话的部分演完差不多四十来分钟，在这四十多分钟的时间里，剧场内充满着欢声笑语。观众是快乐的，谢霜辰却演到脱力，他把他学的、会的、压箱底的全都拿了出来，这就是他过去二十几年学艺从艺的全部。

二十几年的人生放在舞台上，不过短短四十多分钟。

什么是一个演员的自我修养呢？

不就是台上一分钟，台下十年功吗？

第三十五章

连续高强度的演出，肉体上的疲惫是不可避免的，但是他们心理上确实无限地满足。站在台上，看着观众们热情地回应，这就是对他们所付出的努力最大的奖励。

凤飞霏上台拦了一下谢霜辰与叶菱，叫他俩去返场。他俩返场的固定环节里，第一个肯定是先说个小段儿，而后才是跟观众们闲聊扯淡的福利时间。

观众让谢霜辰唱小曲儿，他就唱小曲儿。观众让谢霜辰唱戏，他就唱戏。

"我可不是哆啦 A 梦。"到最后，谢霜辰讨饶说道，"二十多年学的本事非常有限，再叫我往外掏，我可真掏不出什么了。"

叶菱笑着说："这不也说明观众喜欢你吗？"

"也喜欢你！"有姑娘大喊。

"哎哟喂！"谢霜辰阴阳怪气地说，"胆儿肥了啊，敢撬我的墙脚？你们想让我怎么着？"

"一起！"大家继续喊。

"这可一起不了。"叶菱笑着摆手。

"是啊，我们叶老师多金贵啊！"谢霜辰说，"清华大学研究生毕业跑来说相声，演员要有技艺，但是这种魄力，我觉得也是独一份儿的。"

观众刚开始鼓掌，谢霜辰就接茬儿说："当然了也有可能是烧锅炉的不太好找工作，就跑我们这儿说相声来了。"

"也是。"叶菱意外没有捶谢霜辰，而是接着他的话继续说，"我现在要是去烧锅炉，指不定在哪个犄角旮旯儿蹲着呢，可能也就没有现在舞台上的我了。"

"不是。"谢霜辰说，"冬天您也可以发挥一下特长，给咱们社烧烧锅炉，暖和。”

“我烧死你！”叶菱说。

“别！我英年早逝了您可就“寡妇上坟”了，今天是个大喜的日子，您别给自己找不痛快啊！”谢霜辰赶紧离着叶菱远了点。

“今天怎么了？”叶菱问。

“今天是个日子啊！”谢霜辰说，“您仔细想想。”

“开天津专场。”叶菱说。

“没了吗？”

“……”叶菱盯着谢霜辰看了看，认真地说，“没了。”

“您真逗。”谢霜辰说，“您不知道，估计下面的观众就更不知道了。”他这么说着，勾起了观众们的好奇，大家也猜了半天，连什么结婚纪念日都猜出来了，但是没有人猜对。

“你们这样儿让我好尴尬啊，我都不知道该怎么开头了。”谢霜辰无奈地笑了笑，“你们期待这么高，那我说今天是叶老师的生日，你们肯定觉得没劲透了。”

观众们恍然大悟，叶菱也恍然大悟，立刻人群中就有喊“生日快乐”的声音。

“谢谢！”叶菱对观众示意。他自己不过生日，所以也没有对外公布过这些隐私信息，粉丝们自然也不太清楚这件事，都没有什么表示。但是他们期待谢霜辰有所表示，因为这是他提出来的，那么按照逻辑来说，后面必然是别出心裁的庆祝环节了。

“我……”谢霜辰忽然有点不太好意思，“我本来想给您一个惊喜，策划很多很多庆祝环节，但是每想到一个主意，自己就会马上否定掉。都是别人玩过了的，我都不太好意思拿出来给您使。我就一直特别纠结，结果就纠结到了今天……我发现我只能跟您说一句‘生日快乐’，别的我没法儿做，不是做不出来，而是我觉得都特别敷衍，我觉得配不上您。”

叶菱沉默片刻，说道：“一点都不像原先，还能送个卡地亚。”

谢霜辰愣了。

观众叫唤。

谢霜辰非常尴尬，但是他也没话说，这事儿确实是他做得不对，本想着给人家一个惊喜，没想到最后“惊”是有，可没有半分喜悦的意思。他还不如下面的普通观众，观众们还一轮又一轮地送礼，而他只有一句简单的“生日快乐”，还各种找理由。

“但是这个专场，已经是最好的生日礼物了。”叶菱笑着说，“谢谢你，我今天非常开心。"

"我……我还有话没说完。"谢霜辰转头对观众说，"一点心里话，想对大家说，也想对叶老师说，占用大家一点时间，非常抱歉，说完了我给大家唱歌好不好？"

"好！"观众们异口同声，他们并不觉得这是废话。

"我们一路走来，说是不容易，但是这是每个人成长过程中都必须经历的。我每次都会感谢很多人，感谢我的伙伴，感谢我的观众，感谢为演出付出的所有人。但是我最最感谢的还是我的搭档，站在我身边的叶老师。"谢霜辰说，"人其实活得都不容易，从一无所有到有所成就是很自然的，但是放弃自己所拥有的去接受未知的挑战，这很难。叶老师人家有知识、有文化，凭什么来跟你白手起家呢？我觉得这就是爱吧。"

他故意说得含糊，叶菱却指出来说："你说明白点，爱什么？"

"爱您该爱的。"谢霜辰打了个哈哈，"今天是您的生日，我也非常感谢您的家人——爸爸妈妈。是他们把您培养成人，从天津到北京，经历种种，与我结缘。"他往旁边儿跨了一步，非常正式地说，"我非常感谢叔叔阿姨，我也希望叔叔阿姨放心，叶老师日后的成就会比他去做本职业的成就更高，这个世界上可以有很多个学霸、很多个工程师，但是说相声的叶老师只有一个，没有人可以比得上。"说罢，他朝着台下深深鞠了一躬。

叶菱听着谢霜辰说这一番话，心中汹涌，他不知道自己的父母有没有来，一手拨弄了一下话筒，说道："你说得这么正经干吗？不知道的还以为我放弃了当美国总统呢！我只是毕业了之后没去找工作而已，不是什么大不了的事儿。"

谢霜辰看向叶菱。

"我觉得我的经历可能一些观众会遇到。"叶菱说，"我从来不觉得我是放弃什么，我一直都知道我是在追逐。我们的节目里始终会拿我是清华毕业的这件事砸挂，其实不是在炫耀，而是大家会多听两耳朵，听的人多，我们才能活下去。说实话这个头衔……哪怕我不想承认，但是它对我都会有压力，如果我没有做符合社会或者我的家人预期的事情，不单单我，我的家人可能都会抬不起头来。这也是长久以来，我跟我父母之间最大的矛盾。我一直到今天，从一个相声爱好者，到可以回自己的家乡开千人专场，有那么多粉丝和观众，在网上有那么多人讨论，看上去也赚了一点钱……但是我也不确定我是不是成功的，这样一个故事是否值得大家去学习借鉴。一开始我也犹豫要不要给我爸妈票叫他们来看，后来谢霜辰帮我做了这件事儿，我也没再关注过。今天，我本人都不知道他们是不是能来，是不是会听到我说的这番话。"叶菱的目光朝向观众，下面黑压压的一片，"但是我想对他们说，我的价值取决于我要做什么，而不是这个社会要我做什么，我永不知满足。"

他去拉住了谢霜辰的手："我会跟谢霜辰一直搭档，一起走下去，走到更高、更远的地方。"

明明是叶菱的生日，谢霜辰却忽然开始哇哇大哭。

"你哭什么？"叶菱无奈地笑道，"怎么一开专场就哭？眼泪多了可就不值钱了。"

"谁叫你又惹我哭。"谢霜辰用手背抹眼泪，小声啜泣，"我也不知道我眼窝怎么这么浅。"

"观众……"

"我知道，观众买票不是来看我哭的。"

头一排有观众往前面递了纸巾，叶菱走过去拿，朝着人家说了声"谢谢"，展开了给谢霜辰擦眼泪。台下观众还安慰谢霜辰，叫他不要哭了。

一个个儿的比叶菱还心疼。

谢霜辰也不知道自己为什么突然就哭了，身体的反应比他的思维更直白、更快。不得不说，他其实是个相当感性的人，该哭就哭，该笑就笑，没什么大不了的。上台之前他特意问过史湘澄，史湘澄告诉他，叶菱的父母来了，所以他才有了那一番表白。他说给所有观众听，说给叶菱的父母听，他们要互相爱护，互相尊重地搭档一辈子。

而就在刚刚那一刻，叶菱给了他足够深沉也足够热烈的回应。

谢霜辰把眼泪擦干，定了定神，答应了大家要唱歌，便让大家在下面随便儿点。

观众们喊什么的都有，谢霜辰听不清楚，干脆点个号，号码是叶菱的生日。座位上站起来一个姑娘，特别激动，激动到语无伦次，声音哽咽。

"你可别哭啊！"叶菱赶紧说，"再哭一个我可哄不过来。"紧接着他又笑了笑，对那个姑娘说，"哎呀，有什么好哭的？谢霜辰是长得难看还是怎么着？你要真说是，他该跟你对哭呀！"

"没有，小五爷特别帅，叶老师也特别帅！希望你俩能够一直这么好地走下去！还有叶老师生日快乐！在这个特别的日子里，我希望……"姑娘情难自已地说，"希望小五爷能唱一首《卡路里》！"

"你给我坐下！"谢霜辰叫道。

全场爆笑。

"哎呀！我开个玩笑！"那姑娘一着急天津话都出来了，"你唱个嘛？唱个《处处吻》吧，成吗？"

"成。"谢霜辰点头，也用天津话说，"那就唱个《处处吻》，那么久不唱了，大家多担待啊！"

他当初在三里屯撂地的时候就唱《处处吻》，那时候周围围满了人，落魄但是充满了干劲儿。如今再唱《处处吻》，已经是如此的天地。

谢霜辰唱着，叶菱拿起桌子上的快板儿打了起来，一板一眼。

唱到尾声时，他的手指在唇边贴了一下，一个飞吻飞向观众。

演出在热烈的掌声中落下了帷幕。

粉丝们围在台边想要签名，演员们都是尽量地满足。叶菱一直往台下看，人潮渐渐散去，第四排的位置上有两个人。

是他的父母。

他们既没有过来，叶菱也没有想要下去的意思，双方就这么隔空对视。谢霜辰瞥了一眼叶菱，顺着他的眼神看了过去。

最终，叶父像是叹了口气，跟叶菱摆了摆手，拉着叶母离开了。

"您过去吗？"谢霜辰问道。

"不了。"叶菱摇头。

将观众们全都伺候走了，大家回后台穿衣服、收拾东西，全部的演出已经结束，很成功，肩膀上的担子终于可以放下了。

谢霜辰说要带大家去吃个饭，大家抗议，说快要累死了，现在只想回酒店洗个热水澡一觉睡到自然醒，谢霜辰便答应回北京再吃这顿庆功宴。

他们一车离开，叶菱一直没怎么说话，半合着眼睛靠着休息。怀里忽然响了一声，叶菱迷迷瞪瞪地掏手机，划开屏幕，一条信息出现在眼前。

"有空回家吃个饭。"来自叶父。

叶菱愣了愣，谢霜辰看了一眼，问："怎么了？"

"没事儿，我爸。"叶菱捂住了眼睛，但是从他的声音中能够听出他情绪的起伏，"他很久……很久没有主动给我发过消息了，叫我回家吃饭。"

"嗨！这不是好事儿吗？"谢霜辰本来想开个玩笑，在黑暗的车厢中看到了叶菱眼中的闪闪泪光，赶紧安慰他说，"没事儿，爸一定是想开了，他在的时候我都瞧见了。"

"嗯……"叶菱点了点头。

"要本人上门吗？"谢霜辰问。

叶菱还没说话呢，坐前头的凤飞霏忽然就头扭了过来，说道："你能不能注意一点？不要不分时间、不分场合地撒野？"

"你不是睡觉呢？"谢霜辰问。

凤飞霏说："我闻到了一股骚气就醒了。"

"你给我闭嘴！"谢霜辰说。

凤飞霏简直就是一个气氛终结者。

刚一进酒店的门，史湘澄就过来问要不要趁着还没过十二点大家一起给叶菱庆祝个生日。

谢霜辰叫她现在立刻马上滚蛋。

"趁着还有十几分钟。"谢霜辰把房门一关，耳旁终于清静，"叶老师，生日快乐！"

叶菱问："干吗再说一遍？"

"哎，我可能真是脑子里没什么词儿，想来想去，只有这一句。"谢霜辰说，"所以想多说几遍。您是不是觉得腻歪？要不我……"

"今天是我收到的最好的生日礼物。"叶菱躺平说道。

"包括哪些呢？"谢霜辰问。

叶菱说："整整一天，从北京到天津，疲惫了睡觉，晚上开专场，还有我爸妈……谢谢你！"

"嗨，咱俩之间说什么谢？叶老师生分了。"谢霜辰笑眯眯地说，"等您明年三十岁生日的时候，一定给您办个大的，您可以从现在就开始想生日礼物了。"

"就你吧。"叶菱故意说，"到时候洗得香喷喷、白嫩嫩的，让我也吃一口小鲜肉。"

"您别开玩笑了，明年我都二十五了，哪儿还鲜啊！"谢霜辰在叶菱耳边问，"我们明儿还回北京吗？"

"我想回家看看。"叶菱说，"我不知道自己有没有会错意。"

"说真的，我陪您去吧。"谢霜辰说，"万一有个什么事儿，我还能带您跑路。"

"你随便吧。"叶菱笑道，"但是别胡来，听到了没有？"

"我能胡来什么？"谢霜辰说，"您爸妈一定会喜欢我的，我从小就蝉联'最受邻居父母喜欢的小朋友'称号。"

叶菱说："我头一次听说有这称号，小朋友，你是不是刚起的？"

"是啊，哥哥。"谢霜辰吹了一口气。

他一这样儿，叶菱都无奈了。

“咱们明天不回北京了，睡到自然醒，晚上上您家里去。”

“你啊……”

第三十六章

谢霜辰也不知道自己有多久没睡到自然醒了。

吃饱睡足，心情愉悦。

谢霜辰给史湘澄发了条消息，告知史湘澄自己和叶菱的行程安排。史湘澄知会了一声，给他俩续了房间。

叶菱迷迷糊糊也不愿意起来，一直到肚子开始叫唤，两人才爬下床。

吃过饭，又逛街买了点东西，叶菱才带着谢霜辰回自己家去。谢霜辰很兴奋也很紧张，叶菱倒是淡定地说："你只是身为我的搭档上我家里坐坐，至于吗？"

"怎么不至于？"谢霜辰说，"当然至于！"

叶菱无语："行吧行吧。"

叶菱的家里很普通，没有什么特别之处。叶菱不知道回家会发生什么，就卡着晚上的饭点才进门。一开门就传来了饭菜的香味儿，他爸在客厅里看电视，父子俩彼此看看对方，都觉得有点尴尬。还是他妈出来迎了一下，气氛才缓和了一些。

谢霜辰一直乖巧地跟在旁边，半点混世魔王的味儿都没露出来。

"这是我的搭档。"叶菱介绍，"你们见过的。"

"叔叔、阿姨好！"谢霜辰一北京小孩儿，叫起人来特亲切，也特客气。

"你好。"叶父很想极力说普通话，但总带着天津口音。他简单跟谢霜辰聊了两句，叶母就张罗着开饭了。

席间也是普通家庭的样子，他们没有任何一个人讨论叶菱这两年在做什么，讨论叶菱今后的打算。他的父母仿佛一下子变得很含蓄，也不知该如何再与叶菱挑起这个话头来。所以这就导致一整个晚上，大家一句正事儿没聊上，只聊了聊日常琐事。

气氛说不出的诡异。

谢霜辰身为一个局外人，虽然没经历过正常的家庭生活，但是他能够读懂空气。隔阂不是一时半会儿就能消除的，叶父好面子，叶菱难道就不好面子吗？这是两个男人的对峙，叶母夹在中间摇摆不定，很是无措。叶父对于叶菱发出回家的信号似乎就是他最大限度的妥协。

让他认错，没可能，让他跟叶菱说点心里话，更没可能。

这种家长作态不是一朝一夕形成的，想要打破它，可能需要更长久地努力。

现在这个样子，已经很不容易了。

一顿饭吃得不咸不淡，叶母让他俩在家住，叶菱拒绝了，谎称两个人当夜就要回北京，口中说着会经常回来看看的，然后赶紧逃窜了。

他们其实明天才会走，今夜只想在暮春初夏的晚风中沿着海河走一走，像曾经某一天来到天津时那样。

海河上有游船经过，顺着波光粼粼的河面看过去，一座又一座形态各异的桥横架之上。

谢霜辰深呼吸一口气，说道："我感觉好久都没有这么轻松过了。"

"是啊，上半年忙这个忙那个，忙忙叨叨，喘息的余地都没有。"叶菱靠在栏杆上，"很累，也很充实。"

谢霜辰说："你说我俩以后会不会更忙？"

叶菱眺望河水，眼神缥缈，"忙一点确实好，逐渐被更多的人认可，安身立命，赚更多的钱。"

"是，赚更多的钱。"谢霜辰说，"对了，您猜，昨儿那场演出结果怎么样？"

"不是挺好的吗？"

"不是，我是说所谓的跟二师哥的对台。"谢霜辰笑道，"那么多人拿这个说事儿，总得有个结果吧？"

叶菱问："什么结果？"

"我翻了翻。"谢霜辰说，"他们那个商演很多都是赠票，送的员工福利啊什么的。你说赚钱吧，那肯定主办方已经把钱给到演出方了，但是实际上也不是大家真的掏钱进来的啊！而且后续没什么曝光扩散，也没有任何水花。打对台啊，谁怕谁？"

"你别得意。"叶菱说，"他能咽下去这口气才怪。"

谢霜辰说:"无非就是再打打嘴炮儿。"

"打多了也累。"叶菱说,"冤冤相报,什么时候是个头呢?"

"不知道,看他什么时候能放过我吧。"谢霜辰说。

"你有没有想过一种可能,也许到某一天,即便什么事情都没有发生,你俩也已经进入到一种彼此互不干涉的状态,一方强总会一方弱,可是谁也管不了谁。人会成长,成长就是不断修正过去走过的错误的路。"叶菱说,"那时候,能相逢一笑泯恩仇吗?"

谢霜辰反问:"您要我和他相逢一笑泯恩仇吗?"

"我不知道。"叶菱想了想,"这个问题三十岁时再答。"

谢霜辰说:"也许三十岁或四十岁的谢霜辰是可以相逢一笑泯恩仇的。"

但他还远未到那个年纪,那么远的事情,他还看不到。

舆论是舆论的事情,舆论上谢霜辰与杨霜林打得不可开交,所谓的"打对台",无论从口碑上,关注度上,以及后续的传播影响力上,都是谢霜辰的胜利,以杨霜林的脾气,早该跳出来说点什么。

可是他似乎并没有什么表示,悄无声息,仿佛什么都不存在似的。

谢霜辰不是不依不饶的人,本来就没有的事儿,他总不能显摆一样地跑到人家面前去找打吧?

他已经过了惹事的年纪了。

谢霜辰与叶菱在天津又过了一夜之后才返回北京,热闹之后总会有一段时间是归于平静的。给之前忙碌的生活一个缓冲,稍微调整一下状态,以便迎接后面的工作。

演出市场却从来不会平静,只会随着他们的知名度变得越来越火爆。这次在天津的演出成功意味着验证市场的成功,他们不单单能在北京这块地方有受众,走到外地去仍旧一样。这也给了史湘澄很大的启发与动力,她不再局限于津京冀一带的市场与受众,想要去南方的城市演出,最好还是能够登上更加多元化的舞台。

比如综艺、影视剧、唱歌……这两个人的条件都不差,完全可以有着更好更全面的发展的。

她能理解谢霜辰所谓的"稳重发展",先把相声说好了,有了稳定且广泛的观众群体,再做别的。但是这步调未免太慢,等他发展得差不多了,真从小鲜肉熬成了老腊肉怎么办?

时间不等人啊兄弟!

所以史湘澄在兼顾他们每天演出的同时，也在不断地探索任何一个可能的机会。

　　"你说你去年干吗把商演和综艺都推了？"史湘澄无比抱怨，"你看，今年没有了吧。"

　　"没有就没有吧。"谢霜辰说，"还不是照样活着？"

　　"这能一样？！"史湘澄说，"跟小园子里演到天荒地老顶天儿了能有多大出息？干点别的就不一样了，全国人民都认识你。"

　　谢霜辰说："咱又不是没上过电视。"

　　"你不能老想着自己啊！"史湘澄说，"你不带着叶老师共同富裕吗？"

　　"我不是很想上电视。"叶菱立刻说，"没多大意思。"

　　"你看了吧。"谢霜辰对史湘澄说。

　　上电视听上去挺厉害的，但是这得付出代价啊！想节目改节目就得付出多大精力？还不说最后能不能通过审核。以他们目前这些人的状况来说，能把自己这摊事儿弄得清楚明白就不错了。

　　"所以你们单身都是有理由的！"史湘澄暴躁。

　　"关单身什么事儿？"陆旬瀚说，"说得好像你有人要一样。"

　　"你闭嘴！"史湘澄说。

　　"欸……"

　　"你也闭嘴！"史湘澄又说。

　　"我还没说话呢！"刚刚出声儿的是谢霜辰，他无辜躺枪，"你是不是特别想寻求职业生涯的突破？"

　　史湘澄说："我是觉得我们有条件发展一下其他的业务。"

　　谢霜辰想了想，说道："那行吧，你既然喜欢做，那就去做。自己把事情规划好了，别什么事儿都来问我，我现在什么都不想做，只想天天在床上躺着。所以你问我问不出个所以然来。"

　　"真的？"史湘澄问，"你真的放心？"

　　"不放心又能怎么着？"谢霜辰说，"人不都是在一次又一次的犯错中成长起来的吗？"

　　史湘澄品了品这句话，皱着眉头说："我怎么觉得味儿这么奇怪？"

　　"这不重要！"谢霜辰说，"少年，有梦想就去付诸实际，别天天问这个问那个。好了，现在外面有点忙不过来了，赶紧去给一号桌的客人添点水。"

　　"嗯好……"史湘澄刚要转头走，立刻反应过劲儿来，"谢霜辰你个王八蛋说白了还是想使唤我！"

"快去吧。"谢霜辰非常诚恳但是毫无灵魂地说，"感谢'香肠'姐赐予我们丰盛的粮食，阿门。好了快去吧，客人等急了。"

"切，懒得理你！"保洁小妹似乎是史湘澄无法逃避的宿命，不知道在多年以后回想起这段儿经历会是一种怎样的心情。

这件事儿大家都当作开玩笑，唯有叶菱回家之后还特意问了问谢霜辰。

"你真打算全面地让她折腾？"叶菱问道。

"对啊！"谢霜辰问，"不然呢？"

"我以为你会叫她老实点。"叶菱说，"你之前似乎不太想搞事情。"

"其实我到现在也不太想。"谢霜辰说道，"但是我不想打击她的积极性。人生在世，不就是图点做快乐的事儿吗？既然'香肠'有这个心，我一个劲儿地阻拦就有点太不成人之美了。"

叶菱说："你还真是牺牲小我成全大我。"

"说得是呀！"谢霜辰感慨，"我可真是菩萨心肠！"

叶菱笑了一下。

"怎么？"谢霜辰说，"不是吗？"

"是，行了吧。"叶菱哄着谢霜辰说道。

谢霜辰完全不过问史湘澄在干吗，史湘澄也不跟谢霜辰说她要怎么样。大家还是跟往常一样，演出、演出，还是演出。这段时间谢霜辰也跟叶菱沉淀了许多新的节目，逐一呈现在舞台上。

叶菱之前一直立志于相声的大众推广，咏评社内部每周都有固定的开放时间，可以让对相声感兴趣的人近距离地接触这个行业。只是随着他们名气越来越大，开放日变成了粉丝追星现场，几次弄得大家都很尴尬，已经失去了开办的初衷，叶菱无奈之下只得暂时停掉。

但是公众号的内容一直有在产出，虽然没有什么特别实际的收益，不过叶菱倒是很喜欢做这些事情，简直就是乐此不疲。

短暂地休整了一两个月之后，商演便接踵而至。

有地方电视台的晚会节目，有一些企业筹办的演出，活儿倒是不少。叶菱问谢霜辰要不要去，谢霜辰反问叶菱。

叶菱自己觉得去不去都无所谓，但是从某些方面而言，他认同史湘澄的观点。都说相声搭档要红是一起红，因为这是共同努力的结果。一个出色另外一个拖后腿，那也不可能呈现叫观众记忆犹新的精彩节目。但是观众会习惯性地记得逗哏的名字，这是没办法的事情，因为逗哏确实占据了台上大部分的表演时间，也容易招观众的喜欢。

所以在大众视角上来看，是谢霜辰越来越红。

叶菱觉得这不是什么坏事，一个演员如果不把越来越红当作奋斗目标的话，那实在是不知道在想什么。谢霜辰固然是他的伴，但是他们都不可避免要服务于观众。所以，叶菱希望谢霜辰能被更多的人知道。

如果有朝一日，谢霜辰能够像一个真正的角儿一样登上电视，出现在杂志里，大街小巷的路人提起都知道这是谁，难道不是一件好事吗？

"我觉得如果有合适的，还是去吧。"叶菱说，"一次两次拒绝倒还好，总是拒绝，万一以后你想去了，人家不搭理你了怎么办？有来有回才叫生意买卖……当然了，这只是我自己的看法。"

"既然您都这么说了，那我就得好好考虑考虑了。"谢霜辰说。

叶菱觉得过意不去，说道："还是按照你自己的想法来吧，不用非要听我的。"

谢霜辰笑而不语。

他终究是答应了一场商演，但是好巧不巧，这场演出里还有杨霜林。大家在后台见着，有那么一瞬间能够感觉到尴尬的气氛。

但是总不能直接就打架吧？

如果不打个招呼似乎比打架还难看。

"哟——"谢霜辰迈着四方步到了杨霜林身前，"二师哥也来啦？少见呀！"他伸手招呼叶菱，"师弟来，跟二师哥打个招呼。"

叶菱笑着过来："二师哥好。"

杨霜林"嗯"了一声，大家都以为他会一带而过，没想到他继续说道："确实少见，我想想啊……过年的时候你小子也不说来看看我。"说完他还笑了笑。

他这一句叫谢霜辰和叶菱都有点吃惊，只是那么一瞬，谢霜辰立刻说："嗨呀，您不是忙着上春晚吗？我怎么好意思打扰？"

"那你也没说去看看你大师哥三师哥？"杨霜林继续说，"老五，忘了规矩了啊！"后面一句虽然有点责备的意思，但是他态度极其温和，更像是在跟谢霜辰开一个宠溺的玩笑一样。

谢霜辰心里塞满了问号，甚至怀疑杨霜林是不是被魂穿了，自己说话更加小心了。

这样单方面认为暗藏汹涌的对话非常没有营养,一番兄友弟恭之后,大家各自散去候场。谢霜辰满肚子的问题,与叶菱有了点私下的时间之后,问道:"您觉得二师哥是不是疯了?"

"疯什么?"叶菱问道。

"态度好奇怪啊!"谢霜辰说,"以前见了我恨不得给我扒了皮,今天跟被门框挤了一样,对待我简直是春天般的温暖。"

"也许场合不合适。"叶菱说,"这里这么多人,你又主动上前跟他问好,他要是不端个姿态出来,岂不是被人笑话?"

"难道他这样就不被人笑话吗?"谢霜辰说,"我是真的不理解这些老同志啊,背地里舌头根儿都让人嚼烂了,面儿上还得装矜持。"

"难道你就没装矜持吗?"叶菱笑道,"好了,上场了。"

他们的节目与杨霜林虽然没碍着,但是是同一场,难免叫人对比。杨霜林和搭档因为表演的传统节目,穿的藏蓝色大褂,谢霜辰他们穿的是黑色的大褂,除了年纪长相之外,彼此差不了太多。只不过就是谢霜辰他们跟观众玩闹儿习惯了,在商演的舞台上还是会跟观众互动互动,比之杨霜林他们倒是亲切了很多。

再说了,谁不愿意跟年轻帅气的小哥哥互相开玩笑呢?

看上去,杨霜林似乎怎么着都比不上谢霜辰,而在粉丝口中,恨不得把杨霜林贬低到地心之中。

连史湘澄在场下围观完了全场之后都不由得跟他们俩感慨:"人是不是真的有性转这一说?"

"不知道,想不明白。"谢霜辰回想起了当初叶菱跟他说过的话,"可能是想要相逢一笑泯恩仇吧!"

"不会很懂上了年纪的人。"史湘澄耸肩。

"到了懂的时候自然就懂了。"叶菱说,"不要想太多,没什么大不了的。"

他们不知道杨霜林是不是突然感化想要泯恩仇,只是最近一段发生的事情跟之前有点截然相反。以往是杨霜林主动发难,想要以舆论去攻击打压谢霜辰,但往往适得其反。这一次,网上的吃瓜群众倒是先替他俩开战了,可现实中呢?两个人不光同台演出,台下还能说上两句话,没红眼,没骂街,一团和气。

这跟谁说理去?

只能说……人生难预料吧。

插曲而已。

在这个热烈的夏天,史湘澄终于有了一些努力成果,当然也不全是她努力的结果，而是当你想红的时候，没人能拦得住你红。

有一个合作和一个电视剧找了上来。

史湘澄把事情跟谢霜辰摆了摆，谢霜辰说："这个合作能合作个什么？"

"是一个文创品牌。"

"文创？"

"就是铅笔、橡皮、尺子、胶带。"史湘澄解释。

"……有点挨不上啊！"谢霜辰说，"电视剧呢？"

"这个电视剧可就厉害了！注意，是电视剧，不是网剧。"史湘澄说，"其实这个剧组之前联系过我一次，但是你不是不乐意搞这些，我就没着急回复。我猜他们可能是找了一圈儿人没有合适的，这又找上来了。"

"啊？"谢霜辰说，"演员这么凋零吗？"紧接着，他又得意扬扬地说，"你哥我这张脸是不是可以演个男一号？"

"不是，人家是希望你演一个小角色。"史湘澄毫无灵魂地说。

"……"

"这是个民国戏。"史湘澄说，"我仔细拜读了一下，简单来说就是个很大时代小人物的故事，当然了，人家的主角是民国文化圈名流，弘扬传统文化你知道的吧？当然了，身为一个文化人怎么能没点下九流的朋友呢？比如什么妓女啊……"

谢霜辰说："什么？让我演妓女？"

史湘澄一脸吃屎的表情。

"你想怎么着？"她问。

"不是你说妓女什么的？"谢霜辰反问。

"我还没说完呢！"史湘澄说，"你这个嘴碎的臭毛病什么时候能改改？"

"行吧，你继续说吧。"谢霜辰耸肩。

史湘澄让谢霜辰气得够呛，喝了口水，才继续说："我说到哪儿了？"

"妓女。"谢霜辰提醒。

"……"史湘澄无语地翻了个白眼，"下九流的朋友，除了妓女，还有唱戏的、说相声的、叫花子、跑堂儿行不行？"

"行。"谢霜辰说，"只不过这个主角是不是也太闲了点？"

"这不是重点！"史湘澄说，"重点是这是一个有点单元性质的剧，中间有一段跟戏院茶楼有关，有一个说相声的角色他们觉得很适合你，所以就来问一问。"

"我有一个问题。"谢霜辰举手。

"说。"

"以前说相声的有我这么帅的吗？"谢霜辰自问自答，"没有。所以找我来演哪里合适？完全没有任何说服力嘛！"

"为什么一个人可以自我感觉良好到这么不要脸的地步？"史湘澄说，"你的脸皮到底是什么做的？"

"这是脸皮的问题吗？"谢霜辰摇摇头，"这是实力的问题。"

"你去死吧！"史湘澄发飙。

"好吧好吧，你继续讲。"

"反正不管到底是为什么，人家就是来邀请你出演这个角色了！"史湘澄说，"你甭管实际上是怎么样，人家就是觉得你很贴近那个角色的人设。你要是觉得这个事情有的聊，就看一下剧本大纲什么的，然后咱们慢慢拉扯。"

谢霜辰没关心具体细节，而是问："拍多长时间？给多少钱？"

史湘澄说："三四集的戏吧，年底开拍，大概拍个十天半个月的，不耽误你年底节目和放假。钱其实也不是很多，税后二十万，税是片方那边出。"

"才二十万？"谢霜辰非常吃惊，"我开个专场不比这赚得多？不是，他们影视圈不是很有钱吗？动不动就几千万上亿的片酬，怎么到我这儿就二十万？这么寒碜？"

"你开一次专场要准备多久？"史湘澄说，"而且你说的拿那么高片酬的演员，你上大马路上随便抓一个人都能叫上名字来，你谢霜辰是谁？而且你这个说好听点是单元剧里的一个重要角色，说难听点就是一个比龙套强点的小配角啊！你之前又没有任何影视剧出演经验，人家能来找你就不错了！"

"你这个鄙视链也太羞辱我了吧？"谢霜辰说，"我就随口说一下，你犯得着这么鄙视我吗？在哪儿拍？"

"天津、北京。"史湘澄说，"得倒腾一下。"

谢霜辰说："那岂不是我还得跟叶老师分开几天？"

"……"史湘澄更无语了，"你要是不想分开，可以每天坐高铁回来，跨城通勤。"

"……那我也真是闲的。"谢霜辰说，"得了，你把东西发我先看看，别的再说吧，反正……又不是钱的事儿。"

他虽然嘴上跟史湘澄臭贫几句，但这确实不是钱的事儿。他们开专场是小本买卖，不像明星开演唱会又是舞台、又是乐队、又是伴舞花好多钱。他们就租个场地，除了一点简单的装置需要工人之外，其他几乎没有什么人力成本，台上支个桌子就能说。

若是再简陋点，都不用桌子。

场地费、人力费这种杂项算下来十来万顶天儿了，剩下就是纯粹赚票钱。谢霜辰一开始担心票卖不出去，票面价格比一般演出市场价格稍微便宜一点。后来为了答谢观众，票面也没怎么涨价。

就这么一个说出去让有心者嘲笑谢霜辰咖位不行的票价，他们一场下来都能纯赚个几十万，谢霜辰吐槽一下片方给的钱少也不无道理。

然而他心里也明白，他说相声有市场、有观众，拍电视剧就未必了。这是另外一个更加大众层面的层级，那么多粉丝数以千万计的当红流量艺人拍电视剧都很可能会扑街，观众不买账，何况是他呢？

片方又不是傻子，钱也不是大风刮来的。

这件事谢霜辰心中虽然已经有了一些把握，但是他还是跟叶菱仔细商量了一番。

两个人先是一起看了一下剧本。这个单元故事的内容其实非常简单，就是讲的主角与戏院茶楼里的戏子们的一段交往。戏子并非单单指的是唱戏的，而是涵盖所有的演员艺人，包括说相声的。片方邀请谢霜辰所饰演的那个角色是一个年轻的学徒，从小就跟随师父在胡同里长大，隔壁就是个唱戏的班子。靠卖艺为生的一群演员舞台上再怎么光鲜亮丽，实际上也是社会上的底层，过着非常艰苦的生活。

学徒因缘际会与主角相识，二人很是投机，不料想学徒出师之后卷入一场江湖恩怨，师父也因此含恨而终，在主角的帮助下，学徒终于摆平了风波，成为当世名家。

"我怎么觉得这个故事这么眼熟？"谢霜辰说，"真的不是我自己吗？"

"可能编剧就是听说过类似的故事有所感悟写下来的吧。"叶菱说。

谢霜辰说："原型！赤裸裸的原型！"

"……"叶菱无语，"什么原型？人都是两只眼睛一张嘴，你凭什么说人家写的就是你？太阳底下无新事，你又凭什么说这些情节只发生在你一个人身上过？艺术都是源于生活的，你不可能凭空捏造出来一个根本不存在的东西，那编剧也够能耐的，可以拿诺贝尔文学奖了。这个世界上相似的人相似的故事太多了，不同的是表达方式和所要传递的精神内核，这才是值得探讨的。我不嫌弃你文化水平低，但是好歹也得多看几本书多了解了解这个世界吧？别什么事儿都觉得自己是天底下独一份儿。"

"哎哟喂，叶老师，我就是开个玩笑，瞎说而已。"谢霜辰讨饶，"我现在就买个 Kindle（电子阅读器）天天看世界名著，行了吧？咱们言归正传，您觉得这个事儿成吗？"

"从剧本上看，我觉得写得还真可以。"叶菱在电脑前搜了搜，"你看，制作方面也都是非常厉害的幕后，总体来说片方还是挺靠谱的。"

"我也觉得。"谢霜辰说。

叶菱说："而且人物形象跟你比较贴近，算是本色出演，风险不是很大。"

"所以……"

"所以如果你自己没什么别的考虑的话，我觉得这是个不错的买卖。"叶菱说。

"嗯，看时间安排也不是很耽误时间。"谢霜辰说，"虽然没几个钱，但是拿回来够给大家发年前的红包了，苍蝇腿肉也是肉，我觉得这事儿行。"

"你觉得行就行。"叶菱笑道，"怎么，钱还没赚上呢，就嫌二十万是苍蝇腿肉了？"

"我怎么没赚上啊，之前赚的那些不是钱啊？"谢霜辰说，"钱给社里分了之后，我那份也不是小钱啊，只不过都还了大姐了，现在手里虽然不富裕，但好歹不是负资产了啊！您放心，咱这本事在，以后都是一本万利的买卖，天天给您买卡地亚。"

谢霜辰前些年开咏评社时自己手上钱不够，是谢欢给他垫了点。那点钱对谢欢来说不算什么，嘴上说是借给谢霜辰，其实就是直接给谢霜辰当作创业基金了。但是谢霜辰一直记挂着这个事儿，世间有很多是欠了不好还的，唯有欠钱最好还。他不想欠人东西，尤其是逐渐长大、经历的事情多了之后，便越发觉得不能亏欠任何人。

这是一种成长的责任。

当他把钱都还给谢欢的时候，谢欢没跟他客气，她了解这个弟弟的脾气秉性，看似油嘴滑舌、浑不凛，实则说一不二，敢作敢当。所以她照单全收，跟谢霜辰说了一句"老五可以啊"，也没有别的废话。

话虽如此，但硬气都是要付出代价的。

比如谢霜辰赚的钱都还账了，虽说未来可期，可手上的现金流也没多少。

下半年的计划早就做好，商演排了一些，谢霜辰不想再开专场，所以一年到头最重要的就是春节前的封包袱演出了——随着咏评社的做大，越来越多的人吐槽这个名字太土炮儿了，但是谢霜辰坚决不换，理由是做人不能忘本，买卖再大自己心里也得有数，知道自己是从哪儿来的。

找这么多理由，说白了就是懒。

既然下半年没有什么大事儿，能去拍个电视剧既能为业绩上多添一笔，也能赚点小钱给大家发红包讨个彩头，这事儿怎么看都挺好的。

　　谢霜辰如此盘算，在跟片方接触过几次之后，条件谈拢，双方便签订了合同，到时候开机进组就行了。

　　几手买卖都不耽误，中秋节时，郑霜奇忽然联系了谢霜辰，叫他去吃饭。

　　五月端午节、八月中秋节、春节，都是很传统的节日，也是他们这些行当里的重要节日。师父在时应当去拜访，师父不在了，师兄弟之间也应该联系走动一下。

　　然而谢霜辰却很久没有联络过他的师哥们了，面对郑霜奇突如其来的邀约有点意外，但他也没多想，连问也没问，就带着叶菱去了。

　　他以为至少李霜平也会到，没想到只有郑霜奇一个人。

　　这个聚会是在郑霜奇自己家里，他亲自下厨，这对谢霜辰的吸引力还是很大的。郑霜奇做了一桌子菜，然后给三人都倒上了酒。叶菱摆了摆手，让谢霜辰喝，自己开车。

　　"老五可以啊！"郑霜奇说道，"生意越来越好，你之前的专场我和大师哥一起看了，座儿真好，活也好。"

　　他一番夸奖谢霜辰一个字儿没听进去，反而问道："您和大师哥去了？怎么都没知会一声？我都不知道有这个事儿。"

　　"没什么可知会的，就是想起来了就去看看，不提前告诉你也是希望你别有什么太大压力。"郑霜奇解释。谢霜辰倒不是因为这个事儿会有什么压力，而是他觉得奇怪，要是李霜平与郑霜奇二人都去了他的专场，意思简直太不言而喻了，怎么外界一点说法都没有，仿佛压根儿没这事儿一样。

　　不过他嘴上没说，面儿也没露，而是就着郑霜奇的话题唠起了家长。

"咱们师兄弟确实好久没见了。"谢霜辰说,"大家都忙,见面的机会也少。"

"忙什么呀?"郑霜奇喝了口酒,"瞎忙。一年到头忙忙叨叨,钱都没赚上几个。师哥我找你来也不想废话太多弯弯绕绕,老五,有兴趣一起发财没有?"

这未免也太直白了吧!

谢霜辰与叶菱对视一眼,而后问郑霜奇:"师哥,您这话是什么意思?怎么,有好买卖?"

"是有,不过也得看你乐意不乐意。"郑霜奇说,"虽说师父把咏评社留给了你,但是这好歹也是师父的买卖,咱们都有责任贡献一下自己的力量。你看你现在买卖红火、生意兴隆吧?可是说到底就一个小园子,每天把加座儿卖了,就二百来人。你难道就局限于这点吗?有没有想过开个分店,开成连锁,遍布大江南北?"

"这得需要人啊师哥。"谢霜辰笑着说,"我还希望开国外去呢,可是演员太少,我也分身乏术啊!"

"所以说你需要一个合伙人啊!"郑霜奇一拍大腿,"我可以用加盟的形式入股,演员这块你不用愁。你看,你有新型剧场的发展经验,我有演员人脉这一块的资源,咱们合起伙来,岂不是能赚翻了?"

郑霜奇描述了一番非常美好的前景,叶菱仔细听了也没听出来漏洞。他觉得郑霜奇不应该说相声,而是应该去当个商人,他有着非常敏感的商业嗅觉,考虑问题也比谢霜辰周到许多。

然而……这真的适合咏评社现在的发展吗?

叶菱瞥了一眼谢霜辰,谢霜辰沉思片刻,说道:"师哥,我也不瞒您说,我现在还没有这么长远的打算,而且我也不确定这事儿能不能跟您一起做。您别嫌我话难听,但是我不想蒙您。咱们师兄弟之间要不然就是干脆闹掰了,要不然就是虚伪的和谐,您不会不清楚吧?"

郑霜奇笑了笑:"可是我觉得没有永恒的敌人和朋友,只有永恒的利益。"

"那咱们就不是一路人。"谢霜辰说,"您觉得只要谈钱怎么都好说,但是我不是一个谈钱就能摆平的人。"

"小叶。"郑霜奇转向叶菱问道,"老五有江湖气,你是个聪明人,你觉得呢?"

"您说得确实挺好的。"叶菱说,"但归根结底,这也不是我的买卖,我只是咏评社里一个普通演员,我做不了主。而且这也不是聪明不聪明的事儿,我不会做生意,也不明白其中的操作,您问我,也真是问住我了。"

他摆明就是不想掺和,郑霜奇再追问下去也是自讨没趣了。他今天主要就是想跟谢霜辰说这个事儿，见谢霜辰态度已有了倾向，就不打算再继续深入聊了。

一次性把事儿聊死了，不是他的做派。

剩下的时间大部分就说些无关痛痒的话，聊聊最近在做什么，谢霜辰说自己有个戏要拍，郑霜奇祝贺了一下，同时身为一个过来人，也跟谢霜辰讲了讲里面的门道，算是师哥对师弟的嘱托。

"合同什么的一定要看仔细了。"郑霜奇说，"片场上什么事儿都有可能发生，你初来乍到一定要低调做事。"

谢霜辰闷头听着，他觉得这些都是老生常谈，他又不是傻子，怎么可能会不知道这些？

还不如聊一聊年底的封包袱相声大会的事儿有意思，毕竟这一次，谢霜辰要挪去大剧场里演了。

一听这个，郑霜奇也比较感兴趣。谢霜辰纳闷儿，他三师哥到底是什么成分组成的，怎么万事都想掺和一脚？

"你们上世纪剧院办？"郑霜奇说，"这才一千来人啊，怎么不上大一点的场子去？要不要我给你联系工体……"

"别别！"谢霜辰赶紧说，"世纪剧院坐满了一千七百多号人呢，不少了。您给我弄工体去，万人体育馆哪怕我就开半场，那我也够能耐的。这次我可是使了个大劲儿才说去世纪剧院，坐不坐得满我都不知道呢！"

一千七虽然跟一千出头就差了几百人，但是几百张票要是填不满，场面上可不好看。而且这一次谢霜辰确实想把演出做得好一些，势头造得大一点。所以不光在场地费、置装费上花了钱，包括后续整套的营销方案也是没少下功夫。

不搞就不搞，搞就要搞大的，既已入局，那就得弄出动静儿来。

就连史湘澄都跟他说，这一波要是操作不好，虽说不会有什么风险，但至少这个年肯定是过不好了。谢霜辰不在意这些，他于其他业务上会比较谨慎，但是演出这块他已经有了非常丰富的经验，他对自己的决定有足够的把握。

不过具体细则，谢霜辰没打算跟郑霜奇透露，演出信息还没公布呢，也不算是板上钉钉的事儿。

"你这个封……"郑霜奇觉得"封包袱"仨字很土炮，换了个说辞，"你这个演出有广告赞助？独家谈好了吗？"

"我没想着上广告赞助，一年就一次的年终总结演出，还是别弄得那么复杂了吧，我手上的钱也还应付得过来。"谢霜辰委婉地说，"独家视频倒是谈好了，连着录制剪辑带审核，年前就能上线，正好还能春节让大家看一看，乐和乐和。"

郑霜奇笑眯眯地说："怎么，又要跟二师哥对着来？你知道他可是春晚常青树的。"

"我哪儿敢呀。"谢霜辰也笑道，"这都是人家网站的安排，我可插不上话。"

郑霜奇大笑。

叶菱看这两人推杯换盏、把酒言欢的模样，心中只得无奈。谢霜辰跟他这几位师哥没一个能交心的，聊起天来却是笑容满面，也不知道要思虑多少环节，才不至于让他们给套路了过去。叶菱觉得郑霜奇此人是最为捉摸不透的，他的行为准则似乎很简单，只看利益，这种人最好接触，但也最难接触。

晚饭过后，谢霜辰伴装醉意打算离去，郑霜奇没多留。叶菱开车，瞥了副驾上谢霜辰一眼，见他面色凝重，问道："你怎么了？"

"不知道。"谢霜辰说，"我总觉得心里沉甸甸的。"

叶菱不解："怎么会有这种感觉？"

谢霜辰掏出手机，拿着日历看了看，答非所问地说："下半年好忙啊！"

叶菱笑道："是啊！因为你红啊，大忙人。"

谢霜辰说："希望忙得值得吧。"

次年2月中旬才过年，春天来得尤其晚，所以咏评社的封包袱演出定在了2月初，演完大家就能放假回家了。这是咏评社创办以来最大的一场演出，谢霜辰投入了非常大的精力在里面，提前几个月就开始准备策划，交由史湘澄去执行。

反正怎么倒腾都离不开钱，于是这段时间里，谢霜辰和叶菱就出商演。明明是赚外快的事儿，在史湘澄口中，就成了非常凄惨的"养家糊口"。这一消息一度传到了姚笙耳朵里，他还颇为严肃地问过谢霜辰是不是最近手头紧，要不要他救济一下。

谢霜辰吃惊，都不知道这是哪儿跟那儿，哭笑不得。

很快，谢霜辰接的那部戏也开机了，这当中还有一段小插曲。

谢霜辰的戏份并不靠前，原本是定于12月才进组，但是因为其他演员一些临时的档期调整，和北京、天津两地的进度安排，片方在与谢霜辰协商之后，决定叫他提前至11月中下旬进组。

若是换了别的演员，哪儿有这么瞎安排的？但是谢霜辰不计较这些，反正他人在北京，目前看来也没有安排什么其他的演出，这不就是随叫随到吗？他向来奉行与人方便就是与己方便，举手之劳就能帮人家解决一些麻烦，也谈不上什么大事儿。

片方自然是对谢霜辰歌功颂德，好一顿表赞之后，谢霜辰进组。

"哎，叶老师……"谢霜辰眼泪汪汪地扒拉着门框，"我这一去……"

"你快点吧。"叶菱催促，"别叫人家等着。"

"您都不跟我告别一下吗？"谢霜辰继续眼泪汪汪，"我这一走啊……"

"你别废话了！就在北京拍，你要是进度快点还能晚上赶回来吃晚饭！你在演什么戏，"叶菱无语，"不用这么提前进入剧情！"

"哦。"谢霜辰一秒恢复正常，拿着手机就出门了。

前半段的戏份在北京，除了有两场夜戏谢霜辰没回来之外，其他时候他就跟上下班打卡一样，也感觉不出来是在拍戏。

史湘澄身为经纪人肯定是得去探班的，第一次近距离围观到大大小小的明星艺人，多少还有点小激动。她还特意问谢霜辰："拍戏有什么不一样的感觉吗？你觉得自己演技怎么样？怯场吗？"

"我？怯场？"谢霜辰吃惊地说，"你疯了吧？你可着北京城问问去，谢家的小五爷什么时候怯过场？多大的角儿在我眼里都是浮云好不好？就咱这个演技，说一句，奥斯卡欠我一个小金人。"

"你还是闭嘴吧！"史湘澄不打算跟谢霜辰纠缠了。她看谢霜辰穿个戏里的青灰色的大褂，是那种特别粗糙的布头，也许是看谢霜辰穿大褂看习惯了，纵然如此落魄的打扮，也难盖其锋芒。

但是他得意扬扬的那个劲儿实在是太欠打了。

北京的戏份结束之后，转道去了天津，这下谢霜辰恨不得跟叶菱来个十八里相送，最后还是叶菱把他踹出了家门。

再不走，就赶不上高铁了。

就这谢霜辰还磨叽了半天，临走时候，他忽然来了一句："不知道为什么，我特别不想离开北京，总觉得出了自己的地盘，很多事儿就身不由己了。"

叶菱一愣，问道："你这是说的什么话？"他看谢霜辰那副样子，差点就说出来"不想去要不你别去了"这种话。他猛然回神，不知道自己为什么会有这种想法。又不是小朋友第一次出门上幼儿园，天津他们都去了多少次了，怎么可能身不由己？

"你等一下。"叶菱上卧室拿了一条围巾出来，给谢霜辰围上，"明天该降温了，特别冷，虽然你就去个三五天，但是也别冻着了。"

"嗯。"谢霜辰点头，"那我走了，叶老师再见。"

"好好照顾自己。"叶菱说，"有事儿给我打电话。"

"再见。"

史湘澄陪着他去的天津，不过咏评社这边还有一堆事儿，尤其是年底的演出很忙碌，史湘澄当天就折返回来了。

谢霜辰不在的时间里，叶菱也不上台演出，晚上就在剧场的后台帮忙。这同以往的日日夜夜没有任何区别，但叶菱却总有一种特别怪异的感觉。

他总觉得谢霜辰不在他的身边，仿佛就会出什么事儿一样。

终于，在谢霜辰离开的第三天夜里，叶菱的电话响了。

"喂？"大半夜的，叶菱被电话吵醒，看了看时间，夜里三点多。来电显示是谢霜辰的名字，他看见之后心就猛地提了起来，接通之后小心翼翼地问，"怎么了？"

"叶老师，我是不是把您吵醒了？"谢霜辰的声音不大，但能明显听出来心气儿不高，这话说得也是驴唇不对马嘴。

"你怎么想起来大半夜给我打电话了？"叶菱揉了揉眼睛，尽量让自己清醒过来。

"有一个事儿想跟您商量。"谢霜辰犹犹豫豫地说，"这个戏……我觉得很奇怪。"

"怎么？"叶菱纳闷儿。

谢霜辰说："在北京拍摄的时候一切都跟之前商量过的以及看过的剧本一样。只是到了天津之后，给我的剧本忽然变了……我听说现场改戏是常有的事儿，但是我这个被改得……叫我很不舒服。"

叶菱也知道片场会发生这种事，即便是主要角色，被改戏也是常有的，何况谢霜辰这种不那么重要的戏份。只是谢霜辰说被改得很不舒服，这就值得注意了。他不是那种计较名利耍脾气的人，能说出这样的话，必然是戳到了谢霜辰的痛点。

"你仔细说说。"叶菱说。

"咱们原本看的剧本里，我这个角色不是惹上江湖纷争了吗？但是我到了天津之后，手里换了新的剧本，就不是这个故事了。"谢霜辰说，"改成了什么所谓的纷争都是这个学徒一手挑起来的，师父的死也与他妄图篡位有关。您知道吗，最绝的是剧本里对这个角色最后的定位——欺师灭祖，大逆不道！"

叶菱心里"咯噔"一声。

"偏偏这个角色还要笑着承认他就是欺师灭祖、大逆不道，他就是要夺走师父的一切，将师兄们陷于不义。"谢霜辰说到这里也是一笑，只是无限悲凉，"您说，这剧情是不是似曾相识？"

"是。"叶菱说，"也由不得人多想。"

"我看了之后特别生气。"谢霜辰说，"跟导演和编剧理论，但是他们解释得都很含糊。编剧一个劲儿地说是根据拍摄的调整，鬼才信是什么调整。这事儿我越想越不对，睡不着觉，这才给您打了电话。"

"这段剧情你拍了吗？"叶菱问道。

"没有，我怎么可能拍？"谢霜辰说，"我觉得就是有人在针对我，想要叫我亲口说出来那句话。我明明不是，哪怕是一个角色，我也不能接受。我生平最敬重师父，我怎么可能做出来欺师灭祖、大逆不道的事儿来？想给我扣这么一个帽子，我可真是受不起。我可以忍受各种各样的骂名，唯独这一条不行。"

叶菱能听出来谢霜辰的情绪很激动，他大概知道是什么情况了，也知道谢霜辰为什么会半夜给他打电话。这件事情很严重，虽说有怀疑的对象，但是无凭无据，影视圈跟曲艺圈关系又不大，无端指责有些太牵强。

"那你是不是不打算演了？"叶菱问道。

"如果很自私地想，我确实不想演。"谢霜辰说，"但是这不是我一个人事儿，还牵扯了很多，最重要的是如果我罢演，会有一笔违约金等着。这不单单是对我，很可能都对咏评社、对我们年底的演出有很大的影响。现在虽然还没开票，但是已经铺出去宣传了……我很想任性妄为，但是我也要对我任性妄为的后果付出代价。所以我很纠结，这也是我给您打电话的理由之一，我……"

"如果你不想演，那就不要演，我不可能叫你受这种委屈。"叶菱决绝地说，"违约金的事情你不用想太多，大不了砸锅卖铁。钱没了还能挣，可是名声没了、骨气没了，多少钱都买不回来。"

"叶老师……"谢霜辰的声音有些哽咽，一时热血激荡，说不出话来。

"我觉得你现在先睡觉，不要再想了，就算睡不着也去床上躺着。"叶菱说，"具体的事情等明天早上再说，好不好？"

"嗯。"谢霜辰说，"叶老师，您也睡觉吧，明儿我再给您打电话。"

"打什么电话？谁说打电话了？"叶菱说，"你告诉我地址，明儿我上天津接你去。"

叶菱把谢霜辰哄去睡觉，自己却没了半分困意。他开电脑查了一点东西，天亮之后就买了去天津的票，直奔着南站去了。

到了跟谢霜辰约定的地方，虽然就几天没见，但谢霜辰看见叶菱的时候竟有一种恍若隔世的感觉。一个人身处异乡的彷徨与挣扎在这一刻全然消失，他快步走上前去，紧紧地抱住了叶菱。

"叶老师，带我回家吧。"

"嗯，我们回家。"叶菱说，"可是在此之前，你不跟人家打个招呼？"

"反正到最后都是要撕破脸的，何必再做这么虚伪的客套？"谢霜辰说。

"我叫你白天再说具体的事情，是怕你夜里情绪激动。你现在是想好了吗？"叶菱问道，"打算跑路了？"

"对。"谢霜辰点头，"我可以不惹事儿，但是事儿来了，我也不能怕事儿。他们不仁，也别怪我不义。"

"行，我们回北京。"

二人在回去的高铁上，叶菱给谢霜辰讲了讲自己夜里发现的一些线索。

"你的合同我叫湘澄给我发来了一份。"叶菱说，"里面丝毫没有提到如果剧情人设发生改变对艺人造成什么负面影响，片方应当有什么措施或者赔偿。很明显，是咱们经验不足疏忽了，同时也证明了，这从一开始就有问题。"

"哎，大意了。"谢霜辰说。

"而且我还查到了一个东西。"叶菱说，"这部剧的出品方里有一个公司来历比较特殊。"他把手机屏幕转向谢霜辰，"这是这家公司的股东结构。"

"这几个人我不认识。"谢霜辰看过之后说道，"听都没听说过。"

"对，你是没听说过。"叶菱说，"但是你看这个持有股份最大的非自然人股东。"

"是个公司名字。"谢霜辰说。

"这家持股公司的股东结构里有一个人你非常熟悉。"叶菱叹气说，"哎，能干出这种事儿来的，除了杨霜林，还能有谁呢？"

"他？"谢霜辰有点吃惊。杨霜林针对他，他倒是一点都不意外，但是杨霜林竟然能用这种方式来套路他，这才是令他意外的。

他知道杨霜林恨他，但是恨到这种地步，恨到需要用这种手段，再结合之前杨霜林仿佛无事发生的温和态度……简直叫人毛骨悚然。

"是谁都已经不是重点了。"叶菱说，"重点是你现在跑路了，肯定是违约金见了。走司法程序的话肯定还得拉扯拉扯，合同上我们不占任何优势，最坏的打算就是照单全赔。我看了一下违约赔偿这块，按照你所参演的内容的制作费加上演出费还有税，按照 200% 的赔偿，算下来大概是……六百五十四万。"

这个数字给谢霜辰带来的惊愕程度远远超过听到杨霜林的名字。

叶菱倒是很淡定。

"那什么。"谢霜辰咳了两声，"我下车之后再回天津，还来得及吗？"

"你觉得呢？"叶菱问。

"六百多万啊！"谢霜辰说，"杨霜林这个老匹夫是不是想让我死！我下了车就上雍和宫烧香去！我咒死他！气死我了！本命年这么难过吗？"

谢霜辰恨不得骂了一路，叶菱哭笑不得。

虽说钱是身外之物，嘴上硬气的时候是挺爽的，但是一分钱也确实能难倒英雄汉。两个人到家之后，叶菱把家里所有的存折银行卡都翻了出来，凑在一起也就刚刚够个零头。

"我现在就作法！"谢霜辰气得跳脚。

"你先别着急。"叶菱说，"咏评社的账上还有点钱，凑个两百来万应该没什么问题。剩下的四百万，你看看要不要借点？"

"跟谁借？"谢霜辰问他。其实谢霜辰能借钱的对象无非就是谢欢跟姚笙，只要是他开口，这两人必然会非常爽快地借给他。

但他开得了这个口吗？

"从长计议吧。"叶菱也知道谢霜辰的脾气，自己惹出来的麻烦去求别人解围，谢霜辰很难干出来这种事儿。"要是走司法程序，从上诉到最后的执行总得有时间差，最快最快也得明年夏天了，这笔钱先不着急。咱们年底演出还有一笔收入，还有视频平台的独家采买，凑一凑应该也还行。大不了多接点商演，总之……总会有办法的。"

"嗯。"谢霜辰点点头，他深深地叹了口气，双手捂住了脸，胳膊肘撑在膝盖上，相当颓废地说，"叶老师，我是不是特别没用？办个事儿都办不好。总说着要带您过好日子，可是成天到晚都为了钱发愁。"

"人在江湖身不由己。"叶菱安慰道，"有时你想安安静静的，可是有些人偏不让你如意。没事儿，谁这辈子还没几个坎儿呢？"

"这事儿您别跟'香肠'说了。"谢霜辰说，"这是她一手操办的，要是让她知道出了问题那还得了？我估计她都得冲到人家门口杀人放火去。"他口头上尽是玩笑，实则担心史湘澄自责。

问题是，纸怎么能包得住火？

在谢霜辰离开剧组之后，很快，这条消息就被爆了出来。这下别说史湘澄了，所有吃瓜网友都知道这档子事儿了。

谢霜辰无故退出剧组导致拍摄进度受到影响，是红了飘了耍大牌？还是之前营造的谦虚人设真相是假？

"气死我了！"

史湘澄大喊大叫，声音差点掀开咏评社剧场的房顶，一个暴躁的灵魂濒临暴走。

"我现在，现在就去雍和宫扎小人！"她抓着衣服就要往外跑，跑了没两步就又折了回来，"不行，我现在打车去潭柘寺！"

谢霜辰无奈地说："大姐，你现在打车去潭柘寺，到了那里人家都关门了。而且潭柘寺离咱这儿多少公里你知道吗？打车钱不给报销啊！"

"湘澄，不至于。"叶菱说。

"叶老师你心太大了吧！"史湘澄拖了把凳子坐在叶菱面前，"六百多万啊！不是六百多块啊！你怎么这么轻松？"

"债多不压身，死猪不怕开水烫，一开始觉得这个数特别大，但是习惯了之后，好像也就这样了。"叶菱耸肩，"怎么着，难道还能饭也不吃觉也不睡，为了六百多万愁死吗？"

"话是这样，但是……"史湘澄说。

"没什么但是。"谢霜辰说，"是咱们经验不足，被人坑了也赖不了谁，只能赖自己。现在外面已经传得沸沸扬扬了，我其实觉得没什么，主要是咱们先商量商量，这个事儿后续要怎么应付。"

"先花点钱弄一下舆论吧，马上就要开票了，我担心影响票务。"史湘澄说，"这个事儿我总觉得不会简简单单就这么结束的。"

当人倒霉的时候，喝口水都塞牙缝，好的不灵坏的灵。

预言家史湘澄说事情不会就这么简单结束，结果还真是这样。

年底演出的票是提前两个月开票的，也就是 12 月底，卡着双旦期间。他们已经处理过一波网络舆论，谢霜辰本人也出面澄清了一番。有风波虽然不是好事儿，可一虐粉，票务方面倒是意外火爆。

开票便很快售罄，外面立刻就起了高价的黄牛票，史湘澄还算了半天票房收入能赚多少钱，但是那一串儿数字还没焐热乎呢，两个通知彻底把他们拉下了谷底。

一则是来自法院方面，谢霜辰的违约诉讼很快就立案了。这套流程谢霜辰是很清楚的，只要提前做好充足的准备，那法院传票可是说来就来。对方很显然是有备而来，根本不想让谢霜辰有什么喘息的余地。

这是在谢霜辰能接受的范围内，知道有这么一天，只不过来得太快了。

伴随着这则立案消息而来的，是消防部门关于咏评社剧场消防安全不合格的审查结果。年底是火灾多发期，这段时间确实会加强消防排查，以往咏评社从来没出过任何问题，可是现在赶上这么一档子事，很难不令人多想。

消防安全是大事儿，咏评社又处在如此热闹繁华的地段，相关部门勒令咏评社停业整顿，检查合格后才准许营业。

一向门庭若市的咏评社剧场，一下子就萧索了起来，而且如果检查一直不合格的话，会直接影响社团的演出资质。连带着封袟的演出剧场都对咏评社产生了动摇，开始犹豫是否还要继续承办演出。

谢霜辰活这么大，从来没有一刻像现在这样，感受着四面八方袭来的压力，让他几乎喘不过气来。

"所以现在要怎么办？"史湘澄问道。

咏评社所有的演员都集中在后台，大家神情严肃，都望向谢霜辰，等着他发话。这个年轻人嘴上永远看上去一副不靠谱的模样，但他也确实是大家的主心骨。

这句话谢霜辰仿佛没听见，他还是独自陷在自己的沉思中。他翘着二郎腿，手里握着个保温杯，除热水冒出些白气来，却显得更加安静。

叶菱碰了碰他。

"我……"谢霜辰反应了过来，"其实现在不是我想怎么办，我的办法很少，我也很想逆天改命，但目前看来，很多问题的主动权都不在我手上。不说别的，目前剧场无法正常演出，少则十天半个月，多则……反正是个指望不上的日子。这段时间我会去周旋一下这件事，大家放心，工资会按照大家平时的水平正常发放的。但是我想说的是，结果我不能保证，所以，我想知道你们怎么看这件事。"

大家互相看看对方，谁也没说话。

谢霜辰叹了口气，把自己的保温杯放在了桌子上："我现在都不能确定封包袟专场到底还能不能开了。"

"开，必须开！"史湘澄说，"票都卖出去了，还全都卖空了，怎么能不开呢？"

"是啊！"蔡旬商说，"你之前最常挂在嘴边儿的话就是'要对得起观众'，虽然咱们这儿确实是'屋漏偏逢连夜雨'，但是咱不能对不起观众啊，观众花钱了啊……"

"就是就是！"史湘澄说，"而且票全卖出去了，回账之后可是一笔不小的收入，你想想你那屁股债……不把演出办了，你拿什么还账？"

谢霜辰看向叶菱，问道："叶老师，您觉得呢？"

"就算演出的票房全都清算下来，也是属于社里的，到时候算借用还是怎样，都得有个说法，钱是不能白拿的。"叶菱先把公账的事儿说清楚了，"但是演出，死扛着也要办下来。一是不能辜负观众，人家买票了，因为我们自己的问题导致退票无法履行演出职责，这种公关危机我想我们都应付不来。二是现在风雨飘摇，一场演出也正是一个好机会，我觉得我们可以度过这个坎儿，我坚信事在人为。但是……"他又强调，"这只是我一个人的想法，我没办法要求每个人跟我想的一样，包括谢霜辰也是如此。如果大家觉得有什么难处，或者什么不同的看法，尽管提出来。大家都是咏评社的一分子，都有权利做自己的选择。"

"我们倒是没什么异议。"李珂说道，"发展也不可能一直是一帆风顺的，有点坎坷很正常。演出的事情，我只能代表我自己说，我还是挺希望演下去的，我还没上过那么大的剧场里演过。"他声音越来越小，紧接着突然又提高了音量，"但是啊！如果社里实在有难处……"

"我知道。"谢霜辰说，"我……"

"霜辰啊！"杨启瑞开口说，"我长你不少岁数，占了年龄的便宜，吃过的饭、走过的路比你多一些。你有什么难处，你有什么打算，最好都讲出来。我们不可能说能跟着你享福，不能跟着你患难。再说了，大家又不是没过过穷日子。现在确实很难，但是大伙儿都能跟你一起扛。人多力量大，办法也才能多。我觉得小叶那句话很对，事在人为。"

"不是，我不想开成表忠心大会。"谢霜辰无奈扶额，"我就是想知道大家怎么想的，如果你们觉得这个事儿 OK 可以做，那咱就做，如果不行，咱再想别的辙。"

"做！"陆旬瀚站了起来，"这事儿肯定没问题！"

"行。"谢霜辰说，"别人说话我不信，但你的话肯定没问题。我不信科学，我就信玄学！"

同心协力，其利断金，前提是事情有可回转的余地。

咏评社停业的经济损失是按天计算的，这段时间谢霜辰没少托关系、找门路去活动。但是有关部门就是有关部门，不是说你整顿好了就立刻给你来检查，年底事情这么多、这么忙碌，哪儿你说来检查就来检查的？

拖一天，就是多少钱呢！

观众这边也怨声载道，情绪积压久了，也不管到底是谁的错，一并骂了就是。不管怎么着，谢霜辰团队就是草台班子，只能小打小闹，处理不了重大公关危机。

也有一种声音出现，说谢霜辰是在卖惨，自己关闭的剧场，就是为了虐粉。

想要在风口浪尖澄清一件事其实不容易，这次是多方面的夹击，跟之前任何一次在网上打嘴炮不同。

就在这个时候，网络上也爆出了一个消息。

在5月份的专场的时候，原来李霜平和郑霜奇都去现场看了谢霜辰的演出。这种信号其实有很多种解读的意思，但是大众最喜闻乐见的还是这两人是在站队谢霜辰。

这一家子的事儿可真是乱套得可以。这两人一会儿仿佛在杨霜林一队，一会儿又仿佛站在谢霜辰一队，简直就是趋炎附势的墙头草。

一瞬间，杨霜林仿佛又成了那个可怜的孤家寡人，大家都在合起伙来欺负他。

吃瓜群众开始讨论，是不是谢霜辰一开始就不是个善茬，是不是大家所看到的真相是他一手营造出来的。

即便咏评社的粉丝们发了很多反黑帖，但是探讨这件事本身的人是两拨人，有着极大的年龄断层。在网上也许谢霜辰会有人支持，但是在现实生活中，在那些大爷大妈的口中，谢霜辰并不是一个善良的角色。

局面非常动荡，已经有观众开始退票了，虽然咏评社一再承诺演出会正常进行，但是鬼知道是不是在放屁！

谢霜辰想要出面澄清，却遭到了叶菱的阻止。

"叶老师！"谢霜辰说，"这事儿您怎么就不让我说话了？"

"我们都觉得这件事不会轻易结束对不对？"叶菱说，"二师哥太了解你了，他认识你的时间比我还久，既然他已经想到了如此完整的计划，那么肯定会针对你下一步的行为做出反应。这个时候你越是急吼吼地去解释，越容易乱套。"

"我知道。"谢霜辰说，"但是我不想坐以待毙。"

"当然不能坐以待毙。"叶菱说，"但是要冷静。"

谢霜辰点点头。

他们不光要处理外面的事务，还有准备年底演出。剧场只是跟他们的合作意愿有些消极，但是咏评社确定要在内忧外患的情况下坚持演出，史湘澄就去跟剧场专门谈了条件。剧场以咏评社很可能会被吊销演出资格为理由，需要咏评社进行担保，如若不能顺利演出，则要替剧场承担损失。

这无意间又给咏评社的支出增加了一大笔。

票都卖了，就算往后的路是刀山火海，也得硬着头皮走下去。

咏评社没有收入，所以流水都是出账。请律师处理违约案得要钱，演出事宜各项也需要钱，走关系、找门路更是需要钱。

钱钱钱，都是钱，史湘澄都愁得开始掉头发了。

动静这么大，不可能别人不知道。姚笙专门上谢霜辰他们家去了一趟，先是痛骂杨霜林，然后问谢霜辰怎么办。

谢霜辰还能怎么办？

他觉得还不到万不得已的时候，对姚笙以及谢欢的说辞都是还在他的掌握之中。

"我虽然四面受敌，但是事情得一件一件地办。"谢霜辰说，"当务之急是把消防先过了，我不怕花钱，但是不进账始终不是个事儿。你也知道现在外面风风雨雨的，我也能理解观众退票，毕竟你再怎么口口声声说演出不会受到影响，但是你的剧场没开，人也见不着，票不退了，不就砸手里了？现在啊，连黄牛都骂我。"

"这事儿我帮你想想办法。"姚笙说，"你要是需要钱……"

谢霜辰说："这不是钱的事儿。"

"本命年就是晦气。"姚笙说，"老大老三去看你演出的事儿，估计也是老二放出来的吧？"

"嗯，应该是。"谢霜辰说，"之前三师哥跟我提过，我都纳闷儿。现在反应过来了，原来是他在这儿等着呢！一波全放出来，好像我们哥儿几个联合起来欺负他。要我说，这点手段，真的只能怪我太蠢，上了他的当，真是不能怪他精明。"

"人有失手、马有失蹄，就当花钱买个教训吧。"姚笙说。

"哎，这个教训也太贵了吧！"谢霜辰说，"最丧的是，只有我们知道是二师哥干的，而且根本没有任何证据，外界能看到的全是我违约、我人设崩塌、我这个那个。好烦啊！我长的是猪脑子吗？"

姚笙说："你终于看清自己了！"

"真的，这波他最好弄死我。"谢霜辰说，"但凡弄不死我，我……"

"你能怎么着他？"姚笙问。

这个问题还真问住谢霜辰了，他能怎么着呢？虽说君子报仇十年不晚，他也没有什么更好的法子去以牙还牙，总不能去杀人放火吧？

"我就咒他！"

"得了，别诅咒了。"叶菱把手机丢给谢霜辰，"你有消息。"

谢霜辰划拉开屏幕，见是郑霜奇给他发的消息。内容无他，约谢霜辰喝酒。

"今天吹的是什么风？"谢霜辰嘀咕了一声，问叶菱，"叶老师，晚上家里有菜吗？"

"有啊！"叶菱说，"不过就剩下白菜了。"

"不是吧？"姚笙说，"你们现在这么惨啊？跟家里啃白菜？你早跟哥说啊，哥给你买鲍鱼。"

"你闭嘴吧！"谢霜辰说，"我叫三师哥过来，你晚上也别走了，一起吃饭吧。"

"那我跟'二小姐'说一声。"姚笙说。

叶菱说："要不你也叫他过来吃饭？"

"别了。"谢霜辰阻止，"晚上怕不是老妖精座谈会，那个无知少年还是在家里吃外卖吧。"

郑霜奇来时是谢霜辰招呼的，他与姚笙也认识，彼此打了个招呼，便看叶菱端着一锅水放在了饭桌上，旁边儿放了盘子白菜。

他有些纳闷儿，谢霜辰解释说："三师哥，您真是赶着饭点儿来的，我们正要吃饭呢，您吃了吗？"

郑霜奇没吃，可是瞧桌上那惨淡的配置，让他坐下来跟他们一起吃饭，吃还不如不吃。

"家里就这些了。"叶菱凑上来说，"三师哥，您要是觉得不合适，要不我再去楼下买点？"他走到谢霜辰跟前要钱，谢霜辰摸遍了自己所有的衣服口袋，才摸出来五块钱，还非常不舍地给了叶菱。

贫贱，非常贫贱！

"哎。"郑霜奇叹了口气，"好歹炒个醋熘白菜吧，干涮菜有什么意思？当是开水白菜呢？"说罢，他就撸起袖子洗了手，进了厨房。

姚笙一脸无话可说地看着谢霜辰和叶菱。

郑霜奇手艺着实可以，醋往锅里一过，那个香味儿就铺满了房间，把其他三人肚子里的馋虫都催了出来。他把各式各样的白菜摆放在了桌子上，此时门铃响起来了。郑霜奇挨着门口近，顺手开门。

"您好！海底捞外卖！"门口外卖小哥非常热情。

郑霜奇回头。

空气瞬间凝固，姚笙先反应了过来："啊！那什么，我叫的外卖……快进来快进来。"

小哥把桌子给他们摆上，内容非常丰富，足足铺满了一桌，相比较之下，那几盘白菜显得非常可怜。

"臭小子！"郑霜奇骂道。

"嗨呀，那什么……"谢霜辰满脸笑容、顾左右而言他，"坐下坐下，吃饭了。三师哥，您忙活半天了，来喝一杯吗？"

"喝什么喝？"郑霜奇没好气地说，"先吃饭吧。"

吃海底捞总比吃涮羊肉差那么点意思，吃涮羊肉没有用油碟儿的，吃红油火锅也就到了北方才有一口麻酱蘸着吃。四个人围坐在饭桌前，先把肚子垫了垫，这才打开了话匣子。

"三师哥，今儿怎么有空跑我这儿来了？"谢霜辰先问。

"我哪天没空？"郑霜奇把毛肚涮进了锅里，"我来看看你最近怎么样，是不是跟我想的一样特别惨，惨到在家里吃白菜。"他强调了"白菜"两个字。

"那可不？"谢霜辰笑道，"要不是姚师哥来送温暖，我和叶老师啊，简直就是那贫困山区里最贫困的贫困户。"

"你给我闭嘴！"郑霜奇说，"兔崽子少跟我再装。"

谢霜辰抱拳讨饶，叶菱说："三师哥，您来其实就是想说这个事儿的吧？最近听着什么风了？"

"我还能听见什么风？外面刮得跟龙卷风一样，我听不见才聋吧？"郑霜奇说道，"是二师哥吗？"

谢霜辰看了看叶菱，颇为严肃地说："不是他还是谁？但是一切都是我们理所当然地认为，手上没有确凿的证据。就算有，也不能改变事实上的问题。您和大师哥确实是去了我的专场，我也确实存在违约行为，年底的演出也确实开办起来比较艰辛。所以碰上这种事儿，我就算再怎么生气，也只能认了。"

"哟，认了？这可真不像你的风格。"郑霜奇说，"事儿也是我想得简单，只觉得你俩就是打打嘴炮儿，互相骂一骂，没想到他竟然真的敢动你，你是多大的罪过？老爷子要是在天有灵，真不知道要作何感想了。"

"老爷子要是在天有灵，应该给我多下点钱来。"谢霜辰说，"这事儿我也想知道，我是多大的罪过，一定要这样吗？"

"还不是你赚钱了？你看你不赚钱的时候，他这样过吗？"郑霜奇一语道破大机，"哪儿有什么爱和恨，有的只是利益冲突罢了。以前的利益是在'名'上，二师哥没拿到名分，气不过。现在可就是真刀真枪在'利'上了。你开一次专场赚多少？他拿的只不过是出场费。你有那么多人追捧，又年轻，未来无限光明。他呢？他已经老了，就算在文艺界有着一定的地位，但是时代已经不是那个时代了。他的徒弟们也没有一个能扶起来的，他什么都比不过你，能不恨你入骨？马克思在《资本论》里可是写过的，为了百分之一百的利润，他敢践踏一切人间法律。你看，说白了，不都是钱闹的？钱是好东西，能解决世界上百分之九十的烦恼，但钱也不是个东西，百分之九十的烦恼也因它而起。"

三人听得若有所思，他们谁都没想到这一层面上的东西来，都觉得杨霜林还是抓着过去不放，竟不想还有这些利益纠葛。

"有道理！"谢霜辰一拍脑门儿，"果然还是吃了没文化的亏！"

"我还没问你呢，"郑霜奇说，"他叫你赔多少钱？"

谢霜辰知道郑霜奇肯定关心这个问题，也没打算隐瞒，说道："加上这个那个的损失费杂项，不到七百万吧。"

"嚯，二师哥可以啊！"郑霜奇忽然笑了。

"您还笑？"谢霜辰佯装生气，"巨款啊！您竟然还笑得出来！这点钱在您这儿可能就是点洋钱票，在我这儿得挣到哪辈子？我剧场还停业了！"

"我不是笑你，我是笑他。"郑霜奇说，"二师哥还是精明的。"

"啊？"谢霜辰不解，他看叶菱，叶菱也没听懂郑霜奇的话。

"不到七百万，能叫你肉疼，但是不叫你真的还不起。"郑霜奇说，"但凡再多点，你都可能直接破罐子破摔了，很天价的数字反倒不叫人难受。就是这种能还上，可是还着真的很难受的数儿才最麻烦。怎么，你剧场还停业了？"

"嗯，非常突然地给我来一个消防没过，简直就是扯淡。"谢霜辰说，"这得审到猴年马月去？"

姚笙说道："三哥，您听了半天故事，就没点法子吗？"

"法子？"郑霜奇说，"我能有什么法子？我还不是被连带着叫二师哥一起给弄了？这事儿我都烦，成天一群人跑来问我到底什么情况，我能知道什么情况？"

"咱现在啊，也是被迫上了一条船了。"谢霜辰说，"三师哥，二师哥小心眼儿，您和大师哥没办法独善其身。您今天来，想必也有这方面的意思吧？咱们都不是外人，仔细道道道道，和气生财，不是吗？"

"你这会儿倒和气生财了？"郑霜奇笑道："我要是说我是来趁火打劫的呢？"

谢霜辰淡定说道："人在屋檐下，不得不低头。"

他没跟任何人商量过，就是饭桌上与郑霜奇聊天听出来的意思。叶菱藏在桌下的手碰了碰谢霜辰，谢霜辰反手将他握住。

"但这个事儿吧，我确实也没想好。"郑霜奇说，"割你哪块儿好呢？"

谢霜辰说："我现在可什么都不剩下了。"

"搞投资从来都不是看现在。"郑霜奇说，"老五，你也别装着大度，今天确实没有外人，那我也跟你说句实话。我知道你其实看不上我，也看不上大师哥。这个家里，只有师父在时一团和气，师父走了，各种问题也就浮现了。不过这个事儿我不在乎，你谢霜辰算个什么？又不是人民币，看不看得上我有什么用吗？你们几个，要不就是人民老艺术家，要不就是传统文化继承人，你们都在'艺'上想争个高下，但是我不想。我是个很现实的人，只要是能挣钱吃饭，做什么是无所谓的。"

"嗯，我知道。"刚分家时，谢霜辰确实把这几位师哥都打成了一拨。但是随着他在社会上摸爬滚打日益成熟起来之后，也恍然发觉很多事情不能一概而论。他着实没有道理心高气傲地看不起这个看不起那个，其实哪怕就是杨霜林，他也不能片面地说这个人就傻。

人家傻还把你治得服服帖帖的，那你是什么呢？

不过是个只会打嘴炮儿的小孩罢了。

"你那个消防问题，我确实有办法调停。"郑霜奇说道。他在师父家里向来不管事儿，不像杨霜林那样儿什么都爱掺和。但是这样一个爱财的人，在外面若是想取之有道，必然是三教九流都爱结交的。他与姚笙这样的高门大户不同，姚笙想办法只能从上往下一层一层地找，找到管事儿的时候说不定谢霜辰早饿死了。

阎王好见，小鬼难缠，郑霜奇却能直指要害。

"您就直接开条件吧。"谢霜辰说。

郑霜奇笑了笑："这件事儿的条件倒是不难，我不叫你为难。我有一对徒弟，你是知道的，刘天宁和张天锡。"

"知道。"谢霜辰点头。这是郑霜奇早年收的徒弟，年龄比他大一点点，但见了他也得叫一声师叔。"他俩怎么了？"谢霜辰问道。

"我们这几个老号的怕是不行了，但是年轻人嘛，总得有个发展。"郑霜奇说，"我帮你把剧场的事儿弄明白了，保你安安稳稳地年底演出，条件是你得把我这两个徒弟带上台，而且你得给刘天宁量个活，怎么样，不算为难你吧？"

"哪个台？"谢霜辰问。

"自然是你年底最重要的那场。"郑霜奇说。

谢霜辰想了想，和叶菱眼神交流了一下，叶菱点头，谢霜辰才说："行！"

他们都以为郑霜奇会要求一些实质性的条件，没想到竟然是给两个徒弟安排。这两个徒弟说来也是悲催，跟郑霜奇关系不咸不淡。郑霜奇酷爱赚钱投资，生意经头头是道，但是带徒弟可未必是好师父，当初还叫师爷给指点过，他自己却不怎么上心，任其自生自灭。

没想到郑霜奇竟然想把那两人叫谢霜辰带。

再一想，他既然无心带那两个徒弟，但身为师父，也得给徒弟找个饭碗。那两人年轻，艺能上也算说得过去，郑霜奇叫谢霜辰带，无论从风格上还是未来出路上，都比放在自己身边儿强。郑霜奇极有投资眼光，他觉得谢霜辰若是度过此劫，来日必然平步青云，便做此打算。

他们几人谈妥，有郑霜奇的话放在这里，谢霜辰心中竟然踏实了一些。

郑霜奇饭后与他们随便闲聊天，不打算久留。临走前，谢霜辰问道："三师哥，您帮我这一把，不怕二师哥也找您麻烦？"

"他本来不就找我麻烦了吗？"杨霜林笑道，"我去看你的演出，没想到他竟然使绊子当下按住了这个事儿，等到现在你落难了，一起拿来说道。这使我本人的形象受到了极大的冲击，偏巧那阵子大盘还动荡，我直接损失了几千万。老五，挡人财路杀人父母，敌人的敌人就是朋友，我可不是帮你忙，我是看他不对付！"

"行，三师哥，姜还是老的辣。"谢霜辰差点给郑霜奇跪了，"甘拜下风，甘拜下风！"

姚笙在一旁也是听得一脸懵。反应过劲儿来觉得，郑霜奇这人倒是简单直接，一切以利益为重，哪儿那么多爱恨情仇啊？

他们还是太年轻了！

郑霜奇走后姚笙也没待多一会儿就回去了，家里又恢复了只有两个人的清静模样。谢霜辰把桌子收拾了，洗了两个苹果，给了叶菱一个。

"这一天天的。"叶菱感慨，"比拍电影还复杂。"

"嗨，这不就是生活。"谢霜辰说，"柴米油盐酱醋茶，家长里短的全是乱七八糟的事儿。"

叶菱靠在谢霜辰的肩膀上说："我真没想到三师哥这么利索。"

"人跟人不一样吧。"谢霜辰说。

"那你怎么着？真给他带徒弟？"叶菱问道。

"不然呢？"谢霜辰说，"甭担心，那两人还行，三师哥这一番对我对他俩都算是仁至义尽了。他自己给那两人安排是得多少钱呢？安排到我这儿来，分文不花，人这个账算得很明白。不过那两人要是不介意的话，到咱这儿演出也算是增添一点有生力量。这事儿啊，反正他发话了，咱们就别想了。对了，之前咱们排练那个视频呢？"

"我找找。"叶菱从手机里翻了出来给了谢霜辰，谢霜辰直接投在了电视上看。

他们家电视屏幕尺寸很大，叶菱说："你真无聊，自己看自己？"

"检查一下。"谢霜辰说，"我好像没怎么从电视上看过自己的节目。"

叶菱回想一下似乎是这样的，这一年实在是太忙了，回了家就是睡觉，看个什么东西都在手机上对付了。

电视里是他们排练新节目的视频，都是录下来在手机看，然后复盘找一找问题。谢霜辰在电视上看了半天，说道："叶老师，我感觉屏幕尺寸不一样，看的效果也不一样。在剧场里看肯定是最好笑的，有互动。在手机上看很私密，调动的是自己一个人的情绪。但是在电视上看，完全不是那么回事儿了。"

叶菱也看出了问题，说道："感觉结构还是松散，需要调整一些地方。"

"三师哥有句话就跟突然提醒了我一样。"谢霜辰忽然说道，"我以前确实这样，天不怕地不怕，看不上这个也看不上那个。现在想想，也很可笑。我看不上二师哥，也叫他给治住了，看不上三师哥，最后还是他帮我解围。我觉得自己厉害，但其实什么都不是。就连现在看看自己录的排练节目，也觉得乏善可陈。也许做人跟做艺都是一样的，您看啊，同样一个节目，咱们在剧场里演效果特别好，但是放在电视上看，没了观众互动，就变得特别无聊。能够兼顾剧场相声和电视相声，这才是好的艺术，能够在短短十几分钟且受到诸多限制的条件下进行创作本来就很不容易，这能出彩，才是真正的厉害。而不是说觉得在电视上说没劲，就去鄙视，就去嘲笑。电视屏幕本身就会削弱效果，在电视上都觉得好笑的内容，放在剧场里，那效果得掀翻了天。反之，未必。做人差不离也是这样吧，看待问题也不能太片面，世间本来就没有什么黑白分明，有的只是适者生存。"

"哟，你还真是不白花钱。"叶菱说，"几百万买这么多道理？"

"不然呢？"谢霜辰笑了笑。

第三十八章

　　郑霜奇既然开口了，那么他必然会帮谢霜辰这一把。只是活动归活动，越是涉及这些复杂公务的，越没有说一天办成的。剧场不能开张，但是不妨碍别的事儿，咏评社众人倒也踏踏实实地拿剧场做排练厅。

　　这一次封包袱专场，谢霜辰是花了心血的。每个节目都是他亲自把关，坐在下面挨个看，看完了探讨哪儿好哪儿不好，需要怎么改。节目流程上也兼顾了各式表演，他还把姚笙给强行拉了过来，叫他教大家唱戏。

　　郑霜奇那两个徒弟来了之后见此状，大为惊叹。

　　刘天宁问道："师叔，你们这儿这么严格呢？"

　　"啊，怎么了？"谢霜辰反问。

　　"我以为师父叫我们来就是混一混。"刘天宁说道，"没想到还混不过去。"

　　谢霜辰拍了拍他的肩膀："少年，市场经济不是吃大锅饭，有真本事观众才喜欢你，你才能赚更多的钱。当然了会做人也是一方面，别跟师叔一样，被高额的债务摧毁了灵魂，只剩下一副盛世美颜的皮囊。"

　　刘天宁无话可说。

　　"人长嘴是说话的。"史湘澄嗑着瓜子说，"不是用来放屁的。"

　　谢霜辰刚要挤对史湘澄几句，手机响了，来自谢欢。

　　"喂？大姐啊！"谢霜辰说，"我排练呢，你年底回来不？我给你张票？正好退票退了不少……"

　　"你个小兔崽子，给我闭嘴！"谢欢叫骂道，"我现在就在北京！饭桌上都能听到你的八卦，你可真是能耐啊？你今儿晚上上我们家来，不给我说明白了你就别想着演出了！"

得，人民战争中最大的阻力永远源自人民内部。谢霜辰一开始跟谢欢就说得含糊，不想听她念叨，没想到，你大姐终究是你大姐。

这是一个伸手不见五指的晚上。

月黑风高。

"大姐，您可得给我做主啊！二师哥那个老匹夫有意刁难于我！他这是要置我于死地啊！想我平时修身养性，弘扬传统文化、好好学习、天天向上，出门坚持骑共享单车支持低碳环保绿色出行，我为北京市东城区和朝阳区的精神文明建设流过血，他凭什么这么对我？凭什么？！"谢霜辰哭哭啼啼地从桌子上的纸抽里抽出来一张纸开始抹眼泪，然后就跟号丧一样把了个高腔，"我的苍天啊！"

叶菱在一旁听着都有点无语，心说当初是谁口口声声说男子汉大丈夫顶天立地绝对不会朝家里要一分钱的？好吧，目前虽然确实没有要钱，但是这一番哭诉是怎么回事儿？活像是被人打了之后捂着脸说"你等着别走我叫人去"。

"六百多万啊……"谢霜辰继续哭诉，"他是能得几分钱？真是瞎了心了！"

得，还是说到钱上了。

叶菱心中一个三百六十度 3D 立体大白眼。

逗眼说的话，一个标点符号都能不相信！

"你别哭了！"谢欢听烦了，揪着谢霜辰的耳朵说，"杨霜林那个老王八蛋今天弄你一下也不是无迹可寻，要不是我最近回来了，你是不是就打算只告诉我惹了点不痛不痒的麻烦？老五，你能耐啊？"

"大姐，您常年不在国内，千里迢迢，我要是都跟您说明白了，您不也是白操心吗？兄弟我本来想着把事儿摆平了再跟您说的，没想到……"谢霜辰眉头又是一皱，深情哀痛，"大姐，还是您神通广大，兄弟要是有您这万分之一的能耐，也不至于落此下场啊！"

叶菱打了个哈欠，觉得谢霜辰其实挺能耐的。都说老天爷只给一个人赏一碗饭，看谢霜辰这一哭二闹三上吊的戏，还连说带唱的，老天爷估计得赏了他一景德镇的碗。

听八卦也不是谢欢的能耐，她自从与谢方弼产生隔阂之后就去浪迹天涯了，常年满世界地跑，反倒在国内的时间不长。这段时间她是回来处理一些工作上的事宜，与圈内的狐朋狗友聚会吃饭时，听同桌人讲起了谢霜辰的事儿。

也说不上来人家是真的关心，还是真的想八卦，便问谢欢详情。谢欢倒是听谢霜辰提过，万万没想到事情竟然如此严重。

她可是谢霜辰的姐姐，知道的还不如外人多。这一下，给谢欢气得够呛。

"律师请好了吗？"谢欢问道。

"请了。"谢霜辰说，"律师说电视剧违约肯定是违约了，但是具体的金额还有掰扯的余地。他们那边儿动作快的话，开庭也得年后了。"

"嗯，先看看你那边儿律师怎么说吧。你要是觉得水平不够，我这儿多的是人能找。"谢欢说，"你那剧场到底什么时候能开业？老三到底行不行？"

"三师哥既然打了包票，那也只能暂且这样。"谢霜辰说。

谢欢冷冷一笑："老三如意算盘可是打得响，你可别叫他再给诓了。"

"大姐，您说我现在还剩下点什么能叫人诓的？"谢霜辰无奈说道，"三师哥的话我仔细想了想，也在理。我这个人其实格局很小，开个小剧场，手底下十来个人，做点小买卖看起来有声有色的，但其实也就到这儿了。日后再发展再壮大，演员多了业务多了，我是个做艺的，不是做生意的，我玩不转啊！"

谢欢说："那倒是，现在什么东西都能娱乐，娱乐圈有的是妖魔鬼怪，以后的坑啊，还多着呢！老三别的不行，做生意真是谁也比不了。"

"就是说啊，所以我打算等事情过后，好好找三师哥请教请教。"谢霜辰说，"我算是看明白了，我不能等于咏评社，如果这样的话，那攻击咏评社太简单了，只要攻击我不就好了吗？我希望这个社团能够壮大，而不是我自己怎么样怎么样。这次的事儿就是一个教训，我一蹶不振了，大家都跟着遭殃，这种家庭作坊式的经营方式就不对。一个企业固然需要一个核心，但是这个核心的意义不能大于整体。"

"哟，你这是哪儿学来的门门道道？"谢欢揶揄，转头问叶菱，"小叶，你怎么看呢？"

"我也比较赞同他的说法。"叶菱说，"大家虽然是靠本事吃饭，没了谁都能活，但是我们不能只看现在不看以后。这次种种事情扎堆儿挤过来，可也不能全然说是无妄之灾。我们不是两人搭伙去街头卖艺，是有十几个演职人员的公司性质的演出团体。经营模式、公关经验、政府关系合作……都有着或大或小的问题，才能叫人钻空子。而这方面确实需要有经验有阅历的人去推动，等事情平定了，确实得多钻研钻研。以前……是我们太爱耍小聪明了。"

"你俩有这份心，我就放心了。"谢欢叹道，"老五是小孩儿脾气，我就怕他遇见这么大的事儿跟个没头苍蝇一样乱撞。遭这么大事儿，且不说结果如何，你俩能从中认识到自己的不足，吸取经验教训，而不是一味地去抱怨，这本身就是一个好事儿。未来的路很长，你们也还年轻，不必计较这一时的成败。

输一招就输一招了……"

谢霜辰本以为谢欢后面会说"没什么大不了的",没想到谢欢一笑,话锋一转,说道:"从他身上找回来两招不得了?"

"大姐,您说得轻松!"谢霜辰说,"他什么地位我什么地位?我就算现在上他们家投毒去我都得叫人家门口保安给打回来!"

"这事儿你就甭操心了。"谢欢说道,"你只管给我当初你拍电视剧签订的合同以及项目书就行了。他欺负你的事儿,你自己了断,他当初可也是指着我的鼻子骂我来着,让我抓着小辫子,我能放过他?"

若是谢欢动手,那可是神仙打架,他们这些凡夫俗子还是赶紧溜了。

回去一路上,叶菱终究是忍不住问谢霜辰:"你不是不想叫大姐帮忙吗?怎么还去跟她哭天喊地?"

"我确实不想叫大姐插手。"谢霜辰回答,"但是这不是她老人家亲自过问吗?我跟您能说我这样那样,但是跟大姐跟前儿再硬挺着装,她不得卸了我?大姐很强势,我得服软,要不咱俩今儿谁都别回家。再者说了,大姐那话里的意思,您没听出来吗?"

"什么?"叶菱问道。

"让我抓着小辫子,我能放过他?"谢霜辰拿腔捏调地学了一遍,学得还挺像。

经他这么一提点,叶菱脑中闪过了一个念头,问道:"莫非大姐真有他什么把柄?"

"大姐说这次回来是处理一些公事。"谢霜辰说,"指不定处理着就发现了什么事儿呢,不管了,神仙打架,咱们小门小户站远点摇旗呐喊就行了。眼前事儿啊,就是排练了。"

因为演出剧场方面的坎坷,虽然最终没有更改演出时间和地点,但是观众听到的全都是负面消息,有脱粉的,有忐忑的,人心惶惶,造成了一定程度上的退票。

不到一半,小三分之一,给史湘澄弄得特别心疼。

心疼也没法儿,赶上内忧外患的时候了,观众人家也是无辜的啊,不能因为你们这儿账没算清楚呢,就陪着你消耗时间和金钱。

所以谢霜辰也看得很开,每天就是排练、排练,以及排练。

攒底的节目是早就写好的,讲的还是无业青年谢霜辰的系列故事,中间有一段是拿他最近的遭遇开玩笑。当时写下来的时候谢霜辰觉得特别爽，但是随着几次的排练和修改，他越来越找不到感觉了。

在临近一次排练过后，谢霜辰有点闷闷不乐的。大家不知道是哪儿出了问题，仔细想了半天，节目很好啊，三翻四抖包袱特别响，他们这些内行看了好几遍都还能抓住其中的笑点。

这是愁什么呢？

谢霜辰愁到深夜，在床上翻来翻去。叶菱听到了，干脆进屋开灯问道："说吧，什么事啊？折腾一天了。"

"我……"谢霜辰慢吞吞地爬起来，"我还在想节目的事儿。"

"有什么问题？"叶菱说，"是不是想改哪儿？"

"哎哟叶老师，您可真了解我！"谢霜辰特严肃地说，"我觉得整段儿都不好，想都改了。"

"什么？"叶菱有点意外。这个活他们反反复复打磨过好几次，若是段落需要修改修改那还算情有可原，整个全换了，眼瞅着没十天半个月就该演出了，这怎么着？

"我不是很想说这些了。"谢霜辰说，"我最近一直在想这些事儿，我在节目里开玩笑，说白了还是想编派二师哥。可我编派他干吗呢？我犯得着这么小气吗？我说了好多遍之后觉得自己仿佛特别意难平，从头至尾人家可是一句话都没说过，我跟这儿杂耍似的干吗呢？"

"你继续。"叶菱说。

"不管是说相声也好，说书唱戏也好，这些东西本身是不具有教育意义的。'教育'这个词太重了，也太严肃了。"谢霜辰说，"我感觉我每次都很用力地想要告诉观众们这个那个，这样其实不好。人们喜欢听书看戏听相声，是因为喜欢找乐子，找乐子的同时，能够听到一些叫人从善的故事，而不是说我来你这儿听这些是来接受道德教育的。之前的那个节目好笑归好笑，可我觉得积怨太深了，特别尖酸刻薄。我不想这样，我想放轻松些，不为了那些像二师哥一样的人浪费时间和感情，没什么意义。"

这是一种非常玄妙的感觉，谢霜辰用语言说不清楚，但叶菱却明白了。

当人成长到一定阶段时，其实就不会抓着爱与恨说事儿，一切皆若浮云。

这是自信、骨气、善良与强大的体现。

闲庭信步，谈笑风生。

"好。"叶菱点点头，"改。"

这边厢进入了写稿地狱，那边厢也传来了一些好消息。

咏评社的消防检查终于合格了，准许开业，大家心里的一块大石头落了下来。不过这个时间不前不后的，紧挨着封包袱演出。掐指算了算，死猪不怕开水烫了，都歇业这么久了，也不少这两天，大家还不如专心排练。

意见统一之后，这事儿就定了下来。只是官方发了个消息，让观众们安心。

临演出前一周的时间，咏评社官方放出了消息，谢欢女士将出席本次演出，并登台为大家献艺。除此之外，登台助演的还有知名艺术家郑霜奇先生的两位徒弟。

舆论顿时五花八门式爆炸。

有人说谢霜辰是走投无路，求谢欢来帮忙，一个说相声的场合，演员跑过去能干什么呢？

有人说这是郑霜奇的公然站队，撕碎了脆弱的和平协议……且不说这和平协议哪儿来的吧。

还有人叫嚷着想要看姚老板。

"看'浪味仙'买他封箱的票去啊！"谢霜辰对这种呼声最不能理解，"再不济还能看春晚呢！真是闲的。"

叶菱问："姚老板今年还上春晚？"

"嗯。"谢霜辰说，"反正就那么几个大手子。嗨，'浪味仙'多红啊！"

"行了行了，甭酸了。"叶菱说，"这眼瞅着都要到时候了，大姐说好演什么了吗？"

"一个传统活。"谢霜辰说，"《八扇屏》。"

"……大姐可以啊？"叶菱惊呼。

"你大姐终究是你大姐。"谢霜辰拍了拍叶菱的肩膀，"不过这个得您给大姐捧一下了。"

叶菱点头，心想这演出倒也真是热闹非凡。

因为有了谢欢的加盟，票务就跟吃了药一样，退的票忽然间被人一抢而空。

一是谢欢名气在那里，人家的影迷可是千千万。二是谢欢从未登上过这样的曲艺舞台，看新鲜那点票钱都值回来了。

这会儿黄牛也不骂谢霜辰了，一口一个衣食父母。

大家一瞬间对于这样一场演出都非常期待，不知道这几个角儿能翻出什么惊涛骇浪来。

看戏，总是快乐的。

演出头三天时，谢霜辰把两人的大褂都仔细烫了一遍，然后好好挂起来。大家的节目都准备得差不多了，高考前再怎么努力都是临时抱佛脚，各自回去溜溜词儿，剩余时间就当是放松了。

演出头两天时，谢欢给谢霜辰打了个电话，叶菱见两人嘀嘀咕咕的，不知道在嘱托什么事儿。这姐弟二人都不是省油的灯，叶菱问都懒得问。

演出头一天，谢霜辰请叶菱出去吃晚饭。

按理来说，第二天有演出，头一天里不宜吃喝弄得太过复杂，一切平常就好，免得吃出个什么事儿来耽误演出。谢霜辰却不，他带着叶菱撸串儿去了。

"叶老师，您还记得这儿吗？"谢霜辰问道。

叶菱打眼一瞧，怎么不记得？这不是当初他毕业之后落魄得被中介赶出来之后与谢霜辰吃饭的那地儿吗？

当初是一个盛夏，如今却是寒冬。此番光景在脑海中快速闪过，竟有些唏嘘。

不承想，那时满不情愿地与谢霜辰座谈，如今二人竟是携手同舟。世间因果造化，真是妙不可言。

"我记得当初就是在这儿吃饭。"谢霜辰笑道，"我还给您唱了一段儿《照花台》。只不过现在太冷了，没法儿坐在外面了。"

叶菱说："坐哪儿不都一样吗？"

两个人入桌点菜，谢霜辰一边儿念叨着当时吃的是什么一边儿点着，叶菱心中惊愕，谢霜辰竟是记得如此清晰！

"其实我也不知道怎么着就想带您到这儿来吃饭了，大概就是旧地重游月圆更寂寞吧……"

叶菱打断："你就别唱了。"

"嗨呀！"谢霜辰笑道，"当初咱俩就是在这儿共商大事一拍即合的，也算是一个重大转折点吧。明日的演出，对咱们来说，也许也是一个重大的转折点。算是齐心协力破除万难迎风而上吧。"

他一顿胡说，叶菱扶着额头，很想装作不认识他。

"人生在于仪式感。"谢霜辰说，"叶老师，咱们干一杯。"

几杯酒水几碟小菜，仪式感也不需要太隆重。

饭后，谢霜辰跟叶菱溜达着回去，还好这一夜没有风，平静得很。

"叶老师，您看。"谢霜辰指着天空中，"今天晚上的月亮好亮啊，您听不听我给您唱《照花台》？"

叶菱说："你想唱就唱吧。"

"一更儿里，月影儿照花台。我与叶郎携手同回家来，我叫叶郎抬头看那明月啊，叶郎……"

叶菱说："唱什么乱七八糟呢！"

"瞎唱，瞎唱。"谢霜辰说，"这不是开心么！"

叶菱说："演出都还没演呢，事儿也没落停呢，你开心什么？"

"我总觉得本命年特别不好，四师哥就是本命年时候没的。等轮到了我，又是突遭大难。掐指算一算，再有十天半个月，农历年一过，我就二十五岁了，所有邪祟也该离了我了吧？"谢霜辰说，"当然这不是重点。重点是一下子想到，这些年来经历了这么多，您都在我身边，我没来由的，就觉得很开心。"

"我也觉得人生……挺有意思的。"叶菱只是这样简单概括了几句，他知道谢霜辰这种开心劲儿绝非这么点理由，只是没有特意追问，"早点回去休息吧，明儿可是一场大考。"

演出七点开始，六点的时候，剧场门口就已经排大队了。小两千人陆陆续续来到剧场，颇有些阵仗。

咏评社的演出不事先公布节目演员，小剧场时就是这样，是为了叫观众对演员一视同仁。你是来听相声的，不是来干什么别的事。后来谢霜辰渐渐名气大了，会专门为了回馈观众提前放节目单，但是效果不好，适得其反，也就作罢。

且得说这场演出备受关注，门口还有几家媒体，举着摄像机、话筒采访观众。他们大多是为了谢欢而来，影后上剧场说相声去，简直是开天辟地头一遭。大家仿佛约定俗成这是一个俗不可耐的舞台，谢欢这种级别的出现在这里，未免有些不太符合身份。

再者，她是个女人。女人在这个舞台上有着先天的弱势，抄便宜逗乐不好听，所以当初谢方弼不愿意叫她学这个，父女二人结下了梁子。杨霜林说他跟谢霜辰之间是师兄弟的事儿，谢欢一个外人不要插手，也是由此而来。

后台里，大家在做最后的准备，其实就是换了衣裳聊闲篇。台上的背景仍旧是一片绿色，跟之前用过的荷叶略相似，只是在水中加了几尾锦鲤，取"连年有余"之意，大过年的，也图个吉利。

谢霜辰不喜欢用大红大紫的颜色，每次开专场都是墨分五色染点绿的各种的……叶子，什么荷叶啊、竹叶啊、芭蕉叶啊！

他说是因为清新雅致，史湘澄觉得纯粹就是因为"叶"。

"'二小姐'呢！"史湘澄满后台叫人，凤飞霏不知从哪儿蹦了出来。史湘澄说："别钻了，你一会儿上去开场啊！"

"好啊！"凤飞霏说道。

史湘澄仔细打量他一番，"啧啧"说道："哎呀，真是三十年河东三十年河西，满咏评社后台都没人做儿新大褂，你倒是行了，年年穿新的。这花里胡哨的，哎呀！"她提高音量，"真是叫人酸涩啊！"

凤飞霏来咏评社的专场当报幕主持人是"国际惯例"了，他不说相声，但是大褂穿得比谁都好看。白缎儿绣的金龙云纹，富贵霸气，不知道的还以为他是今日的主角。

谢霜辰肯定没钱给他置办这些，但凡凤飞霏登台，衣服都是姚笙给准备的。今日他也来了，跟凤飞鸾在下面坐着呢！

"酸涩个屁！怎么不绣个凤？"谢霜辰说，"再说了我怎么没新衣裳？"他把脚往外一伸，"新纳的千层底儿！"

"这才几个钱？你滚吧！"史湘澄懒得理谢霜辰。她招呼大家在周围会合，一会儿开场了都得先上去亮相，再留头一个节目的演员演出。

"陈哥呢？"史湘澄问道。

"刚刚好像上厕所去了。"杨启瑞说。

"都快开场了跑厕所去了？"史湘澄嘀咕，"干吗啊，这是紧张了？"

杨启瑞笑道："没准儿还真是，他说他媳妇儿今天带着孩子来现场了。"

"什么？！"谢霜辰"噌"一下就站起来了，"怎么不提前招呼一声儿？哎呀，这嫂子、孩子来，咱这儿什么都没准备呢！陈哥怎么这样，关键时候掉链子？"

犹记得当初杨启瑞带媳妇儿来咏评社时，谢霜辰就好一顿耍，就想给杨启瑞挣点面子，那时候还是小剧场呢，如今换成了大剧院，还是一年到头最重要的一场演出，突然听说陈序媳妇儿带着孩子来了，那不得更慌？

"你甭一惊一乍的了。"叶菱说，"人家不愿意说，估计就是怕你小题大做。"

说话工夫陈序回来了，所有人的目光都汇聚在他身上，他愣了愣，问道："怎么了？"

"家里人来了？"谢霜辰问。

"啊……"陈序有点尴尬。

"怎么不早说啊！"谢霜辰又来了。

"嗨，我寻思着也没什么好说的。"陈序说，"我媳妇儿成天跟我打架，觉得我肯定是背着她在外面干什么呢！这些年我也听烦了，说在咏评社说相声。

她还不信，因为我原来从来没有过这方面爱好的显露——她听说过咏评社，觉得我是编瞎话骗她。我就找了票叫她来，来之后她愿意怎么想，就随便吧……"说罢，他叹了叹气。

陈序的家庭生活跟杨启瑞完全不同，杨启瑞夫妻二人生活优渥，家里也没有孩子，所以杨启瑞能辞职来专职说相声。陈序就算再怎么羡慕，也始终不敢踏出那一步。别说房贷车贷，单就一个孩子，足够叫他下半辈子勒紧裤腰带活着了。他逐步踏入中年，看上去也不似最初来咏评社时那般精神奕奕。

这些年没少跟媳妇儿为琐事拌嘴，儿子也逐年长大，眼瞅着都快上小学了，生活足够沧桑。

陈序有几分破罐子破摔的意思，跟媳妇儿摊牌，完事儿之后怎样，他没想过。

"得了得了，看来这次演出还真是任务艰巨。"谢霜辰拍了拍手，"上台去吧！"

一共七八个节目，头一个是李珂与邱铭，两人讲的是传统相声《卖吊票》。一开始两人准备节目的时候没想着中间能出这么多波澜，后来陆陆续续有了退票风波，两人还寻思着说《卖吊票》会不会现场人少说着尴尬。

还好算是好事多磨，剧场里小两千人坐得满满当当。人一多说着就累，需要声量高，情绪饱满，耗神耗力。一个节目演完，后背能都湿透了。

不过有这样热烈的场面，演员卖力气那是甘之如饴。

"还有不到十天就要过春节了，我们哥儿俩呢，在这儿给大家拜个早年！"前面垫话的部分应景，说点吉祥话，李珂说道，"在北京呢，可不光都是北京人，五湖四海的朋友都有，有在北京上班的、上学的。您看我吧，我就是天津人，就属于外来务工人员。"

"我也是。"邱铭点头。

"身在异地，越是临近团圆节日，就越想听到乡音。"李珂说，"各地过年的风俗啊语言啊都有不同，比如北京吧，大年初一早上起来肯定问一句——吃了吗？"

"去！"邱铭说，"一年三百六十五天都是吃了吗？还得大年初一再问一遍？说什么吃了吗？得说过年好！"

"哦，我以为在北京话里'吃了吗'等于一切。"李珂说，"那你到了上海就不一样了，上海话吴侬软语，说'过年好'仨字那个味道都很特别。我给大家学一学。"

相声艺人学方言那是基本功，他轻飘飘地说出来仨字儿，外人一听就是上海话。但是头排一个观众用标准的上海话大喊了一声，一番对比，能听出来李珂说得还是不大准确。

非常尴尬。

"哟！这么近啊？"李珂赶紧叉着腰说，"你是不是来针对我的？！"

邱铭说："人家认识你吗？"

"不认识，我没有什么名气。"李珂笑道，"那我就不学上海话了，学个山东话吧……"

他还没说呢，观众堆里就有用山东话喊出来的。

李珂惊愕："那有陕西人吗？"

"有！"观众回答。

"福建人呢！"

"有！"

"广东人呢！"

"有！"

李珂一指："您赶紧把那个福建人吃了，提前吃年夜饭了。"

大家哄然大笑。

"说正经的啊！"李珂说，"我想想啊，河南人有没有啊？"

"有！"

"好了不学了不学了！"李珂放弃。

"你这嘛眼儿的。"邱铭用天津话说，"你用天津话学一个不完了嘛？"

李珂用天津话说："我们都是学方言，让本地人说肯定那都不一样。要我说现在说相声难啊，一个不努力就被观众碾压了。你们有工作没工作，上我们后台来逗乐儿得了。"

观众又笑。

姚笙和凤飞鸾坐在第一排，从头到尾，凤飞鸾笑得就没停过。

"不是，有那么好笑吗？"姚笙问道，"我觉得很一般吧。"

"我觉得很逗啊！"凤飞鸾都快笑出来眼泪了，眼角亮晶晶的，对着姚笙说，"可能我这个人就是笑点低吧。"

姚笙说："那我还真是头一次知道。"他与凤飞鸾相处这么久，好像还真没一块儿听过什么相声，不知道他这个看起来如此风雅的人笑点竟然如此之低。

后台，谢霜辰就守着台口听，对叶菱说："两人进步了。"

"是。"叶菱点点头。

节目一个接着一个，后面依次是陈序和杨启瑞等人，不光有对口，还有群口，场面上热闹极了。

在一片欢声笑语中，大家迎来了今夜第一个高潮。

叶菱把谢欢引上台来，自己站在桌子后面，谢欢站在台前，穿着一件黑色丝绒旗袍。观众席间掌声雷动，各种尖叫有之，谢欢也和叶菱一起向大家鞠躬致意。

还真有好多人跑上来送礼物，这也可能是他们唯一一次能亲手把礼物交给谢欢手里的机会了。

谢欢穿着高跟鞋哪儿方便弯腰蹲下来？她微笑致意，跟大家握了握手，东西得是后台人帮忙收走。

"今天来的观众挺多呀！"谢欢回到了话筒处，等大家安静了下来，开始说话，"我是头一次来咱们咏评社演出，大家都知道我是一个演员，可能看到我呢，也是在电影银幕上居多。说到这里大家好奇了，谢欢这个女人怎么回事儿？拍电影就这么不赚钱吗？"

"那肯定比说相声赚钱。"叶菱说。

"还真不是。"谢欢说，"这一年到头忙忙叨叨的也得看天儿挣钱，不如你们说相声的，开一场就是一场的钱。"

叶菱说："那我们也没票房过亿的时候，不得吓死谁？"

"那你们说相声的还真是尿。"

"人穷志短。"

"大老爷们儿不要总是把短不短的放嘴边儿。"谢欢严肃批评。

叶菱明显慢了半拍，他们对活的时候没怎么对前面的垫话，万没想到谢欢这样身份地位的人能公然"开车"！还好他在台上冷淡习惯了，要不然真得叫谢欢说一个大红脸。

观众："噫——"

"嗨。"叶菱不做任何反抗，"凑合活着吧。"

"凑合不凑合的，不能叫观众凑合。买票来是看演出，不是看电影。"谢欢说道，"拍电影的谢欢可能大家很熟悉，说相声的谢欢是头一次听说。之前好些个媒体还采访我，问我怎么说相声。我寻思这能怎么说？不就是站着说吗！坐着说的那不评书吗？"

叶菱点头："也有可能是新闻联播。"

"还有可能是捧哏的。"谢欢说。

"……行吧。"

谢霜辰在后台看着，心说大姐真牛，他在台上都不敢这么掘叶菱。

"嗨！"谢欢笑了笑，"我父亲是谢方弼先生，大家都很熟悉吧？我打小儿就在这后台熏着……"

叶菱说："怎么让您说得后台跟厕所一样？"

"嘿！你挤对完谢霜辰还来挤对我？"谢欢佯装瞪眼，"接着说啊，我打小儿就听我父亲他们说相声、唱太平歌词、莲花落什么的，'霜'字要真论资排辈儿，都得叫我一声大师姐。"

"姐姐！"台下观众无论男女都这么叫。

谢欢看了看叶菱，叶菱淡定说："这些个都是谢霜辰媳妇儿，你们家亲戚。"

"怎么还有男的？"谢欢问。

"妇男也撑起半边天。"叶菱回答。

"那叫大姑的是几个意思？"谢欢问。

叶菱想了想，说："谢霜辰的女儿粉吧。"

"行吧，你们这儿可真够乱的啊！"谢欢服了，不再追问，"那很多人又问了，谢欢会演戏，那谢欢会说相声吗？相声四门功课，底妆眼影口红定妆……"

"等等等等。"叶菱拦住，"您那是美妆博主四门功课吧？"

"不是吗？"谢欢说，"上台前来表演，不得化化妆？不化妆怎么表演相声？"

"那您要这么说也行。"叶菱说，"反正别人我不知道，您弟弟倒是每次擦胭脂抹粉总嫌不白。"

谢霜辰大老远躺着都能中箭。

"嗯，指不定哪天就变我妹了，我这身儿衣裳还能淘汰给他。"谢欢说道。

谢霜辰吐血，观众们倒是各种尖叫噫声，捧腹大笑。

砸挂肯定是得拿着关系好的、亲近的人砸。关系不好的，那叫挑事儿。

"相声嘛！四门功课，说学逗唱。"谢欢说道，"我可是样样精通。"

"是吗？"

"就拿这唱来说吧，太平歌词莲花落小曲小调，我会得可比你们多。"

"那您给唱一个？"

"我给大家唱唱。"谢欢说罢，掌声雷动。

她稍微清了清嗓子，唱道："一更鼓里天，三国战中原，曹孟德领兵下了江南，带领着人马八十单三万……"

唱的是《三国五更》，谢霜辰没唱过，他喜欢才子佳人胜过帝王将相。谢欢不同，最喜欢两军阵前大战五百回合斩人于马下的三国戏，虽是小曲，唱得却很有力，另有一番味道。

一曲唱罢，又是掌声一片，谢欢问叶菱："我唱得怎么样？"

"好！"叶菱鼓掌，"像我们这种走街串巷的江湖人士，都得会点这个。"

"你说你是什么？"

"走街串巷的江湖人。"

"江湖人？"谢欢笑笑，"那你可比不了！"

《八扇屏》由此进入正活。

谢欢在台上洋洋洒洒大段的贯口，分别说了江湖人、莽撞人、不是人。口齿伶俐字字清晰，语调抑扬顿挫，观众的呼声也节节攀高。

"大姐这么牛？"史湘澄惊呼，后台的演员也大眼瞪小眼。

"啊……"谢霜辰也有点反应不过来。他的记忆中，谢欢倒是跟他们师兄弟几个当是背故事一样学过此类贯口，但大多都是他们背诵时，谢欢跟着念叨念叨。谢欢纵然想学，谢方弼也未必教她。

这不是属于女人的世界，不好听也不好看，谢方弼不希望自己的女儿走上这条路。然而谢欢不服，她只当自己不是个男人，只当谢方弼一颗心全偏向徒弟们，父女隔阂越来越深，最终成了永远无法解开的死扣。

今日到得台前，谢欢心中也难免感慨万千。

"大姐如果是个男人，恐怕也就没有我们后来这些人的事儿了。"谢霜辰默默说道，"即便不是个男人，在舞台上的技艺、表演方式和控场能力也足见功底，不落下风。不知道如果师父看了会作何感想。"

"是男是女真的那么重要吗？"史湘澄问。

谢霜辰摇了摇头："我觉得不重要，但是这个舞台太苛刻，女人比男人付出更多的努力和代价，都未必能留下一个名字。这是一条看不到尽头的路。"

史湘澄叹气。外面掌声又响起，吓了她一跳，原来是表演结束了。

台上二人把陆旬和瀚蔡旬商换了上去，谢霜辰张开双臂迎了一下谢欢，谢欢与他拥抱。

"大姐，退休了来我们这儿演出啊？"谢霜辰开玩笑说。

"退休？早着呢！"谢欢说道，"怎么着，你们这儿是老年活动中心啊？"

大家都笑了。

第三十九章

陆旬瀚和蔡旬商表演的节目也是新写的，名叫《戏曲新唱》，讲的是用流行歌曲的方式唱戏，用唱戏的方式唱流行歌曲，运用差异来制造笑料，是一个非常标准的柳活节目。值得注意的是，这是谢霜辰压着姚笙在咏评社给他们改出来的，一字一句的唱腔都是姚笙亲自调教。

"这个就是你说的那个？"凤飞鸾在姚笙耳侧问道。

"是。"姚笙咬牙切齿地说，"谢霜辰这个王八蛋！我出去讲一次课多少钱？他还真是会占便宜。"

"我听他们唱得不错。"凤飞鸾笑道，"自然是名师出高徒。"

姚笙鼻孔里出气："那是！"

"过去唱戏，要么是拜师，要么是入科。"陆旬瀚说道，"入科就是指进科班啊，像北京很有名的富连成，很厉害的。"

"是。"蔡旬商说道，"出过很多好角儿。"

"这就跟咱们现在的音乐学校一样，还有校训，以前叫学规。"

"那你给说说？"

"是这么说的。'传于吾辈门人，诸生须当敬听……我辈既务斯业，便当专心用功……此刻不务正业，将来老大无成……'"陆旬瀚越说越快，将这一段用贯口的方式说了出来，"并有忠言几句，门人务必遵行，说破其中利害，望尔蒸蒸日上！"

这是姚笙写给他们的，现在已无科班，全都在戏曲学校里接受专业的培养。但是这一段学规，是他们打小启蒙就要学习的内容。纵然时代变迁，学规中的字句仍旧是金石之言。里面不光是学艺做艺的道理，更有做人的道理，薪火代代相传。

"现在学校不说这么长的，小孩儿也不背。"陆旬瀚说道，"现在校训就几个字，自强不息、厚德载物。"

"你等等。"蔡旬商说，"清华不教唱戏。"

陆旬瀚看了一眼后台，说道："那得教说相声吧？"

观众大笑。

"我辈既务斯业，便当专心用功……"姚笙默默念着。

"你已经名扬四海了。"凤飞鸾说道。

姚笙笑了笑。

只是笑里春秋，个中心酸冷暖，无人知晓。

陆旬瀚和蔡旬商十八般武艺表演完了，累得够呛，但效果惊人，把气氛推到了高潮。

凤飞霏上台来，播报最后一个节目："下面请欣赏相声《不为谁而说的相声》，表演者谢霜辰、叶菱。"

两人上台，观众们很惊愕，不知道这是在干什么。因为谢霜辰与叶菱穿的不是大家熟悉的长袍大褂，两个人都穿的便装，看上去好像要收工回家一样。

谢霜辰一跟大家打招呼，送礼物的人轰隆隆往上跑，其他观众才缓过神儿来，原来不是收工了。

那这是干吗呢？

送礼物得送了个几分钟，两个人在台前弯腰道谢，后台来人全都收走，谢霜辰劝说了好半天，大家才依依不舍地散去。

"我觉得我哪天要是过不下去了，就开小卖部吧。"谢霜辰让人把舞台都清干净了，自己返回话筒处，随便跟大家聊几句，"反正大富大贵指不上，也能过个衣食无忧。"

"反正得卖会儿。"叶菱说。

"谢谢大家吧，承蒙大家抬爱。"谢霜辰和叶菱齐齐给观众鞠躬，起身之后，谢霜辰继续说，"大家一定很好奇，为什么攒底节目了，我俩没穿大褂，改换了平时的便装上台。是不是不尊重观众啊？是不是有点不严肃啊？其实不是，是真的没钱做大褂了。"

叶菱说："穷死你算了。"

底下一群观众喊道："我们也没钱！"

"那怎么着？"谢霜辰说，"我给你打点？"

"好——"大家还喊，并且有好多人开始掏手机。

"你们有手机啊？"谢霜辰说，"不好意思我没有。"

叶菱说："那你上后台拿去啊！"

眼见凤飞霏就拿着谢霜辰的手机从后台跑了出来，这段儿排练里没有，谢霜辰一见着还得了？立刻威胁说："你给我滚！"然后佯装拳打脚踢把凤飞霏给轰走了。

"吓死我。"谢霜辰说，"差点再背一笔债。"

叶菱笑道："反正债多了不愁。"

谢霜辰对着观众说："其实啊穿什么不重要，并不是说穿着大褂说相声就能说好，不是这样的。相声说得好不好跟穿什么、有没有这桌子扇子手帕、后面背景没有关系。我们吃开口饭的，全靠一张嘴，怎么着都能说，哪怕是什么都不穿……"

观众喊道："脱！"

"寒冬腊月什么都不穿有点冷。"谢霜辰笑了笑，"反正就说这么个意思。各位应当被节目内容所吸引，当然如果被我的颜值所吸引，那也是应该的。"

"那你也够不要脸的。"叶菱说。

"那就是被我的才华吸引。"

"……也没好到哪儿去。"

两人不穿大褂上台，是谢霜辰提议的。他胡搞瞎搞并不令人意外，叶菱问他为什么，他说不想拘泥于形式。

现今留存的曲艺种类大多是清末民初出现发展起来的，表演也好卖艺也好穿着大褂旗袍都是当时的寻常服饰。只不过是发展至今成为一种追求传统的风尚，并没有什么实质性的意义。

他们两人经过突击创作打磨出来的这个攒底节目，名为《不为谁而说的相声》，实际上就是谢霜辰自己从业这么久以来，从不是很喜欢说相声，终日里吃喝玩乐，再到认识叶菱，以说相声为活计，逐渐也在从艺的过程中摸索到了一些经验感悟。

谢霜辰顿了顿，说道："其实仔细想想吧，学相声说相声，现如今大概得有个十来年了吧。"

"比我岁数都大。"叶菱说。

"那您可真是越活越回去。"谢霜辰说，"其实您甭看我岁数小，确实是工龄比较长，混的年头也比较长，所以总结出了好多别人四五十岁才总结出来的道理。想着想着吧，有一个问题一直盘踞在我的心中。"

"什么问题呢？"

"我为什么说相声呢？"谢霜辰眉头紧锁，严肃发问。

叶菱也严肃地说："不说相声你以为自己能考上大学吗？"

观众群呼："噫……"

"玩归玩，闹归闹，不要拿学历开玩笑。"谢霜辰说。

叶菱说："那你说了这么多年相声了，怎么突然想起这个哲学命题了？"

"那难道您就没有脑补过吗？"谢霜辰反问。

"我不用脑补。"叶菱说，"我不说相声的择业方向非常明确，可能比现在挣的还多点，说不定也为改革开放四十年做贡献了。"

"那说明您是比较有追求的人。"

"我瞎呗。"

"那看来您也是清华特长生考进去的。"

"你要非这么说也行吧。"

"您倒是不吝。"

"凑合过吧，还能……"叶菱含糊一下，笑道，"是吧？"

"别看我混了这些个年啊，其实很一般，不如您。"谢霜辰的手在叶菱的胸口上轻轻地拍了拍，"还是不如叶老师。"

"怎么的呢？"叶菱问道，"刚刚挤对我半天现在又不如我了？"

"我是干什么什么不行，想唱歌吧，没人跟我合作，想拍片儿吧，这还折载了。人家叶老师不一样啊，清华大学毕业，想干吗不行呢？"

"是，最不济还能烧锅炉。"

"沉浮人间二十载，不想青春见白头啊！"谢霜辰感慨一番，叶菱看了会儿谢霜辰，说道："不是，我怎么听了半天听不出来你说什么呢？现在相声有这么难吗？"

"其实不难，我就是感慨啊！说相声得追本溯源，我为什么说啊？不是别的，因为我师父教我说了。"谢霜辰说，"学艺很苦的啊，老话说得好，冬练三九夏练三伏。我小时候，寒冬腊月天没亮，盛夏酷暑大中午……"

"都得练功。"叶菱说。

"都跟家睡觉。"谢霜辰补充说明。

叶菱推了他一下："那你说什么说？"

"我不乐意学啊！"谢霜辰说，"谁小时候不是跟家拿手机、玩吃鸡和农药暖暖？凭什么就得我苦哈哈地学这个呢？"

"不是，你小时候有吃鸡、农药暖暖吗？"叶菱说，"你小时候能玩个星际魔兽就不错！"

"就说这意思啊！"谢霜辰说，"就我这样儿的，长大了追姑娘都不好追。人家都是带妹上分，我不会那个啊，我总不能凑人家跟前儿说姑娘我带你打快板，哎哟喂，我快板打得那叫一个快是我们胡同最强王者……人家能愿意吗？人姑娘不得给我来一个，你给我滚？"

"那……万一赶上那些个比较喜欢传统曲艺的姑娘呢？"叶菱安慰说。

台下热闹了，各种喊"我愿意"的。

"你看了吧。"叶菱指着台下说，"现在小姑娘都好弄个曲艺。"

谢霜辰的手凌空按了按："大哥就算了，欸欸欸说你呢！大哥别喊了！"

那个大哥喊道："辰辰，我带你上分！"因为太激动，最后一个字还喊劈了。其他观众笑得前仰后合，叶菱都忍不住捂脸笑，谢霜辰的笑容僵硬在脸上，说道："大哥，我谢谢您，给您磕一个了！"然后两个手指并拢弯曲，在桌子上一按。

"那你俩下了台赶快联系一下吧。"叶菱说，"也算是为鱼塘造福了。"

谢霜辰扶额。

这些都是现挂，后台的人也给逗得不行，凤飞霏说："就他俩这什么话茬都接的样儿，这得说到什么时候去啊？"

"没事儿，可劲儿说吧。"史湘澄说，"反正大姐都给打点好了，超时也没关系。"

谢欢表演完之后没走，仍旧留在后台，刚刚去休息了一下，现在回来，就看见凤飞霏和史湘澄蹲在台口。

"你俩干吗呢？"谢欢问道。

"姐！"凤飞霏回头喊了一声儿。

"欸！"谢欢应道。按照年龄来说，她都能当凤飞霏他妈了。凤飞霏对着谢霜辰没一句好话，可是对着谢欢嘴倒是甜得很，非常讨谢欢开心。

"我们讨论他俩得说到什么时候呢！"凤飞霏说，"不知道会不会过十二点。"

"过就过吧。"谢欢说，"完事儿我请大家吃饭去。"

"好啊好啊！"凤飞霏拍手，他最喜欢吃饭了。

台上还在继续。

"我后来为什么说相声呢？"谢霜辰说，"得吃饭，没别的手艺，就会干这个。"

叶菱说："你可以靠脸吃饭的，可能比说相声还赚得多点。"

"什么话？"谢霜辰说，"我顶多就是靠脸弄回来个捧哏。"

叶菱说："那我是真瞎。"

"差不多得了。"谢霜辰说，"我为什么说相声啊？为了继承我师父的衣钵？为了喜欢我的观众？为了弘扬传统文化？其实都不是。"

"那你为了什么呢？"叶菱问。

"为了赚钱。"谢霜辰诚恳地说。

"……那你还是靠脸快点。"叶菱说，"别挣扎了。"

"这是实话啊！您说我说相声为了谁说？为了什么说？"谢霜辰连连发问，最后说道，"难道就是为了夹带点私活挤对挤对这个、说道说道那个吗？我也就编派编派您了！"

"你也是肥水不流外人田。"叶菱说道。

"那是。"谢霜辰说。

其实能够有一个平台，拥有一定的受众人群，那么就在一定程度上掌握了话语权。舆论并非正义必胜，而是人多必胜，问题的症结在于真理未必掌握在大多数人手中。舆论是没有门槛的东西，什么样的人都可以发表自己的意见看法。一个普通人只能左右自己的发言，但是一个被大众熟知的人，一个所谓的公众人物，能够左右的，就不单单是自己了。

谢霜辰原先喜欢在表演中夹杂一点所谓的"私货"，他年轻，他有许多看不惯的东西，他会站在某种制高点上去批评这个批评那个。他的观众他的粉丝因为喜欢他这个人，会听从他的观点做出一些偏离轨道的事情，事情就会变味儿。

有些人享受这样膨胀的快乐，谢霜辰一度很喜欢，但是经历种种是非之后，他对此感到疲倦。

他觉得在节目中说这个那个纯粹是在抖机灵，显得他多与众不同似的。

他可以讨厌一个人，看不惯一件事，但是他不应该"绑架"那么多人去跟着他一起揶揄。

有什么可说道的？难道他的生活中只有尖酸与刻薄能向大家展示了吗？他希望对于那些讨厌的人和事儿冷漠相对，提也不提。

因为褪去浮华、褪去光亮，大家都是普普通通的一个人，一天都得吃三顿饭，减肥除外。渴了得喝水，冷了得穿衣服。没人能跳出三界外不在五行中，没人能离开地球去往太空独自生活。

生活不会只对不起你一个人。

他最终给这个节目起了一个这样的题目，不为谁而说的相声。那么他为了什么呢？

总在台上说，是为了给观众带来欢声笑语，为了赚钱，为了让自己和身边人过上更好的生活，为了向那些冷漠的人证明自己……

樱木花道打篮球是为了追求赤木晴子，但是在最后的最后，他会站在篮球场上，对所有人说自己是真的喜欢篮球。

其实没什么理由。

认识它，接触它，同它一起成长，同它吃苦享乐。

真是因为喜欢呀！

谢霜辰原先总把台上台下的事儿分得很开，在台上穿着大褂表演，在台下，哪怕是去学校里演讲，也是便装。他不想给自己打上一个太过深刻的符号，他希望自己在大众面前呈现的是多样的。

在今天，他选择和叶菱穿着便装上台，头一次主动地模糊了那个界限。

他就是他，无论打扮成什么样，他都是谢霜辰，都能做好自己的本职工作，都能给观众带来欢声笑语。

表演在叶菱一句"去你的"之后结束，观众欢呼，凤飞霏上台来拦了一下两人，两人折返回台上，进入到了返场的段落。

谢霜辰的返场表演性的东西不是特别多，他喜欢和观众聊天，在互动中找幽默的点。但由于今天日子特殊，这一场演出又是好不容易才顺利进行下来的，所以谢霜辰一改往日风格，尤其卖力。

"本来我以为没这么多人。"谢霜辰挽起了袖子，"之前网上热热闹闹的事儿不少，也多劳烦大家为我费心了，其实没什么可说的，今天是个高兴的日子，我呢，也给大家准备了一些小节目。来人啊，把我的琴拿上来。"

凤飞霏拎着一把京胡一把椅子上了台。

单只有叶菱知道这把京胡是谢霜辰那些家伙里的一样，观众们并不知道谢霜辰还会这些。

"我原来学过京剧，京剧的文场乐队的乐器呢，有三大件儿，京胡是其中之一。"谢霜辰坐在椅子上拧着自己的琴弦，"我们说相声的学百家艺，简单说来就是什么都学，拜师也是如此，什么打快板的、说评书的、弹三弦儿的都得来。这些我都学习过，但是很少表演，今天献丑一曲，我要是拉呲了，你们就当绝版听一听吧。我给大家拉一个著名京胡曲目——"

在场观众都分不清京胡和二胡有什么区别，更不知道还有什么著名曲目了，以为是什么经典民乐。

只听谢霜辰公布答案："《威风堂堂》！"

叶菱觉得谢霜辰一首三弦《千本樱》一首京胡《威风堂堂》，基本上可以去当 UP 主（网络论坛主的意思）了。

"他在拉什么？"凤飞鸾问姚笙。

"不知道。"姚笙说，"瞎拉吧。"

"听着挺有意思的。"凤飞鸾说，"那几个滑音好特别。"

姚笙说："听着跟浪叫似的。"

凤飞鸾"扑哧"就笑了。

谢霜辰就拉了一段，正好一分多钟，在场的二次元少女各种尖叫，不明觉厉的群众只觉得谢霜辰十八般武艺倒都没少学。

"今天是咏评社的专场演出，不是我一个人的，大家还想看谁，不如都叫上来吧。"谢霜辰说道。

台下喊什么的都有，谢霜辰听了个大概，笑道："你们可真逗啊，叫半天一个谢欢一个凤飞霏，合着买票看他俩来了？行吧行吧。"他朝着后台招呼了一下，谢欢与凤飞霏到得台前。

谢霜辰说："大家都知道'二小姐'会唱，其实我大姐唱得也不错，经常给什么她自己演的电影啊唱片尾曲。"

"要不是我自己投钱，估计也唱不上。"谢欢说道。

谢霜辰哈哈一笑，说："那要不这样吧，今天我们一起给大家唱一个。"他想了想，说，"这是咏评社今年最后一次演出，筹备这一场演出也经历了不少坎坷，所幸最后还是顺利地和大家见面，开开心心地度过一个晚上，叫大家觉得票买得值。我提议，我们就唱《智取威虎山》那段儿。"

"哪段啊？"凤飞霏问，"我会唱吗？"

"不知道，盲唱！"谢霜辰不管，径自唱道，"今日痛饮庆功酒，壮志未酬誓不休——"

谢欢唱道："来日方长显身手，甘洒热血写春秋！"

"好！"谢霜辰鼓掌。

凤飞霏愣了："没我的份儿了啊？"

他被谢霜辰摆了一道儿，观众们却很喜欢，开怀大笑。

谢霜辰说："那我们一起唱一遍。"叶菱站在一旁，谢霜辰与谢欢凤飞霏三人，带着观众一起高唱。

"今日痛饮庆功酒,壮志未酬誓不休。来日方长显身手,甘洒热血写春秋!"

嘹亮的歌声回荡在剧场之内,久久不能平息。

寥寥几句,竟叫包括后台众人热泪盈眶。

叶菱对谢霜辰说:"你可别哭啊!"

"为什么?"谢霜辰问。

"网上开投票,问你这场到底是哭还是不哭。"叶菱说,"我觉得不能哭了吧?我投的不哭。"

谢霜辰立刻忍住眼泪,竖起两个手指,给自己嘴咧个笑出来了。

叶菱也笑了笑。

全年最后一场演出总要演到尽兴才行,咏评社众人应观众要求,纷纷上来返场。

"陈哥呢?"谢霜辰回头找,"陈哥过来表演个节目吧!"

陈序躲在人群中,不好意思地摆摆手。谢霜辰笑着去拉陈序,将他拉到了桌子后面,笑着对观众说:"可能大家有的认识陈哥,有的对陈哥不太熟。这位可是咱们咏评社的老同志了,从创办开始,一路跟咏评社走过来。不过他比我们都厉害,我们这些人只会说相声,陈哥不一样,他也在清华烧锅炉。"

"我们清华怎么回事儿?"叶菱也是笑道,跟大家说,"陈师哥是我的同校师哥,我觉得清华可能没的好了。"

"你们清华可能早晚得开曲艺学院。"谢霜辰说,"陈哥的工作其实很忙,这些年来一直是利用一些业余时间来咏评社表演。包括我们杨哥。"他指了指杨启瑞,杨启瑞跟大家打招呼,"杨哥一开始也是兼职来给大家表演节目,后来全职过来,嫂子没打死他也算手下留情,您这跟落草为寇有什么区别?"

大家哈哈大笑,叶菱说:"合着你这儿是水泊梁山啊?"

"就说这么个意思。"谢霜辰继续说,"虽然是兼职来给大家表演,但是两位哥哥的技艺非常娴熟。只有真心喜欢,才能够无怨无悔地把自己奉献给一项事业。"

陈序打趣说:"你少发一分钱工资试试?"

观众:"嗳——"

谢霜辰拍着陈序的肩膀说:"咱哥儿俩谁跟谁?闲话不多说,陈哥给大家来一个吧!"

众人起哄,陈序想了想,说道:"我呀其实会的真的不多,这么些年来一直都是以一个爱好者的身份在活动。我跟杨哥是很早之前就认识的,后来咏评社招人,我俩闲来无事就抱着试试看的心情来了,没想到这一干就好些年下来了，也挺感慨的，这段经历对我的人生也有了很大的影响。我会的不多，这样吧，给大家表演一个快板《玲珑塔》，献丑了！"

在阵阵掌声之中，陈序打板儿就唱。

这些都不是事先安排好的，谢霜辰事先也不知道陈序的家人会来到现场。他擅自做了这样的决定，也不知道是好是坏，只是让陈序再站到台前来，站在自己的家人面前展示自己。

生活在大城市的现代人太忙，忙着工作、加班、应酬，拼尽所有的热情与能量去奋斗，去博取一个好的未来。高压会让人迷茫彷徨，无法快乐，却不知道在为什么而焦虑忧愁。

能够拥有一个爱好，一个可以称之为避风港的爱好，非常不容易。

谢霜辰理解陈序的选择，即便这个选择非常纠结挣扎，甚至谁都没有讨好到。

"好！"谢霜辰带头叫道。陈序向大家鞠躬，默默地退回了自己的位置。

后面陆陆续续的又是几个小节目，演员们卖力，观众们尽兴，直至深夜，今年的最后一场演出才落下帷幕。

不愿离去的观众们围在台前求签名求合影，大家各自应付着，尽量满足观众需求。

"爸爸！"一个小男孩儿跑到台上，张开手臂就朝着陈序扑了过去。小男孩儿看上去五六岁大，头顶刚到大人的腰。

"欸，儿子！"陈序半蹲下来抱了抱小男孩儿，问道，"妈妈呢？"

"妈妈在台下。"小男孩儿手一指。

陈序的目光朝台下一看，一个女人站在人群之外，神情复杂，欲说还休。二人一上一下，距离不算远，但中间仿佛隔了漫长的凝固的时间。

"哟，陈哥！这是咱儿子啊？都长这么大了啊？"谢霜辰从人群中逃离开来，凑到陈序爷儿俩面前。他弯下腰来，双手撑着膝盖，目光与小男孩儿持平，问道："小朋友，你叫什么名字呀？"

标准的坏叔叔问话。

小男孩儿倒也不惧怕陌生人，大大方方地说："我叫陈笑，我今年五岁了。"说完还对谢霜辰挤眉弄眼笑了笑。

"可以可以。"谢霜辰今天也是第一次见陈序的儿子陈笑，想当初陈序刚来时，还在为了儿子上幼儿园的事情发愁，如今一晃，孩子都这么大了。陈笑往旁边儿叫了一声"妈妈"，谢霜辰往那边一看，才看见了陈序媳妇。

叶菱靠边儿，把陈序媳妇儿迎了过来。陈序媳妇儿有点不太好意思，很腼腆，谢霜辰他们说话巴巴儿的，她反而更不知道要说什么了。

夫妻两个人从谈恋爱到结婚生子，共同生活了这么久，陈序媳妇对陈序头一次产生了一种非常陌生的感觉，丈夫站在台上表演，脸上是久违的快乐神情。

　　"陈笑我问你。"谢霜辰对陈笑说，"爸爸在台上讲笑话好玩吗？"

　　"好玩！"陈笑夸张地说，"我都要笑死了！你也好玩！"他还特夸张地笑，小朋友的情绪总是很外露的，咋咋呼呼像个快乐的小狗。

　　谢霜辰问："那你知道爸爸在干什么不？"

　　陈笑想了想，说道："爸爸在说顺口溜。'玲珑塔，塔玲珑，玲珑宝塔第一层。一张高桌四条腿，一个和尚一本经！一个铙钹一口磬，一个木鱼一盏灯。一个金铃，整四两，风儿一刮响哗愣！'"

　　小孩儿挺着胸脯将刚才陈序所说背了一小段儿出来，童音稚气，说得没那么快，但是字字清晰，颇有节奏。谢霜辰问道："是爸爸教你的吗？"

　　"不是。"陈笑摇头，"是听爸爸刚才说记住的。"

　　在场大人们都露出惊讶之色，一个小孩儿刚刚听那么一段儿，竟然记得半分不差，还如此流利地说了出来，这是怎样的聪明伶俐？

　　谢霜辰问道："陈笑，你喜欢顺口溜吗？"

　　"喜欢！"陈笑说道，"好玩。"

　　"那哥哥教你更多别的顺口溜好不好？"谢霜辰认真问道。

　　"好呀，谢谢哥哥！"陈笑拍手。

　　陈序媳妇儿不解地看向陈序，陈序笑着摆了摆手，意思是任由他们去吧。

　　"我教你顺口溜，你以后得叫我师父，知道吗？"谢霜辰说，"我给你起个名字，就叫陈天笑吧。"

　　陈笑说："知道！"

　　"这可使不得！"陈序听到这里才听出来不对，他本以为谢霜辰就跟陈笑逗着玩，没想到谢霜辰直接给了字了。刚刚陈笑背了一段儿玲珑塔，他心中确实震惊，震惊之余更是唏嘘。

　　"您别太紧张。"谢霜辰站起身来，对陈序说，"孩子挺聪明的，我很喜欢他，您就当来我这儿学个课外兴趣班了。以后还该上学该干吗任他自己自由选择，我教他，未必要让他以后一定要干这个，甭担心。"

　　"我知道。"陈序说，"可是给字儿，真是太重了……"

　　"不是什么大不了的事儿。"谢霜辰笑道。

　　咏评社今年最后一顿饭是谢欢请的，她今天很高兴，带着大家去她平日里最喜欢的私房会所，专门叫厨师以及工作人员倒班儿晚上等他们。一干人等呼啦啦的，连姚笙与凤飞鸾都跟着去了。

"来，今日痛饮庆功酒！"谢欢举杯，叮叮当当一碰，大家干杯。

"大姐说两句吗？"谢霜辰问道。

"我说什么说？"谢欢说道，"我就是个掏钱找乐子的，你才是主角儿，得你说啊！"

谢霜辰笑了笑，站起来说："其实我也没什么好说的，年年都一样，今年除了比较坎坷之外也没什么特别的，但好在风浪再大，我们也挺了过来。今天晚上的演出非常成功，大家紧绷了这么久的神经也可以稍微松懈一下。反正大姐请客，整羊整牛地上！大块吃肉大口喝酒！"

"好——"大家欢呼。

"土匪。"姚笙暗骂。

就着那个兴奋热乎劲儿，大家吃吃喝喝好不热闹，聊天打趣儿，屋里乱得跟菜市场一样。

谢欢的助理一直陪在身边儿，出去接了个电话，转回来后在谢欢耳边嘀咕了一阵。谢欢喝多了，掩面大笑。

"大姐，什么事儿这么开心啊？"谢霜辰问道。

"那肯定是令人开心的事儿啊！"谢欢说，"过来，姐说给你听。"

谢霜辰附耳过去，谢欢嘀嘀咕咕，说完之后问道："是不是好事儿？"

"还行吧。"谢霜辰无奈笑了笑，"我都快没什么感觉了。"

"就你心宽不是？"谢欢笑着在谢霜辰脑门儿上戳了一下，"欺负我，还欺负我弟弟，没门儿！"

对酒当歌，人生几何。

酒局散去，喝得人仰马翻。谢欢的助理给大家安排送回去，很是周到。叶菱也喝了一杯，迷糊劲儿比谢霜辰还大，司机把他们送回家之后，还得是谢霜辰扶着叶菱上楼。

"今天，你和大姐嘀嘀咕咕说什么呢？"叶菱问道。

"没说什么。"谢霜辰说，"大姐行侠仗义来着。"

"什么？"叶菱没听明白。

"二师哥的事。"谢霜辰说。

叶菱眨着眼睛看他，还是不懂。

谢霜辰去给叶菱倒了杯水，小心喂他喝了，说道："之前那个电视剧您记得吗？不是查了半天，在盘根错节的关系中发现了二师哥的公司吗？"

"嗯。"叶菱点点头，"然后呢？"

"只能说这事儿吧，成也萧何败也萧何。"谢霜辰说，"大姐说她这次回来是处理一些税务变动方面的工作，现在不是这个改那个也改，回来震一震场子。之前二师哥跟大姐几乎不属于一个系统，二师哥那个公司藏得也比较深，属于盲区。这次他操作来套路我，结果就被大姐抓个正着。"

叶菱问："他怎么了？"

"嗨，人在河边儿走哪儿不湿鞋。"谢霜辰说，"他这个位置肯定得有点肥油，就算他没有，他手下那么多人就没个灰色收入暗箱操作？也不知道他是真傻还是膨胀了，很多账都走的那个公司。以前一进一出把账抹平了就行，现在查得这么严，可就不是那么好蒙混过关了。"

"你是说，大姐找人把他给查了？"叶菱惊讶。

"别别别，大姐又不是国家执法机关。"谢霜辰让叶菱喝酒脑子就不够使的毛病弄得哭笑不得，"大姐只是操作了一下，把毛都给剃了，剩下的不就是秃子头上的虱子了吗？"

"哦……"叶菱仔细消化了一下。

"是不是也挺没意思的。"谢霜辰问道。

"嗯，不过就是互相算计。大姐也是积怨已久，逮着个机会。"谢霜辰说，"我看大姐那高兴的劲儿，这一笔应该没少宰二师哥。这事儿现在应该还在暗中处理，没有爆出来。虽然跟我没多大关系，但沾大姐个光，今天算是双喜临门吧。"

叶菱却说："一笔是一笔，别高兴得太早。"

"我知道，我附和几句只是不想扫大姐的兴。"谢霜辰说，"官司还得打，该赔钱还是得赔，确实一笔是一笔。我不能因为沾大姐一个光就扬扬自得，我得自己有本事，这样他以后才拿我没办法，惹不到我头上来。"

叶菱说道："困了，睡觉吧。"

春节假期算是正式开始了，但是还有很多工作需要继续完成。

他们演出的时候，史湘澄就在后台安排在网上发这个发那个，次日一大早醒来，微博里就已经出现了很多关于昨日演出的视频和评论内容。

其实什么都不用说，座无虚席的观众足以扫去之前外界对于谢霜辰以及咏评社的一切质疑。不过还是会有人说谢霜辰是沾了谢欢的光，谢欢都亲自下场给他助阵了，什么票卖不出去呢？

面对这样的说法，粉丝们倒也没追上去骂，而是嘲笑酸精，有本事你也有这样一个姐姐？没本事就不要说了。

再者说，也不能光看见谢霜辰有一个好姐姐，不仔细看看他那个吃人不吐骨头的师哥啊！

说到师哥，便又有人指出演出中两个生面孔是郑霜奇门下弟子。这些细节拆开了揉碎了，更加明确了郑霜奇与谢霜辰搅和到一起的事儿。

不过没有人出来解释，也没有人出来澄清，大家雾里看花水中望月，这些八卦的声音远敌不过过硬的作品在网络上病毒式地传播，敌不过一个又一个观众的认可。

因为违约等一系列问题，谢霜辰声誉受损，年底便没有了商演以及晚会的邀约。不过这也挺好，轻轻松松地过个年，不问世事。

叶菱三十那天回去了天津，谢霜辰本想硬跟着一起去，叶菱思前想后还是作罢。之前一次去是两人当时都在天津演出，顺道儿去看看理所应当。这一会儿大老远地跑去天津跟他过三十，似乎怎么解释都有点解释不通。

本着大过年的别给自己找不痛快的原则，叶菱还是让谢霜辰乖乖在家。

"那是不是又得我一个人过生日了？"谢霜辰很是幽怨。

"不用。"叶菱说，"我明儿回来陪你。"

"合着您就回去一天啊？"谢霜辰说，"说得过去吗？"

"我就说我回北京有演出。"叶菱说，"你明天是不是上姚家去？那我上午自己先回家。"

"别，我明儿接了您一块儿上姚家去。"说完，谢霜辰自己静默了。

"怎么了？"叶菱问道。

谢霜辰摇了摇头，笑道："觉得每年都和您去姚家，都去习惯了，好像日子从来没变过一样。"

小时候总觉得时间很漫长，从白天到黑夜，很努力很努力，成长都如同缓慢爬行的蜗牛。可是不知道从什么时候开始，时间哗啦啦如流水，以五年、十年就跟饭桌上成箱出现的啤酒一样，在各种忆往昔峥嵘岁月中恍然发现已经见底儿了。

每每回忆，总会感慨，一切就都好像过去一样。说着没有任何改变，其实各自心中早就知道，夏天同青春一起走远了。

打住！谢霜辰和叶菱并非北京故事，人家也没住在安河桥北。

叶菱在家过了一个特别热闹也特别无聊的三十。大家都去爷爷奶奶家吃饭，因为许久没有回去过，饭桌上的气氛说不出来的诡异——不是冷漠，而是大家都很兴奋，好像打了鸡血一样。工作上的事情，想必七大姑八大姨已经听了个七七八八，叶父虽然还是一副淡漠的模样，但是被夸赞的声音包围着，难免会喜形于色。

大家都知道叶菱现在有了些出息，说相声开专场，在网上是个名人，在北京混得很好，还来天津演出。

钱想必是赚了不少。

经济基础决定上层建筑，有了钱，那么就不得不谈一谈成家的事情。紧接着便是老三样，有没有女朋友，想找个什么样的女朋友，你都三十了也不能老单着呀……

他们似乎并不需要叶菱马上就给他们答案，而是一个人抛出这个话题，再由另外一个人接过去给出一个答案，亲戚们之间你来我往，声音大得很，时不时还发出老妖精一般的笑声。

叶菱觉得，自己应该在车底。

"还是看春晚吧。"叶菱只能无奈地说。他其实很感谢春晚，如果没有这个节目吸引大家的注意力，全中国不知道得有多少人像他一样，在阖家欢乐的夜晚，企图躲在车底。

"今年春晚那个杨霜林是不是没有了？"

"没有就没有吧，都上了多少年了，不腻歪啊？"

"听说好像是有点什么事儿给让人弄下来了。"

亲戚们闲聊着各种明星艺人的八卦，这只是其中几句，紧接着就开始说这个小鲜肉唱的是个什么玩意儿，那个小花的脸是不是整的，万变不离其宗的主旋律仍旧是今年春晚真的很难看。

再一转话锋，问叶菱什么时候可以上春晚。

叶菱顾左右而言他，赶紧找了个借口溜走了。

半夜时，谢霜辰给叶菱打电话，听他那边儿乱七八糟，问道："您是回家了还是上战区去了，怎么这么乱？"

"家里人多，上了年纪都扯着嗓子说话，我烦一天了，现在正打牌呢！"叶菱干脆穿上衣服出去，外面冷是冷点，但是比家里清静不少。

"家里怎么样？"谢霜辰问，"没人为难您吧？"

"没有。嗨，亲戚们，都那样儿。问半天招人烦的问题也不是得要怎么你，除了这些也没别的好问的。"叶菱说，"你自个儿在家呢？"

"嗯。"谢霜辰说，"我这可是个孤家寡人啊！'浪味仙'今年带着戏班子上春晚了，您说他怎么不去参加戏曲频道的春晚？跟三次元大众凑什么热闹？"

"那人家也不是二次元啊！"叶菱哭笑不得，"你就是酸的。"

"我酸他？"谢霜辰鼻子里哼出来一声儿，"反正二师哥今年春晚是没戏了。"

"对了，我还想问呢！"叶菱说，"怎么之前一点消息都没有，提都没提？"

"这种老同志的违纪行为不到万不得已都是低调处理，再说了他又没被抓典型。"谢霜辰说，"把贪的钱加上罚款吐出来，消停个几年，差不多得了。其实我也是觉得，这事儿动静越小越好，否则指不定什么人又来我这儿撺掇呢！"

"哎，都消停消停吧。"叶菱说道，"好好过个年。"

"叶老师，您今儿刚走我就想您了。"谢霜辰说，"您说为什么我想好好过个生日就这么难？"

叶菱笑道："谁叫你生日这么大呢？"

"我觉得您骗我。"谢霜辰不满地说，"您去年就说以后还有好多年陪我过生日，结果又给跑了，难道还要拿好多年来搪塞我吗？"

"我……"叶菱语塞。

"我得罚您。"谢霜辰说。

"怎么罚？"

"那就让我陪您过您的每一个生日吧。"谢霜辰笑道。

"小朋友，你多大了？"叶菱轻轻笑了笑，口中的哈气变成一团白雾。

谢霜辰说："比陈天笑小点。"

"那你俩以后兄弟相称吧。"叶菱说。

"也不是不可以。"谢霜辰说。

叶菱出来得就晚，在小区里绕圈，不知不觉已经到了午夜。谢霜辰在电话里说："叶老师，该敲钟了。"他把电视的声音调大了，叶菱能够从电话里听到主持人们满含深情的新春祝福。

三！二！一！

全世界都在高呼"过年好"，而叶菱则是在电话里轻轻地对谢霜辰说："生日快乐！"

这是属于所有中国人的节日，却是属于谢霜辰的生日。

"哎，外面太冷了。"叶菱说，"手机要冻没电了，回去了，发个红包睡觉了。"

"嗯，晚安。"谢霜辰说，"我明儿早起接您去。"

"明天见。"

大初一的，谢霜辰接了叶菱，照例上姚家去拜访，中午吃过饭才回了自己家。

来来回回折腾，明明就一天，却感觉过了好久。

"正好，生日还有半天。"谢霜辰说，"叶老师，咱就在家待着吧。"

"吃什么？"叶菱问。

"吃面啊！"谢霜辰说，"过生日得吃面，我买东西了，晚上做炸酱面。"他一说这个，叶菱愣了一下，回忆一番发现谢霜辰过生日好像就没吃过蛋糕。

不知道是打小儿没这个习惯，还是老先生把他在某些方面养得太 old school（老派）了。

"光吃面有什么劲儿？"叶菱拉着谢霜辰出门，"给你买一个蛋糕去。"

叶菱觉得现在过年就那么个意思，可是拉着谢霜辰出去一看，开门是开门，柜台都是空的。

那开门有个屁用？

"看了吧。"谢霜辰说，"还是得吃面。"

叶菱难得想要浪漫一回，不甘心就这样铩羽而归，又拽着谢霜辰走了一条街，只发现了一个马上就要关门的稻香村。

"我觉得……"谢霜辰刚要说话，叶菱就说："我买点稻香村去，你就在此地，不要走动。"

谢霜辰觉得这句话怎么听怎么耳熟。

不过这一次，他没有老老实实地站着，而是跟着叶菱进去了。

稻香村在年前被"扫荡"过一波，如今剩下的东西也不多了，几个大妈看样子要准备下班了，见门口进来两人，爱搭不理的。

直到谢霜辰和叶菱走近了，大妈们瞧清了他俩的模样，两个特精神的小伙子谁不喜欢呢？这才脸上洋溢了一点热情的笑容。

"要点什么？"一个档口的大妈问道。

叶菱弯腰看着柜台里剩得不多的点心，谢霜辰从他背后钻出来，指着柜台说："我要吃莲蓉酥，您给我买这个。"

"你！你是不是那个……"北京大妈叫唤起来动静儿也挺大，"说相声的那个！我们家姑娘特喜欢你！你叫谢……谢……"

"谢谢您哪！"谢霜辰说。

"小伙子啊，阿姨能跟你拍张照片吗？我给我姑娘发过去，她一定特高兴。"大妈已经开始掏手机了。

叶菱说："不打扰您工作就行。"

"不打扰不打扰。"大妈从柜台后面绕了出来，其余人你一句我一句地看热闹，虽然不知道这俩年轻人是谁，但听这意思是名人，都有点跃跃欲试的样子。

大妈是找谢霜辰拍照,谢霜辰却说:"我和叶老师跟您一块儿拍吧,其他几位阿姨不要着急啊,一会儿都拍。"

谁能想到出来买个稻香村,还能遇上陪大妈拍照这种事儿?虽说这不是他们的工作,可是谢霜辰也不好跟长辈们撂脾气,笑呵呵地都伺候了一遍,这才拎着买的点心拉着叶菱跑路了。

"合着以后还不能出门了。"谢霜辰抱怨,"大妈真是猛如虎。"

"这刚哪儿到哪儿?"叶菱说,"你再红点,说不定还得给你雇俩保镖。"

"为什么是我再红点,不是我们再红点?"谢霜辰问道。

叶菱说:"职业性质决定的啊!捧哏的就是在旁边当绿叶的,没有什么存在感。逗哏就不一样了,所有人都在看着你。"

"哎,不说了不说了。"谢霜辰突然站住,拎着手里的袋子问,"我们不是买蛋糕吗?怎么买了一堆稻香村回来?"

晚上,谢霜辰做了一锅炸酱面,刚端上桌,就看叶菱把稻香村的点心仔仔细细地摆在盘子里,然后中间放了个香熏蜡烛,弄得屋子里怪香的。

"您这也太……"谢霜辰说。

"太什么?"叶菱问。

谢霜辰强行说:"太有创意了!"

"家里没蜡烛,凑合个意思吧。"叶菱说,"过来赶紧许愿吹了,你买的什么蜡烛啊,太香了,都熏得慌。"

"我哪儿买这啊!"谢霜辰说,"估摸着是'浪味仙'拿过来的。"

"少废话。"叶菱催促。把灯都关上了,房间内陷入黑暗,只有桌子上一点微弱的亮光。

"我许个什么愿望啊?"谢霜辰念念叨叨地闭上眼,"请神接仙!"

"没让你表演《口吐莲花》!"叶菱说。

"噢噢!不闹了啊,认真许愿。"谢霜辰闭着眼,"嗡嘛呢叭咪吽"了半天,不知道在说什么,然后睁开眼,跟叶菱比了个"OK"的手势,说:"都安排好了。"

叶菱无语:"你安排什么了你就安排?"

"甭管了。"谢霜辰说,"新的一年,保准儿顺顺利利的!不行我赶紧吹了吧,太熏得慌了!"

他吸了一大口气,把微弱的香熏蜡烛吹灭,房间顿时陷入完全的黑暗之中。

心中的愿望却依旧明亮。

咏评社只有封包袱,没有开包袱一说,主要还是谢霜辰懒。

他懒，观众老爷们可不懒，已经默认开年头一场即为开包袱演出。虽然是在小剧场里，但是这一场的票早就被黄牛们炒上了天。

谢霜辰再一次靠实力证明了自己的票房价值，得到了黄牛们的拥护。

这一次演出非比寻常，算起来，应当是小剧场停演数月之后的首演，观众们能不期待吗？

在艰难的时候，甭说几个月了，几天都跟几年一样漫长。可是当一切烟消云散，回首过去，竟觉得过得其实也挺快的。

不过就是从寒冬等到了春暖花开而已。

然而，春暖花开万物复苏，等着谢霜辰的除了诗和远方之外，还有他与剧组那尚未落停的官司。

之前片方火急火燎地推动官司的进程，但一切在杨霖林悄无声息地隐没之后，步伐就放缓了许多。谢霜辰在听谢欢的八卦中得知，这些都是牵一发而动全身的事儿，谁招惹上麻烦，其余人等都有连带关系，更何况投资方？剧组能不能顺利拍摄下去都两说，官司的事儿也不知道还有没有心力再去打理。

只是已经对簿公堂，也就由不得原被告双方了。

谢霜辰本来都已经做好了最坏的打算，中间各种事情一出，一是对方无力纠缠，二是己方律师认为合同中的一些细则属于不合理条款。双方互相拉扯，最终的判定结果为谢霜辰需要赔偿实际所得片酬部分的倍数违约金，以及相关损失费，里外里算一算，不过六七十万。

从六七百万一下子降到六七十万，虽然还是赔钱，但是谢霜辰感觉自己仿佛赚钱了。官司输了也特别开心，恨不得摆三天流水席。

叶菱说他是烧得慌。

心里的一块石头也算是落了地，谢霜辰不知道未来还有什么妖魔鬼怪等着他，那些太远的事儿不重要，他眼前倒是有几件事儿很棘手，自己想安静歇两天，老天爷都不给他机会。

随着名气和影响力的扩大，他原本那个一两百人的小剧场明显不够用了，犹豫再三，终于把工作日的下午场也开放了。

就这也不行，也不知道北京城哪儿来那么多闲人，工作日大下午的都不上班吗？票经常一开放就售罄。谢霜辰寻思着想要给剧场加盖二层。

动工就得歇业，又招致了观众的不满。

"让他们多点人能进来还不乐意，要我说，人就不能惯着！"史湘澄愤愤不平，"你越替他们着想吧，他们越蹬鼻子上脸！"

"反正观众就是常有理。"谢霜辰无可奈何,"骂就骂两句吧,天儿越来越热,火大。"

叶菱在一旁喝茶,并不关心这些。

"哎,烦死了!"史湘澄看了他俩一眼,"你俩好不容易有点时间休息休息,就别跟剧场当监工了啊!怎么着,还怕有人给你偷工减料?"

"不是,我今天约了人。"谢霜辰说。

"约人你跟工地约?真是有瘾。"史湘澄吐槽,也不知道谁这么无聊,往这地方跑。

说曹操曹操就到,正是郑霜奇。

"哟,三师哥,少见啊!"谢霜辰站起来迎接,"最近哪儿赚钱呢?"

"赚钱谈不上。"郑霜奇说,"倒是有点博名的买卖。"只不过名有了,利不就紧随其后了吗?

"坐坐坐。"谢霜辰说,"'香肠'儿,沏茶去。"

史湘澄很想暴打谢霜辰。

"你这是装修呢?怎么了,剧场不够用了?"郑霜奇问道。

"可不是嘛!剧场太小,票不够卖。"谢霜辰说,"我寻思着扩建个二楼,多卖几张算几张吧!"

郑霜奇问道:"你就没打算再开个剧场?"

"再开?"谢霜辰笑道,"哪儿有那么大精力和人力啊!"

"我今天不就是要跟你谈这个事儿?"郑霜奇说,"你有没有想过复原师父曾经在鼓楼的那个园子?"

"这……"谢霜辰脸色犯难,"倒是想过,只是难度比较大。一个是当初旧址已经不复存在,现在成了各种门店小铺。再者那地方经费啊、关系疏通啊、都成问题,也不好说那么容易就弄起来的。"

郑霜奇说:"最近市里要规划整治一批违章搭建,我看了看,师父原本那个园子的旧址就在其中,那些商店都要搬迁。除此之外,政府也有意帮扶一些传统文化项目建设,这个剧场如果弄起来,是可以申报试点单位的,到时候有非常优厚的政策扶持。这方面的事情你不用担心,我就问你想不想重振当初咱们咏评社在京城曲艺界的辉煌?"

"辉煌谈不上。"谢霜辰不喜欢唱高调,但是对郑霜奇所说内容颇有几分兴趣。先前接连坎坷事件,虽说是有人从中作梗,但他也明白能够寻求一些政府的合作与保护是件多么重要的事情。"创业简单,无非就是靠拼。"谢霜辰拿话点郑霜奇,"可是经营太难了,钱和政策放在一边儿不谈,光是维持剧场的正常演出,每天就得几拨演员轮换,还有各种推广运营,专门的人才、后勤……"

"这不是有哥哥我吗?"郑霜奇也不跟谢霜辰磨洋枪,打开天窗说亮话,"鼓楼剧场的事情如果你同意,官方的工作你只需要露个脸就行了,我可以替你安排得清楚明白。钱的方面,我可以出资,经营管理团队都是现成的,你就当我是投资个项目,不赚钱就当博个名声,赚了钱咱们按照出资入股比例分账,你看怎么样?"

谢霜辰狐疑地看看郑霜奇,再看看叶菱。

"钱和权其实只要事先白纸黑字写明白了,都不是大事儿,主要是人。"叶菱接过话来,"北新桥的演员本身就不太够用,再增开一个剧场肯定要有大把的演员投入。可是人一多,事儿就多,难免有个什么厚此薄彼谁红了谁不红的。传统行业没有把娱乐体系学个健全,粉丝把戏倒是学得十足,一来二去,难免浮躁影响人心。我们经历过这些事儿,倒不是说不好,大家都得迎着时代发展,而不是逆风而上。但是我想,这一块儿要是想做,就得先做出一些正经的规范来,把很多问题避免在一开始,免得积累矛盾。"

"小叶说得对。"郑霜奇称赞,"经营模式,演员培养,运营管理方向……都得朝着规范正式的公司化发展,脱离家庭小作坊模式,这样才能是靠着管理驱动前进,而不是靠着一两个人去驱动。"

谢霜辰点了点头,说道:"师哥,这事儿我和叶老师再合计合计,我虽然是管事儿的,但这剧场不是我一个人建起来的。这一步迈得不小,对咏评社来说兴许是个翻天覆地的变化,我得征求一下大家的意见。"

"行,你们合计吧。"郑霜奇也不为难,正事儿算是在这儿聊完了,后面就是八卦闲扯淡,"老五,你知道吗,二嫂前段时间还找我借钱来着。"

"啊?"谢霜辰和叶菱非常惊讶,谢霜辰问道,"他找您借什么钱?"

"罚款呗。"郑霜奇说,"二师哥被隔离审查了,一屁股烂账越查越多,二嫂那边焦头烂额,涉嫌违法违纪,不好弄。"

谢霜辰问:"那您借了吗?"

"大师哥倒是想借,只不过他手里也没那么多钱,要我说啊!"郑霜奇说:"先把欠我那几千万还上再说吧。"

得,还记挂着当初那档子事儿。

谢霜辰听郑霜奇八卦,心中有几分唏嘘,世间因果轮回,真是谁也说不清到底是怎么回事儿。他既已是局外之人,也无恻隐之心,不好再多说什么了,一笑了之。

国内的事情处理完,谢欢就不打算再在国内待着了,临行前,她把谢霜辰和叶菱叫去谢方弼生前所居住的院子里。

谢霜辰和叶菱到时，谢欢正坐在院儿里躺椅上，晒着太阳喝着茶。谢霜辰有点恍惚，仿佛回到了少年时代，一进家门就能看见师父、姐姐，还有练功的师哥们……

"老五，你怎么来这么晚？"谢欢问道。

"啊……"谢霜辰回神，"路上有点堵车。大姐，找我们什么事儿？"

"没什么特别的事儿。"谢欢指了指茶几上的一大串儿钥匙，"我经常不在国内，爸把这个院子留给我，我也只是定期叫人来打扫打扫，空着也不知道还能干什么用。我想了想，还是把钥匙给你吧，你无聊了，就常回来住一住，也算有个人气儿，院儿别荒了。"

谢霜辰问："大姐，您怎么原来不给我？"

"原来？"谢欢笑道，"原来你还是个小孩儿，没什么定性，富贵日子过习惯了，我怕你手上缺钱，脑子一热把院子再给我卖了。这事儿你说你干得出来不？"

谢霜辰什么角色？有什么事儿是他干不出来的？

他笑了笑，不说话。

谢欢起身，带着谢霜辰与叶菱把几间房都看了看。房间里还是之前的陈设，几年过去没有一丁点变化。

走过每一砖每一瓦，时光历历在目。

最后，谢欢把钥匙交到了谢霜辰手上，说道："你们师兄弟五个，你说爸当初最喜欢谁？"

谢霜辰想了想，说道："四师哥。"

"我却觉得他最喜欢你。"谢欢说，"师父虽然跟父母一个地位，但别人都只是他的徒弟，你是他的儿子。别人不姓谢，你姓谢。我的同龄人几乎都有兄弟姐妹，我一直想要一个弟弟或者妹妹，可是我妈走得早，爸一个人拉扯我长大。直到有一天，初一一大早，爸出去遛弯儿，回来的时候，怀里就抱着你。"谢欢比画了一下，继续说，"你就那么大一点儿，看着就是刚出生没多久，怀里有一张字条，只说求有缘人收留，连个生日名字都没写。他才把你抱回来没多久，外面就卜起来大雪，你的命可真够大的。"

谢霜辰垂头笑了笑。

"那天你几个师哥都来家里了，我们就围着你看，你不哭也不闹，特别听话。老二抱你的时候，你还尿了他一身。"谢欢说到这里，顿了顿，长叹一声，"哎，那时候多好。"

那时候谢霜辰还是襁褓中的婴儿，几个师哥也是青春年少不谙世事，师父还带着他们在鼓楼的小园子演出，世间还没有那么多名利纷扰。

一颗划过天际的流星，一枚射向远方的子弹，一场盛开绽放的烟花，时间永不回头。

这是叶菱头一次听谢欢讲这些事儿，每个人都有过去，过去总是令人回忆。他呼了一口气，对谢欢说道："以后也会很好的。"

"嗯。"谢欢点头，将他们二人的手握在一起，"好好的。"

叶菱过生日的时候，谢霜辰在这个院儿里开的席，召集连带咏评社内的一众亲朋好友过来。

这是叶菱三十岁生日。三十而立，对于一个人来说，几乎已经告别了青春时代，告别了冲动鲁莽，进入一个崭新的人生阶段。

叶菱却觉得没什么，他还像往常那样，不承想谢霜辰倒是忙忙叨叨的。他雇了人专门来家里做饭，天气暖和，饭桌可以在院子里摆下，来的人多，院儿里都满满当当的。

"你至于吗？"叶菱都快疯了，"又不是国庆节，你弄这么复杂干吗？"

谢霜辰说："反正一年就一次嘛！"

叶菱惊了："你还想一年一次？谢霜辰我告诉你，你少给我弄这些个铺张浪费的，无聊不无聊？"

"行行行。"谢霜辰举手讨饶，"以后逢十才过，平时就吃碗炸酱面意思意思，行了吧？"

叶菱瞪了谢霜辰一眼。

傍晚，宴席摆上，天还没黑，大家吃喝玩乐，热火朝天，高举酒杯，庆祝叶菱生日快乐。

史湘澄说："叶老师身为贵社第三个步入中年的人，不说几句？"

谢霜辰说："屁'香肠'你会不会说话！"

叶菱笑了笑，说道："今天谢谢大家，也不是多么大一个事儿，大家还能专程过来。"

凤飞霏说："我没有专程，是谢霜辰威胁我来着。"

"你也给我闭嘴！"谢霜辰说。

叶菱知道他们是在开玩笑，他想要继续说话，但是话到嘴边又不知道该说什么。说什么都显得单薄，不如举起酒杯："我敬大家一杯吧，也希望大家天天开心！"

"叶老师生日快乐！"大家高喊。

"师叔。"陈笑跑到叶菱面前。

"怎么了？"叶菱问。

"我新学了《打油诗》，师父叫我给师叔表演一个。"陈笑说。

"好啊，那你给我表演一个。"叶菱笑道，带头鼓了鼓掌，大家都非常期待地看向陈笑。陈笑也不怯场，有模有样地说了一段儿，说道"大燕清晨出窝去，展翅摇翎往前挪"这段儿时，还有几分可爱，惹得大人们忍俊不禁。

说完之后，陈笑满怀期待地看着叶菱，叶菱鼓了鼓掌，给小孩儿切了块最大的蛋糕，陈笑开心地捧着上一边儿去吃了。剩下的，叶菱才和大家伙儿分了。

"欸，您是不是没许愿？"谢霜辰问道。

"不用许了。"叶菱说，"我的愿望早就实现了。"

"什么？"谢霜辰问道。

叶菱笑道："你猜啊！"

同年秋天，咏评社在原鼓楼旧址重新挂牌营业，由谢霜辰与郑霜奇合资开办，经由政府扶持，设立为传统文化保护项目。咏评社沿袭旧有风貌，除了日常的表演之外，专门有一间陈列馆，摆放着谢方弼等一些已故老艺术家的遗物和照片，每周还有开放日，给游客们讲解相声的历史，重现一百年来的经典笑声。

北新桥剧场仍旧保留，两个剧场同时演出。郑霜奇本想叫谢霜辰把谢方弼留下来的那个牌子拿到鼓楼去，结果谢霜辰没答应。拿去鼓楼，物归原位当然是圆满，但是北新桥这个小剧场是他一步一步走出来的，个中感情旁人自然无法理解。他想把那块牌子留在这里，继续让师父见证他接下来的路。

同年年底，谢霜辰与叶菱收到了春晚的邀约。谢霜辰很小的时候，谢方弼就带他上过春晚，后来由师父带着，各种大大小小的晚会也去过不少。那时年轻，觉得自己天下无敌，而今来看，不过是庸人俗事。

在重重审查之下想要通过一个节目非常不容易，谢霜辰与叶菱绞尽脑汁地打磨，谢霜辰感慨："我觉得二师哥也挺厉害的，连着这么多年拿新作品上春晚还没说秃噜了，服了。"

"所以说啊，人都是靠本事活着，不管这个本事到底是什么，谁都不容易。"叶菱说。

春晚的节目组给他们的节目评价很高，虽然没法儿跟占据荧屏主流的小品相提并论，但第一次上，还是被予以重任，放在了一个相对好的时间点里。没想到谢霜辰主动跟节目组申请往前挪，最好开场唱歌跳舞完了赶紧让他俩说。

大家都愣了，不知道的还以为谢霜辰不为名利呢！

其实谢霜辰是想早点收工回家吃饭，还能跟叶菱一起过个生日。

主要是过生日。

有些人演而优则唱，有些人唱而优则演。在演艺圈里，只要名气在那里，不管你是做什么的，各种活儿都能找上来。

谢霜辰从来不妨碍咏评社的演员们去拍戏、唱歌、参加综艺，但是他自己却不热衷于此。除了一些访谈和帮忙，谢霜辰和叶菱从不去做除了相声之外的事情。

有人问他为什么，拍戏、唱歌、上综艺不好吗？你这么年轻，未来不可限量。

谢霜辰说，我也想跨越高山和大海啊，但是我没那能耐，我师父只给了我一碗饭，我能做的就是把这碗饭端住了。天下间没什么好事儿都让一个人占了的道理，我现在能说相声，以后教别人说说相声，这就挺好的了。

中国人逢五逢十爱操办，咏评社创办五周年的时候，没有什么轰轰烈烈的专场演出，而是专门放假一天。以咏评社的流水来看，少演一天多少钱就出去了，谢霜辰却不在乎。在这一天里，他召集大家在鼓楼剧场的门口拍下了一张合影，老老少少五十来号人，把门口堵得满满当当。

而后，他把这张照片洗了出来，放在咏评社陈列馆里，在咏评社发展史中，显得那么生机勃勃。

谢霜辰三十岁的时候，他专门找赵孟如订了一套全新的大褂，拉着叶菱去拍照片。他跟叶菱刚在一起的时候就拍过一套，那时候叶菱万般不乐意。时过境迁，褪去青涩浮躁，经历风风雨雨，相同的照相馆，相同的姿势，相同的人，心境却截然不同。

谢霜辰还是坐着，叶菱一手搭在他的肩膀上。

"二位老师看这里。"摄影师说道，"笑一笑！"

"咔嚓咔嚓"两声，时光永恒。

老故事已经落下了帷幕，新故事还在书写，一切都是未完待续，愿笑声流传。

这正是：嬉笑怒骂满堂彩，说学逗唱百态生。恩怨冷暖皆尝遍，不枉人间走一遭！

欲知后事如何，且听下回分解！

全文完